叢書・ウニベルシタス　804

革命詩人デゾルグの錯乱

フランス革命における一ブルジョワの上昇と転落

ミシェル・ヴォヴェル
立川孝一／印出忠夫 訳

法政大学出版局

Michel Vovelle
THÉODORE DESORGUES
OU LA DÉSORGANISATION
Aix-Paris, 1763-1808

目　次

図版

序章　テオドール・デゾルグ——伝記から事例研究へ

デゾルグのことを知っている者がまだいるだろうか。共和二年プレリアル二〇日（一七九四年六月八日）の祭典で歌われた「最高存在の賛歌」の歌詞の作者は、一九世紀全体を通じて、ときに称賛されることはあっても、たいていは嘲弄と敵意が混じり合った記述の対象になったあとで、百科事典のたぐいから姿を消してしまった。「ロベスピエールの詩人」であったという事実は容易には彼を赦してくれないのである。加えてブリュメール一八日（ナポレオンが権力を掌握した一七九九年一一月九日のクーデタ）のあとまで共和主義者であり続けることに固執したのであるから、困難はなおさらである。帝政はこの並外れた「事例」に決着をつける手っとり早い解決策を見出していた。詩人を狂人としてシャラントンの精神病院に収容したのである。一八〇八年、彼はそこで死んだ。あまりにも簡単に忘れられがちなことだが、逸脱者を幽閉するために精神病院を発明したのは、帝政強化の段階におけるブルジョワ革命なのである。

指令が発せられていた。それは沈黙せよとの指令であった。この沈黙はシャルル・アスリノーという一八六〇年代の一人の学者を驚かせた。アスリノーはバス゠ノルマンディーにいてわれらが詩人に関心を抱いた。彼はカーンで学術研究にたずさわっていたのである。一人のノルマンディー人が地元プロヴァンスでは忘れられている詩人の栄光をよみがえらせることに熱中するというパラドックスは、著者自身によって説明されている。アスリノーは、世に埋もれた偉人の復権という分野で発見者たらんとしていたのである。彼が〔ロマン主義文学の大家〕シャルル・ノディエの文章にめぐり会ったのも、このような理由からであった。ノディエは「フランス革命の抒情詩人の筆頭」について語っていたが、アスリノーは次のように付言することが有益だと考えた。「……わたしが語りたいのはデゾルグのことであると、みなさんに御注意申し上げるほうがいいのかもしれない」。革命がその幕を下ろして以来、〔かつての革命詩人〕マリー＝ジョゼフ・シェニエは、彼が生きた時代の文学史概説からデゾルグを削除していたのである。バス＝ノルマンディーの学者が自分よりも事情によく通じている人に訊ねることによって解明しようとした謎がそこにあった。そこで、シャルル・アスリノーは手紙を書く……「プロヴァンス出身者で、いま生きている人の中では最も学識のある」ティエール氏〔一七九七〜一八七七年。マルセイユ生まれで、エクスで弁護士となったのち、パリでジャーナリストとして活動するかたわら、『フランス革命史』を執筆。以後半世紀にわたって自由主義の大物政治家として君臨した〕にあてて。彼ならば、その年齢からして、この革命詩人について少なくとも間接的な知識を持っているにちがいない。だがティエール氏はシャルル・アスリノーに対してついに一度も返事を書かなかった。アスリノーは途方に暮れる。まことに残念である。ティエール氏はおそらくそれ以外のことでとても忙しく、自分が革命の歴史家であったこと、あるいはプロヴァンス人であることを想い起こす気にはなれなかったのかもしれない。しかし、おそらくティエール氏はデゾルグの冒険を知らないはずはなく、氏から何らかの共感を期待するのはあまりにも無邪気というものであった。

　現在の問題意識から、テクストの中のデゾルグを読みなおし、彼が行った言説と、彼をめぐって行われた言説の決まり文句とを比較すること――それは「フランス革命最大の詩人」を復権させるという、無邪気なアスリノーの敬虔な願いをかなえることにとどまるものではない。われわれにとって問題なのは、彼の経歴を――「最高存在の賛歌」からシャラントンの施療院まで――たどり、たとえバス＝ノルマンディーの考証学者が「狂人伝」の研究への寄与というがっかりさせるような結論に達していたとしても、それ以上の価値を持っている一人の人物の心的目録を作成することによって、彼の思想と作品のテーマを分析することである。逸話好きな同時代人が記憶にとどめたのは、デゾルグのマージナルな人生における突飛さだけであり、彼の創作についてはあの巧妙な手品――ゴセックが作曲した「最高存在の賛歌」のための歌詞をめぐって、マリー＝ジョゼフ・シェニエの歌詞をデゾルグの歌詞でさしかえた手品――だけであった。〔だが彼の冒険の行程を〕逐次再構築していくにつれて、この芸術家と革命とのあいだには、波瀾に満ちた、たんに常軌を逸脱したというだけでは済まされない行程が浮かび上がってくる。社会参加する芸術家であったテオドール・デゾルグは、共和二年から九年にかけて、ほとんど作品を通じてしか世に知られないまでに自己を革命の冒険と一体化し、自分以外の者のために証言するのである。だが同時に、彼の証言は強靭である。というのも、彼の個人的な冒険は、限界状況における証言、すなわち心身ともに〔革命という〕冒険に捧げつくした、譲歩することのない人間の証言だったからである。

ここに提供する調査形式の物語が、今日「事例」研究に向けられている好奇心にごく自然に組み込まれるとわたしが考えるのは、以上のような意味においてである。そうしながらも、わたしは流行に譲歩しているとは思わない。数量史家であるわたしは、これまで真に個人的な証言を残す可能性も知的手段も持たなかった人々の埋もれた足跡を追うことによって、社会史および心性史に自分の道を切り開いた。遺言書から読みとることのできる死を前にした人々の態度から、祝祭の身振り、革命期の非キリスト教化の示威行動にいたるまで、匿名の大衆の沈黙を突破するためにわたしが試みた道は一つにとどまらない。だからといって、わたしは個人への問いかけという補完的な、わたしの目には不可欠と見える手続きを軽視しているのではない。それどころか、そうした問いかけこそが、明確な意識が生まれてくる暗い道のりを内側から照らし出すのであり、また歴史を作る仕方を意識することなく歴史を作っている人々が、個人的な冒険をいかに生きたかを明らかにするのである。

一〇年ほど前、エクス＝アン＝プロヴァンスの世に埋もれた一人の主人公にわたしが取り組み、彼の興味深い墓――フリーメーソン的であり、またジャコバン的でもある墓碑――の図像学的な証言を出発点にして「エクスのブルジョワ、ジョゼフ・セックの抗しがたき上昇」を分析したとき、事例研究《ケーススタディ》はまだ流行していなかったし、出版社もそうした状況をわたしに教えてくれた。だが風変わりな人物の人生をたどり、その心的目録の概略を素描しつつわたしが立ち向かおうとしていたのは、個別的なものと集合的なもの、非定型的なものと典型的なものとの弁証法だったのである。

そのとき以来、集団的な流れが形成された。この流れに生命を吹き込んだのは、独力で、そしてずっと以前からこの道で仕事をしていた研究者たちである。わたしの念頭にあるのは、一五年以上も前〔一九六六年〕にカルロ・ギンズブルグがその存在を明らかにした一六世紀イタリアの異端者たち、すなわち『ベナンダンティ』〔竹村博英訳『ベナンダンティ』せりか書房〕である。フランスの研究者たちがこれを発見するには長い時間がかかった。だがつい昨日まではたんなる好奇心の対象と見なされていたものが、今日では広範に受け入れられている。〔さらに『チーズとうじ虫』（一九七六年）において〕ギンズブルグは一五八〇年代のヴェネチア異端審問所の文書をもとに、フリーウリ地方〔イタリア北東部〕の粉挽きメノッキオの心的宇宙を再構成しようと試行錯誤をくりかえしたのちに、ついにこの人物の唯物論的な宇宙観を提示することによって、彼はわれわれフランス人以上に新しい事例への関心を高めたのである。これについて、彼はその序文の中で、彼の一貫した手続きの、魅力的であるとともに説得力のある理論を展開している。もっともわたしは彼の考え方のすべてに賛成しているわけではない。とりわけ彼がこの個別的なものの復権を時系列的な心性史に対立させているとき、わたしはそう言いたい。彼は時系列的な心性史を集合的な態度と表象の、表層だけにこだわる貧困な歴史と見なすのみならず、押しつけられた文化的モデルの反映を特権視する欺瞞的な歴史と見なしている。たしかに、階級間の種々の緊張と拒否をうやむやにする、階級横断的な「集合心性」のさまざまな間道に迷い込む危険はある。しかしこのような危険は、多岐にわたる集合的態度の社会的内容を一度として見失わなかった研究者たちによって（わたしがそうしようと努力したように）察知され、回避されてきたのである。

以上のようなニュアンスのちがいは明らかにされなければならないとしても、提起された新しい手続きがその信頼性と創造性を示したことに変わりはない。『チーズとうじ虫――粉挽きメノッキオの冒険』（杉山光信訳『チーズとうじ虫――一六世紀の一粉挽屋の世界像』みすず書房）のような事例研究は、一般的なテーマをめぐる局部的な例証、その印象的なヴァリエーションという概念ではまったく捉えることができない。それは一連の謎――というよりも隠された宇宙〔民衆文化〕――に取り組むための方法なのであって、この宇宙はこうした方法をとらなければ、注意深く隠蔽されたままなのである。極限状態における個別的な証言が明らかにするのは、病理ではなく、世界についてのもう一つの見方なのである。

ナタリー・デーヴィスは、一六世紀の南フランスにおける重婚訴訟を出発点にして、マルタン・ゲールの冒険（成瀬駒男訳『帰ってきたマルタン・ゲール――一六世紀フランスのにせ亭主騒動』平凡社）のみならず、村落社会の賭けと賭け金〔動機づけと価値観〕にかんする集合的証言を再構成し、この方向での貢献を行っている。ダニエル・ロッシュは、パリの硝子職人メネトラのかけがえのない自伝的物語（メネトラ『わが人生の記』D・ロッシュ校注、パリ、一九八二年）を出発点にして、彼の修業時代から屋台と小売店の世界〔小生産者の階層〕で彼が一家を構えるまでをたどり、パリの職人《コンパニヨン》や手工業者《アルティザン》の心的宇宙に分けいった。事例研究は今日では訴訟に勝ったのであり、それは一つの財産なのである。

わたしがいま引用した諸研究において用いられている史料はおそらくすでに知られているものであろうが、重要なのはそれが新しい読解に委ねられていることである。こうした史料は冗長な訴訟記録の供述のように無理強いされた告白もあれば、家事日記のように自発的な告白もある。わたしたちがそこで発見したことは、抑圧する者によって書かれた史料は異端審問官の視点によってバイアスがかかっているけれども、歪んだ読解以上のものをもたらすことがありうるし、またいっそう注意深い解読作業を行えば、裁判官によってでっち上げられた対象の背後に、裁判官たちが直面している秘められた現実をかいま見ることができるということである。同様に、家事日記はその内容を分析できる者にとっては、日常生活の表面をなぞった年代記よりもはるかに多くのものをもたらしてくれる。これら多様な事例において〔歴史の〕研究は豊かなテクスト〔史料〕――このテクストが研究を支えるのである――を開拓し、活用している。そして、いまなおあまりにしばしば受け入れられている見解、すなわち民衆世界は沈黙に満ちているという見解を打ち消すのである。では以上のすべての例が民衆文化に固執しているのは偶然なのだろうか。わたしはそうは思わない。これらの例は、今日の研究者がまちがいなく最も心を動かされている作業現場の一つに関心を集中し、ほかでは見出すことのできないさまざまな答えをもたらしていることのあらわれなのである。

現在にいたるまで、事例研究はエリート層の中から選ばれた主人公たちを敬遠してきたように思われる。幾分かパラドックスはあるとしても、これは当然である。支配階級は、手紙から家族にかんする書類にいたるまで、おびただしい、往々にして饒舌な、より多くの証言を残している。こうした豊かな資料に怠惰に押し流されるままになって、古いタイプの伝記に立ち戻ることになるのを、だれが恐れないはずがあろう。このタイプの伝記は古びたとはいえ、なぜかいまも健在なのである。だが一般的には、少なくとも歴史家の場合は、若干の秀でた例外をのぞいて、こういったたぐいの調査の資料として文学作品を使用することは敬遠されてきた。この場合は、畑ちがいだと思われる領域を侵すことへの歴史家の頑固な羞恥心の反映である。だがテオドール・デゾルグという革命文学の群小作家の一人を選ぶことによって、わたしがしようと思ったのは、病理学的な世界とすれすれの地点にある一つの事例を出発点にして、一つの問題史に真正面から取り組むことであった。

何よりもわたしを惹きつけたのは、革命下に生きたというだけでなく、それにのめり込んでいった芸術家の問題である。「文芸の共和国」は、新しい人生、新しい目標、新しい市場に向かってどのように移行し、少なくとも部分的にはどのように頭の切り替えを行ったのだろうか。遅からず帝政につかえることによって自分たちの革命参加の章を閉じることのできた者たちの正常さよりも、むしろそうすることを拒んだ者の狂気のほうが、芸術と革命にかんするこうした考察の例証となるにはうってつけだとわたしには思われたのである。

このような全体的テーマに、偶発的なものではまったくないもう一つの問いが接ぎ木されることになった。すなわち「人はいかにして革命詩人になるか」という問いである。われらの主人公は——彼自身は模糊としていて捉えがたいのだが——その家族と祖先とをわたしに提供してくれた。彼らは地方の法律家でありブルジョワであったが、あらゆる手段を行使して特権的世界への社会的上昇をしゃにむに実現しようとしたのである。こうした広がりをみずからに持たせることで、文化史的調査は何らかの還元主義に少しも譲歩することなく、必要な社会的奥行きを取り戻すことができる。これがなければ、一七八九年のブルジョワ——エルネスト・ラブルースの表現によれば「社会的欲求不満層」——の遺伝的特性がいかほど積年のフラストレーションによってはぐくまれたものであるかが理解できないし、いわゆる「革命の狂乱」も理解できないのである。

われわれは彼の社会的ルーツをたどっていくが、それは彼の個人的な冒険の複雑さを打ち消すものではまったくない。その行程をたどるにつれて、われわれは幾度となく、われわれの主人公が表現している時代と社会の環境について言及することを余儀なくされるだろう。それは、一七八九年の前夜における地方都市の文化的小宇宙であり、その後においては、革命に奉仕する芸術家たちの一群であり、最後に、シャラントンの病院＝監獄に幽閉された、帝政への反対者の小グループである。しかし、わたしが選んだ、何ものにも還元できないと同時に典型的なこの主人公は、一つの世界から他の世界へと、妥協と拒絶をないまぜにし、自分の弱さと、おそらくは病理をさらけ出しながら、みずからの道を開いていくのである。

かくしてこの調査は、警察捜査的な側面、あるいは心理研究的な側面を有している。出版された作品の明快すぎる言説だけにとどまることは問題外であったから、半分しか明らかにならない彼のパーソナリティの諸要素を一つ一つ再構成しなければならなかった。公証人文書や税務資料、警察資料、政治的資料、これらすべては、一人の人間の冒険という組み合わせパズルを再構成しようとするのになくてはならぬものである。デゾルグの冒険については、行程の最後に、それが非定型的なものであるか、典型的なものであるかを問うことがわたしたちに残されているだろう。無論、その両方である可能性もあるのだが。

第一部　デゾルグ父子

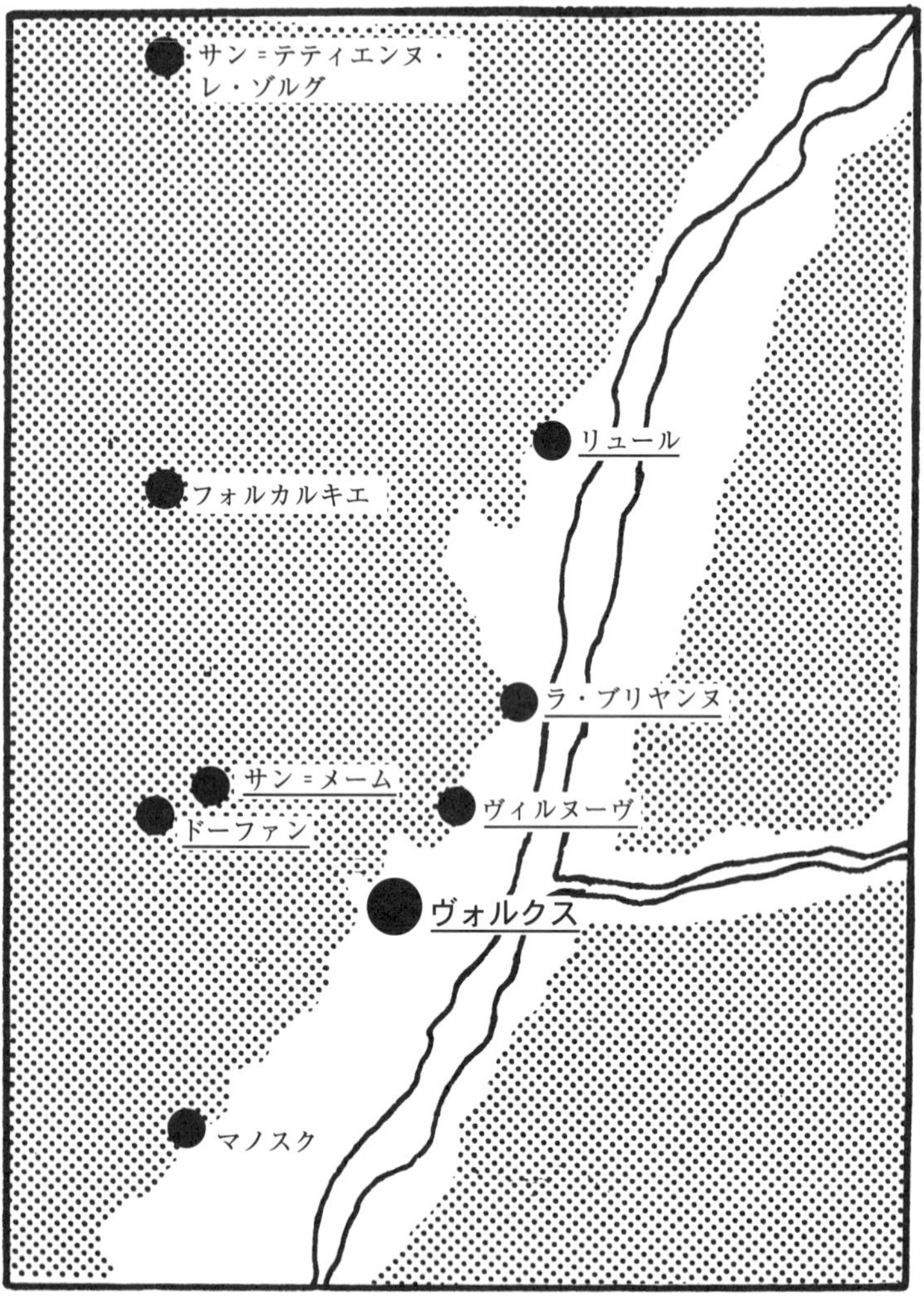

デゾルグ家発祥の地
（デゾルグ家の所有地がある町 村《コミューン》には下線を付した）

第1章　出　自――村の公証人

家族の出自を洗い出そうとして起源探究の陶酔に身を任せるのは、さほど危険なことではない。一連の小教区簿冊や公証人文書をさかのぼると、かなり早くに糸はぷつりと切れてしまい、連続性が断たれてしまう。われわれは、マノスク（一七六五年に住民数七〇二人）の北方デュランス渓谷の小さな村ヴォルクスに、デゾルグ家が一七世紀末に定着したのを確認できる。脱落の多い、しかもあとになってからの記載なのだが、ある小教区簿冊の伝えるところでは、ジョゼフ・デゾルグは「ピエール〔・デゾルグ〕と妻カトリーヌ・リショーの息子で、一六九三年六月一四日、ヴィヤンの地で誕生し、翌日洗礼を受けた」。代父として、ブルジョワのジョゼフ・ルージエ氏御臨席の栄を賜ったにせよ、父親が自分の名を書くことができたかどうかは怪しいものだとわたしは思っている。

ピエール・デゾルグの職業はわからないが、彼が貧民でなかったことは確かだ。彼は一七三二年から一七三五年のあいだに死んだはずで、このことは息子で公証人のジョゼフ（先ほどわれわれはその誕生に立ち会った）が、町にある家屋を交換するさいに起草した文書からうかがい知ることができる。実を言うと、一七世紀末のこの村の社会において、ヴォルクスのデゾルグ家は他のデゾルグ家との姻戚関係がはっきりしていないのである。豊かな繁殖力を持つこの家族のルーツは高台のサン＝テティエンヌ・レ・ゾルグ

(*les Orgues*) にあり、そこから近隣のヴィルヌーヴ、サン＝メーム、ヴォルクスとマノスク北方にあるすべての村落に枝分かれしていった。この行程には何ら驚くべき点はない。〔アルプスに連なる〕山岳地帯に住む正真正銘の「ガーヴ人」（ガヴォ）ではないにせよ、オート＝プロヴァンス人と呼ばれる資格は十分に備えている彼らは、まず谷を降り、ついで斜面に沿って、アプト盆地なり、エクスなり、エーグ地方なりのより魅力的な場所へと移動する傾向を示している。デュランス渓谷沿いのペルテュイには、一三五七年以来領主代官《バイル》をつとめる若殿《ダモワゾー》にして貴族のピエール・デ・ゾルグ（ペトルス・デ・アルソニキス）がおり、また一四世紀末に現れるベルトラン・デ・ゾルグ（ベルトラン、別名オネーグ）なる者の子孫を何世代かたどると、一四三一年にペルテュイの住民が残した忠誠宣誓文書もその存在を証明する、貴族ギヨームならびにジャック・デ・ゾルグ（ギレルムスならびにヤコブス・デ・アルゾニキス）へと行き着く。一五六三年から一六一三年にかけて作成されたこの土地のいくつかの土地台帳には、ペルテュイの助任司祭付き聖職者で小修道院を担当するかなり裕福な地主として、ジャン・デ・ゾルグ殿《メッシール》が登場する。彼の最後の経歴は一六一〇年から一六二〇年までのあいだのルーマランでの助任司祭職である。この人物とともに、ペルテュイのデゾルグ家は消滅する。われわれにこれらの情報をもたらしてくれたのはエリザベート・ソーズであるが、ここで彼女が展開してみせたのは、まさに一四世紀から一七世紀末にかけて、その身分を完全に忘れ去るほどにゆっくりと消滅していく、地方小貴族家系の一つについての描写である。

言うまでもなく、ここに見たのは一つの足跡であり、はるか昔に離散してしまった家系のはかない残像にすぎない。それ以外のデゾルグは別の道筋で生き残った。ヴォルクスのデゾルグ家や発祥地のデゾルグ家は〔一九世紀に〕消滅してしまったけれども、われわれは、サン＝メームからやってきた一家族が一八世紀末にアプト地方に落ち着き、今日にいたっている事実をつかんでいる。たしかにこのアプトのデゾルグ家をわれわれが捕捉するのはかなりあとになってからなのだが、彼らはペルテュイの小貴族たちとくらべるとあまりぱっとしない。一九世紀の終わりになってどうにかブルジョワの仲間入りを果たすまでは、農業労働者、かま糸織工、硫黄やオーカー（黄土）の採掘工といった具合である。

寄り道はこれくらいにして、いよいよわれわれは一七世紀末のヴォルクスに立ち戻り、村にいるあらゆる階層と風采のデゾルグに直接顔を合わせてみることにしよう。

小教区簿冊や公証人文書は、すでにちょっとした名士となっていたピエール・デゾルグのかたわらに、労働者の家系があることを教えてくれる。すなわちアントワーヌ・デゾルグ父子のことだが、彼らについては、結婚と遺言の記録を手掛かりにこの世紀の初めから終わりまでを追うことができる。またこれとは別に、ジャンからユルバンへのあまりぱっとしない農業労働者の家系がある。さらに、もう一人のピエール・デゾルグが二人の娘をマノスクに嫁がせていて、この二人は革命下にかなり質素な遺産を分け合った。これ以外の人々はもう少しよい暮らしをしていたようである。ローズ・デゾルグ嬢とピエール・デゾルグとの親族関係は、これまで挙げた人々と同じく不明であるが、彼女は自分と同じ公証人家系のブルジョワ――ビケ氏――と結婚し、一七五〇年から一七六〇年のあいだ寡婦として過ごしたあと、土地の名士と再婚を果たした。

一言で言えば、ヴォルクスのピエール・デゾルグは、一六六五年から一七三五年までの期間に、ルイ一四世の治世末期の恵まれた一家系として、慎ましくも幸運な社会的上昇のスタートを切ったように思われる。彼には少なくとも二人の成年に達した子供のあったことが確認されている。一七三〇年代にブルジョワのジョゼフ・カメルル氏と結婚し、ついで寡婦となった娘のアンヌは、土地の領主ド・ブリュニー氏が所有するヴィルヌーヴの耕地に建つ「四つの塔の館」を賃借りしたが、ド・ブリュニー氏の徴税請負人をつとめるのは公証人である彼女の弟〔ジョゼフ〕だった。家族間における賃貸借と請負の典型的な例である。カメルル未亡人アンヌ・デゾルグは、この賃貸借契約を放棄するさい、一七四一年に自分の弟が新たな徴税請負人に対して認めた貸し金の一部の出資者になっている。彼女はその直後に、子孫を残さぬまま死去したと思われる。その資産は弟の公証人の財産の拡大に貢献したにちがいない。

この家族に老人はめったに現れない。われらの主人公の直接の先祖として、いまやわれわれが関心を傾けるべきジョゼフ・デゾルグは、ヴォルクスでの国王公証人としての職務を二五年間つとめただけで、一七四九年一二月一一日に五六歳で死んでいる（最初の文書の作成は一七二四年）。とはいえ、彼の遺した帳簿類をもとに、活動的な村の公証人の示唆に富むポートレートを描くには十分な長さである。

小教区簿冊はかなりあとになって、しかもおおざっぱに記入されたものなので、ジョゼフの家族生活の特色を詳しく描く目的にはほとんど役立たない。ここからわかることとしては、長男のガブリエルは、一七八七年、エクスで七二歳で死んだ。次にジャン＝ピエール・デゾルグ（テオドールの父）の洗礼の記載が、小教区簿冊に一七二〇年一月九日に現れる。二年後〔系図では一七二一年〕に生まれた弟ジョゼフについては、一七二八年一〇月に六歳半で死亡したことしかわからない。最後に、一七二四年一月一五日に洗礼記載の娘マリー＝テレーズは、この時代にはよくある命名法によりマリー＝リュースと同一人物でないとしたら、時期不明の幼年期に死んでいる。このマリー＝リュースの生年を、われわれは主任司祭の簿冊からつかむことはできないが、ジャン＝ピエール・デゾルグの妹であるのは確かで、一七六一年九月から一七六二年八月のあいだに死が訪れるまでは生き続けたものと思われる……。

以上のような不完全できわめて曖昧な再構成から浮かび上がる家族のイメージは、次のとおりである。父ジョゼフ・デゾルグは公証人。母アンヌ・アイヨーの実体はつかめない。わかっているのは、一七一五年から一七二四年までのあいだに彼女が何人かの子をもうけたこと、夫の死去のおりにも言及されなかったこと、息子ジャン＝ピエールがエクスで結婚した一七五四年には確実に死んでいたことだけである。この夫婦のあいだに生まれ、生き延びた三人の子供たち、ガブリエル、ジャン＝ピエール、マリー＝リュースとは、われわれはしかるべき時と場所で再会することになるだろう。

とりあえずわれわれの興味をひくのは父親〔ジョゼフ・デゾルグ〕である。われわれは、彼自身の帳簿から引っぱり出された三〇通ばかりの公正証書を根拠に彼のことを知りえたと主張できるのだろうか。ある公証人が、自分自身で作成した証書の当事者であるということなどよくあることでもなければ、合法的でさえもない以上、他の多くの証書がわれわれの手から逃れているのは確かである。こうした場合、われわれの公証人は正本作成のためにヴィルヌーヴの隣村から同業者を呼びよせる程度の配慮はしていたはずだ。しかしながらわたしには、いくつかの権限を兼ね備えることで社会的関係をこまやかにコントロールした南仏の村の公証人についての、いわゆる「典型的」で型どおりの大まかなポートレートを描くには、これで十分なように思われる。彼にはいくつかの顔、いくつかの役目がある。以下に列挙するこれらの職務は、一人の人物のうちで矛盾なく果たされていたのである。すなわち公証人、領主の徴税請負人、地主――土地の買い手、そしてごく稀に売り手――、金貸し（高利貸という、悪意のこもった言い方は慎もう）、そして地方における定期金債権者という資格は、彼が村の地平の彼方を見ることができたことを示している。

かつて、一八世紀の膨大な遺言書の解読を通して南仏研究に立ち向かった者でなかったら、こんな奇妙な公証人にはめったに出会うものではない、と言ってみたくもなるだろう〔『一八世紀プロヴァンスにおけるバロック的信仰と非キリスト教化』参照〕。プロヴァンスという地域には公証人が多すぎ、この世紀の後半に最初の整理の動きが見られるまでは、どんな小さな町にも二、三人の公証人がいたものだ（このことはそんなに例外的だろうか）。だから多くの公証人は仕事が少なくて当然なのだ。だが幸いなことに、彼らには、テオドール・デゾルグの祖父〔ジョゼフ〕がそうであったように、それ以外の職務と収入源とがあった。それにしても、一見したところ仕事の少なさには驚かされる。質素な三冊の登記簿。ジョゼフ・デゾルグは二五年間で一二〇〇頁を埋めただけで、悪意があって言うのではないが、これでは今日の平均的大学教員の生産量にも遠く及ばない。しかも仕事のペースは時を追うにしたがって落ちているのだ。一七三〇年までは月平均でほぼ証書三通分に相当する五頁平均だったのが、経歴半ば（一七三〇～一七四二年）には二通相当の四頁に落ち、最後の七年間には二頁強にまで落ちた……。つまりこの仕事につきものの季節的なばらつきを考慮するなら、ヴォルクスの公証人執務室を一人の依頼者も訪れなかった月がしばしばあったということである。原因は、若死したこの人物の活力のなさというか、健康状態の悪化にあった。一七四三年になると、彼は正式の見習い契約書により、同じ村のアンリ・コント氏からその息子ジャン・コントを四年にわたり、自分を補佐し、職業の実務を自分から習得させる目的で……、また書面にこそ記されなかったが、明らかにバトンタッチの目的で、助手に雇った。そのようなわけでジョゼフ・デゾルグのあとを継ぐのは、このジャン・コントなのである。

　ジョゼフ・デゾルグは、自分の職業を息子の一人に継がせようとはしなかった。長男ガブリエルは、一七四〇年代にはすでにイエズス会に入会しており、おそらくはるか彼方のレヴァント〔地中海東部〕の停泊地にいた。家族の社会的上昇志向を一身に受け継いだ弟ジャン＝ピエールは、エクスの裁判所書記組合におり、父親は彼にはちがった願望を託していたはずだ。

　ここに、今日言われるような、地方で生きることの難しさの反映を見るのは時代錯誤である。ジョゼフ・デゾルグの相対的な不活発さは、プロヴァンス地方のきわめて小規模なブルジョワ社会では驚くべきことではない。そこには、モーリス・アギュロンが指摘したような――そして一九世紀初頭まで続くのだが――看板こそ掲げてはいるものの、たいした仕事もないはやらない弁護士という人物がいるのである。ジョゼフ・デゾルグの執務室は都合の良い見せかけ以上のものだ。それは観測所であり、影響力の網、さらには支配の網を織りあげるための有効な手段なのである。

ジョゼフ・デゾルグは、レーモン・ド・ブリュニー氏が男爵として領主をつとめる、ヴォルクス近在のヴィルヌーヴ所領の徴税請負人《フェルミエ・ジェネラル》――本人は総代理人《プロキュルール・ジェネラル》と称している――であった。われわれが出会ったこの領主は、一七世紀に先祖が裕福になり、マルセイユの貿易商《ネゴシアン》から法服貴族の職務により貴族叙任されるという最もめざましい出世をとげた家門の一つに属する。国王書記官として貴族叙任された貿易商兼石鹼業者のジャン＝バティスト・ド・ブリュニー（一六七一～一七二三）がトゥールデーグの男爵領を買ったのに対して、カイロの貿易商、ついでプロヴァンス会計総務《トレゾリエ・ジェネラル》をつとめたレーモン（一六七二～一七四七）はアントルカストー侯領に目をつけ、さらに息子の一人を高等法院院長に、もう一人を海軍士官に、それもとびきりの海軍准将にした。

一八世紀のヴィルヌーヴ所領は、ブリュニー帝国の一部である。これら大封建領主たちは、自分たちの領地とそれに付随した土地を管理するためにさまざまな仲介者を利用した。ここから遠くないミラボーやボーモンでは、ミラボー侯爵が有給の管理人と並んで、隣町のブルジョワで年貢と領主保留生産物を領主に納めながら、自分も収益を折半する徴税請負人を使った。この事例はごく単純で、要するに古典的である。公証人にしてブリュニー氏の徴税請負人であるジョゼフ・デゾルグは、ヴィルヌーヴ所領に付随するすべての土地の賃貸借契約を締結し、更新した。すなわち一七四〇年にはラ・トーリスの農園を、同時期にルームヴィエイユの農園を、そしてなかんずく、作業場であると同時に旅籠屋であり、所領の中心部分をなすあの「四つの塔の館」を、彼はすでに見たように自分の姉でありカメルル氏の寡婦であるアンヌ・デゾルグへ一七三五年に貸し付け、のちにサン＝テティエンヌ・レ・ゾルグのあるブルジョワに譲渡している。エクスの法服貴族権力の代理人であるこの公証人＝徴税請負人はここから経済的利益と権勢とを引き出さずにはいない。彼はまた小さな村の社会を越え、エクスの権門の周囲に織り成される保護と被保護の網の目を利用して利益を得ないではいない。レーモン・ド・ブリュニーを通じてデゾルグ家はフランスの財務官のグループと接触することができたし、近隣のサン＝メームの領主ダルベルタス氏は会計法院院長である。この二重に入り組んだ環境の中で、われわれは次の世代のエクスに視線を転じると、ダルベルタス一族の直接の被保護者のランクにまで達している、ヴォルクスの公証人の息子で弁護士のジャン＝ピエール・デゾルグを見出すことになる。将来の出世に向け、従属・保護・相互奉仕といった径路による絆が村から州都へとつながっていると推測しても誤りではあるまい。この社会における都市＝農村関係はこれらの術語によって言い表されるのである。

もっと具体的に、つまりよりわかりやすく言えば、ジョゼフ・デゾルグはその古典的な兼職のおかげで、しばしば彼の管理する業務と密接に関連した自分自身の商売ができた。彼の金貸しとしての活動についてわれわれが知っているのははした金、つまり私署なしで直ちに支払われた金ばかりである……。にもかかわらず、一七四〇年以後の公証人としての経歴の最後の一〇年間に、彼は自営農《メナジエ》〔土地を所有する経営者〕や農夫《トラヴァイユール》〔零細な土地所有者で賃金労働にも従事する〕といった零細な人々への貸付金を、つましいながらも増やしていったのである（農夫ジャン・エスコフィエは一七四〇年に一年後の返済契約で一五〇リーヴルを受け取ったことを認めた。自営農ルイ・リュゼルは一七四八年に一二七リーヴルを借りた。翌年、サン＝ミシェルの別の農夫は、二年後の返済契約で一四〇リーヴルを借りた。これ以外の貸付金は、最も少額の四〇リーヴルから、最高額は、ジョゼフ・ファーブルが一頭は白、一頭は赤みを帯びたつがいの牛を買うために一七四七年に借りた二八三リーヴル一〇ソルである……）。

　村の金貸しという一見ささやかな活動から、だんだんと土地（たとえ、たいていは猫の額ほどの広さであれ……）の買い集めへと自然に移行していくのは驚くに当たらない。もし公証人に金を借りた農夫が、だれであれ返済能力を欠いているなら、残された手段は土地を手離すことだけだ。こうして一七四七年にジョゼフ・デゾルグが農夫ジャック・シルヴィーから面積五パノー〔プロヴァンスの面積単位で一パノーは六・四アールに相当〕の地所を買ったとき、その代価は売り手がずっと以前に受け取ったという四〇リーヴルであった……。これはほんの一例である。村の片隅で、公証人はとりわけ一七四〇年以後、小さな買い物をくりかえし行った。八〇平方カン〔一六〇カンで一パノー〕の土地を七〇リーヴルで、二パノーを二〇リーヴル八ソルで、もう少し広い土地を一二五リーヴルで。周到な買収作戦は土地交換戦略をも伴っていた。わたしは彼の帳簿から半ダースほどもその記録を見つけた。これらは「大プロジェクト」ではないにせよ、村の小名士の確固とした、あるいは頑固な信念を示すものである。

　これらのけちな取り引きに惑わされないようにしよう。公証人はもっと大きな買収もできた。一七四一年、彼はヴォルクスの農耕地のうち通称ル・ポン＝ヴィユーの面積六カルゴ〔一カルゴは一〇パノー、すなわち六四アールに相当〕の広大な土地を、三〇〇〇リーヴル以上で獲得した。そのうえデゾルグは白分の証書正本にもその賃貸借契約が記載されている不動産の一部を相続によって受け取ったはずだから、ゼロから出発したわけではない。ここで彼の所有地を、限なくではないにせよ、少なくともかなり特色を捉えながら見渡してみよう。ヴォルクスにある耕地、ぶどう畑、小牧草地（いくつかの家屋は含まない）は、いくつかのぶどう畑、小牧草地をのぞき賃貸しされた。ヴィルヌーヴの通称フォンレーヌの農園を、一七四四年、彼はオレゾンの自営農に賃貸しした。ドーファンにあるいま一つの農園における一七四三年の賃貸料は年五四〇リーヴルにのぼった。四万から五万リーヴルの土地資産を利子五パーセントで再投資するとすれば、彼の経歴の終わりごろの収入は平均して年二〇〇〇から二五〇〇リーヴルと見積もられるが、ジョゼフ・デゾルグの土地収入を過大評価したことにはならないだろう。

　村の名士にとってこれはゆとりであって、財産というほどのものではない。しかし、少なくとも推測することは可能なのだが、貸付金の利子や永久定期金〔団体を支払債務者とする定期金〕を見過ごしてしまうため額の見積もりは簡単でないにせよ、ブリュニー氏の徴税請負人としての収入源は、公証人の基本収入に付け加わる以上の意味を持ったにちがいない。これなかりせば、彼は自分の金を公債証書につぎ込むことはできなかったろう。このことの相対的重要性は、彼をして地主であることに加えて、近代的な意味における金利生活者《ランティエ》たらしめ、自分の村の彼方へと通じる道の扉を開いてやったことにある。ジョゼフ・デゾルグは死の直前の一七四八年、息子でエクスの弁護士であるジャン＝ピエール・デゾルグを、州〔プロヴァンス〕を支払債務者とする、それぞれ一万四〇〇〇リーヴルと四〇〇〇リーヴルの二つの定期金（年収九〇〇リーヴルを意味する）の利子回収と資本管理のための代理人に任命したが、まさしくそれは定期金の重要性を説明するものである。ヴォルクスは地の果てではない。生活苦の農夫相手に数十エキュを貸し付ける以外に金の使い途を知らないわけではないのである。

　どんな年にも平均して五〇〇〇リーヴルの収入があれば名士としては十分である。子供たちに対して野心的な計画を抱かせるには、いずれにせよ十分である。長男ガブリエルはイエズス会に入った。レヴァントの停泊地における伝道で功績を認められた彼は、修練期間なしに誓願を立てたようである。彼が自分の経歴を「元イエズス会士、誓願修道士およびシリア、エジプトの伝道団総長者……」としめくくったのは一七七七年、エクスで弟ジャン＝ピエールに代理権を与えたときのことである。このオリエント志向には、プロヴァンス会計総務就任前の、カイロの貿易商レーモン・ド・ブリュニーの庇護が何らかの役割を果たしたのではないか。これはまったくの推測にすぎないので、彼の軌跡をめぐっていまは深く詮索する暇はない。イエズス会禁止後の元イエズス会士にして聖職者のガブリエル・デゾルグにわれわれが再会するのは、一七八〇年代のエクスにおいて、現役から退いた伯父としてである。

〔次男〕ジャン＝ピエールは明らかに、家族の希望を担った指定相続人である。父親が彼をエクスに送ったのは、まず確実に学院《コレージュ》で、つまり当時はイエズス会経営のブルボン王立学院で学ばせるためであった。ライバル校であるマルセイユのオラトリオ会学院のような登録簿をわれわれが持たないのは、何という不幸だろう。しかし、一七三八年、一八歳で大学入学を認められたとき、すでに彼は帰化した「エクス人」であり、弁護士としての経歴に入る前の一七三九年に学士となっていた。父の死後の一七四八年から一七五五年にかけてヴォルクスで彼が交わした公正証書には、弁護士「志願者」という肩書が付せられた……。そして一七五四年二月、エクスのマドレーヌ小教区で作成された婚姻証明書には、わざわざ、彼はこの都市に「未成年期から」住んでいるとはっきり記されている。

その息子〔テオドール〕がパリ征服に旅立つことになるように、エクスの征服に出発したジャン＝ピエール・デゾルグとともに、われわれもオート＝プロヴァンスの境にある村落世界に別れを告げよう。ただし完全にではない。そこには堅固だが不活発とは言えないオールドミス、相続においては妹そして叔母の役割を果たすマリー＝リュース・デゾルグを残していくからである。

マリー＝リュースは、おそらく一七六一年の終わりごろと思われるその死までヴォルクスで暮らした。

その間、それも一七四九年からその死までのあいだに書かれた一連の公正証書から透けて見えるのは、公証人であった父ジョゼフの相続人にふさわしい、がめつい「老嬢」としてのブルジョワ女性の肖像である。父親は娘を生きる糧なしにほうり出したりはしなかった。なにしろ彼女は、リュール近傍にある旅籠屋兼居酒屋である、フォンジュスタンの「本館」という高価な別荘をその周辺のすべての土地とともに所有しているのだから。企業家の域にも達しようという「金利生活者」の生活を安定させるほどではないとしても、年収六〇〇リーヴル以上の利益を上げる大物件を賃貸ししていたのである。マリー＝リュースは父親同様に土地を、わけても一七五一年にはラ・ブリヤンヌ近辺のぶどう畑を買い入れ、また特に個人債務者に対する永久定期金をかき集めたり、その辺の農民に短期で金を貸したりしてゆとりのある収入を確保しようとした（一七五七年にはある自営農に二五二リーヴル、二年後にはあるブルジョワに「好意的貸し付け」として七八リーヴル貸しているが、完全に欲得ぬきだったかどうかは疑わしい）。しかしながら、彼女が好んだのは、証書に基づいて購入されたとされる以下のような永久定期金の設定だった。一七五六年、ジョゼフ・ベルヌ氏から二〇〇〇リーヴルの元金に対して一〇〇リーヴルの永久年金、翌年マノスクの金欠の貴族から元金八八〇リーヴルで四四リーヴルの永久定期金、一七六一年にはより慎ましく、貧しい保有農の二〇〇リーヴルの借金を肩代わりするかわりに一〇リーヴルの定期金。質素ではあるが確実で、また何より安定している収入であった永久定期金は老嬢の守護神である……。従って一五〇リーヴルの定期金と六〇〇リーヴル以上の定額小作料を得ていたマリー＝リュース・デゾルグは完全に無一物というわけではなかった。一七五五年一月には、家族の最初の娘となる姪マリー＝ポーリーヌの洗礼式のためエクスに招かれたのだから、兄と疎遠になったわけでもない。残念ながらマリー＝リュース叔母さんはこのときすでに壮健とは言えなかったにちがいない。「体の不調により、代母をのぞく」出席者全員が署名したと司祭が書き残しているからである。それが何だと言うのだ。兄の弁護士にとってマリー＝リュースの相続財産は、はてしのない訴訟を伴うにせよ、つかむに値するものであり、やがて彼はそれを自分の手中に収めるという喜びを味わうことになる。われわれはヴォルクスをあとにするが、そこにはエクスの弁護士ジャン＝ピエール・デゾルグの未来の帝国の属領の一つになるであろう、父と妹の二重の相続財産が残されている。

第2章　勝ち誇る法官たち――エクス　一七五〇～一七七五

テオドールの父、ジャン＝ピエール・デゾルグについて、エクスの消息記事が語るところによれば、著名な弁護士という彼の地位についての記載や、プロヴァンス州総代という身分へ移行したことへの暗示があるほかには、その長男が会計法院評定官の地位へと出世を果たしたことを祝おうというまさにその時に自らの命を断ったという、いささか強烈な転落のイメージばかりが残っている。まったくのところ、こんな出来事はめったにないし、ゆるぎない社会的上昇を続けるという冒険をやりそこなったという外観を、不正確にも、与えるにはうってつけだ。われわれが、父〔ジャン＝ピエール〕デゾルグについて息子〔テオドール〕デゾルグ以上に情報を持っていることは、何ら驚くにあたらない。一方は安定した地位の名士であり、もう一方はさすらいのボヘミアンなのだから。しかしそれでも、息子の冒険は、たとえそれが一見してどれほど非定型なものに映ろうとも、家族の連続性の中に含まれている。ただしそれはたいていの場合、アンシャン・レジーム社会の防壁に行く手をはばまれたブルジョワ的上昇についての陰画なのだが。

地方の首都としてのエクスの小宇宙は、開かれた社会であったか、それとも閉ざされた世界であったか。半世紀後に息子たちがパリ征服へと「上って」いくことになるのと同じように、エクスで成功しようと田舎から「下りて」きたジャン＝ピエール・デゾルグは、われわれに謎めいた言葉で証言する。「エクスに住むのは風車小屋に入るのとはわけがちがう」〔だれにでも出入り自由というわけではない〕……。しかしその言葉の意味を説明するより、むしろわたしは一八四八年のエクスの年代記作者ルー＝アルフェランが語るに任せたいと思う。まさに下級法律家階層の出身者として、彼は自身が目撃した（彼は一七七六年に生まれている）大革命前夜のクール〔今日クール・ミラボーと呼ばれる市中心の大通り〕の雰囲気を描き出している。そこはまさに、エクスの諸階層が互いを見つめ合う舞台なのである。

「クールはエクスの住民の出会いの場であり、毎日の散歩道だった。貴族や高等法院評定官の家族は……幌つき四輪馬車でやってくる……。そしてこれは重要なことだが、彼らのうちのだれかが徒歩で姿を現すときは、法曹家たちや商人たちは勿論のこと、ブルジョワとも決して立ち交じらないよう細心の注意を払う。信じられるだろうか。あげくの果てには……これこれの散歩道はこれこれの階級専用となり、そこに低い階級の者が入り込んでしまったら禍いなるかな、という有り様だ。われわれが思い出したくもない嘆かわしい喧嘩は、こんなことがきっかけで起こったりもする。いわば境界線が引かれていたのだ……。数人の誇り高い反抗、何人かの卑屈な従順、すべての者の、とりわけ婦人たちの横柄な態度、これらは強烈な絵となって観察者の目に飛び込んでくる。ブルジョワたちもまた商人たちから距離を置くことを心得ているとはいえ、商人たちはしばしば彼らよりも裕福なのである。ブルジョワたちのある者はささやかな収入で暮らしを立て、彼らが「貴族的に暮らす」と呼ぶところの何世代かにわたって続いた無為を自慢する。大部分の者はいくつかの貴族の家門と姻戚関係を持ち、そこから「小貴族と大ブルジョワは手をつないでいる」という格言が生まれた。一方、それ以外の、朝から晩まで物差しを扱う者たち〔商人〕は、手工業者に接近しているように見える。著名な弁護士たちは、自分たちより能力の劣る同業者とはめったに一緒にならない。弁護士たちが参与職〔第3章参照〕に達すれば、貴族の家の扉は彼らのために開かれるが、それは仕事の少ない弁護士たちや、彼らだけで新たに一つの階級を形成しているらしく見える代訴人や公証人たちのためではない」。

「しかし職人たちは夕方か夜、祭日か大きな集まりの日でもなければ、クールにやってこようとはしない……。一七四八年、彼らの一人がクールに店を開けたときには、この非常識に身分の高い人々から不満の声があがり、とうとう市の評議会は……カフェ以外に職人の店をこの場に構えることはまかりならんと決議した」。

社会的階層関係が——身分か階級か、どちらでもよいが——かくも厳格に区切られた、この取り澄ました都市では、ブルジョワの上昇を可能にする手づるなどほとんど無かったのだが、それでも才能ある弁護士には、参与や州総代のランクにまでよじ登ることにより、貴族エリートへの扉を押し開けることを試みるという狭い経路が存在したことをルー＝アルフェランは示唆している。ジャン＝ピエール・デゾルグはこの条件を最大限に利用するのだが、われわれは彼がどんな成功を、どの程度まで収めたのかを見ることになるだろう。この目的のためには、勝ち誇った法官としての彼の経歴を二つの時期に分割せねばならない。第一期は、著名な弁護士にして法学者、市の参与、州総代、地方長官総補佐としての成功が彼にもたらされた時期であるが、一七七五年以後の第二期は、すべてが不調をきたし、ほとんど完璧とも見えた勝利の外観から、ジャン＝ピエール・デゾルグにつきまとっていた「社会的欲求不満」のフラストレーションが顔をのぞかせ、ついには最後の転落にいたる時期である。

先回りはやめよう。さしあたりわれらの主人公は、田舎の公証人の息子から都市の若い弁護士へという標準的な経路をたどって、この地方社会にうまく入り込んだように見える。わたしは、彼が一七三〇年から一七三八年にかけてエクスのイエズス会士のもとで学業を修めたものと、かなりの自信を持って推定することができる。この期間はジャンセニスム論争と政治的・宗派的な大衝突に揺れた時期であり、エクスは一七三一年のジラールとカディエールの事件〔ミシュレ『魔女』第二巻第一〇章「ジラール神父とカディエール」参照〕により大騒ぎになっていた。この訴訟はイエズス会聴罪司祭と彼に誘惑された告白者の女性とが対決したスキャンダラスなもので、宗教、セックス、そして貴族ばかりか庶民同士の党派対立までがごちゃまぜになっていた。ジャン＝ピエール・デゾルグはダルジャンス侯ではないので（侯爵は一五歳年長だ）、学院生がこの時期をどう過ごしたのか、また息子たちにこのときの思い出をどのように伝えることができたのか、打ち明けてはくれない。実に彼は何も打ち明けてはくれないので、われわれにはこの闇の時期についてはいくつかの目印しか残されていない。一七三八年六月二〇日に大学入学資格、翌年には学士号を取得している。史料に恵まれた別の地域を対象に、一八世紀の学院生の勉学課程を分析した最近のいくつかの研究を参照したところでは、この経歴に何ら例外的な部分はない。貴族の息子であれば、ジャン＝ピエール・デゾルグは自分の学歴をここまで延ばしはしなかったろう。自作農の息子であれば、たとえ裕福であっても、聖職者になっただろう。職人の息子なら、あきらめただろう。ひとり法律家の息子だけが、知識によって迅速に自分の価値を高め、専門職への扉を開くことができたのである。

この経歴の最初の何段階かについては、はっきりしていない。彼は地位を築かねばならなかった。なぜならヴォルクスの公証人文書は、一七五〇年代でもなお、彼を弁護士志願者扱いしているのである。しかし一七三九年から一七四五年までの、彼が「部屋ずみ」であり続けた期間——父からの相続財産の所有などにより生活の基盤を築き、独り立ちするまでの長い待機期間——に、彼は弁護士になれたようである。

一六九五年から一七六〇年代までのかなりよくそろったエクス人頭税帳簿に残された足跡を追うことにより、われわれは弁護士の道程を見定めることができる。一七四一年の巻にはまだ登場しないが、続く一七五三年の巻には、「サール・ド・ラ・コメディー（劇場）」と呼ばれた一郭の一番地に、彼は次のような記載で現れている。「デゾルグ氏。弁護士、部屋ずみ。下男一名、下女一名」。この使用人構成は、裕福なブルジョワの地位に彼を位置づける。またオペラ通りの端、通称「プラットフォーム（高台）」に居を構えたことも社会的に意味深い。大部分が一七世紀初めに建設されたヴィルヌーヴ（新市街）地区と、サン＝ジャン地区との境界にあるこの一区画は、その周辺と同様のきわめて均質的な住民たちに特色がある。裁判所に近いため代訴人や弁護士がうようよしているし、通りの下のほうには高等法院や会計法院の評定官が顔を突き合わせていた。たしかにこれらの階級は、古来の貴族、または法服の貴族たちが豪華な暮しを競い合うマザラン地区の住民とは異なる。しかしこの地区も、職人がめったに住まない、お行儀のよい地区だった。一七五六年のとりわけ詳細な人頭税帳簿によれば、オペラ通りまたはコメディー通りに住むデゾルグ氏の近所には、公証人、弁護士未亡人、医師未亡人、ブルジョワ、平貴族がおり、すべてが一人ないし二人の使用人を抱えていた。公証人文書の教えるところでは、ジャン＝ピエール・デゾルグは、自分の家を一七五〇年に、ある高等法院主席検事から購入していた。一七五四年から一七八四年の死まで、彼の職業生活と家庭生活はこの家で展開された。人頭税帳簿は、その連続性が中断する一七六二年までは、定期的な目印として彼の足跡を記している。一七五四年を過ぎると、「部屋ずみ」の記載は既婚男子のそれに場所を譲り、「下男一名、下女一名」の記載もまた二人の女の使用人――「小間使い一名、下女一名」――にとって代わられた。

三四歳の結婚は、遅いけれども規範の枠内だ。足場を確保していたこの弁護士は、結婚によってのし上がったというより、すでに固めていた社会的立場をこの手段によりいっそう強化したのである。一七五四年二月一四日、マドレーヌ教会で彼と結ばれたマドレーヌ・ド・メリゴンはうら若い女性だった。エクス生まれの二二歳で、父は会計法院首席判事ギヨーム・メリゴン氏、母はマリー・ド・ヴェルデ夫人であるが、結婚のさいに、花嫁の名前に貴族の家柄を表す小辞（ド）がいささか恣意的に付加されたのは、この母親の名に負っているのだろう……。メリゴン夫妻はまだ若かったし（七年後に一九歳の息子を亡くすことになる）、父、母、そして彼らの子供たちが、デゾルグ家の何回かの洗礼式に頻繁に証人として署名していることから推して、この家族はかなりの出たがり屋だったようだ。われわれは、この結婚により可能になった、会計法院および財務局への「ロビー入り」が、ジャン＝ピエール・デゾルグの経歴の中で、どれほどの影響力を発揮しえたかをまもなく見ることになろう。早くも婚姻証書中にフランス会計総務ジャン＝ジョゼフ・ブロシエが立会人として署名を残していること、とりわけ、会計法院院長ダルベルタスの列席（主任司祭の記述「ダルベルタス法院長閣下列席の栄に浴する」）がロビー入りの証拠となる。だがわれわれは、ヴォルクスの公証人の息子が、何と言ってもサン＝メームの領主であるダルベルタス閣下にとって未知の人間であるはずはないとも考える。庇護関係のネットワークが接近に有利に働いたのだ。要するにジャン＝ピエール・デゾルグの結婚は、堅固に構造化された星雲の中に含まれているのである。

華々しく行われた、この結婚という冒険のその後の展開を追うならば、「古いスタイル」の人口学で受け入れられてきたあらゆる紋切り型を、いわば確認することになるだろう。一七五四年二月一四日、二二歳で結婚したマドレーヌ・メリゴンは、一七六五年六月二四日、小教区簿冊によれば四〇歳で死んだとあるが、われわれの情報が正しければ、彼女は七度目の出産の直後もしくはほぼ直後には、三三歳にしかなっていなかった。

この間には、単調な出生と死亡のくりかえしがある。マリー＝ポーリーヌ・デゾルグは、両親の結婚の一一カ月後の一七五五年一月一六日に生まれ、二七日目の二月一二日に死んだ。マリー＝マドレーヌは年後の一七五六年一月二四日に生まれ、代父をつとめたのは光栄にもマルタ騎士団員のピエール＝マリー・ダルベルタス殿である（この事実は、彼女がひっそりと——おそらく里親のもとで——世を去ることを妨げなかった。事後に作成されたすべての家族証書がそうであるように、小教区簿冊に記載の無いのがその証拠である）。翌一七五七年一月、マリー＝アンリエットが生まれ、五カ月後、六月の最初の暑さのおりに死んだ。デゾルグ家の人々は執拗である。一七五八年一〇月一七日にはジャン＝ジョゼフが生まれたが、三年近く生き延びて一七六一年六月に死んだこの最初の男子は、あえて言えば、家族の長生き記録を打ち立てた。この間、生殖活動を休止していた両親は、直ちに再開し、一七六二年三月六日に生まれたジャン＝フランソワ・デゾルグは、成年に達した最初の子供となった。だがおそらく、これまでのようにメリゴン家、さらには高貴な人々にまで証人を求めなかったのは、彼らの倦怠のあらわれだろう。このとき、呼び寄せられたジャン＝フランソワ・コニルとジャン＝マリー・モーニエは署名できなかった。しかし、こんな些事が物語るのはそれがたんに慌ただしい分娩であったか、またはそれ以外の取るに足らない偶発事件のせいであったということかもしれない。

われらが主人公ジョゼフ・テオドール・デゾルグは兄よりも九カ月と三日後の一七六三年一一月九日に生まれた。正確に数えれば、未熟児としての誕生である。前にも後ろにもコブのある、このフランスのイソップは明らかに月足らずであり、コブもそのせいであろう〔テオドールのコブは未熟児であったせいかもしれないが、兄弟の年の差についての記述はあやまりで、実際には一年八カ月と三日である〕。だが彼には生育力があり、家族にとっては素晴らしい恩恵である。なぜならば四五歳まで生き、この書物の題材を提供してくれたのだから。デゾルグ家はここでその家族的野心を終わらせねばならなかったのだろうか。そう考えてよいのは、兄テオドールより一七カ月後の一七六五年四月七日に生まれ、祖母ヴェルデ＝メリゴンが

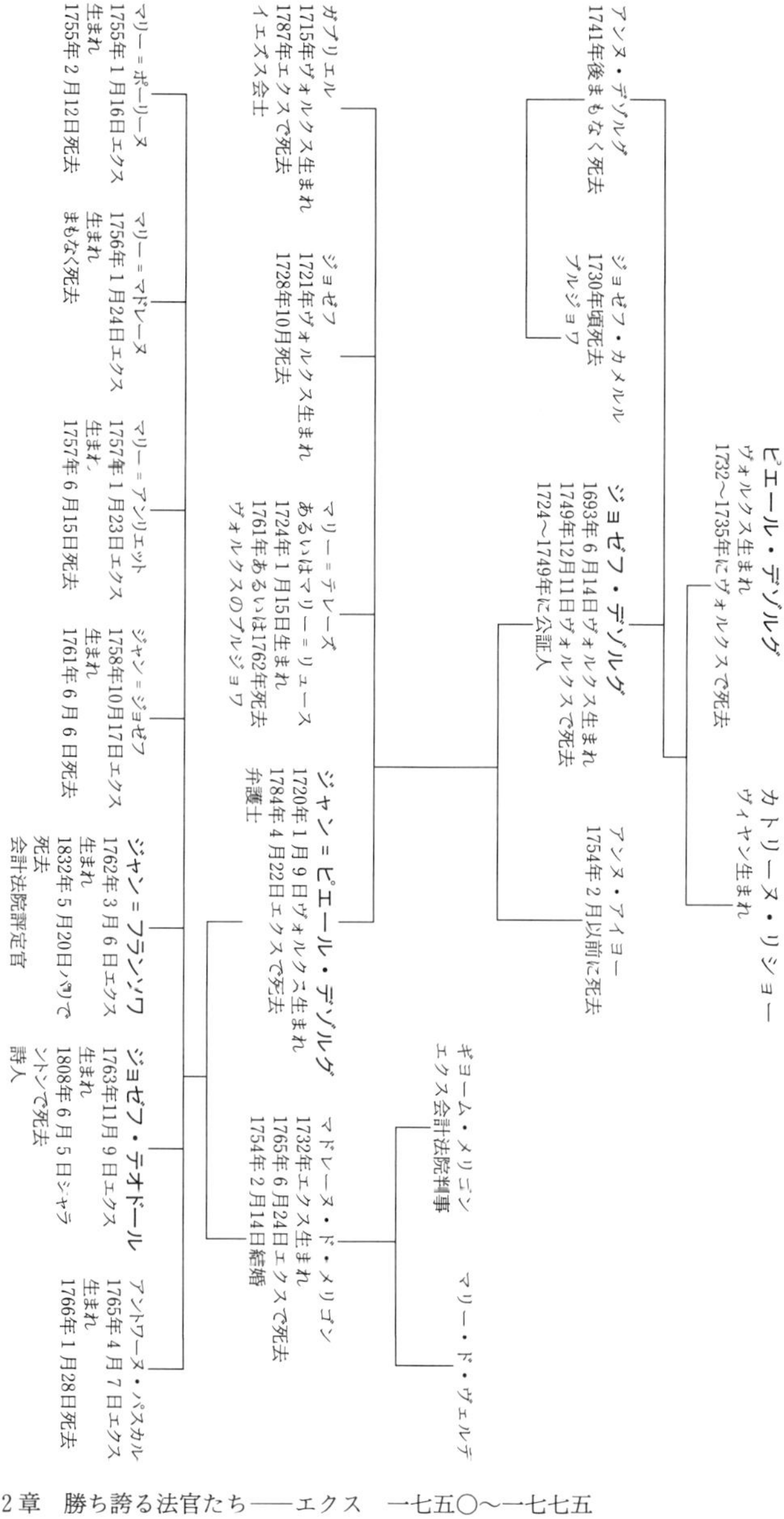
ピエール・デゾルグ
ヴォルクス生まれ
1732〜1735年にヴォルクスで死去
カトリーヌ・リショー
ヴィヤン生まれ
アンヌ・デゾルグ
1741年後まもなく死去
ジョゼフ・カメルル
1730年頃死去
ブルジョワ
ジョゼフ・デゾルグ
1693年6月14日ヴォルクス生まれ
1749年12月11日ヴォルクスで死去
1724〜1749年に公証人
アンヌ・アイヨー
1754年2月以前に死去
ガブリエル
1715年ヴォルクス生まれ
1787年エクスで死去
イエズス会士
ジョゼフ
1721年ヴォルクス生まれ
1728年10月死去
マリー＝テレーズ
あるいはマリー＝リュース
1724年1月15日生まれ
1761年あるいは1762年死去
ヴォルクスのブルジョワ
ジャン＝ピエール・デゾルグ
1720年1月9日ヴォルクス生まれ
1784年4月22日エクスで死去
弁護士
ギヨーム・メリゴン
エクス会計法院判事
マリー・ド・ヴェルデ
マドレーヌ・ド・メリゴン
1732年エクス生まれ
1765年6月24日エクスで死去
1754年2月14日結婚
マリー＝ポーリーヌ
1755年1月16日エクス生まれ
1755年2月12日死去
マリー＝マドレーヌ
1756年1月24日エクス生まれ
まもなく死去
マリー＝アンリエット
1757年1月23日エクス生まれ
1757年6月15日死去
ジャン＝ジョゼフ
1758年10月17日エクス生まれ
1761年6月6日死去
ジャン＝フランソワ
1762年3月6日エクス生まれ
1832年5月20日パリで死去
会計法院評定官
ジョゼフ・テオドール
1763年11月9日エクス生まれ
1808年6月5日シャラントンで死去
詩人
アントワーヌ・パスカル
1765年4月7日エクス生まれ
1766年1月28日死去

デゾルグ家の系図

代母をつとめたアントワーヌ・パスカルは、一〇カ月しか生きなかったからだ。この子は一七六六年一月二九日に〔エクスの〕サン゠ソヴール大司教座聖堂に埋葬されたが、このことは生まれてまもなく母を奪われた孤児が近くの田舎に里子に出されたことを、おそらく示唆している。母マドレーヌの身の上に起こった事柄はかなり明白だ。彼女は出産の二カ月半後の六月二四日に死んだ。産後の初経のさいの事故――産褥熱かそれ以外の感染――と診断しても誤りではあるまい。今日の人口学者が語るところでは、この種の病に冒されるのは初産婦よりも、継続的な妊娠によりあまりにも早く体を弱らせた三五歳から四〇歳の母親なのである。

あっと言うまに時が過ぎた。一一年間続いた弁護士ジャン゠ピエール・デゾルグの結婚のエピソードを、いささか無情に定義するならこのようになる。このあと、マドレーヌ教会の小教区簿冊には、一七七七年の岳父ギヨーム・メリゴンの死を別にすれば、一七八四年の彼自身の死まで何の形跡も残されてはいない。

しかし、別の資料があとを引き継ぎ、弁護士の個人的経歴については、公証人文書がわれわれに情報を与えてくれるし、公的経歴については、妻を亡くしてまもない一七六八年の市の参与職ならびに州総代職就任、さらには一七七一年以後、地方長官補佐職の指名を受けることによって、彼の職歴はその頂点を極めることになるが、ここでは、公的記録――市議会議事録やプロヴァンス地方長官管区文書――が、ときにはか細いながらも、全体的には十分な導きの糸となってくれる。われわれは、この経歴を順にたどりつつ、一七七五年に大きな切れ目に出会うことになるだろう。しかし、一七五四年から一七七五年に限定したとしても、彼の財産、言うなればある人物の社会的基盤を描き出すことから始めても時期尚早ということはない（弁護士や代訴人について語るとき、われわれは高等法院評定官の羽振りの良さとは対照的に、地方都市であくせく暮らす「下っぱ法律家」をイメージしすぎるきらいがありはすまいか）。たとえデゾルグ家の社会的出自が農民的で、比較的慎ましげな外観を呈していたとしても、それはあくまでも金持ちのそれ、少なくともわれわれがこれから見るような「成り上がり者」のそれなのである。足跡をたどる史料には不自由しない。デゾルグの父の下で見習い修業を積んだヴォルクスの公証人コントは、われらの弁護士が自分の相続財産にいかに忠実だったかを推し量るに足る三〇ほどの証書を書き留めている。次いでエクスでは、――一七六四年から一七八一年まで――なんと二〇年近く相棒をつとめた公証人アラールの正本に見出された四〇ほどの文書が、彼の経歴における絶頂期の活動を示してくれる。アラールは文書を手渡しするためにしばしばデゾルグの執務室を訪れているが、デゾルグもまた同じくらいにアラールの事務所を訪れている。一七八三年になってこの公証人が仕事をやめると、ジャン＝ピエール・デゾルグは自分の遺言書をアラールの仕事仲間であるベールに託した。その一方で、彼は相続人の補充指定条項の複雑さゆえに、この遺言書をセネシャル裁判所にも登記していたのだが、われわれがジャン＝ピエール・デゾルグの財産の絶頂期を然るべき時と場所において算定できるのは、このベールの文書があるからなのである。そこに示された形跡は、当然のことながら弁護士の私的活動を完全にカバーしているわけではなく、とりわけその経歴の初期の部分が欠けている。だがかなり示唆的な姿をそこから得ることはできる。

ジャン＝ピエール・デゾルグは不動産を持っている。これは予期したとおりで、その総体が、継続性と執拗さによって形成された世襲財産であること以外は驚くに足らない。われわれが知る限り、彼は一七五〇年、三〇歳で代訴人J-B・ミニャールからオペラ通り沿いの家屋を最初に買収した。支払いは長期にわたり、未払い金一二五〇リーヴルの決済は一七七六年である……。この家は言わば商売道具であると同時に、裁判所と法律家の居住地区の中心に家族の本拠地を置いたことを意味する。今日でもなお、オペラ通り二九番地の大きな家の前を通り過ぎるとき、われわれはジャン＝ピエール・デゾルグの社会的地位をよく理解する――または少なくとも感じ取る――ことができる。三階建ての石組みは重々しく、風格も感じるが、しかし「邸宅」とは言えない。エクスでは、その富がどれほどであれ、各々が自分の身分をわきまえているのである。

住居を別にすれば、弁護士の世襲不動産は何と言っても彼の「ルーツ」、すなわちヴォルクスとその周辺の地域に広がっている。一七四九年には父から、一七六一年には妹マリー゠リュースからの相続により、また〔一七七七年には〕イエズス会士であった兄〔ガブリエル〕からの委任により、かなりの不動産がジャン゠ピエール・デゾルグの所有に帰することになった。アルプス街道を六〇キロ北上し、一日で往復するならその二倍の行程を要し、比較的距離があるにもかかわらず、彼はみずからこの財産を管理した。デゾルグが全財産を管理させる専属代理人を指名しなかったのは（徴税請負人の息子として、彼はこの制度を信用しなかったのかもしれない）、彼が公証人コントを信用していたと同時に、彼自身が絶えず目を光らせていたからである。「当地を通行中の……〔もしくは滞在中の……〕」エクスの弁護士、ジャン゠ピエール・デゾルグ殿は故郷への道をたどることを知っていた。エピソードとしてであれ、ともかく直接姿を現すという点に、公証人だった父親との行動の連続性が見られる。少なくとも一七六五年か六六年まで、エクスの弁護士は公証人を介して、短期の貸付金を徴収し続けた。こちらで二九九リーヴル、あちらで二四一リーヴル（その日暮らしのパン屋から）、そしてある自営農からは一九九リーヴル……。妹にならって永久定期金の設定を自分に禁じたりもしない（非常に慎ましいものだ。元金一五〇〇リーヴルに対して七五リーヴル、しかしオレゾンの町役からは六〇〇リーヴルの元金から三〇リーヴルを受け取った）。こうした少額のやり取りを通じて、ジャン゠ピエール・デゾルグは、遠いエクスから、活発な買収ならびに財産強化策を推し進めていた。一つ残らずかどうかは不確実だが、わたしは彼がヴォルクスの村はずれで、何カ所かの家や土地を買ったのを確認した。農家の中庭、馬小屋、穀物倉などからなる、どれも似たり寄ったりの所有地が、一七五三年から一七六六年にかけて、そして一七七二年にも、執拗に広げられていく……。相変わらずの素早さで、支払い不能の債務者のわずかな土地を差し押さえ、村の仕立屋の狭い土地を買い上げていくのである……。

拡張戦略は衝突なしには進まない。彼は一つの別荘の所有をめぐり、ヴィルヌーヴのブルジョワ、ジョゼフ・ベルヌ氏と一七五五年から一七五六年にかけて裁判で争い、エクス高等法院まで——当時の言い方によれば——「上り」、エクスの弁護士に有利な判決を得て決着をつけた。だが事はこれでは終わらなかった。われわれはなんとパリ国立図書館の訴訟上申書資料の中に、五〇年代のヴォルクスで生じたこの「オリーブ戦争」のこだまを見出したのである。「ジョゼフ・ベルヌの寡婦マルグリット・リクーから、国王陛下ならびに国王顧問会議の顧問官諸閣下へ。エクス高等法院より発せられ、彼女の敗訴とデゾルグ氏の勝訴を定めた判決の破棄を求める請願」（署名・シェリー、パリ、ルメール未亡人印刷、一七六二年）。

われわれがいささかの驚きとともにパリで見出したこの上申書は、特定の土地に密着したものだけに、ジャン＝ピエール・デゾルグの活動と、生まれた村で彼が進めた父以来の活動について光を当ててくれる。実際、彼は定期金債権者という役割の上に、きわめて貪欲なイメージを与える徴税請負人のそれを重ねたのだ。エクスの高等法院で敗訴した未亡人ベルヌの言葉をそのまま信じる必要は決してない。しかし、歪曲はあるにせよ、その申し立ては注意を引く。ジャン＝ピエール・デゾルグがヴォルクスの自分の土地を、——ちょうど一七五四年九月にジョゼフ・ベルヌに対してそうしたように——年八〇〇リーヴルで賃貸ししたとき、彼は同時に、地代の実質額を一五〇〇……と定めた返り証書（秘密契約書）を用意していた、というのである。公証人の息子としてその道に通じた彼は、こんなごまかしはやりやすい立場にいたのである。

　このこと自体は些事かもしれないが、争いはジャン＝ピエール・デゾルグが父のあとを継いで代理人をつとめる、ヴィルヌーヴ領主ブリュニー氏の領地で起きたのであり、この肩書を帯びて彼が進めたやり方には、ある種の二重性が刻印されているように思われる。彼はジョゼフ・ベルヌ氏と密約し、領主の土地にある小作地を委ねたが、同時にこの賃貸契約に伴う領主徴収分の利益――タスク（南仏の生産物地代）、ドゥミ＝ロー（譲渡税）もしくは一切の補償金――の大半を自分に残すことを合意させた。補償としては不測の事態に備え、彼は自分の相棒に五〇〇〇リーヴルの手形を振り出させたのである。

　この取り決めに基づき、デゾルグはベルヌに、求めていた小作地を与えた。しかし、未亡人の言によればベルヌは、結ばれたこの契約が、その利益の最も実り多い部分を彼から奪う不利な内容であることに直ちに気づき、状況は一気に悪化した。デゾルグは、返り証書やベルヌの署名した手形を盾にとり、有無を言わさぬよう迫ったが、相手方は状況の曖昧さを利用して言を左右にしたようである。ベルヌ氏は、この紛争から生じた、込み入った訴訟のさなかに死去した。家族を背負った未亡人は困窮を訴えたが、エクス高等法院はデゾルグに軍配を挙げた。そして一七六三年、やっと支払猶予の期限が切れるときが訪れた。ジャン＝ピエール・デゾルグは未亡人を追い詰め、彼女が支払い義務を負っているとされる六八八七リーヴルの代わりに、マノスクにある耕地とぶどう畑付きの家屋一軒と居酒屋一軒とを受け取った。だがこれらの不動産をデゾルグがのちのちまで保持していたようには思われない。

　これらの訴訟以外にも、一七六二年には妹〔マリー＝リュース〕の相続財産の整理にからむ一連の、ときに係争をはらんだ裏取引や取り決めが加わるが、彼はこれらを巧みに切り抜けたように見える。彼には相変わらず、実業家であると同時に、自分の職業とその影響力がもたらす強みを利用して、父から相続した財産をがめつく運用する辣腕法律家の印象がつきまとう。

文書類を追っていくと、定期金債権者と法律家の役柄の上に、もう一つの新たな役柄が加わってくる。つまりジャン＝ピエール・デゾルグは、定期金同様、利潤にも敏感な農村資本家として事にあたっているのだ。これを確認するのに、一七六三年ごろ、すなわち妹からの相続により豊かにされた父譲りの財産が、一連の徹底した買収によりさらに膨れあがった時点での彼の所有地を、想像上ではあれ一周してみるのも無益ではなかろう。それは三つのかたまりに区分されるが、第一は、ヴォルクスの近在から町《プール》そのものにまたがって存在し、一群の建造物（住居、納屋……）やさまざまな農地（菜園、ぶどう畑、耕作可能地……）を結び付け、寄せ集めたものである。ここには、相続地を増やし、均質化させようとする意志が最も雄弁に読みとれる。だが父からの相続地の中で最も広いのはヴィルヌーヴの在にあるフォンレーヌの別荘とその付属建築物であり、妹からの相続地としては、リュールの「本館」がある。これらの所有地は、一七六四年にいたって、債務を返済できない小作農《フェルミエ》からラ・ブリヤンヌの在にある農地を無理やりに譲らせることで拡大した、複雑な集合体である。父〔ジョゼフ〕デゾルグがドーファンの在に所有していた別荘については、もはや述べないことにしよう。それはたいした物ではないのだ。なにしろ、これらさまざまな財産がもたらす平均年収を契約ごとにそれぞれ見積もってみると、ゆうに五〇〇〇リーヴルを越える（元金一〇万リーヴルとした）。これだけの金額が、村の公証人の帳簿に記入されていたわけだ。ジャン＝ピエール・デゾルグは三つの幹からなるこの所有地を舞台に大プロジェクトを遂行したのであり、農村資本家の姿がわたしの目の前に現れるのは、まさにここなのである。計画とはデュランス河流域または少なくともその放水路上に水車を、すなわち「あらゆる穀物に適した上等な水車を……」設置しようというものである。この思いつきは新しいものではない。公正証書原本のいたるところに現れる紛争――価格から売買まで――の中で常に問題になるのは溝を掘ること……さらには小牧草地を潤すため勝手に水路を開くことであった。しかし一七六三年、ジャン＝ピエール・デゾルグが二人の石工に三〇〇リーヴルを前渡しして定額請負契約を締結し、自分の別荘地――フォンジュスタンの本館――に穀物用の水車を敷設しようとしたのは大プロジェクトだった。彼はこの計画のことでいくつかの問題を抱えることになり、翌年、石工たちはこの事業を放棄した。そのため職人たちもかなりの損害を被ったのだが、それはエクスの弁護士が金を無駄に払ったりはしなかったからである。わたしは事の詳細を追うことはできないが、彼の強情さはしまいには勝利を収めたように思われる。当初に計画した場所ではないにしても、その近く、すなわちラ・ブリヤンヌ在の麦打ち用水車が、フォンレーヌの別荘地やヴォルクスの在の所有地と並んで、息子に相続させるべき財産の中で最も重要なものの一つとして挙げられているからある……。デュランス河沿いにエクスへの街道をたどりながら、ジャン＝ピエール・デゾルグが、ペルテュイの大きな水車群を見逃すはずはなかった。州都の食糧供給にきわめて重要なこれらの水車は、一七八九年春には、飢えた暴徒の略奪を受けることになるのだが……。彼はおそらくもっと慎ましやかに、定期金の安定した流れに新たな種類の利益を合流させせようと夢見たのだ。

とはいえ、ジャン＝ピエール・デゾルグが自分の出身地に釘づけにされていたなどと思ってはならない。彼はかなり早くから、すなわちめざましい上昇の末に人生の最後の数年を迎える以前から、規模のうえでオート＝プロヴァンスの所有地に匹敵できる広大な農場をエクス地方に作りあげようとしていた。発端は比較的ささやかである。エクスの公証人アラールの帳簿を繰っていると、価値の異なる三つの土地取引の形跡が見出される。第一は一七六三年から一七七三年にかけ、エクスの南、アルク川の岸辺のフヌイエール地区にある、水の灌漑可能な一帯を三回に分けて取得している。得がたい物件で、利益をもたらす、そしてかなりな額の投資である。最も大きな部分は、高等法院家系から、灌漑権付き八回分割の一万四二五〇リーヴルで購入したが、全体ではほぼ二万リーヴルである。この実り豊かな投資は、もっと遠くの目標と対応する。なにしろデゾルグは一七七三年、所有地上に幅二カン〔プロヴァンスの尺度で一カンは一九八センチに相当〕の荷車道をつけ、人・家畜・四輪荷車への通行料を設定したのである。彼は、この道を自分がとりかかろうとする建築物まで延長する権利を留保していた。郊外に別邸を建てるというあのエクス名士特有の願望が実現したかどうかわたしにはわからないが、あとで見るように、彼はむしろ別の方法でそれを実現したのだと思う。

　われわれが経過を追うことのできる二度目の取り引きは、一七七二年から一七七五年にかけてのエクス郊外ブレダスク地区にある別荘《バスティッド》〔都市の富裕者が週末を田舎で過ごすための別宅で南仏に多い〕の買収である。言うまでもなくそれは「土地家屋付き」で、長粒小麦のほか、ぶどうやオリーブの植えられた一四カルトレ〔一カルトレは約一〇アール〕を少し越えた土地が付いていた。デゾルグは一片の土地を得るために、顔見知りであるエクスの肉屋の主人ジョゼフ・ベネの手元不如意につけこんだと意地悪く推測しても、誤りではあるまい。彼は五九〇〇リーヴルを支払ったうえ、ベネの借金七二〇リーヴルをある債権者に、二三七五リーヴルをカルパントラに住むユダヤ人のモイーズ・クレミューに支払う約束をした……。すべての領収書が、至極当然ながら、ユダヤ人の金貸したちとエクスの農民や職人たちとのあいだをとりもつ太いパイプである公証人アラールの原簿に挿入されている。さしあたりデゾルグは火中の栗を拾った。だからといって、甘い態度を見せたわけではない。取得した土地を測量させた彼は購入時の過大評価を発見し、肩代わりするはずの借金の金額を減額させた。彼はその後、エクスの靴屋の親方から隣接地の一区画を買い、この小さな失策をみずからなぐさめた。弁護士はこの農地の賃貸しを注意深く行った。まず一七七二年に二回払いで三〇〇リーヴル、これを一七八一年に三二四リーヴルに増額。少額の、だが確実な収入である。第三の投資については簡略に触れておくことにとどめよう。アラールの原簿を見れば、それは年約二〇リーヴルで賃貸しされた、やはりエクス郊外のルー橋地区のぶどうとオリーブが植えられた土地一区画である。このことは、たとえ一七七五年まではエクスの近辺に限られていたにせよ、自分の土地財産を徐々に増やすことに熱心だったこのブルジョワ＝定期金債権者のプロフィールに、少なくとも一筆補足したことにはなるだろう。

実際のところ、われわれが見てきたわずかな不動産収入だけでは、別の収入源を得て実現した羽振りのよさの説明にならない。われわれには、弁護士としての職務や、共同体もしくは国家への奉仕によりデゾルグに支払われる謝礼金額を見積もる方法はないが、公証人原簿に記された定期金の額や運用された金銭の額を計算することはできる。すでに見たように、ジャン＝ピエール・デゾルグは金を借り、そして分割返済することを知っていた。しかしまた彼は、金を貸したり投資したりする術も知っていた。彼が個人に対して債権を有し、定期金を設定したことは何ら驚くにあたらない。地方ブルジョワならごく当たり前にしたことだ。また彼の仕事を請け負っていた二人の職人に八〇リーヴルを前渡ししたことも取るに足らない。だが彼はまたエクス市内のピクピュス会の修道士たちに計五〇〇リーヴルを貸し、引き換えに年二〇リーヴルの定期金を彼らから受け取った（一七六四年）。彼のがめつさをよく示すのは、ローカルな定期金だけでなく、アナクロニズムを承知で言うなら、「国民的」な定期金にいたるまで、さまざまな定期金証書を集めた点だ。早くも一七四九年、彼は出身地域（ドーファン）の一未亡人からいくつもの国家を支払債務者とする定期金の権利を取得し、一七六五年には新たな証書に書き換えた。一七七五年に、指定代理人により償還を行わせた記録から、彼がパリのある公証人のもとで交わした契約に基づき、フランス聖職者団を債務者とする二種類の定期金を有していたことがわかる。元金総額は五万二五二〇リーヴル、年収は二六二六リーヴルである。もっとあとの一七八〇年に彼が代理人を指定して配当金を受け取ったパリ市庁を債務者とする二種類の定期金は年収総額四〇〇リーヴル、従って元金は八〇〇〇〇リーヴルと思われるが、新たな証書に書き換えたのは一七六六年のことである……。以上の事例からうかがえるのは、六〇年代かそれ以前からの、彼の継続的な投資のやり方であり、その戦略は地方における投資活動でも同様に発揮された。われわれは、デゾルグが配当金の受け取りのため何人かの代理人を指定した事実から、彼が一七六七年から一七六八年にかけ、マルセイユ市およびその助役たちを債務者とする定期金証書を持っていたことを知っている。彼らのうちの一人、仲買人ヴェルディヨンは、のちにマルセイユの仲買人を沸きかえらせた株価大暴落のさいにその名を知られることになる。些細なことだが、エクスの弁護士の事業の上でのつながりを示す証拠である。デゾルグは一七七九年、マルセイユ市を債務者とする定期金の証書を売却したが、合計額は不明である。

一七六六年から一七六九年にかけて、すなわち彼がプロヴァンス自治体の参与や総代の職を得るころかその直前に取得した、「州三身分」または「プロヴァンス三身分衆」を支払債務者とする定期金の性格については、われわれはより多くの情報を得ている。また一七六六年、彼は高等法院家系の未亡人マリー＝ガブリエル・ド・ヴァラージュ・ダルマーニュ夫人から、年金二〇ドゥニエをもたらす証書を一万二〇〇〇リーヴルで買い取った。この二つのケースの証人——フランス会計総務、造幣監督官——は会計法院や財務局の階層に属しており、投資が熟慮のうえで行われたことをうかがわせる。

まだ最初の転売が始まっていない一七六〇年から一七七〇年にかけて、われわれがその存在を知り、かつその金額を知っている定期金証書の合計年収額は四二〇〇リーヴルであり、その元金は約八万五〇〇〇リーヴルである。これは決算としては明らかに不完全だが、以下の点を示唆するには十分である。すなわちデゾルグは、プロヴァンス内陸部の小さな首都に引きこもるどころか、近代的な方法を身につけた定期金債権者として投資し、かつわれわれが調べた不動産収入にほぼ匹敵するだけの動産収入を得ていたのである。

パリであれプロヴァンスであれ、つまるところ不動産投資ほどの利益を上げるわけでもなく——年利二〇分の一（五パーセント）——、しかも安全でもなく、代理人——エクス、マルセイユ、パリ——を指定したことからも回収の困難さがわかるパリやプロヴァンスの動産投資が、なぜ行われたのか疑問に思っても無理はない。わたしにとって重みを持つ仮説は、償還日時から見て、これらの投資はのちのプロジェクトにねらいを定めた特定の目的でなされたのではないかということである。すなわち国王顧問書記官職の買収——七万リーヴルという莫大な金額——そしてのちに、長男のための会計法院評定官職の買収——もっと安くて二万リーヴル。こうした支払いは、デゾルグが行った大部分の支払い同様、（少なくとも登記簿に転記された公証人帳簿によれば）「流通する現金正貨で」……行われたが、これには多額の流動資産の用意がなければならない。

土地所有者である以上に定期金債権者としての弁護士ジャン゠ピエール・デゾルグは、二〇年間の職務——一七四五年から一七六五年まで——によりある社会的地位を獲得し、そのおかげで法律家の世界ではひとかどの人物となっていた。だがまちがえてはならない。この人物が相続または獲得した富を基準にして彼の品定めをするのは大切であるかもしれないが、かき集められた財産は、別な手段でなされる社会的上昇のための盾であり保証なのである。

最初の、そして最も直接的な手段は法律実務家としての活動と名声に関わるものである。しかし資料不足から、これを評価することは非常に難しい。なぜなら、一九世紀末から二〇世紀に著された、エクス法曹界の重要性と伝統を論じた修辞学的作文形式の論説のたぐいは役に立たないからである。それでも事実に最も近いところにいるのは、またしても、伝承と子供時代の思い出のつまった『エクスの街路』（一八四八年）の博学の著者ルー＝アルフェランであり、この語り手はジャン＝ピエール・デゾルグを法律家の名士の一人として紹介している。われわれが思い浮かべることのできるデゾルグは、法廷ではなく、オペラ通りの執務室にいる。なにしろ相棒の公証人アラールが彼に関係する証書の大部分をここで記入しているのだから。これを手掛かりに、われわれの主人公の、職業上もしくは事業上の社会的コンタクトの星雲を、点描的に再現することが可能となる。コンタクトには二つのレベル、つまりその相手が仕事仲間である場合と、証書の証人である場合とがある。後者はおそらく最も曖昧なもので、その場限りの端役を登場させるかと思えば、しばしば屋台と小売店で働くさまざまな職種の証人たちを登場させる。すなわち仕立て屋の親方、ガラス張り職人の親方、鞍具商人二名、かつら師、装身具商が、裁判所書記組合の代表者たち――特に法律実務家――と同じ名目で頻繁にやってきたし、さらにマルセイユや周辺地域の町や小都市から来合わせた公証人、ブルジョワ、貿易商（卸売商）たちも顔を見せている。この最初の星雲においては、民衆ではないにしろ小ブルジョワ層との接触が量的に多数を占め、弁護士や公証人が占めている社会的仲介者としての地位を想い起こさせる。第二の、事業上のコンタクトが示唆する星雲から姿を現すのは、賃貸しした土地で働く農夫や自営農に対する支配的関係を別にすれば、貴族、特に高等法院や会計法院の家系に属する人々が相手となった「対等な関係での」コンタクトである。これらの人々から土地や定期金証書を買っていたデゾルグは、しばしば有利な位置に立っていた。

文書類からは見えてこない、より親密で私的な、社会的関係のレベルがある。この関係は、法律家や公証人（アラール、ブーテイユ）の立場の有利さに加えて、マドレーヌ・メリゴンとの結婚や、会計法院家系の社会層への特権的参入を通じて推測することが可能だ。すなわち会計総務から造幣監督官まで、またひいてはダルベルタス殿やその家系の人々の保護者としての臨席まで、保護関係のネットワークが張り巡らされていたのだが、それらの関係は有利に作用しうる反面、いったん風向きが変われば身を危うくしかねない性格をもはらむものであった。

一七六八年から一七六九年にかけては、風は明らかに良い方向に吹いていた。ジャン＝ピエール・デゾルグは、二年にわたりエクス＝アン＝プロヴァンス市の参与職に就くことを要請された。翌年一月からのメンバーを決定する一七六七年一二月の選挙のさいの任命である。

第3章　弁護士から王の僕へ

エクス市の参与？　この肩書は一見したところぱっとしない。だが負担は重くとも、名誉は薄っぺらなものではない。注目すべきは、役員団体に属する者が身を震わさんばかりに表す矜恃の念であり、参与や州総代をつとめた彼らの先祖に向かって、つい最近まで恐ろしいほど古風な称賛演説を行ってきたエクスの弁護士たちの強烈な郷党心である。

まず参与とは、コミューン〔住民団体〕の三人の総代と同様、二年間、市役所の運営とコミューンの利害調停が委ねられる四つの役職の一つである。任命手続きは、プロヴァンス地方のいたるところで見られるように、選挙、指名、籤引きの巧みな組み合わせからなり、理屈のうえでは手続きの合法性を保証しつつも、実際には固定化された政治階級の枠の中に地方エリートを継続的に確保するためのものだった。この序列の中で彼〔ジャン＝ピエール・デゾルグ〕は良い位置を占めた。つまり、生まれながらの貴族が常に変わらず就任する首席総代の座に次ぎ、かつ他の二人の総代に優越するナンバー・ツーの地位を得たのだから。この参与の地位はまた、エクスの弁護士団体から選ばれることになっていた点で独特である。つまりこの名誉は最上流の弁護士たちに与えられたのであり、一八世紀のデゾルグの前任者たちの名簿には、この地方の、ときにはそれ以上のレベルの有名人の名前がある。一七四七年に参与であったド・ジュリアンはプロヴァンス防衛への貢献により授爵し、パズリー（一七六二〜一七六三）、ジョゼフ・シメオン（一七六四〜一七六五）にいたるまで同様に遇せられた。名簿をのちの時期にまで広げるなら、一七七三年から一七七四年にはプロヴァンスの自由の擁護者ジャン＝ジョゼフ・パスカリスが、一七七九年から一七八〇年にはのちの輝かしい経歴で知られるジャン＝エティエンヌ・ポルタリスが就任しており、革命前夜には前述のシメオンおよびポルタリスが再任されている。地方名士の苗床として、参与職は一度ならず授爵への入り口となった。かなり以前のことながら、ジュリアンの例がそのことを示している。セネシャル顧問会議への出席を認められた参与は、総代たち同様、任期の満了とともに剣を帯びることを許されたのである。

市の議事録を読むことにより、市政が伝統的にこの職に置いていた重味について問いかけることができる。たしかに参与職の本質的役割の重要性は明白である。ジャン＝ピエール・デゾルグは、当時の首席総代ド・マリニャーヌ侯爵に次ぎ、次席総代ル・ブラン・ド・ヴァンタブラン氏に優る第二位の立場にあり、二年間に開かれた一九回の総評議会のうち、侯爵が欠席した七回の会議を牛耳った。全部の議題について報告を行い、会議のまさに主要人物として最初に意見を述べたのは彼である。

二年間に開かれた二〇回の会合の分析はより興味深い。市政の日々の様子については、詳しくはわからない。ほぼ毎月開かれた会議の場で、参与は三六の案件を報告したが、問題となった利害は非常に限定されたものだ。一ダースほどは、われわれなら道路整備または都市計画と呼びうる問題で、まず水争い、そして市の建築物について、また街路の保守および租税をめぐる諸問題である。人頭税をはじめとする国王賦課税の徴収や市の会計についての議題はもちろんだが、特に「ピケ」と呼ばれる小麦の入市税や、パン屋と肉屋の営業税といった間接税が問題だった。救貧院《シャリテ》や市立病院《オテル・ディユ》への施しやその維持など、共同体の福祉事業はあまり重要な案件ではなかったようだ。あるいは年中行事である聖体祭のための、「バゾッシュ〔司法官の王〕」や「恋の王子」のような祭りの執行役の選出。これが一八世紀プロヴァンスにおける市政の日々である。コミューンにおける参与の役割は、彼が他方で州の総代であることを考慮しないならば、説明できないだろう。

前〔一七〕世紀におけるプロヴァンスの地方三身分会議〔州三部会〕の廃止以来、明らかに弱められた形ではあるが、しかしなおも重要な地方権力として毎年開催されるプロヴァンス州住民団体会議があり、プロヴァンス州総代を引き受けるエクスの総代は、大きな特権と権威をわがものにすることができた。エクス大司教のしばしば用心深い指揮の下、彼らにはこのきわめて閉鎖的なクラブ――この会議に出席するのは、市と町を合わせた三六のコミューンのみ――のリーダーシップが委ねられ、この場で取り扱われる国王賦課税の総額にかんする微妙で不安定な交渉や、援助金、道路、航路、共同事業などのさまざまな議案に対する主導権を発揮するのである。エクスの参与は、この集まりの中では都市の他の総代と同等の州総代ではあるが、その立場は傑出している。エクスの北にある小都市ランベクで毎年行われる州住民団体会議の連続性を確保し、運営するのは彼なのである。そこにおいて参与にして総代であるジャン＝ピエール・デゾルグは、一七六八年一〇月一〇日と翌年一七六九年一〇月二三日に総括報告を行っている。これは馬鹿にできない大きな特権である。なぜなら、参与報告に先立ち、プロヴァンス州総督の挨拶に答えて開会を宣言するのは本来、総会議長であるエクス大司教であるが、彼が議場やその他の場にいないときはどうなるのか。一七六九年には実際そうなったのであり、参与ジャン＝ピエール・デゾルグは、州総督ド・ヴィラール公爵と地方長官デ・ガロワ・ド・ラ・トゥールの挨拶に答礼する権利を、出席していた高位聖職者の中で最も貴顕にしてその資格ありと主張するスネーズの司教とのあいだで激しく争った。この出来事は、デゾルグの論争好きを証言すると同時に、参与の地位を、それが代理により一時的に獲得されたものであったにせよ、地方権力の序列の中で州総督や地方長官に次ぐより高い水準に引き上げたことになる。

われわれは少なくとも、年一回の集まりにおいてなされる報告の中身や、やはり彼が最初に報告し口火を切った討論の内容を通じてばかりでなく、彼の日常の活動を物語るべく今日に残されている通信文書を通じても、この職責の重みを評価することができる。州住民団体会議では一般的な議題が優先したが、国王二〇分の一税の負担が増大した一七六八年には、特に財政問題が扱われた。数週間にわたって書かれた書簡には、都市計画や道路整備問題に加え、重大な懸案事項として不作とその結果生じた困窮、洪水、ある地域でのオリーブの、また別の地域——イエール——でのオレンジなどの果樹の病害が議題となり、そこにときおり、上席権や異議申し立てのような些事が挟み込まれている……。

州住民団体会議の要である参与は、決断力のある人物ならば、そこから一生の財産である処世術と威厳とを同時に手に入れることができる。二年の任期中に、彼は一目でそれとわかる評価を蓄積したのである。本人自身による表現は明白だ。ジャン゠ピエール・デゾルグが関係したすべての公証人証書や公文書には、参与および州総代の肩書、次いで元参与および総代の肩書が、称号として注意深く喚起させられている。だが、デゾルグの参与職の成功はさらに、彼の任期の二年目の一七六九年一〇月、ランベクの会議において次のような言葉で委任された任務によって証明される。「参与デゾルグ、および元参与ジュリアンの両氏に、プロヴァンス州条例注解の任が委ねられる」。

二重の意味で喜ばしく、意味深長な任命だ。二〇年前の参与で最後の貴族となったジュリアンと結び付けられたことは、高い評価のしるしだ。しかも特に、任務の対象そのものが、昔ながらのプロヴァンスの制度と自由を取り戻そうとする意欲に燃えた、当時のプロヴァンスのエリートたちの関心事の中心にぴたりとはまっているのだ。デゾルグの後任者の一人として一七七三年から一七七四年に参与の職にあったパスカリスは、アンシャン・レジーム最後の二〇年間にこの事業の音頭取りを買って出ることになるが、懐古趣味であると同時に時代の緊張を映し出すという、この仕事特有の矛盾を克服できず、不成功に終わっている。

ジャン＝ピエール・デゾルグは、プロヴァンスの三身分が一七六八年〔一七六九年？〕に課した任務〔州条例の注解〕を遂行できず、われわれはここで初めて、彼の公的生活における挫折に出会ったと言ってもよいだろう。この仕事を引き継いだのは、彼の同僚かつ先輩のジュリアンで、一七七三年一一月二九日のランベクの会議の席で、「プロヴァンス州条例の注解は完成した」と報告することになる。一七七四年、州住民団体会議はこの仕事を印刷に付すことによってその労に報いた。

しかし、デゾルグはこの時期、別の新たな方面に活動の場を広げており、彼が手にした評価は、一七七〇年一月二六日、プロヴァンス州住民団体会議が、彼の辞任にあたってその功績に報いるため、貴族叙任状を国王に申請したことで明らかである。公式な申請の背後にはより確かな運動として、マルサン大公にこの目的のため宮廷で尽力してくれるよう依頼する書簡が残っている。

州住民団体会議の総会ではなく、州総代たちの通信文により、同じ趣旨の書簡が州月末の一月二九日、州住民団体会議の名において国務尚書サン＝フロランタン伯あてに発せられたことが確認される。さらに同日、元ヴァンス司教でいまもプロヴァンスと関わりのあるタルブ司教にも、事を成功に導くよう協力を求める書簡が送られた。このうち少なくともサン＝フロランタンは書簡の受け取りを通知し、デゾルグ殿が任務遂行にあたって示した「熱意、用心そして成功」について「なされた証言を、大いなる喜びをもって国王のお目に」かけようと言ってよこした。

だが、こうした支持を受けた執拗な請願も、ここまでだった。そしてこの、言わば第二の「挫折」は意味深い。一七七〇年は〔エクスの参与であったジュリアンが貴族に叙せられた〕一七四七年とはちがい、貴族叙任状はもはや地方的利害の名誉ある番犬たる参与の功績に報いることができなかったし、功績によって貴族身分への半開きの扉を押し開くという、高等法院貴族と密接に結び付いていたこの法律家層には親しいフィクションを維持することもできなかったのである。高等法院大審部部長評定官ガスパール・ド・ゲダンのためにプロヴァンス侯領が設置された一七三〇年代を最後に地方大貴族への扉が閉ざされたのと同様、一七七〇年の参与デゾルグのためのより慎ましい貴族叙任状は、実を結ばなかったのである。

彼としてはゲームを続け、最後まで階段を昇り続けなければならない。続く何年かのあいだ、彼はその作業に腐心し、不安定な成功を収める。

彼が次にかぶることになる帽子は、〔地方長官〕補佐のそれだ。参与からこのポストへの移行は、一八世紀のプロヴァンスでは彼一人と思われるにもかかわらず、かなり自然に見える。州総代としての公職の経験が、地方長官の指揮下で王に直接奉仕する職に移ることを容易にしたことはまちがいない。ただしジャン＝ピエール・デゾルグの場合、事実関係にかんする限り、事はさほど単純ではなかった。F-X・エマニュエリは学位論文『君主制衰退期のプロヴァンスにおける王権と地域生活』において、デゾルグが一七七一年から一七七四年までエクスの〔地方長官〕補佐であった可能性を推測したが、その一方、別の人物が任官したことを示す資料（一七七三年までパスカル、一七七三年から一七七九年までミシェル）の存在から、疑いの余地があることも認めている。

わたしは、ジャン＝ピエール・デゾルグがこの職へ移行したことの形跡を見出さなかったし、肩書への執着が示される彼の公証人証書を見ても同様である。おそらくこの曖昧さは、F−X・エマニュエリもわれわれの調査も疑問の余地なく認めることだが、ジャン゠ピエール・デゾルグの就いた別の官職のせいなのだ。すなわち特定の受け持ち区域を持たず、プロヴァンス地方長官の右腕として事務局を率いる総補佐である。この役職は、貴族身分に属する者（爵位を持たない平貴族、国王書記官）や法曹界の最高ランクにある者により占められることがあるとは言え、イメージされるほどの高官ではない。エマニュエリによれば年三〇〇〇リーヴルの俸給は、豪奢とは言えないまでも裕福な暮らしを約束するが、交代が早く、補佐よりも不安定な役職だった。

ジャン゠ピエール・デゾルグの任命——昇進と言うべきか——は、ある文脈の中ではっきりした意味を帯びてくる。すなわち一七七一年の夏に、フランス流啓蒙専制政治の、もしくは少なくとも司法制度の改革のためのあのほとんど絶望的な試みを推し進めた、大法官モープーによる高等法院閉鎖のエピソードである。プロヴァンスにおける高等法院の閉鎖は特殊な結果を生んだ。その深い影響は、閉鎖が継続した四年のあいだ、激しい党派対立をはらんだ危機の形をとったのである。地方長官デ・ガロワ・ド・ラ・トゥールは、プロヴァンス特有の兼任により高等法院院長を兼ねていたが、四年間この二つの職務から遠ざけられた。あとを襲ったのはまずオージェ・ド・モンティヨンだが、この地方と合わず一七七三年には早くも辞職、続いてごく短期間、セナ・ド・メイヤンがつとめたあと、一七七四年末にはフ・トゥールが復帰した。この間を簡単に振り返ると、閉鎖中の高等法院の代わりをつとめたのはその伝統的ライバル、すなわち法院長ダルベルタスに率いられた会計法院の司法官たちであった。二つのグループのあいだには、いくつかの点で拭いえない憎悪が生じ、それが一七七四年の高等法院の再開のさい、激しくあからさまな攻撃や報復として現れたのである。

従って、いにしえの著作家たちが、「わが町の父祖」である高等法院判事たちを守るために団結していた、と熱意を込めて描いた都市におけるジャン゠ピエール・デゾルグの総補佐への昇進が、晴れ晴れとした空の下で行われたのではないことは明白である。デゾルグは地方長官モンティヨンの部下だが、同時に、血縁と仕事の絆で結ばれた会計法院のグループに属する人間でもある。ダルベルタスの保護関係のネットワークは、モンティヨンがその友人であり敵地における協力者であるダルベルタス法院長に対してデゾルグの任命を告げた一七七二年一〇月二〇日の次のような書簡に姿を見せる。「貴下への友情にかけてお伝えします……デゾルグ氏が貴下に寄せる献身は、わたくしがこの選択に満足を覚える理由の一つとなっております」。

一七七二年一〇月から一七七五年七月までの少なくとも三年間、ジャン゠ピエール・デゾルグはエクス地方長官管区総補佐だった。彼の辞職は一七七五年一月のラ・トゥールの復帰直後である。七月になっても通信文に彼の署名がある以上、彼は露骨に解雇されたりはしなかったのだ。しかし、プロヴァンスの首都における「モープー改革」のエピソードに彼が加担したことはだれも忘れなかったろう。われわれは彼についてては主として間接的証言に頼って知りえているのだが、彼自身もこの点についてては口が堅い。たしかに、元参与にして州総代の肩書が省略されることは決してないものの、彼が関係する公証人証書には、「プロヴァンス地方長官管区総補佐」の肩書はたった一度、一七七三年七月に発行された受取証書に現れたきりで、以後一切、記入されない。地方長官管区記録簿の中に彼の痕跡を期待するとしても、この記録が連続性を持つのは一七七六年からのことである、それでもデゾルグの署名のあるほんの一〇通ばかりの手紙が、総補佐としての彼の活動を、いわばこっそりとたどることを可能にしてくれる。なにしろ彼は、長官不在中の一七七三年三月から九月まで、および一七七五年五月から七月までの短い期間に起草された一連の、明らかに重要度の低い書簡だけに、それもどうやら代行として署名したにすぎない。王令の伝達、コルシカ島の木材および工事の競売、公共建築物の修理……といったテーマが散発的に現れる。人々が食べ物に事欠いていたこの時期、暫定的な勤務にすぎない地方長官たちは、プロヴァンスに居住しようという過剰な熱意を示す過ちを犯さなかった。パリ周辺の平野部を襲った「小麦粉戦争」のプロヴァンス版とでも言うべきあらゆる社会的騒乱を伴って、一七七三年には食糧危機が頂点に達していたのである。

ジャン゠ピエール・デゾルグは、一七七〇年、貴族になりそこねた。一七七三年から一七七五年のエピソードは、あまり彼の利益にならなかった。地方長官ラ・トゥールが、再開された高等法院の象徴としてエクスの弁護士たちに大歓迎された一七七五年、弁護士デゾルグは明らかにのけ者であり、評判を落としていた。エクス法曹界では彼よりも二〇歳若い世代から新たな名士が誕生する。すなわち参与職に就くJ-J・パスカリス（一七七三～一七七四、一七八七～一七八八）やJ-É・ポルタリス（一七七九～一七八〇）のような人物で、曖昧なコンセンサスを基礎にしたプロヴァンスの世論は、しばらくのあいだ、彼らのうちにみずからのスポークスマンを見出すことになる。

このような世代的要素を過小評価するわけではないが、より大きな視野に身を置いたとき、デゾルグの失敗は実のところ予測できたのではないだろうか。功績による授爵が消滅しようというときにあって、彼の企ては遅きに失したのである。こういう結論は大ざっぱに見えるかもしれない。だが実に幸いなことに、われわれは一八世紀のプロヴァンスについては、一七一五年から一七八九年までのプロヴァンスにおける王権の授爵政策にかんするモニク・キュベルの素晴らしい研究を利用して、この結論を確証し、かつ必要なニュアンスを付け加えることができる。著者は一七一五年から一七八九年までに交付された――「恩恵的」――貴族叙任状を分析している。貴族叙任状の売買はルイ一四世の治世とともに終わっており、この

授爵者出身階層	1750年以前		1750年以後	
法律家	12	17	7	8
補　佐	5		1	
軍　人	7		12	
大商人(貿易商)	6		8	

財政上の方便は一七一一年以後、使われていないはずである。だが、これは実に控えめに実施された恩恵であり、著者が分析した全六二通の文書は、プロヴァンスの六一の家族と七〇名の人物にしか関わっていない。次第に稀になっていく特権なのだ。たしかに世紀の前半と後半を簡単に比較すれば、増減の変化はわずかで、安定している……。だがより微細な変化を見出すため、世紀全体に対し、授爵者数を一〇年ごとに合計し、三〇年ずつの移動平均値を算出してみると、三〇年代から五〇年代までは九・六から九・三のほぼ一定した水準にあった値が、六〇年代には八・三、一七七〇年から一七七九年にはわずか六になっている。明らかな低下が観察されるのだが、この傾向はモニク・キュベルが示した一覧表から判断する限り、量的側面以上に質的により著しいものがある。

　矛盾を含んだイデオロギーの文脈から言えば、貴族反動は、帯剣貴族の神秘性を高める一方で、幾人かの大商人（貿易商）のためには貴族の扉をいままでより気前よく開いたことになる。その割を食ったのが、言うなれば、かつてこの恩賞名簿の多数を占めていた「古き僕」である弁護士、司法官、補佐たちである……。いまから思えば、ジャン＝ピエール・デゾルグには、貴族の地位を望める見込みはもはやなかったのだ。エクスに戯画的なまでの反映が見出される、あの細分化され階層化された社会では、扉は閉ざされていた。王の恩恵ではなく、売官による貴族への扉もほぼ同様である。モニク・キュベルは、学位論文「一八世紀のエクス＝アン＝プロヴァンスにおける高等法院構成員」において、非貴族が高等法院に進出する機会は非常に限られていたことを示している（一世紀を通じて平民はわずか三〇名。うち一六名が貴族叙任請求をした……）。

アンシャン・レジーム末期には開放的で障壁をものともしない創意に富んだエリート層が出現していたにもかかわらず、一段ごとに、あらゆるレベルで閉ざされていくこの特権社会において、貴族の扉を押し開くことはまだ可能なのだろうか（プロヴァンスに最後の侯領が設定されたのは、一七三〇年代である）。ジャン＝ピエール・デゾルグが、生涯最後の一〇年間に取り組むのは、こうした試みなのである。

第4章　父デゾルグの過ぎたる野望、あるいはより厳しい転落の運命

一七七五年以来、いかなる野望がジャン゠ピエール・デゾルグを捉えたのか。この弁護士、法学者にして著名な名士は、あらゆる手段に訴えながら、自分の功績を認めないこの社会で重きをなそうと試みた。「国王書記官」職の購入というきわめて古典的な手段から、これまた伝統的ではあるが、領主館の購入によりエクスの周辺で豪勢なところを示すという遠まわしな手段、そして最後に死の直前の、ほとんど死後譲渡といってもよい長男ジャン゠フランソワのための会計法院評定官職の購入という手段まで。数多くの戦略を記した公文書や公証人証書の重苦しい記述の背後からは、ほかならば抜け落ちてしまうデゾルグの気質や人柄が透かし絵のように浮かび上がってくる。われわれは若干の寡黙な証言を通して、死の直前、さらには死後の彼にすら迫ることになる。すなわち彼は、その生涯を通じて続けられた訴訟のおかげでいらいらしている、体調の優れない太った男で、オペラ通りにある堂々としてはいるが豪華とは言えない大きな家で子供たちを育てた……。名誉の伴う責任ある地位から、期待した報いを受けることなく退いたころの彼について、少なくともこうしたイメージが浮かぶ。

拒絶された男は、自分の功績に見合ったものを金の力で得ようとし、一七七三年五月三日、公証人アラ

ールの執務室において彼の経歴のうちで最も重要な公証人証書の一つを作成した。すなわち「ラ・ルナルド伯、オリエールの騎士にして男爵閣下、ドーファン、サン＝メームおよびその他の地域の男爵である高貴にして権勢あるルイ・ド・フェリックス・ダグー殿から、この地方の高等法院尚書局における国王顧問書記官の役職」の購入であり、この貴人は「一七五五年……、一七七〇年の勅令その他……により制定されたあらゆる栄誉と特権とともにこの職を得ていた」。

フェリックス・ダグーがドーファンとサン＝メームの男爵だとすれば、われわれは直ちに、低地アルプス地方における何らかの共謀もしくは連帯関係の存在という推測にたどり着く。弁護士デゾルグが金をけちらなかったのは確かだ。七万リーヴルのうち一万五〇〇〇は前払いであり、残り五万五〇〇〇は重要案件のさいの彼の習慣に従い、公証人の立ち会いのもとに「流通する現金正貨で」即座に支払った。この金額の高さを示す指標としては、例えばエクス高等法院評定官職は、一六八〇年には六万五〇〇〇リーヴル、一七三〇年ごろには六万リーヴルで売却されていたが、一七四〇年以後はもはや四万リーヴルを上回ることはなかった。大審部部長評定官職の値段は一八世紀最初の何十年かは一二万リーヴルであったが、世紀の終わりごろにはむしろ値を下げた。一七八四年、ジャン＝ピエール・デゾルグが息子のために会計法院評定官職を購入したときの元手は二万リーヴルである。

国王顧問書記官職の購入代金として「キャッシュ」で七万リーヴルという金額は、市場の動向のみならず、売買の対象となった地位の重要性をも物語る。よく知られていることだが、それはまず第一に、この官職を帯びることによる貴族身分への接近である。彼は特権を高い値で買い取ったうえに、さらに多くをこの特権のために支払うことになる。彼が、俸給からもたらされる収入のためにこの職を買ったとは思えない。なにしろ彼は、王の役人の俸給増額を定めた一七四三年の王令がもたらす利益（および支払金）を契約から除外することに同意し、さらに二カ月後の補足証書では、売り手のオリエール男爵がこの金を本国に送ろうと試みる場合の代理人をつとめることを買って出たのであるから。

一七七六年六月、プロヴァンス高等法院尚書局において彼が国王書記官の仕事にいよいよとりかかろうという矢先、彼は大きな侮辱を味わった。公証人アラールの帳簿原本に付された二三ページに及ぶ手書きの長い調書が、くどくどと、これについて証言を残している。六月二二日、デゾルグは尚書局の通常業務を担当するパン評定官のもとに出頭し、その仕事を手伝うことがいかに喜びであるかを述べたが、返事のかわりに、国王顧問書記官とは「いかなる種類の公務も伴わぬ肩書」でしかないのだから、実際には何もすることがないと言われただけだった。より詳しい説明を受けるために地区担当の請願審査書記で評定官のブルギニョンのもとに回されたデゾルグは、早く着きすぎたり遅すぎたりしてこの高官に会わせてもらえないという手ひどいあしらいを何度か受けたあげくに、職務の遂行条件の改正を公布した一七七五年の勅令を盾に自分の権利を認めさせることには成功したものの、結局は「権限を行使し、登録し、署名する」権利一切について反駁を受けるはめになった。おまけに彼は、自分の収入になるはずの、尚書局に払い込まれる登録料の四分の一の金額——彼の覚え書きによればおよそ一七二リーヴル——さえ、受け取ることができなかった。金銭的な配慮がまったくなかったというのではないが、要するにそれは二次的な問題だと思われる。市の元参与にして州総代、活動と交渉の人であるこの弁護士は、「いかなる種類の公務も伴わぬ肩書」だけの、金で得た貴族身分へと転身したわけで、そのことは決して無価値ではなかった。しかし一七七六年のエクスでは、それがたとえ国王書記官職の購入という伝統的手法によるものであったとしても、貴族身分への参入には非常に厳しいチェックがなされていたのである。一八世紀後半の地方「エリート」をいったいだれが大いなる友情をもって紹介してくれただろう。デゾルグに向けられた露骨な冷淡さの中に見られる、モープーの「陰謀」に対する高等法院の側からの遺恨は、根深いと同時に、一七七五年から一七七六年にかけてとりわけ燃えあがり、かなりの激しさであったろうことは十分に推測できる。だが、こうした状況説明も部分的なものにとどまる。

以上の運動の総決算は平凡なものではない。代価を支払った弁護士デゾルグは、「貴族ジャン＝ピエール・デゾルグ」となった。この記載は以後、死にいたるまで彼の公証人証書に常に登場する。一七七六年に作られたこれら文書の一つは「平貴族、国王顧問書記官」とさえ書かれている。だが「平貴族」の肩書が書かれたのはこれが一度きりだし、役職の記載もやはり早々と姿を消してしまう。決して謙遜とは言えず、自分が参与や総代であったことを常に思い出させることにこだわっていたこの人物にしては、気になる沈黙である。デゾルグが自分の役職に完全に無関心になったとは考えないようにしよう。一七八二年一二月三一日付――彼が自分の事業の整理に着手した時期――の公証人証書によれば、彼は「印璽に参加しない国王書記官団」に対して自分の会計を検査する代理人を任命している。彼のように実際の責任や公務を伴わない国王書記官はエクスに一九人おり、このとき辞任する彼は、それまでこの団体で何らかの役割を果たしていたらしい。

この最初の闘争における疑わしい勝利によりデゾルグは貴族になったが、どれだけの代償を払ったことか。復讐への欲求は別な形で彼にとりついた。一七七九年から一七八二年（さらに死の直前の一七八四年）にかけて、エクスとその近郊の貪欲なまでの不動産購入が続く。投資の種類は何でもよかった。相変わらず巧みな取り引きに余念のないデゾルグは、破産による財産の清算を利用して、家屋、オリーブ畑、耕作用地からなるボールギャール地区の土地一区画を二〇〇〇リーヴルで取得した。他方で彼は、リュールの在、デュランス河岸で自分の粉挽き水車を得る夢を実現した。ここにも激しい闘いがあった。一群の石工が次々にやってきては、あきらめて帰って行ったのだ……。エクスの弁護士は訴訟を自分に有利に切り抜け、職人の資材を損害賠償の名目で差し押さえ、それを別の職人に使わせた。

これらの買収は、一七八一年から一七八二年にかけて、わずかな時間的間隔をおいて行われた四つの大きな取り引きにくらべれば取るに足らない。この取り引きのためには一七七九年以来いくつかの手順が踏まれ、最後の交渉は一七八四年に行われた。一言で言えば、それまでオペラ通りの家に慎ましく暮らしていたジャン＝ピエール・デゾルグが、町ではなく、郊外に領主館と所領を買うことによりその野心をあらわにしたということである。

一連の証書類――そのいくつかはあとになって書き写された私署証書で、その他のものは公証人ベールのもとで作成された――により、一七七九年五月から一七八一年六月までのあいだに、デゾルグは高等法院部長評定官の家系に属するジャン＝ルイ・ド・トマサン・ド・ペーニエ殿が売却したラ・ガリスの領地を手に入れた。エクスとエギュルの地域にまたがるこの大きな買い物には、領主館、「定期金債権者」の家すなわち徴税請負人の家、耕作適地ならびに一四二四の牝羊の放牧が可能になる多くの牧草地と放牧地が含まれる。私署証書のオリジナルがないので、弁護士がいくら払ったかはわからない。わたしにわかったことと言えば、この高等法院家系の人物が、領地の売却を通じて自分の借金――あちこち合計して五万リーヴル――を買い手に支払わせたこと、そして一七八二年六月、デゾルグがその領地を年二回払いの一七六四リーヴルで、自営農J-B・フェローに賃貸ししたことだけだ（九月の支払期日に定期金の支払額を五〇〇から五八〇リーヴルに引き上げて彼が利益を得たことについて、何か付け加える必要があろうか）。現物地代や多くの賦役を除いても二〇〇〇リーヴル近くの年収をもたらすこの領地の価値全体を、四万から五万リーヴルと見積もっても無謀ではあるまい。

一七八二年三月、ジャン＝ピエール・デゾルグは別の高等法院家系の名門、ピエールフーの侯爵にして修道会騎士のフランソワ・イアサント・ドゥドン殿からまったく同じような買い物をした。エギュル地方の「ラ・ドゥドンヌ」または「ラ・ドドンヌ」と呼ばれるこの領地にはやはり領主の館と自営農（管理人）の家、耕作適地とぶどう園があった。売買証書（価格合計は五万三〇〇〇リーヴルである）をもとに推測できるのは、売却の理由（ピエールフー侯爵の息子の借金の返済）ならびに買い手側の流動資産額である。彼は州を支払債務者とする定期金二万二〇〇〇リーヴル、同じく聖職者を支払債務者とする定期金八一〇〇リーヴルの形で支払った。残り二万リーヴルは現金払いだったが、馬鹿にならない額である。農地、ぶどう園、果樹園（アーモンド樹）からなる、エランヌ区域の別荘地はなかなかのものである。一カ月後に彼が締結した賃貸契約によれば、地主は借地人に対して家の居住と鳩小屋の使用権を認めるが、一階と主人用の上階は永久的に確保する。賃貸料はしめて年間二一〇〇リーヴルである。

しかしこれもまだ、買収作戦の最後を飾るものではない。サン＝ソヴール大司教座聖堂参事会への定額地租証書から間接的に知るところによれば、デゾルグとド・レブロ・ド・ラ・ヴェルサンヌ殿とのあいだに交わされた私文書の取り決めに従い、後者は一七八二年二月六日、エクス周辺のかなりの不動産、すなわち通称パンシナ区画にある菜園、牧草地、ならびに「ド・ミッション」「ド・ランノァン」と呼ばれる二基の粉挽き水車を売却した。総額は二万四〇〇〇リーヴルで、さらに一三三七リーヴルを弁護士は即座に保有地譲渡税として参事会に払い込んでいる。そしてその直後の証書の中で、デゾルグは上述の菜園、および「ランファンの館」周辺の土地の保全にかんする賃貸契約について定め、確認している。この美しい館は、一七世紀末の邸宅の典型として、今日では美術史家たちの嘆賞措くあたわざる作品で、一六八五年、陸軍親任官にしてフランス会計総務のシモン・ランファンが造らせたものである。この名作がデゾルグの所有に帰する以前に、いかなるいきさつでド・レブロ・ド・ラ・ヴェルサンヌ殿の手に渡ったのかを問うことなかれ。エクスの考証学者たちは、その最近の著者たちの一人が書いているように、「ランファンの館についてはすべて、もしくはほとんどすべて言い尽くされた」と信じ、根拠のない伝説を紹介して満足しているからだ。実際、最近のある著者によれば、陸軍親任官の家系に残されたこの館は、司教座聖堂参事会首席バルタザール＝シモン・シュザンヌ・ランファンが相続し、彼はそれを一七九三年（！）のみずからの死にさいして、エクスの教会に遺贈したことになっている。多少なりとも良心的な歴史家にとっては、この年号の選択は誤りであると言わざるをえない〔非キリスト教化の激化したこの時期の教会への遺贈は考えにくい〕。

一七八二年、この格式ある館を購入したジャン＝ピエール・デゾルグはその維持に意を用いた。四月に年六〇〇リーヴルで二名の庭園管理人レスレ父子と交わした契約によれば、彼らは管理人として「鳩小屋のかたわらを入ったところ」にある二部屋に居住を許され、並木道の整備、花壇への施肥、果樹の世話と枝下ろし、そして特に三本のキョウチクトウと六二本のオレンジ（うち四〇本は植木箱、二二本は鉢植と明記されている）の格別入念な手入れが任される。父か息子のどちらかは管理人として常住しなければならない。これらの事細かな規定のうちには、これ以後の証書類に見られるランファンの館への頻繁な言及とともに、村の公証人の息子が館の取得に託した象徴的意味合いがうかがえる。たとえ、この取得を可能にしたのが、どうにか旧家と称してもよい貴族家系の危機といういささか平凡な事情であったにせよ、である。画家ヴァン・ロー〔一六八四～一七四五年。ルイ一五世の肖像画など〕が一七世紀後半のエクス建築のもう一つの珠玉である、ヴァンドームの館の主になったときもそうだったではないか。

とはいえ、デゾルグは物事の経済的側面を無視したりはしなかった。美しい館を囲む花壇や牧草地は彼に年六〇〇リーヴルをもたらした……。これに加え、土地に付属するランファンとミッションの二基の水車からの収益は、契約書が見出されないために明らかではないが、先ほどの金額と同程度か、あるいはそれを大きく上回るものと推定される。きわめて散文的な経済戦略も、矛盾を受け入れていく彼の精神状態を映し出している。ジャン゠ピエール・デゾルグは、エクス周辺の別荘や邸宅の収集家であると同時に、手堅い収益をもたらす水車や街道沿いの旅籠屋が大好きなのだ。実際このことは、一七八四年三月二〇日、今度は平民のジラール氏から彼が買い取った、アルプス街道沿いの遠くリュール周辺にあるフォンジュスタンの館についても言える。エクスとマルセイユをつなぐ大街道沿いのこの「新館」を、彼は翌日にはもうエクスの自営農に任せた。興味深く、もうけになる投資で、年七〇〇リーヴルの資産価値は確かにある。

一五年来、地方およびパリを支払債務者とする定期金証券を集めてきたエクスの弁護士は、半ば隠退生活に入ろうという直前の六〇歳になって、変心した。証券をすべて処分したわけではないが、そこで貯えた金を使い、自分の社会的上昇の明白な証拠を持続的で安定的なものにしようと望んだ。七万リーヴルを投じて貴族身分を確保しようとした国王顧問書記官職の買収にしても、また最低でも一五万から二〇万リーヴルを要したと思われる、さまざまな、そして意味深長な土地への定着にしてもそうである。

旅路の終わりにほぼ達しようとしていた彼にとって、計画の完全実現のためにまだ残されていたのは、二通あるいは三通の文書の完成であった。その第一のものは遺言書である。

この遺言書は、前にも触れた公証人ベールの前述の証書の一部として、一七八三年二月二七日に起草された。だがこの文書は同時に、相続人の補充指定条項を含む複雑な文書に対する当然の措置として、法的手段を通じてエクスのセネシャル裁判所管区の登録簿にも登記（「挿入」）された。

この遺言書は立ち止まってみる価値がある。ただ、恐ろしく地味な霊的条項についてのコメントはあとに残しておくことにしよう。ジャン゠ピエール・デゾルグは、過去現在のあらゆる栄誉にとりまかれた自己をここで提示する。貴族ジャン＝ピエール・デゾルグ、法廷弁護士、エクス市の元参与、プロヴァンス州三身分会議総代、高等法院尚書局付き国王顧問書記官……。だが、われわれが霊的条項をすばやく通り過ぎ、その決まり切った表現に続く「財産の処分に移る」というところにさしかかるやいなや、テクストは異論の余地のない熟考の跡をうかがわせる正確かつ論証的な調子を帯びてくる。

特定相続人については手早く片づけられる。まず遺言者の兄ガブリエル――「聖職者デゾルグ氏」――には、その生存中および死後一年間一〇〇リーヴルの終身年金が与えられるが、「父方および母方からの相続について、この兄が行いえたであろうあらゆる種類の要求のゆえに……」と明記している。兄のデゾルグ氏自身がこれ以上を望まないと証言したことをわれらの弁護士が思い出させているのだから、結局、異議申し立てを恐れているようには見えない。兄の次は召使いである。フィギュイエールの寡婦で召使いのデルフィーヌ・アギュロンは、つまるところ良い処遇を受けた。ヴォルクスからやってきた娘の忠誠に対する感謝のしるしとして、主人の死後、彼女は再びそこに戻ることができる。のちにわれわれは彼女に再会することになろう。デルフィーヌ・アギュロンは終身年金一五〇リーヴルを受ける権利を有し、遺言者が七五歳に達した場合はさらに五〇リーヴルが加算される（この細部の重要性をわれわれはあとで知ることになる）。無論「同使用人がまだ、余人でなく彼につかえていること」が条件であるが。

次男であるわれわれの主人公ジョゼフ・テオドール・デゾルグ――誕生以来、この物語に姿を見せるのはほとんど初めてである――は、特定相続人の序列の中で、かなり慎ましやかに登場する。この息子に対しては、「遺産相続人が希望に応じて不動産もしくは資金の形で彼に支払うべき遺留分に加えて」、三〇〇リーヴル相当の指輪が与えられる。この遺留分とは何か。ジャン＝ピエール・デゾルグは自分の財産を代々継承させるためには、プロヴァンスの法に基づいた「相続人選定」を行う必要があったのである。すなわち「彼の現在または今後の一切の財産」の「すべてに対する唯一にして包括的な相続人は、長男で貴族のジャン＝フランソワ・デゾルグとし、この処置には、彼が将来持つであろう聖界に属さない長男への補充指定が伴う。相続内容は資産、不動産および通称ランファンの館とその付属物の形で支払われる総額四〇万リーヴルである。なお当該不動産の売却および譲渡は、新たな不動産が取得され、その不動産が補充に適合するだけの価値を有する場合において許可される……」（この場合、譲渡は許される）。

ジャン＝フランソワ・デゾルグの未来の長男へのこの補充指定は、一世代に限定されない。言うまでもなく長子相続制を維持し、聖職に入るものを排除しながら、孫の子孫たちへと代々引き継がれていくのだ。だが慎重な弁護士は、長男ジャン＝フランソワが男子を持たないケースを想定している。そのさい、補充指定されるのはジョゼフ・テオドール・デゾルグであり、同一の規則に従って彼の子孫に引き継がれる。またジャン＝フランソワに男子が無く、女子がある場合は、彼女たち一人一人に三万五〇〇〇リーヴルがとっておかれる（ここでも、修道女にならないことが条件だ）。

遺言の結びにおいて、すでに亡くなっている自分の息子たちに向かって、兄弟同士仲良く暮らすように、最良の知性の中で生きるようにと勧めたジャン＝ピエール・デゾルグは、遺言書の読み手であるわれわれを、単純であると同時に複雑な暗号解読に向かわせる。

単純、と言うのはすでにその内容を紹介したように（特殊な専門用語や、「四分の一条項」quarte falcidie et trebellianique〔過大な遺贈をされた相続人には四分の一が解除され、また相続権を他者に譲った者には四分の一が保留される〕についての慣例的な条項は割愛したが……）、補充指定という相続戦略は少なくともプロヴァンスの貴族のあいだではごく古典的なものだ。だれしもわかるように、選ばれた相続人の直系に、財産を可能な限り完全な形で確実に引き継がせることが問題なのだ。相続人はこの場合がそうであるようにしばしば長男だが、必ずというわけでもない。子供四人までは、財産全体の三分の一が遺留分に振り当てられ、実子である相続人たちのあいだで平等に分配される。従ってデゾルグ家の場合、テオドール・デゾルグは六分の一を受け取り、ジャン＝フランソワにも六分の一が与えられるため、彼のもとには〔補充指定された四〇万リーヴルを除いた〕財産の合計六分の五が集められることになる。

では遺留分算出の根拠となった財産額はどうか。なぜなら名士の資産を守るためにプロヴァンスの法は別の慣行を利用しているからである。遺言者の意志を数世代（一般には二世代だが、すでに見たように、デゾルグはこれを巧妙に操作した……）にわたって伝えることを可能にする補充指定の名目で、かなりの金額が全体からあらかじめ留保されたのである。この場合、四〇万リーヴルは馬鹿にならない額であり、ジャン＝ピエール・デゾルグ晩年の資産の評価を試みるという難しい仕事にわれわれを向かわせる。ただしこれ以上はくりかえさないが、ジャン＝ピエール・デゾルグが、この時期のエクスにおける名門貴族の最も古風な慣習にいかに執着していたかを記憶しておこう。というのも、モニク・キュベルによれば、この慣習は当時控えめながらも家族の新たな読解へと開かれつつあった高等法院階層においては、消滅しつつあったのである。成り上がりのデゾルグにはみずからに許すことのできない贅沢である。

四〇万リーヴルが補充指定の名目で留保されたということは、相続財産のかなりの部分（はっきりと明記されたランファンの館を加えて）がその対象となったことを推測させる。デゾルグは果たしてそんなに裕福だったのだろうか。わたしは財産目録も死後の遺産分配証書も発見していないので、この問いに正確に答えることはできない。その後の家族関係証書類からも形跡がうかがわれない以上、こうした書類は存在しなかったのではないかと思われる。他の点で詳細だとはいえ、相続財産の輪郭を推測することも許さないのは、この遺言書の弱点の一つである。とは言っても、われわれは彼の相次いだ買い物を通じて、そ

オペラ通りの家屋	（？）
フヌイエール地区の農地・牧草地	20,000リーヴル
周辺のぶどう耕作地	5,000リーヴル（？）
ブレダスク地区の別荘地	10,000リーヴル
「ラ・ドゥドンヌ」	53,000リーヴル
ガリスの領有地	50,000リーヴル（？）
ランファンの館とその付属物	24,000＋（？）＝50,000リーヴル（？）
新館	15,000リーヴル
合　計	203,000リーヴル＋（？）

の富裕さについて大まかにではあれ一つのイメージを得られるくらいは、この弁護士と近づきになっているのではないだろうか。財産を、正確とは言わないにせよ、大ざっぱに見積もる大胆さをあえて冒してみよう。

晩年に著しく補強された不動産は、いまや膨大な額に達している。デゾルグ帝国は遠方の属領――ヴォルクスの家屋と農地、ヴィルヌーヴのフォンレーヌ別荘、リュールの別荘・水車・旅籠の複合体、合計約一〇万から一五万リーヴル――ならびにエクス市内にある大きな家屋（その価値は不明）をはじめとしてエクス周辺に広がり形成された星雲から成り立っている。エクスとその周辺地域、およびオート＝プロヴァンス全体にわたって所有する合計三五万〜四〇万リーヴルの不動産から、最低二万リーヴルの収益が上がる。わたしの推測は最低の見積もり額を基準にしているので、これは過小評価かもしれない。

次に、財産目録がないため、いくつかの項目をのぞいては把握がいっそう困難な動産がある。国王顧問書記官職の価値は七万リーヴルに匹敵するが、在任中は「凍結」され、所持者の死後の転売のさいに流動することがある。またデゾルグが自分の新たな戦略の必要上、一七七〇年代までに買い集めていた定期金の証書の一部を売ることになったにしても、彼は多くの場合、現金で支払うことをやめなかった。彼の手元にいくばくかの証書が残されたのは疑いない。従ってわたしは、一七八〇年代に

	部　長	評定官
0～30万リーヴル	0	48
30万～60万リーヴル	47	43
60万～90万リーヴル	33	3
90万リーヴル以上	19	5

おける不動産と動産を合わせた彼の全資産は少なくとも約六〇万リーヴルを下らなかったと考えたい。モニク・キュベルが、エクスの高等法院貴族集団を対象にした詳細な研究の中で示した、彼らの推定資産額のパーセント表示と照らし合わせると、この数字はなかなかのものである。

ジャン＝ピエール・デゾルグは裕福さの点では評定官全体の一〇分の九より上であり、部長たちのほぼ真ん中に位置している。パーセントでなく実数で言えば、彼に匹敵する財力を持つのはせいぜい二〇名にすぎない。これ以外の指標として、シャルル・カリエールが社会的ポートレートを残してくれたマルセイユの大商人（貿易商）の中に彼を置いても、まちがいなくエリートの部類に入る。邸宅とは言えない家でたった一人の召使いを雇う小ブルジョワでもなく、また大勢の使用人に囲まれている貴族でもなく、その中間にあって二人の召使いとともに慎ましく暮らす「ちっぽけな法律家」の隠された勝利だ。ほとんど「道楽」とも言うべき真の贅沢は、町の外のランファンの館に見出されるのであるが……。

以上のやむを得ない回り道を経て、テオドール・デゾルグに戻ろう。〔六〇万リーブルの全財産の中で〕補充指定条項を免れた財産額を二〇万リーヴルと仮定すると、遺留分として彼に帰する六分の一とは約三万五〇〇〇リーヴルになるはずで、その五パーセントに相当する一八〇〇リーヴルずつが毎年支払われる。貧困とは言えないが、豪奢にはほど遠い。

しかし、己の人生の最後の総仕上げとして、自分の夢を長男ジャン＝フランソワの身の上にまさに実現させようとしていたジャン＝ピエール・デゾルグにとって、テオドールのことはさして重要な関心事ではなかった。法服貴族身分への正門からの入場は、ジャン＝フランソワのためにとっておかれた。一七八四年、最後の巻き返しとして買収されたエクス＝アン＝プロヴァンス会計法院評定官職は、この二二歳の若者に与えられたのである。

シャルル・カリエールの非常に示唆に富む研究『アンシャン・レジーム末期におけるエクス会計法院の人材供給』のおかげで、われわれは、この家族が首尾よく入り込むことに成功したスペースがどのようにして出来上がったのかかなり正確に分析することができる。われわれはすでに、いっときだが高等法院評定官衆にかわって、会計法院の評定官が大きな役割を演じた、いわゆるモープー高等法院のエピソードについて触れたが、その結果として生じた会計法院およびその周辺の人々の「ロビー」に再び連れ戻される。

このエピソードに対して下された会計〔法院の〕「決算」（安易な洒落だが）のおかげでジャン＝ピエール・デゾルグは幻滅を味わわされたが、続いて埋め合わせのときがやってくる。会計法院は、かつての「擬似高等法院」の地位からは低下したものの、ルイ一六世が即位時に復活させた売官制度を基礎に復興しつつあったことを理解しておこう。これは一つの再編成であり、一日にして成らないどころか、一七七四年から一七八五年までのほぼ一〇年を要し……、大革命が勃発したころにようやく完了した。元評定官たちは買い戻しの必要もなく以前の地位を手に入れたにせよ、一七七〇年代からの時の経過は死去や隠退……をもたらし、一七八〇年には評定官の一人が「会計法院は耄碌しはじめた」と書くほどに顔触れを一新する時期が来ていた。同じ年に公布された、会計法院の構成を最終的に定めた王令により、エクスの小世界は大騒ぎになった。「たくさんの新規受け入れがあるぞ！」。実際、一七八〇年の三七人の評定官のうち二五人は、空席または退職によって、二万リーヴルの代価に基づいて入れ替わることになる。

官職の買い手になるだけではおそらく十分ではない。候補者の選定に当たっては中央政府も発言権を保ったが、最大の主導権は会計法院に、現役の評定官たちに、そして一にかかって父のあとを継いだ若き法院長ジャン＝バティスト・シュザンヌ・ダルベルタスの手中にあった。

カリエールの分析による会計法院の人材供給の総括は、異論の余地なくニュアンスを含むものである。アンシャン・レジーム末期の貴族またはアリストクラシーの反動という概念の賛成者にも反対者にも、それぞれの論拠を提供するものだからだ。親族登用主義や団体意識が作用したことはまちがいない。新しい二五名の評定官のうち九名は現役評定官の息子または近親者であり、また貴族一四名に対し平民は一一名である。こうした配慮は、新規三名の部長職の受け入れにおいてより明瞭に現れる。この点での妥協は問題外だった。

にもかかわらず、二五名の新規評定官のうち一一名は平民であるし、一六名は司法官の息子でも近親者でもない。さらには、貴族身分の新評定官のうち半数は、貴族昇格から五〇年に満たない新しい法服貴族の家柄である……。まさにド・コリオリス師が「新参者によって、ほんの新参者によって」と書いたとおりである。この人物はまた一観察者として、若いダルベルタスとそのとりまきが推し進めた人事の哲学について、書簡の中で次のように書き記している。「名前が必要な席があり、名前と富の両方が必要な席があり、最後に、富と結合した才能が賛同者を獲得できる席がある……。司法官の身分は低下した。上層貴族は自分のほうが偉いと思う一方、貧乏貴族は転身もできなければ、ろくな地位にも就けない……。司法官は裕福でなければならず、さもなくば裕福さへの渇望が彼をさいなむ……」（一七八〇年五月三〇日）。一七八〇年時点におけるアンシャン・レジームの国家装置の幹部たちにかんする、以上のような冷徹な分析の妥当性の枠内においてこそ、若きデゾルグの「チャンス」が理解され、正当化されるのである。

ジャン＝フランソワ・デゾルグは若く、会計法院は若返りが望まれていた。平民も貴族も含めた新評定官の平均年齢は二八歳である（四五歳と四八歳の評定官が二名に対して、三〇歳未満一四名、三〇歳から四〇歳が八名……、そして小賢しい一六歳の小僧が一名！）。二五歳以上という公式年齢制限を免除された二二歳のジャン＝フランソワ・デゾルグは、このとき望まれていた新しい評定官のプロフィールと完全に一致する。彼は金持ちであり、父は彼のために金持ちであろうとしたのだが、家族の近年の隆盛は、彼の真面目さ、勤勉さの保証になっているように見える。それは彼の就任式のさいの次のような小事件が示唆するとおりである。

一七八四年一月二六日、この日の証人である検事サキは次のように書き残している。「昨日、デゾルグ氏着任後に入場したダルベルタ人法院長は、法院の構成員が職務上の義務を遂行するにあたっての、また法院に出仕するにあたっての熱意の不足について、訓戒を述べた。この激励によって熱意が再び喚起され、若き司法官たちは皆真面目さを取り戻し、みずからの職務に精励するようにおそらくなるであろう。必ずやダゲッソー〔パリ高等法院の主席検事を経て大法官となる〕のような人物が生まれるに相違ない」。

おそらくは微笑とともに語られたであろうこのモラリスト的な決まり文句の背後に、影響関係のネットワークの役割や、二五年以上も自分に結び付いていた家族に報いてやろうというダルベルタスの、わたしがいささか軽率にロビーと呼んだものの役割を読みとることはたやすいであろう……。若き法院長ダルベルタスのグループとプロヴァンスの伝統的な大貴族の特権に固執する部長ド・マズノーのグループとがぶつかり合った会計法院において、こうした結び付きはきわめて強固だった……。この亀裂によって、プロヴァンスにおける革命の序曲は何年かあとにはもう始まろうとしていたのである。

ジャン＝フランソワ・デゾルグはその職務を、会計法院の廃止までの六年間しか果たすことができなかった。ダルベルタス法院長は一七九〇年七月一四日、連盟祭の会場に提供していた城館の庭で、若きアニセ・マルテルによって暗殺された。彼は、農民である父がダルベルタスのとった苛酷な処置の犠牲になったため、復讐をねらっていたのである。高等法院と会計法院とはその消滅のまぎわになって、遅きにすぎる和解をとげた。エクスの高等法院は、アニセ・マルテルを処罰者名簿に登録される最後の車責の刑に処したのである。最も激しい諍いの中にあっても、団体の連帯感は強い生命力を保っていた。

〔父の〕ジャン゠ピエール・デゾルグはこうした出来事を生きて見ることはなかった。ルー゠アルフェランが言及し、次いでエクスの年代記作家たちがこれを剽切しつつ語るところでは、一瞬の悲喜劇とも言うべき不運な転落事故〔一七八四年四月二二日〕が、彼を手足のだらんとなった操り人形よろしく敷石の上に叩きつけ、新しい職務に迎えられる息子のためのお祝いの準備を中断させたのである。歴史の皮肉としか言いようのないこの三面記事だけが、この法律家にして市および州に対する優れた奉仕者の記憶を忘却から救いあげたように見える。それはまた集合的記憶の皮肉、すなわちフィリップ・ジュタールがわれわれに提示したところによれば、記憶を固定する手掛かりとなる場所やものと結び付いた記憶の皮肉でもあり、実際のちのちまでも、オペラ通りの角を通る者はこの三面記事を想い起こすことになるのである。

しかし結局のところ、すべては言い尽くされ、エクス年代記作者の弔辞がわりの遠い記憶で満足せよということなのだろうか。われわれの研究においてなすべきは、公証人ベールが記述した事実関係証明書に立ち戻ることである。この記録について確実に言えるのは、それが異例のジャンルに属するということだ。共和一二年フロレアル一五日〔一八〇四年五月五日〕――事件の二〇年後――に作成されたこの文書を要約することは難しい。聡明な読者にこの奇妙な証言の全文をお目にかけることをお許し願いたい。

「フランス共和国第一二年フロレアル一五日午後、エクス市に駐在する、ブッシュ゠デュ゠ローヌ県控訴裁判所の官吏オノレ・ジョゼフ・ベールならびに下記に署名せる証人一同の立会いの下に、当エクス市に不動産を所有する市民ジャン・アレクシス・カバス、ジャン・バティスト・ブールデ、クロード・ボネが出頭し、みずからの意志により、また真実に忠誠を捧げるため、彼らが、コメディー通り〔オペラ通り〕に二人の子供とともに居住していたエクスの法律家、故ジャン＝ピエール・デゾルグの家を毎日のように頻繁に訪れていたことを申告し、証言した。出頭人たちは以下の事柄を完全に想起した。すなわち非常に肥満していた故ジャン＝ピエール・デゾルグが、一七八四年四月二二日に窓から転落するという不幸な出来事に襲われる以前から、自分に対して提起されていた訴訟によって生じた悲しみに耐えていたこと。また数年来、彼が病気であったこと。また彼の心身が甚だしく冒され、年に何回か放心状態に陥るほどであったこと。また上記の出来事は彼の兄にして聖職者である市民デゾルグ、ならびに故人につかえた二名の召使いにより確認され、また出来事の原因は、彼がひどく歪んだ窓の鎧戸を開こうと椅子の上に上がったときの不注意に帰せられること、などである。また出頭人たちは以下の点についても証言した。すなわちこの出来事は同日朝八時に起こったが、それはすなわち彼の長男ジャン＝フランソワ・デゾルグが、革命前における会計法院の構成員として迎えられようとしていた日のことであり、また上記ジャン＝フランソワ・デゾルグは、この出来事が起こったときには同じく会計法院の構成員である市民オートマンとともに馬車に乗り裁判所に向かうところであり、さらに故人の次男である市民テオドール・デゾルグはまだ自分のアパルトマンにいた。これに続き、生前医務官をつとめ、故デゾルグの家に出入りしていた故ルイ・ピエール・ボダンの息子でエクスの医務官である市民アントワーヌ・オーギュスタン・ボダンが出頭し、亡き父親からの伝聞として以下の事柄を申し立てた。すなわちジャン＝ピエール・デゾルグに生じた出来事はもっぱら、上述の状態にあった鎧戸を開こうとしたさいに彼が犯した不注意に帰せられるもので、ワックスが塗られた床に置かれた椅子の上に故デゾルグのように上がれば、彼ほどの年配者でなく、また肥満していない人であってもこの出来事は生じえたであろう、と。上記出頭人たちはこれらの事柄を想起し、真実と認め、上記公証人であるわたくしに証書の作成を依頼した。この証書はエクスにある筆記者の執務室において、上記出頭人たちとともに証人として署名した市民、すなわちエクスのプレシュール広場に居住する商人のバルテルミー・ランパル、および時計師のオーギュスタン・レノーの立ち会いの下に作成され、上記出頭人たちの前で読まれ、発表された。

署名。ボネ、カバス、ブールデ、ボダン、レノー、ランパルおよび筆記者である公証人ベール」。

事実関係証明書とは明白な事実を曖昧さを残さずに確認するために作られるものだと信じている素朴な目には、この文書は若干の当惑を感じさせる。重々しい表現と堅苦しい雰囲気に絶えず突き当たる役人またはは公証人の文書ではあるものの、歪んだ鎧戸やワックスで磨かれた床のある、オペラ通りの大きな家に初めて足を踏み入れることができたという利点は認めよう……。息子が馬車に乗ろうというまさにそのとき、父親が不慮の死をとげるという瞬間を描いた風俗画を、詳細な外観とともに再現してもくれる。

最初の疑問として当然生じる、なぜ二〇年後の共和一二年なのかという問いはあとに留保しておこう。このあまり類を見ない証書は、いかなる状況下、いかなる目的に応えるものなのか。誰の要望で作成されたのか。長男ジャン゠フランソワか、あるいは数カ月後にはシャラントンの精神病院に押し込められるテオドール自身か。この過激なジャコバン主義者に対して加えられていた陰険な警察側からの圧力に直面し、陰口の洪水から示唆されたのかもしれない罪状に対して彼の潔白を証明することが問題であったのか、あるいは逆に親からの遺伝を根拠にして免責を主張しようというのか。デゾルグ家の病理学的遺伝というテーマは、それほど深刻ではないにしろ、詩人の社会的生涯をたどる伝記には絶えず登場することになるので、われわれはそれを避けては通ることはできないであろう。

しかしさしあたりはこれらの質問をわきにのけ、ふさわしいときにより突っ込んだやり方で再検討するとしても、事実の具体性の問題は残る。これらの証言は、あからさまな矛盾はないにせよ、明快さにはほど遠い。父親のかかわりに意見を述べた医師の息子は、他の証人たちが記憶をもとにはっきりと述べた病理学的説明への言及を避けている。無理に特色を出そうとするなら、この曖昧なテクストがわれわれに残す可能性は三つ、すなわち事故、殺害、自殺……である。病的状態に起因する事故という、より微妙な第四の可能性も当然考えられる。

殺害はまずありそうにないが、証人たちが二人の息子たちにアリバイを提供するという配慮そのものが、かえってその可能性を完全には放棄させないでいる。ジャン＝フランソワのアリバイは確実だが、テオドールのそれは不確かだ。父親の遺言書でいい目を見なかった彼だけが、おそらく恨みや羨望で動きうる唯一の人物ではないのか（仲良く生きよという遺言書の中の息子たちへの訓戒は、ただの形式だったのだろうか。こうした言葉が遺言書中に見出されることはあるが、そうしばしばではない）。次男の屈辱感は考慮に値する。理知的で才気に富むが（あとで見るように、大学入学資格と学士号の取得は兄と同時である）、自然の恩恵を受けず、父親と社会からは周縁的な立場へと追いやられていた。のけ者にされたせむしの魔術師テオドールが、祝宴を台無しにしようとして、選ばれた兄の勝利をかき乱しにきたのか。この仮説は、あまりにも根拠薄弱ないくつかの推測、つまり、まさにそれとは反対のことを言うためになされた証言の、悪意ある解釈から成り立つものである。デゾルグ兄弟の歩みを追跡してみるなら、その後の彼らの関係についてはごくわずかしかわからないとしても、そこには拭いがたい憎悪の痕跡も無ければ、衣装戸棚や往来に死体が発見されるということも無い。

自殺の可能性の消去はこれほど簡単ではない。アンシャン・レジーム末期エクスの上流社会にあって（そしてより広く、この時代のフランスやキリスト教社会において）、スキャンダルを避け、マドレーヌ教会の主任司祭の小教区簿冊にあっさりと以下のように書いてもらえることの本質的利益はよく理解できる。「貴族ジャン＝ピエール・デゾルグ、国王顧問書記官、およそ六五歳、マドレーヌ・メリゴン夫人の寡夫は、昨日信徒たちの集まりの中で［傍点は筆者による］死去し、今日一七八四年四月二三日、本小教区内の墓地に埋葬された……」。エクスの貴族たちは、スキャンダルをもみ消すことに時間をつぶす。彼らは、いわゆるトルス事件（ほろ酔いの若い貴族たちの一団が、トロネからの帰り道に出会った農民を遊び半分に「裁き」、夜のあいだにしばり首にした事件）のほとぼりもさめきっていない一七八四年五月――父デゾルグの事件から一カ月後――、若き高等法院部長ブリュニー・ダントルカストー（ジョゼフ・デゾルグが徴税請負人をつとめた侯爵の息子）が、自分の屋敷で若い妻を殺害したということを知る。すぐさま与えられた忠告により彼は逃亡し、直後に惨めな死をとげる。だがそんなことは、エクスの名誉が少なくとも表面上は保たれるなら、どうでもよいことなのだ。このような次第であるから、仮にジャン＝ピエール・デゾルグが自殺したとしても、社会的圧力の力が、必ずやこうした非常識な出来事を控えめなヴェールで覆ってしまおうとしたはずだ。

このことから、彼が自殺したと言うまでの距離はほんの一歩にすぎない。彼の悲しみ、そして今日なら抑鬱性気質とでも定義されるような性格を強調し、かつ彼の抱える身体的であると同時に心理的なトラブルを想起させてこの特色を強調した一部の証言は、曖昧さを含んではいるけれども、明らかにこの仮説に対して信憑性を与えるものであろう。それにしても父デゾルグが、みずからの人生において果たせなかった社会的上昇への野望が息子のうちに実現するというその日を選んで、この劇的な狂気の行為に身を委ね自殺したなどと考えられるだろうか。だがこうした態度は驚くべきことではない。これ以前の何年間かのあいだの彼の行動や振る舞いの特徴を思い返してみるなら、わたしには彼が死の前の月まで続けた一連の買収の中に見られるあの性急さや熱中ぶりが気にかかる。デゾルグは意識的にすべてを整理し、そして死のうとしたのだろうか。とはいえ彼が遺言書の中で、召使いがあと一〇年、彼が七五歳になるまでつかえた場合には彼女に支払われる年金が増加すると定めた条項はこの仮説に反するかもしれない。しかしこれはごくありきたりの条項だ。そしてもし仮にこの弁護士がこの暗い計画を熟考していたのなら、彼はそれを前もって打ち明けるようなことはしないだろう。約半世紀後、詩人デゾルグの何人かの伝記作者たちはためらうことなく、父親は「四辻に身を投げてみずから死んだ司法官……」と断言することになる。われわれは彼らの言葉を信じる必要はないが、それでも彼らが広く受け入れられた物語に反応を示していたことは確かなのである。

最後に残った事故の仮説であるが、最後の証人が述べているように、だれにでも起こりうる不注意の転落という説から心神耗弱説まで……いくつかの解釈が可能である。やはりわれわれの資料調査の段階では、この仮説は慎重に取り扱われるべきである。次男のテオドールの性格を考えると説得力のある殺害説は、当てにならない具体性を考慮することなく、隠喩として生じたと考えれば十分である。いままでこの物語に不在だったデゾルグの息子たちは、自分自身の人生を要求する権利がある。彼らはそれを引き受けることができるだろうか。

第5章　地方文化におけるブルジョワ的リレー

デゾルグ家の息子たち、ジャン＝フランソワとテオドールは、父親がその印象的な死によって言わば自立への機会を与えたとき、それぞれ二二歳と二一歳だった。われわれの物語に、これまで彼らは登場してこなかった。少なくとも、父親から一切の希望を託され、一七八四年四月二二日の台無しになったお祝いの主人公とされていた長男ジャン＝フランソワについては奇妙と言えるかもしれない。しかし実際のところ、執念深い老人は、長男を代理に立てて、自分自身のための復讐を行ったのである。この時期まで、二人の子供たちはわれわれにとっては曖昧極まりない二つの影にとどまっていた。その原因は、父の圧倒的な存在感とともに、まさに資料そのものの中にあると言ってよいだろう。公証人原簿の中で、彼らに出会うチャンスなどあるだろうか。こうしたわけで、われわれは洗礼から大学入学資格までの彼らに出くわす理由がほとんど無かったのである。

それでもよく調べると、われわれはエクスのコレージュ〔大学に付属する寄宿学校で、修道会によって経営されるものが多かった〕にたどり着く。このコレージュはイエズス会の追放後、在俗聖職者の管理下にあるあいだはいっとき衰えていたが、一七七三年からは、経験豊富でかなり以前からエクスに定着しているキリスト教教義普及会の司祭たちの手に移っていた。彼らの残した文書類は、残念なことに非常に乏しい。われわれの主人公の軌跡を詳細に追跡させてくれるはずの登録簿のかわりに利用できるのは、収入や支出を記録したあの「金庫帳」、すなわち会計簿だけである。日々の金銭の出し入れが大部分を占める、このなかなか興味深い雑多な物入れからまずわれわれが追跡できるのは、各「四半期」（一一月、三月、六月）ごとに親たちが寄宿生の息子のために払い込む金銭の納付である。「ヴァンサン、トロン、リショー、コキヤック兄弟、タクシス、キュルブ、リシェルミ、そしてデゾルグの諸氏の第一・四半期の寄宿費九〇〇リーヴル」の受領を示す一七七五年一一月一〇日の記載が示すところでは、寄宿生の数はかなり少なく、一〇人そこそこである。払い込みの記載は、一定期間を置いた支払期日ごとに、一七七八年八月一七日「以下の諸氏の二週間の寄宿費として一五リーヴル一〇ソル（スー）」と書き込まれるまで規則的に現れる。この日、寄宿生数は一七名となった。この日はまた息子デゾルグが登場する最後で、彼はコレージュにたった三年間、もしそれがジャン＝フランソワだとすれば一三歳から一六歳まで、テオドールだとすれば一二歳から一五歳までのあいだしか過ごさなかったことになる。情報源は乏しく、この程度のことしかわからない。デゾルグ兄弟の一人が短期間だけ寄宿生だったという事実は、推測の要素を付加すれば、兄弟二人が教義普及会の教育を通学生として受けた可能性を残している。だがここから教育の内容に言及するのは、わたしがみずからに禁じる軽率の誤りを犯すことになろう。予期したとおり、会計簿はこの問題についてひどく寡黙であるが、管区巡回者たちが彼らの所見を残すことはある。実際に一七七八年七月三〇日、管区長ブルイヨー神父は、施設の状態についての概ね肯定的な数行の結論部の中に、いささか重大な留保を付けた。「ミサへの参加が不十分なように思われる」。教義普及会はイエズス会ではないし、彼らの放任的態度やそうした態度の下での教育の低下を非難するかつての――非常にイエズス会寄りな――地方の著作家たちの傾向に同調することなく言えば、デゾルグ兄弟の受けた教育は、彼らの父がイエズス会士の下で受けたと思われる教育とは、その精神においておそらく異なっていたと言ってよいだろう。

また、考証学者フルーリによって作られ、父ジャン＝ピエール・デゾルグが得た学位の調査をわれわれに可能にしたあの手書きの記録『エクス大学学位取得者辞典』にしても、さらに寡黙である。そこに登場する二人の息子ジャン＝フランソワとテオドールは、大学入学資格と学士号をほぼ同時期、一七八二年一一月一五日と二二日、それぞれ弟一九歳、兄二〇歳で取得していることが目につく。この学歴は、モニク・キュベルがモデルケースをもとに作りあげた、高等法院の息子たちの典型的経歴と照合した限りでは、特別な注釈を必要としない。なにしろ一六歳または一七歳でコレージュを修了し、三年間法学を学びつつ二年目の終わりには大学入学資格を、三年目には学士号を得るのが平均像なのだから。だが彼女は、段階を無視して二回の試験を続けざまに受験する慣行が存在したことにも触れている。まさにデゾルグ兄弟は二人とも、一週間の間隔を置いて大学入学資格者、次いで学士になったものと思われる。今日の学生には良き時代と思われるだろう。モニク・キュベルはまた、一八世紀を通じて学業を終える年齢の限界を二〇歳とする傾向があったことを指摘している。なぜなら高等法院の息子たちの四三パーセントは一九歳から二〇歳のあいだに学士号を得ているからだ。もっと若いケースも少数あるが（七パーセントが一九歳未満）、いずれにせよ二〇歳を越すのは稀なのである（一四パーセント）。

デゾルグ兄弟は良い生徒だった。父デゾルグは注意深い父親である。一七八二年に息子たちの大学入学資格と学士号の取得でしめくくられるその教育戦略は、一七八〇年には会計法院評定官職への道が開かれていたことを思い合わせると、同じ年代に進められていた彼の不動産買収戦略と意味深く呼応するものであったことがわかる。弟に注がれるわれわれの関心からして注意を引く唯一の点は、父がテオドールを遺言において優遇しなかったにもかかわらず、教育については兄と同等の恩恵を与えたということである。

ただし、同等の経歴を歩ませることは問題外であった。

それぞれに枝分かれしていく二人の兄弟の経歴を追う前に、物事をもう少し高い地点から眺めるのが適当だと考える。貴重ではあるが一般化できない個人描写よりも、ともかくより高い位置から、彼らを生み出した都市の文化的環境を参照することで、少なくとも弟については、文学上の栄光を追い求めるという動機からパリに向かうという冒険心が、典型的ではないとしても、どのような点で明示的なのかを問うことができるからである。何であれ、あらゆる事例研究がその価値と意味とを獲得できるのは、集合的環境を参照することによってなのである。

テオドール・デゾルグが、モンペリエからイタリアへと放浪したあと、文学のチャンスを求めて二五歳から三〇歳のあいだにパリに出た事実は、わたしが地方都市文化の中のブルジョワ的リレーと名づけたところのものを、かなり特徴的に示していると考えられる。われわれの主人公は見てくれが良くない。実を言うと、あらゆる身体上の欠陥をわきに置くとしても、彼は少し早く来すぎたとは考えられないか。辞典の決まり文句に従うなら、プロヴァンス地方におけるリレーは、もう少しあとの第一帝政の直後、すなわちオーギュスト・ティエールとアドルフ・ミニェとがパリ征服に羽ばたく前にエクス大学で法律を学んでいた一八一五年と一八一八年のあいだに始まっている。

おそらく地方的中心都市の代表的事例と見なしうるエクスで生じたことをもとにして判断する限り、ティエールやミニェとは異なる世代、つまり大革命を生きたデゾルグの世代の位置づけはおそらく難しいものとなる。一七世紀から一九世紀にかけて、地方の栄光を輝かせた人々の名簿を作りあげることに熱中した考証学者たちは、プロヴァンスの有名人たちの辞典あるいは名簿の類を公刊してきた。たとえ印象主義的なものであったとしても、わたしが集合的記憶の「受賞者名簿」——ヒット、パ、レ、ー、ド、！——における啓蒙の世紀のエクス「著名人」一四七人のリストを作成したのは、この時代の編纂家たち——弁護士ブッシュの『人名辞典』、修道院長パポンの『プロヴァンスの歴史』、そしてもっとあとだが一九世紀エクスの考証学者ルー゠アルフェランによるちぐはぐな、しかし可能な限り完璧な一覧表——が残したデータに基づいてである。これらの資料は、それが本来持ちえない価値で飾り立てられることなど問題外だとしても、都市における名声を、その社会的起源とその活動領域の双方において追跡するためには、限りなく貴重なものなのである

のっけからこの都市の貴族的性格が姿を現す。上記一四七人のエクス人のうち八〇人（五四パーセント）は貴族身分に属している。その内訳を見ると、一〇人のうち四人は高等法院家系、二人は会計法院出身であるが、さらに四人は古くからの貴族家系であり、法服貴族の優位はゆるぎない。この貴族グループのうちの半分以上は、ペンや才能によってではなく、その活動領域における輝かしい経歴によって名を轟かせていた。例えばエクスは一八世紀だけで二三名の司教を王国に提供したし——大変な人材養成所だ——、二〇名ばかりの陸軍少将、海軍士官、外交官をも輩出した。残りの者たちは、プロヴァンス高等法院の「政治的」対立の中に自分たちの才能を発揮する場を見出した。イエズス会批判者のリペール・ド・モンクラーやルブラン・ド・カスティヨンが念頭に浮かぶ。

これらの事例が示すところでは、これら「著名人」と、エクスの貴族層の中にも見出される才能によって出世した人々との境界は微妙である。しかしながら、後者のグループの人物描写を多少なりとも行っておこう。一七世紀には生気を保っていた信心深い司法官の肖像はぼやけていく。廃疾者療養所を設立し、一七二八年に起草した遺言書の中で貧しい人々のあいだに埋葬されることを希望したプロヴァンス高等法

院首席検事ピエール・ド・ラ・ガルドは、すでに時代遅れになったエリートの理想像の遅すぎた証人である。われわれの参考文献の著者たちが名士録から不穏当な箇所を削除した結果、ジャンセニスム論争のエピソードの中のスキャンダラスな実例をまったく収録しなかったのは確かである。

エクスの貴族においてもっと一貫して見られるのは、いくつかの法律上の問題点について筆を執る法学者たちの伝統である。高等法院や会計法院の院長たちがやはりこれに該当する。P-J・ガイヤール・ド・ロンジュモーは会計法院の文書の目録を作成し、ガスパール・ド・ゲダン部長は一七三九年から一七四六年までに行った自分の演説を出版させた。J-L・デスミヴィ・ド・モワサック（一六八四～一七四〇）は、プロヴァンス高等法院の歴史、みずからが参加した係争の概要、法廷儀典集を次々に著し、自分の所属する組織の栄光に貢献する努力を惜しまなかった。しかし記憶されるべきは、ラ・ルーヴィエール一門やパズリ家に見られるように、これら法学者たちの少なからぬ部分が下級法律家階層から出発し、しばしば参与職を経て、最近になって貴族に列せられた人々だということである。こうした時代がかった実践のすべてが社会上昇のための通過試験となるのである。

平民から成り上がったばかりにしては誇り高いこの小貴族たちが、法律学のあとにおのずと向かうのは歴史である。ある程度の多様性はあるにせよ、都市の自尊心を満足させるための歴史である。P-J・ド・エッズ〔またの名をアッシュ〕がその死（一七三七年）のおりに手稿のまま残したエクス史や、王族出迎えのために立てられた凱旋門について長々と論じ立てた一方で、「いにしえのトゥルバドゥール〔中世南フランスの吟遊詩人〕またはプロヴァンス詩人たち」を称賛した最初の人々の一人でもあるP・ガロー・ド・シャストゥイユのプロヴァンス史がそれである。またプロヴァンス語によるある種の文化が選択的に維持されたのも、彼ら貴族たちにおいてなのである。ジョゼフ・ラジェ・ド・バルドラン（一七一七～一七七四）はヴォルテールの「ラ・アンリアーデ」をプロヴァンス語の詩文に移した。だが国全体のレベルで言うなら、ジャンルはかなり異なっているにせよ、エクスの貴族層の中から以下に挙げるような周縁的な人々が発生してこなかったとするなら、イエズス会士ヴァントル・ド・ラ・トゥールーブルの短い小説やJ-F・デマールの詩にどれほどの価値があると言うのだろう。「周縁的」な人々というのは、ヴォルテールがその夭折を悼んだモラリスト、リュク・クラピエ・ド・ヴォーヴナルグ（一七一五～一七四七）や、先入観のない唯物論的哲学者としての経歴をパリからポツダムで送り、最後はエギュールの城に帰ってひっそりと生涯を終えたJ-B・ボワイエ・ダルジャンス（一七〇三～一七七一）のことである。『道徳的省察』の著者〔ヴォーヴナルグ〕と『哲学者テレーズ』の著者〔ダルジャンス〕とのあいだに共通点を探すのは不可解と思われるかもしれない。だがわたしの目にはそれは明白だ。精神の自由の代償もしくは論理的必然としての秘密、または少なくとも控えめさが、彼らをエクス貴族社会の取り澄ました態度と完全に断絶させている。ちょうどプロヴァンスが生んだ偉大な自由思想家貴族のサドやミラボーが、みずからの所属する環境の制約をスキャンダラスな仕方で振り払ったのと同じように。

エクスの貴族たちは、ジョゼフ・ド・ブッフ（一六七四～一七五五）のような誠実な天文学者や幾人かの植物学者たち（ドディベール・ド・ラマテュエル、ド・ポール・ド・ラマノン）を例外として精密科学からは背を向けていた。とはいえ、重農主義思想を身につけたこの地域の農学者たちの配慮や行動を過小評価すべきではない。例えば入植村を開いたカドネ・ド・シャルルヴァル、大革命前夜にアーサー・ヤングの訪問を受けた高等法院部長ド・ブリュニー、あるいは自分の所有地のトゥルヴもしくはメーラルグでユートピア計画を実現しようとしたM・ド・ヴァルベルなどがいる。彼については、一般に流布した表面的なイメージを越える突っ込んだ分析の余地があるだろう。

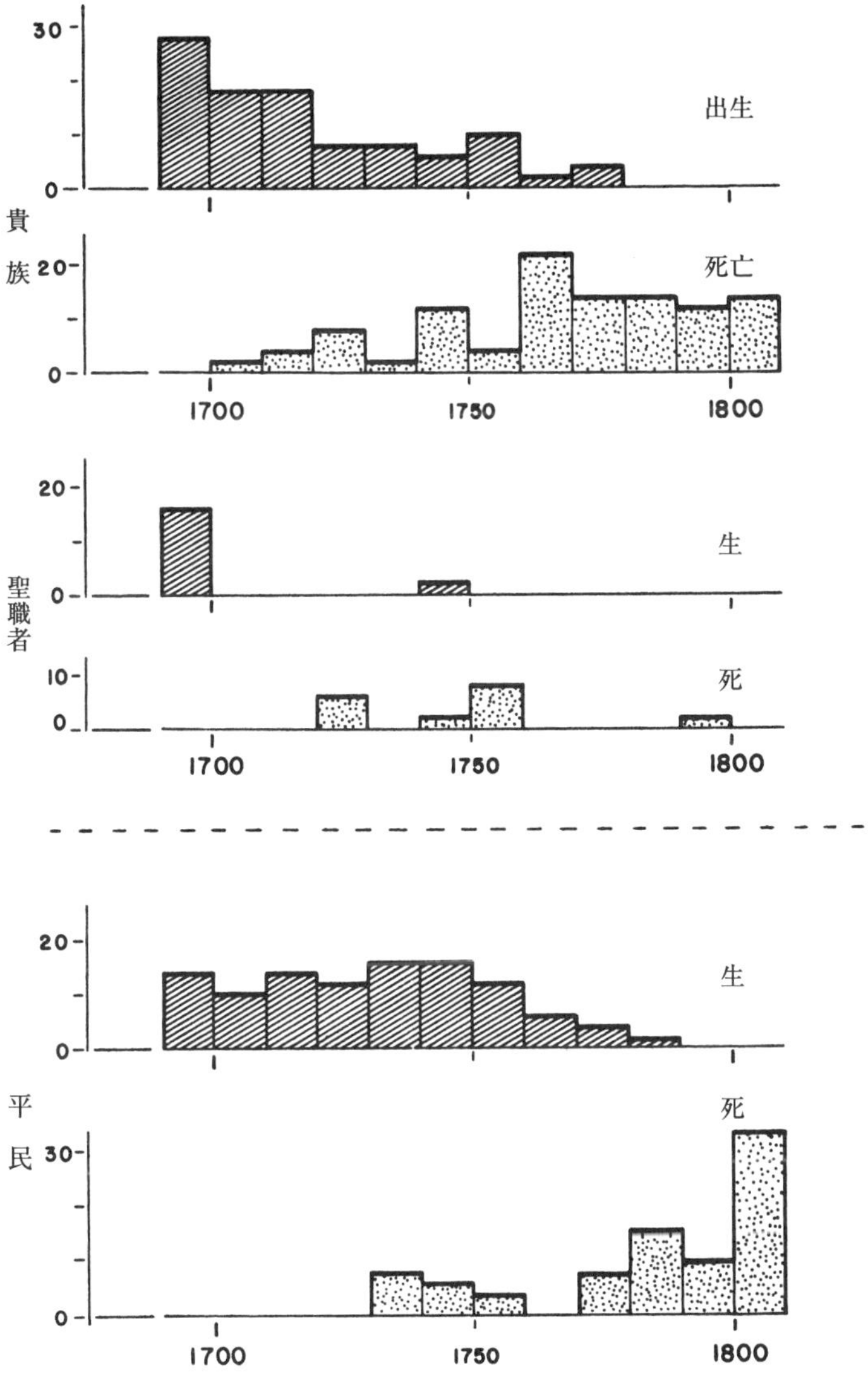

18世紀エクスの著名人

幾人かの人々にはそれにふさわしい敬意を表しつつ、明らかに思えてきたのは、一八世紀がこの貴族グループの文化史にとって大きな転換点だったということである。かつて創造者だった彼らはいまや何とも輝かしい収集家になった。フランス王国の中で、更新することがだんだん困難になっていく資産の保存という意味での骨董品の陳列室や画廊がこれほど多い都市もめったにあるまい。

ここにこそ都市文化におけるブルジョワ的リレーが量的にも質的にも確認されるとわたしには思われる。「数量主義」の歴史家であるわたしが、これらの多くの人々、貴族、聖職者、平民からなるエクス「著名人たち」の誕生と死亡の日時を大胆にもグラフに書き入れて検討することをお許しいただきたい。だが、一四七名という決して少なくはない人数からなるこの地方名士の小集団において、貴族エリートの黄金時代は世紀いっぱいは続かなかったように見える。わたしたちが話題にしてきた人物の大半は一七世紀に生まれ、引き継ぐ人材も確定しないまま一七六〇年代に死んでいる。

逆に、はじめは目立たなかった平民の割合は年が進むにつれて膨れあがっている。テオドール・デゾルグのように一七五〇年から一七七〇年に生まれた世代があとを引き継ぐのである。なるほどわたしたちの受賞者名簿に名を連ねる六七名の平民たちのためには、一八世紀の初めから、名士への特別なルートが存在していた。しかしそれは主に修道会への入会を通じてである。この時期のエクスでは著名な修道士と説教者がかなり数多く籍を置いていたが、それもやがて稀になる。イエズス会説教者オノレ・ガイヤールは一七二七年に、静修派のクリゾストム・ジュリアン神父は一七五七年にこの世を去っている。説教壇の雄弁以外でも、プロヴァンスでは他の地域と同様に、いくつかの修道会が学者の苗床となっていていた。あらゆる分野で「文化の温床」であったミニモ会については一七世紀末の天文学においてプロヴァンス学派が占めた輝かしい位置についての最近の研究があるし、エクスにおける他の分野では、浩瀚なプロヴァンス＝フランス語辞典を編んだペラス（一六六七～一七二七）、ピュジェ（一六七一～一七四七）の両神父や、文学の領域で、少なくとも地方レベルで名を残したT・パステュレルおよびピエール・ド・リアン（一六七二～一七五〇）の存在がある。ユマニストの中心地も世紀の後半には人材が払底し、ほとんど涸れ果てる。

司法官の優位は、貴族同様、ブルジョワのグループにも見てとることができる。一〇人中四人は弁護士ないしは裁判官である。一七二〇年のペストのおり、ユマニストの伝統を引く往復書簡を交わしたデコルミとその友人ソーランのように、幾人かの場合は、その法律上の意見により名を知られた老練な実践家であるだけで十分だった。だが舞台の前面を占めるのは以下のような一連の大物弁護士たちである。すなわちすでにわれわれが出会ったパスカル（一七〇一～一七七一）やジュリアン（一七〇四～一七八九）、さらにサバティエ、パスカリス、そしてプロヴァンス貴族の特権の忠実な番犬として終身の弁護士総代をつとめたグラシエ（一七三〇～一八一一）など。この地位にある彼と戦ったのがプロヴァンス史家（『プロヴァンス史試論』一七八五年）であると同時に、啓蒙的で、大革命時代に明確な参加の態度を表したC‐F・ブッシュ（一七三七～一七九五）である。法廷弁護士から市参与や州総代にいたるまでのあらゆる層のこれらエクスの弁護士たちによって、世紀の終わりには、この地方都市の名声は全国的に確立することになる。その代表者が民法典編纂とブルジョワ社会の価値基準の確立に尽くしたJ‐E・ポルタリス（一七四六～一八〇七）であり、J‐J・シメオン（一七四九～一八四二）であった。

大革命前夜に著された弁護士ブッシュの極端に戦闘的な著作は、そのときまで特権身分の手中にあった歴史を、ブルジョワ階級が新思想のための戦いの武器に作り変えるために用いた仕方をよく表している。オラトリオ会士で『プロヴァンスの著名人』の歴史家であるブージュレル神父や、コルドリエ会士で考古学者のH・ムーランといった一八世紀初めの人文主義《ユマニスト》的考証学者は、世俗の歴史家たちにとって代わられてしまう。彼らは、一七七四年に『エクスの聖体祭の解説』を出版したG・グレゴワールのように、小さな生まれ故郷の高らかな自慢——いまならアイデンティティとでも言うか——に加わることで満足してしまうか、さもなくばブッシュのように、地方的……であると同時に全国的でもある戦闘に加わるのである。

　法曹家の動かしがたい優位は、学問や創作などにおいて他の手段による表現形態を圧倒していたのだろうか。デゾルグが最初の何年かを過ごした文学的環境の慎ましさ——凡庸さとは言わないが——を見る限り、そう信じることはできる。何しろ、われわれは当時の人々が別格扱いした寓話作家A・ヴィタリスや劇作家H・マルテリーにもはや重要性を認めるわけにはいかないのだ。ただし注意すべきは、この環境においてもなお、（忘却から再発見へと移行しつつある……）プロヴァンス語が重要な位置を占めていることである。例えば一八世紀の初期、Ch・デュブルイユのような聖職者はプロヴァンス語の賛歌を集め、世紀の終わりにはジョゼフ・ディユルーフェ（一七七一～一八四〇）がその地域主義的熱情を反革命のために注ぎ込んでいる。

　一七世紀に発展のさなかにあった都市において貴族相手の市場《マーケット》で活動し、栄えていた職業にも衰退が訪れる。一七四四年にカンプラ〔パリのオペラ座の音楽監督〕とともに終わったエクス音楽の一大流派にかんしてはこうした見方をしたくなるかもしれない。E・フロッケ（一七四八年エクス生まれ、一七八五年パリで死去）はその師匠の功績に遠く及ばないが、この分野におけるパリの誘惑が伝統的なものであり、地方の限定された中心地を涸渇させるに十分だったことを認めねばなるまい。建築家、彫刻家、画家のような芸術家については、その後もしばらくのあいだは事情が異なっていた。エクスの市場《マーケット》は多くの人材を生み出したばかりか、引き寄せてもいたのである。少なくともいっとき、ヴァン・ロー一門が住み着いたり、アルニュルフィーのような才能が現れたりはしたが、ヴィアリー（一六八〇〜一七四五）、ボワッソン（一六四三〜一七三三）、またはセロニー（一六六三〜一七三二）のようなエクスの地味な画家たちは、しっかりした後継者を得ることなく、一八世紀のうちに自分たちの経歴を閉じている。エクスで活動した画家たちについてJ・ボワイエが行った綿密な調査によれば、一七世紀が二二〇名を数えるのに対して、一八世紀は一一〇名にすぎない……。しかも一八世紀末の芸術家の多くは、地味な下請け画家であった。この都市から、歴史と寓意の画家ダンドレ・バルドンのように、いささか傑出した人物が出たとしても、やがて名声を求めてパリに出て行くのである。

このたそがれた光景の中から浮かび上がってくるのは、モンペリエには及ばないにせよ、地方的活力の伝統を継承する医者と植物学者（しばしば両方を兼ねる）の一群である。たしかに世紀の初め、トゥルヌフォールはパリの誘惑に身を委ねたし、のちにはミシェル・アダンソン（一七二七〜一七八〇）もまた王室庭園へと旅立っていった。しかし自分の都市に忠実な植物学者ピエール・ガリデルは、エクスで医学を講じつつも、一七一五年には『エクス周辺に分布する植物誌』を刊行した。その甥のジョゼフ・リオトー（一七〇三〜一七八〇）は、ルイ一六世の侍医になる以前、エクスにおける植物採集に加え、サン＝ジャック病院が提供する何百もの「実験材料」を解剖したのである。同じ時期、大学で植物学教授をつとめていた彼の弟子ダルリュックは、一七六〇年から一七八三年までのあいだ植物園を主宰し、『プロヴァンス自然誌』（一七八二〜一七八六）を著した。このような環境から理解できるのは、モンペリエ大学の登録ならびに免状記録簿にわれわれがむなしくその痕跡を探し求めたテオドール・デゾルグは、その伝記作者たちが断言するように、医学に心をひかれた可能性があるということである。また多くの同時代人と変わりなく、医学ではないにせよ、少なくとも文学で名をあげるためにパリに上ろうという誘惑にかられたことも同様に理解できる。当然ではないか。

なぜなら、ここにこそ、貴族と平民とにおける人材提供の比率の逆転ということ以外に、アンシャン・レジーム末期における地方の文化的中心地が持つもう一つの大きな特徴があると思えるからだ。つまりパリへの流出の増加である。二つの特徴には、明らかな相関性がある。一七世紀に、貴族相手の市場が北フランスの画家や芸術家をエクスに引き寄せていたのとは逆に、地方の文化環境の衰退が、いまや野心にあふれた若者たちを北フランスへ、少なくとも首都へと押し出したのである。これについて、テオドール・デゾルグには父の遺言が決め手となっているもう一つの動機がある。彼は次男なのだ。相続人の選定はプロヴァンスの遺言に必要不可欠であるが、代替わりのたびごとにそれにかんする条項を強化しなければならないジャン＝ピエール・デゾルグのような名士においては、なおさらである。この措置は、たとえ平民であれ「遺留分」しか与えられることのなかった裕福な家族における次三男に特有な立場を際立たせる。〔兄〕ジャン＝フランソワには会計法院評定官の職が、〔弟〕テオドールには不安定な職業につきもののリスクが与えられた。たとえ革命が、あとで見るように一七九〇年の会計法院の廃止によってこの兄弟の立場を対等にすることで、父の計画を修正しにやってくるであろうとしてもである……。

エクスにおいて次三男の問題は新しいものではなく、ルー＝アルフェランによれば、この地域にはかつて「エクスの次三男」と呼ばれる流動的な集団が存在した。一八世紀の半ばに起きたある事件のさいに、彼らは「エクスの次三男」と呼ばれるようになったのだが、その事件とは、ルー＝アルフェランの先祖の一人がド・ブランカ大司教に対して無礼なプロヴァンス語の詩を書いたため、恨みを買ったというのではないが、ある高位聖職者からユーモアを込めて〔同じ言語で〕叱責されたというものらしい。このエピソードを通じて現れる「エクスの次三男」は騒々しく反抗的ではあったが、彼らは不良グループでもなければ、ヴィテッローニ〔若いのにぶらぶらしている青年〕ともちがう。とはいえ彼らは、それに先立つ何世紀かのあいだに存在した「若者組」という組織とも異なる。若者組は聖体祭の行列における警備隊や祭りの執行役――恋の王子やバゾッシュの王――として一八世紀においてもなお存続していた。「若者組」という組織された集団から「エクスの次三男」の漠然とした寄り集まりへ。一八世紀末の、可能な場で運を試そうというブルジョワ階級の次三男たちの離散の時代にあって、こうした変化はごく当然のことである。

　パリ征服に旅立ったこれらの地方的小（または中）ブルジョワの頭の中には何があったのか。この文化的冒険の立役者たちの社会的出自を知ったあとは、すぐにもその中身を検討すべきではないのか。この問いは、アンシャン・レジーム末期におけるプロヴァンスの小さな首都がみずからの世界に閉じこもっていて、大きな革命が起こるとは期待できないだけにいっそう重要である。だがあとで見るように、まさにこのエクスから、「最高存在の賛歌」の作者として、その思想と幻想を非常識なまで極端に押し進めた、あのデゾルグが登場したではないか。ここに、人間と思想の創造についての素朴だが回避することのできない問いがある。テオドール・デゾルグは「一種の」際物であったのか。「かぐわしき娼婦」〔「プロヴァンスはかぐわしき娼婦」〕〔ルブランの詩〕の繊細さと上品さを歌いあげる一昨日の、また昨日の考証学者たちはためらうことなくそう決めつけ、父親には敬意を払いつつも、厄介な反キリスト教的ジャコバン主義者の息子の存在を地方年代記から削除したのである。

　少なくとも部分的、一時的には彼らに理を認めよう。その社会的慣行の中で堅苦しく硬直しきっていたこの大司教座都市の深層で、非キリスト教化がどのように生じ、またさらに深層で（ほとんど同じことではあるが）集合的感性がどのように変化していたかを捉えるために、われわれは遺言書をとりあげることにする。われわれはすでにそれを調査したし、学生たちもかなりの量（五四〇〇通）を調査してくれた(原注)。

魂の安息のためのミサの要望——これが基本的「指針」になるわけだが——または伝統的なバロック風葬儀による埋葬への参加の要望といった重要な行為について検討することにより、反宗教改革期の教会によって一六世紀末から一七世紀に練りあげられた宗教感情の形態が、啓蒙の世紀には次第に崩れていったことがわかる。ただし、すべての場所で同じリズムというわけではない。エクスはマルセイユやトゥーロンとは異なるし、低地プロヴァンス地方の大部分の村落とも同じではない。なんと、ミサの要望についての全体的（全社会層とりまぜた）世俗化曲線は、男性においては遺言書全体の八〇パーセントから六〇パーセントに落ちたものの、女性においてはジャンセニスムの危機の頂点である一七三〇年代の七〇パーセントという高率がこの世紀の終わりまで継続したのである。

（原注）アニー・マルー、マリー＝オディル・ラルマン『死を前にした態度——遺言書から見た一八世紀エクスにおける集合心性』プロヴァンス大学修士論文、一九七五年。

だが、このように安定しているといっても、異なる社会層の態度が同一であることを証言しているわけではない。それを検証するために、サンプルのとりわけ豊富な「エリート」層の遺言書を三つの特徴的な集団に分けてみよう。まず旧来からの家系であれ法服であれ、貴族たち。そしてより少数ではあるが（エクスはマルセイユではない）、中間層および地方のブルジョワ層を代表する商人や大商人（貿易商・卸売商）たち。最後に役人や自由業者たち。今日で言えば第三次産業に属する彼らの人数は、裁判所があるおかげでこの都市には異常に多い。そしてこの集団においてこそ、代訴人・弁護士・公証人といった小法律家、要するにデゾルグ一族とその同類たちの集合的態度の位置を知ることが期待できるわけである。彼らは、都市（マルセイユ、トゥーロン、アルル）であれ村落であれ、他の大部分の場所でそうであるような〔宗教的伝統に〕無頓着な言葉遣いという新たな傾向を踏襲することによって、変化の先駆けとなるのだろ

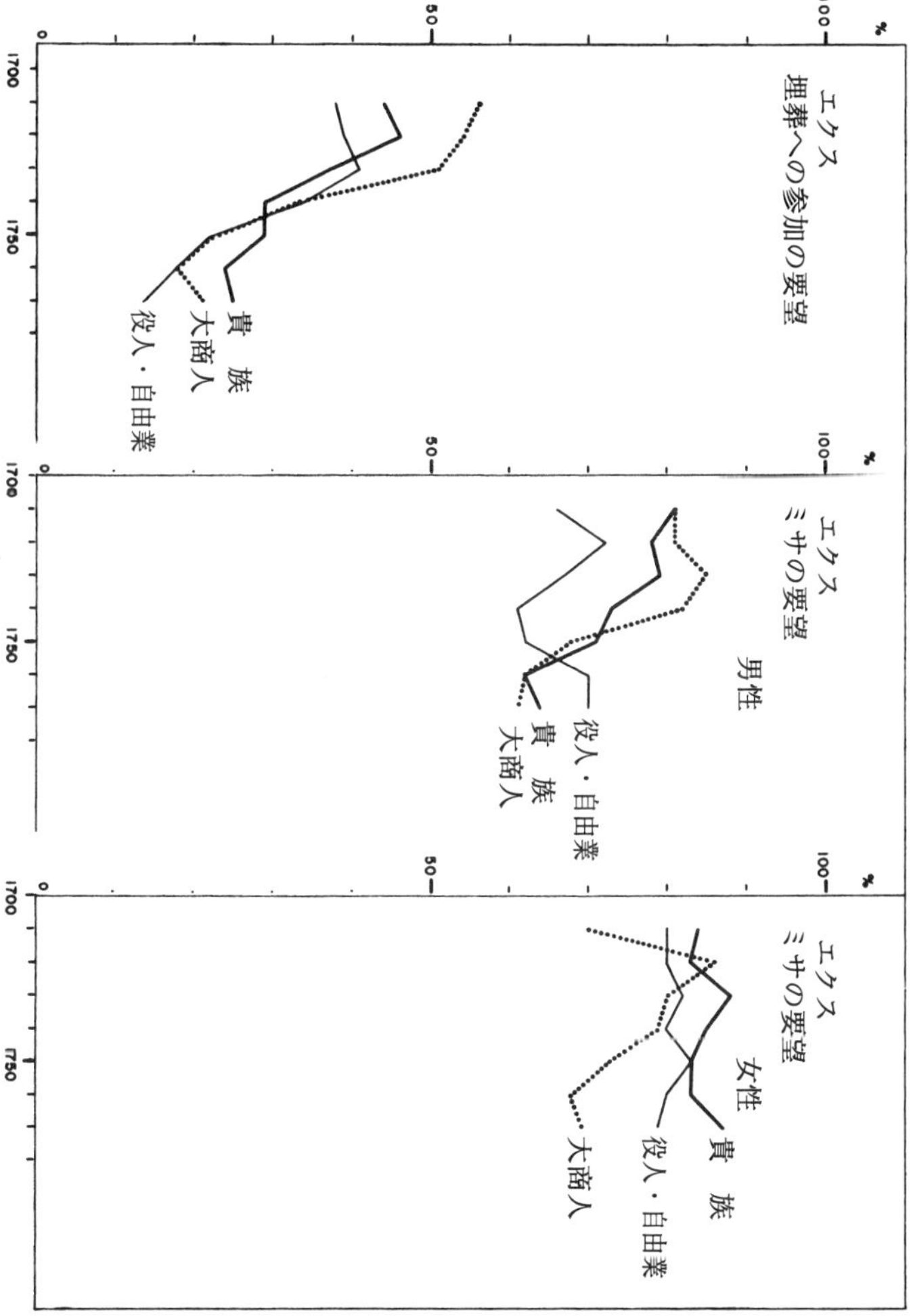

18世紀エクスのエリート層における心性の変化

うか。不信仰もこの集団のコンセンサスに包含されると考えれば、テオドール・デゾルグの非キリスト教的大胆さも正当化されるかもしれない。だがわれわれは、幻想を捨てると言って悪ければ、見方を変えなければならない。エクスにおいて、小法律家たちは例外的に伝統に忠実なのである。一八世紀の初め、ミサの要望は遺言者全体の六六～七七パーセントのあいだを上下していたが、(原注)世紀半ばには六一～六二パーセントまで減少したものの、世紀の終わりには七〇パーセントへと著しく回復したのである。プロヴァンスの名士全体でミサの要望がもはや遺言者全体の四〇パーセントにしか見られなくなっているとき、このことは重要である。エクスの小宇宙においては、いまや八〇パーセントから六〇パーセント前後へとほとんど一直線に転落した貴族や大商人など他のエリート層を上回る数字なのである。このことから、貴族と商人、特権身分と平民が同じ足取りで歩んでいるのだと言いたいのではない。彼らの妻たちのミサ要望のカーブから判断してみよう。八〇パーセント前後で安定している小法律家層や自由業者のカーブは、もう少し高い八二パーセント前後の段階にある貴族の妻たちのカーブと接触する。一方大商人の妻たちのカーブは、一七二〇年以後、彼女らの夫の著しい信仰心の低下を模倣する。エクスの貴族層における、伝統的信心に忠実な女性の態度と宗教離れを示す男性の態度との「二形性」については、エクス全体のレベルですでにわれわれは指摘済みである。実に示唆に富む仕方で、二つの社会認識の差異を示す境界線が描き出されている。ダルジャンス侯やミラボーとその同類たちの時代には、貴族の男性たちが断絶と啓蒙思想の倫理への内的改宗を示していた。しかし女性たちは、少なくとも態度においては、相変わらず伝統に忠実だったのである。

(原注) 偶発的変動を「消去し」、異論の余地のない大きさを示すため、三〇年間にわたる平均値をとった。

ここでわれわれは、貴族とブルジョワの二つのモデルの中間にある法律家層が、男性であれその妻であれ、貴族たちの「徹底した良い生徒」として彼らの取り澄ました態度を、言わば強化し、硬化させたということを改めて発見する。これまでの経験に基づいて、この驚くべき結果を最終的に確認できるだろうか。われわれがすでに見てきたジャン＝ピエール・デゾルグの遺言書は、たしかにその簡潔さにおいて、大革命前夜の証書類の世俗化というか宗教離れを表現していた。それは以下のような調子である。

「貴族ジャン＝ピエール・デゾルグは……神にみずからの魂を託したあと、みずからの死を迎えることとなる小教区の墓地にみずからの埋葬場所を指定した。その魂の安息のための葬儀と祈りのための配慮は、以下に名を挙げる相続人の意志に委ねる。当市で死去の場合は、当市の三つの施療院の各々に年一〇〇リーヴルずつを遺贈のうえ、埋葬への立ち会いを希望する……」。

慈善施設に対する父デゾルグのかなり世俗化された恩恵主義《エヴェルジェティスム》には、純粋に宗教的な条項に対する無関心がよく現れている。彼は決して信心家ではない。しかしわれわれがすでに分析したように、要するに彼は、自分が入りたがっていた貴族グループを模倣することにみずからの全生涯を費やしたのである。従属と拒否、誘惑と憎悪との驚くべき混合。扉を押し開けて仲間入りをしようと望んでいた当の人々により、徹底的に拒まれてしまったこの人物のうちに、その混合を思い描くことができる。

わたしはもっと遠くまで行き、この著名な法学者である一人の知識人について、たとえ彼の読書やそれを通して得られた思想についてはわからなくとも、啓蒙期のエクスに堅固に存在した社会結合関係の構造に彼がどの程度まで関与していたかを測定したいと望んだ。わたしは、エクスのいくつかのフリーメーソン――「友愛」、「自由人の選択」、「堅忍不抜」――の会員名簿の中に彼の姿を（そして、たしかにまだ若すぎる彼の息子たちを）探し求めたが、無駄だった。大計画に没頭したデゾルグが自分の殻に閉じこもるように見え、われわれが多くのクラブのほんの一部のリストしか手にしていないことを想い起こさせられる気がするのは、これら会員名簿の始まりが一七八一年と遅すぎるせいだろうか。彼が最もたくさんの可能性を見出した「友愛」のクラブには、彼がその友人にはなれない高等法院貴族たちがいたことは確かである。しかしそこにはまた、会計法院の評定官たち、そしてポルタリス、シメオンやもっと無名の人々、それに姻戚関係により彼のいとこの一人となるヴェルデの息子など、彼と同様の経歴をたどった弁護士たちがいた。だがジャン＝ピエール・デゾルグはこのような集まりには姿を見せなかった。次の世代が、この秩序の人にあっては抑制され、忿懣にとどまっていた反抗の言辞を表に出す役割を担うことになるのである。

遺伝的意味だけでなく、社会的文化的意味からもテオドール・デゾルグは背中にコブのある醜いアヒルの子である。彼のスキャンダラスな冒険と、父の遺言書の口調に反映されたエクスの小法律家の度をすぎた威厳とは、真正面から対立している。しかし同時に、この冒険は彼をパリへ、革命へと押しやった前進的逃避の一環を成すものなのである。

たしかに彼の反教権主義はダルジャンス侯のそれではない。ダルジャンス侯のリベルタン小説『哲学者テレーズ』と、デゾルグの反キリスト教的夢想の究極的表現となるあの戯曲『教皇とムフティー』、あるいは諸宗教の和解』とは、並行して読まれる必要がある。『哲学者テレーズ』は教養小説と言ってもよいが、その最初の何章かは、根をプロヴァンス地方の小世界に下ろしている。そこでは侯爵の創造したヒロインが臆することなく快楽の王国への最初の冒険を果たすのである。続いて彼女はパリの文化的環境の中で、みずからの手練手管と非神話化された世界観とを深めるのだが、それは、罰する神に対する恐れから解き放たれていると同時に、サドにおいては快楽の裏面であるとともに刺激ともなりえていた悲劇的欲動の苦悶からも解き放たれた快楽の世界なのである。

テオドール・デゾルグにとって、地方ブルジョワはこのような自由も快楽も獲得してはいなかった。それゆえ彼は、孕んだ女教皇やラブレー的嘲笑といったカーニヴァル的形態の下で――新古典主義の時代においてもそれはありえた――ローマ教会を、つまり制度としての教会を呪詛しなければならなかったのだ。全体的反抗が個人的享楽主義の処方に優先する。青年期の熱心さをそのまま保ち続けた幻想に身を委ねつつも、テオドール・デゾルグは良い生徒であり続けることになる。保守的な人々は以前から承知しているのだ。良い生徒を、教師の息子を警戒しなくてはいけない、と。なぜなら、革命を夢見るのは彼らだからである。

第二部　革命詩人テオドール・デゾルグ

第6章　相続人たち　一七八四〜一七九四

総裁政府期にも、それに続く帝政期にも、ただしサロンの内部で、ハープの伴奏を伴いながら次のように歌われたものだ。

　　息子たちは父より大きい
　　それでも父は決して妬まない……

戦う力を失ったジャン＝ピエール・デゾルグは、長男と次男とのあいだで不平等に分配された二重の遺産を遺した。十分以上の財産、そして自分があくことなく追い求めた社会的上昇の夢の実現としての地位と肩書である。大革命はこの二つの要素のうちの一つをあっというまに無価値にした。会計法院評定官ジャン＝フランソワ・デゾルグ氏は一介の地主にすぎなくなり、二人の息子たちが父の死後に行ったかなり度を越した授爵請求は、すぐに不愉快な重荷に変わるのである。

一七八九年以前でさえ、遺産はお荷物となっていた。ジャン＝フランソワおよびテオドール・デゾルグ——まだ二二歳と二一歳の若者である——は、一七八七年の死まで彼らの後見人をつとめた元イエズス会士の伯父ガブリエルとともに、新たな道を求めようとしていた。革命こそ、父が夢見ていたのとはまったく異なったジャンルの征服に燃えていた彼らをパリへと導くのであり、彼らの遺伝的ストックの中にある、あの煮えたぎるばかりの主意主義はそこ〔革命下のパリ〕においてこそみずからの場を見出すことができるのではないか。われわれは、個々人の偶発事を越えて、ヴォルクスからエクス＝アン＝プロヴァンスへと続く軌道が首都で完結するのはごく自然であったことをすでに示しえたと信じている。

この故郷喪失の諸段階はいかなるものであったか。一七八九年までの長男ジャン＝フランソワの軌跡は、資産所有者であるだけに、父の公証人の文書中に苦もなくたどることができる。次男テオドールの経歴は、後世の、しばしば確認不能な暗示や言い伝えが頼りの大まかなものにとどまっている。

騎士にして会計法院・租税法院・財務局の国王顧問であるジャン＝フランソワ・デゾルグ殿が、父親の死の二カ月後の一七八四年六月三〇日、「彼が未成年であったときの良識ある財産管理人、伯父ガブリエル・デゾルグ氏……」に付き添われ、ある事柄の解決を交渉しようと公証人ベールのもとに姿を現したとき、デゾルグ帝国の管理は、すでに容易なものではなくなっていた。最も簡単なのは、かつてデゾルグ家が代々、他人まかせでなく自分たちで引き受けてきた徴税請負人のつとめを代行してくれる実務家を見つけることだった。少なくとも「エクス、ガルダンヌ、エギュールの農村部に広がる所有地、ランファンの館、ラ・ガリス、ラ・ドゥドンヌ、ブレダスク、フヌイエールの農地その他からもたらされる地代、付加的地代、地上定期金、家賃、小作料およびおしなべて現物または貨幣による全収入の一切……」を、さらに未納金についても忘れずに管理し、署名できる代理人（職務をエクスとオート＝プロヴァンスの二つに分けてもよい）のことである。この役目には、エクスの卸売商《ネゴシアン》でオノレ・ガヴォといううってつけの人物がすでに選任されていた。ところが不幸なことに、すでに登記してあった証書に署名する段になると、双方の合意が成り立たずすべては台無しになり、あきらめた公証人は空席と記入せねばならなかった。その翌日から若いデゾルグは再び伯父に伴われて公証人の執務室を訪れたが、彼が自分の名において全証書を委ねるべく総代理権を与えたのはこの老人に対してであった。

明らかに後見人は事態を複雑にしようとはしなかった。続く何年かのあいだに、ラ・ガリスの所有地の一部を成す牧草地に対する一連の「放牧権免除」およびその周辺の農民たちに対する免除を別にすると、エクスの神学校から多額の債権（二万三〇〇〇リーヴル）を回収し、フ・ガリスの所有地にかんして残されていた差額の支払いに充て、首尾よく相続を整理した。この思慮深い整理の中でも最大のものは、父が獲得していた「国王顧問書記官の地位および職務」を、伯父の後見を受けたジャン＝フランソワ・デゾルグが一七八五年四月に売却したことである。想い起こすと七万リーヴルで購入し、一〇年間価値を保った資産も、会計法院評定官にとっては無益となった。サン＝シャモン＝アン＝リヨネの卸売商カミーユ・デュガ氏がこれを八万三〇〇〇リーヴルで買い取っている。一七八七年七月の伯父の死後、若者が最も早くに署名した証書の一つが、ガリスの一角のかなり広大な農地（四パノー〔二五・六アール〕）を四〇〇〇リーヴルで売るものだったという事実のうちに、われわれは不吉な前兆を見るべきだろうか……。

先回りしてはいけない。エクスでもオート＝プロヴァンスでも、資産は革命勃発時には無傷であったように思われるし、一七九二年七月一二日に、兄ジャン＝フランソワ・デゾルグがようやく、安心して財産管理を任せられる代理人もしくは信頼すべき人物として、エクスの卸売商ピエール・ボネという人物を見出したときにおいてもまだそうだった。この信頼関係は一〇年以上続き、一八〇五年には最も明確な表現で更新されることになる。だが一七九二年七月にデゾルグが最初の代理委託を行ったときには、それは当時リシュリュー通り二〇番地のソルダト氏方に居住していた一市民の名において、パリの公証人たちの手によって伝達されたのである。

その任にあった五年間に何らの証言も見出されない会計法院評定官の職を辞し、パリでの「地主」という新たな職を見出した時点こそ、弁護士の息子で村の公証人の孫であるデゾルグを、この地方の都市社会の中に位置づけてみるにおそらくはふさわしい時なのかもしれない。六〇年代の人頭税台帳に始まる税務資料がわれわれにその可能性を与えてくれる。それは一七九〇年に作成され、一七九一、一七九二年に——若干の修正とともに——継続された「愛国的寄付のために申告した市民の一覧表」である。表の作成条件そのものからして認めざるをえないことだが、それは不明確な指標でしかなく、地方の富の階層関係の実像についてはその部分的な実態すら期待することができない。幾人かは、熱烈さから、または打算から、かなり気前よく自分に要求された以上の額を支払った（リヨン・ド・サン＝フェレオル、四万二〇〇〇リーヴル）が、かなりささやかな寄付（マリニャーヌ家、リケッティ家、二四〇〇リーヴル）もあった。大多数は、「会計法院評定官のデゾルグおよびその弟」のように、市からなされた「提案に従った」申告を行った。最も貧しい者から最も富裕な者まで数百の姓名と財産評価が記載されたリストの中で、ひときわ抜きん出ているのは約三〇名のグループであるが、その中で三〇〇〇リーヴル以上（税額か、収入に基づいた評価基準かは、はっきりしない）は二三名である。彼ら富裕なエクス人のうち一三名が三〇〇〇から四〇〇〇リーヴルを、七名は四〇〇〇から五〇〇〇リーヴルを申告している。八名が六〇〇〇リーヴルを越え、その中にはデゾルグ兄弟が名誉ある同輩としてド・ヴァルベル氏の未亡人と同額の六〇〇〇リーヴルを申告しているが、ブノー・ド・リュビエール（八〇〇〇）、ダルベルタスならびにガリフェ（それぞれ九〇〇〇）、トマサン・ド・ペーニエ（五〇〇〇を二度）には、たしかに引けを取る。頂点にいるのは、二万四〇〇〇リーヴルのプロヴァンス三身分会議会計総務パン氏である。結局われわれは非常に印象深い社会的成功に呆然とさせられる。エクスの富が集中するこの三〇家族は――驚くことではないが――平民全体から見ればほんの一部でしかない。大商人はエムリック、グレゴワールおよびモンターニュ（四〇〇〇および四五〇〇リーヴル）の三家族……、最も裕福な弁護士さえ、われわれが設定した三〇〇〇リーヴルのバーをクリアーできないのである（最も裕福なシメオンは二六二八リーヴル）。格式を維持する古くからの剣の貴族たちの、そして高等法院や会計法院の部長・評定官たちのきわめて閉鎖的なクラブの中で、デゾルグ家は、歴史的に自分たちの保護者であるダルベルタス家よりはやや格下であるが、しかしブラン・ダントルカストー家より優った、かなりの地位を得ていたのである。

　この勝利者リストにおいて、愛国的寄付の徴収者が当時それぞれパリに住んでいた二人の兄弟を一緒にしたのは、たんに徴収に便利だからである（このことは、彼らの割り当て額を軽減することには何らつながらなかった……、不在者はあわれである！）。われわれが金持ちのデゾルグ――いまや「元顧問」だとしても――については知っているのに、公証人のもとに赴かなかったほうの貧乏なテオドール・デゾルグという人物を包む沈黙はよりいっそう耐えがたいものである。だが心配することはない。大革命の火中で彼の個性は膨れあがり、少なくとも一時は、光り輝くのである。彼が舞台の前面に現れるまでのあいだ、われわれとしては、ずっとあとに書かれたものに頼らざるをえない。一九世紀の広翰な人名辞典（ジェーからミショーまで）の執筆者たちは、デゾルグの同時代人たちが、彼の悲劇的な最期を正当化する異常さを、「無秩序《デゾルドル》」詩人の若き日にまでさかのぼり、正確であると同時に曖昧な仕方でそこに投影させながら語ったことを知っていた。彼自身、自分の作品の中で、暗示的ではっきりしないままのやり方で――イタリア滞在の経験の重要性をとりわけ強調しつつ――自身について語っているのだ。

　一九世紀の書物の中では、『フランス人名辞典』〔巻末の文献リストでは一九三三～七九年刊となっている〕だけがテオドールの青年時代について知識があり、それにより、特に彼のパリ到着について（彼の姿を誇張し、歪めるために）言及するような、それまで流布していた紋切り型を免れることを可能にしてくれるように見える。執筆者たちの語るところによれば、彼は青年時代にイタリアを旅行し、そして医学を学んだらしい。二つとも確認することは難しい。しかし一七八四年から一七八九〜一七九〇年までの五、六年の空白期間における彼の行動に、われわれは重要性を感じとるのである。

テオドール・デゾルグは医学を学んだことがあるのか。地方レベルで、医学と外科学で認められた学位を記録した『エクス大学学位取得者辞典』の中には、この仮説を裏づけるものは何もない。八〇年代の野心的な青年に夢を見させるに十分な幾人かの経歴——ルイ一六世の侍医となったリュトーのような——が〔エクスの大学に〕あったにもかかわらず、この分野では当時名声を博していたすぐ近くのモンペリエに行ってみようという誘惑が芽生えていたとも考えられる。わたしはテオドール・デゾルグを、モンペリエ医学部の登録簿にまで追ってみたが、無駄骨に終わった。しかしどんな回り道も完全に不毛であったり、否定的なものであったりするわけではない。われわれは頁をめくりつつ、医師志願者の集合的ポートレートを描くことができた。その出身地はごく地域的である（低地ラングドック地方、ただしアルル出身者がときおり見られる以外、ローヌ河対岸は稀）、と同時に国際的でもある。スイス人、アイルランド人、何人かのカタロニア人、そして何人かのスペイン領アメリカ人たちが古くから名高いこの医学の中心地の魅力に敏感だった。

だが、デゾルグが医学の道に入ったのはイタリア経由だったのではないだろうか。彼はイタリアについての書簡詩の中で、パヴィアに立ち寄り、スパランツァーニを訪問したことを満足げに語ることになるのだ。そのさい彼は、この神父が一七七七年に自分の犬を実験台にして行った人工授精実験について、曖昧ではあるが詳しく言及することを忘れてはいない。科学的知識は彼の長所だが、それを彼が獲得できたのも、おそらくこの訪問がきっかけだったのだろう。というのも、議論の余地なく、イタリア旅行は彼の修業時代における決定的体験の一つと考えられるからだ。彼はイタリア語を習い、イタリア詩法によって自分の作品の一つ（『ラ・プリマヴェーラ（春）』）を試みるまでにそれを習得した。彼はかの地で出会い、一つの文化的宇宙を自分に示してくれた師の名を明記し、共和五年には長編書簡詩「イタリアについて」を彼に捧げることになる。ヴェルギリウス以来多くの文人を生んだマントヴァに住まいする彼の師は、教養あるイタリア人、そして良きイタリア研究者にその名を知られるサヴェリオ・ベッティネッリ（一七一八〜一八〇八）である。(原注)一七四四年に司祭に叙階されたイエズス会士でもあるこの啓蒙期の人文主義者は、一七四八年から一七五八年のあいだにヴェネチア、次いでパルマで教鞭を執り、その地でラシーヌやヴォルテール流の新古典主義の流れを引く初期の作品を発表したことで知られている。彼が外国を旅し、自分を評価してくれたヴォルテールばかりでなく、ルソーやエルヴェシウスに会ったこともわかっている。七デナで教授をつとめるあいだも旺盛に執筆し、イエズス会解散後はマントヴァに隠棲した。彼は公にボナパルトを嘲笑したあとで（『罰せられたヨーロッパ』一七九六年）、うやうやしく称賛を捧げ（『イタリアのボナパルト』一七九九年）、一八〇八年にこの地で死去している。啓蒙主義者であると同時にかなり保守的でもあったこの著述家は、政治的領域と同様に文学的領域においてもその変節で知られている。なにしろダンテのゴシック的過剰を非難したあとにも（『ヴェルギリウス書簡』一七五七年）、その「常軌を逸した」天分を高く評価することができたのである（『ダンテについてのアカデミックな議論』一八〇〇年）。これらすべてにおいて、彼のテオドール・デゾルグへの影響は明らかで、われわれはのちに彼の作品を通して直接それを指摘することになろう。いまはこの若者が、一七八〇〜一七八五年の時期にかなりの年齢に達し、一学派を成していたこの師とどのような方法で接触したのかを問うてみよう。考えられるのは、イエズス会においてある程度責任ある地位を占めていた伯父ガブリエルが仲介者となり、修業の旅の途上にあった若い甥を元同僚に紹介したのではないか、ということである。この仮説をさらに発展させることもできる。デゾルグは、ナポレオンのエジプト遠征〔一七九八年〕のおりに執筆することになるオリエントの影響を受けたいくつかの詩の中で、これら遠い国々への興味をかきたててくれたイタリア人の師匠に感謝を表している。かつてナイルの河畔で、ベッティネッリと伯父デゾルグとのあいだには密かなつながりが生じていたのではないか。想い起こせば、伯父デゾルグはこの地のイエズス会の代表をつとめていた。エジプトとの出会いと「啓蒙的」元イエズス会士との友誼、この二つの要素との関連において、テオドール・デゾルグのマントヴァ滞在と、彼のイタリア、啓蒙思想、そしてダンテの詩作への入門とは説明されるのである。

（原注）以下の詳細はわが同僚P・アントネッティに負っている。深く感謝する。

若者の修業の旅はイタリアに限られていたのだろうか。そうは思われない。共和八年に、「イギリスと戦う歌」を起草したとき、彼は不実なアルビオン〔水神ネプテューンの息子で、色の白さからイギリスの古称〕への告発の中に、ノスタルジックな悔恨の記憶を織り交ぜている。

あの田園の隠れ家に近き、ウェストミンスター
その地で芸術はわたしの歩みを止めた。
わたしの放埒な夢を守護する厳かな城壁
そこでは死のかたわらに座を占める不死が

わたしの反抗的な青春をとこしえに燃え立たせた。
おまえのいともやさしい思い出は、わたしから離れることがない……

あまりにも早く孤児となったこの息子は、その「反抗的な青春」をイタリアの風景からテムズ河畔へとさまよわせたのである。父親の遺産は苦もなくこうした気まぐれを可能にした。わたしは、イタリア旅行が革命下にイタリア従軍の形で反復されたのではないかとも考えてみたが、これはありえない。共和二年以後のテオドール・デゾルグのスケジュールは一杯で、作品に刻印されるほどの重要な発見をそれほどあとに置くことはできないのである。この遍歴の旅を、彼自身が述べるとおりに、一七八四年から革命までの彼の修業時代に位置づけることにしよう。そしてさしあたりは、発見への好奇心に満ちた一八世紀末のプロヴァンスの一エリートの習俗において、「グランド・ツアー」が流行になっていたということだけを確認することにしよう。イタリア旅行への第一歩としてプロヴァンスにやってくる北仏人やイギリス人を迎えるうちに、啓蒙思想に目覚めたプロヴァンス人が、ピュジェ〔マルセイユ生まれの彫刻家・建築家〕やその同時代人をはじめとする一七世紀南仏の芸術家たちが幾度もたどっていた道程を再発見するのは至極当然のことだった。

放浪者であったテオドールとは異なり、ジャン゠フランソワはいまだエクス人であったが、革命初期の段階で兄と弟はパリへと向かった。それはいつか。はっきりさせるのは非常に困難である。わたしが言えるのは、一七九〇〜一七九一年以後のエクスにかんする一切のリスト、すなわち都市の能動的市民や被選挙資格者の名簿、国民衛兵の名簿、最初の市議会選挙や、形成されたばかりのクラブの加入者名簿などの中に彼らの名が見られないことである。すでに見たように、ジャン゠フランソワは一七九一年にはパリのリシュリュー通りに住んでいたのだが、一七九〇年から一七九二年のエクスにおける愛国寄付者リストの中に二人の名が見られることは、まちがいなく一つの移行状態を示している。明らかに彼らはこのとき、大きな出来事が進行しつつあったパリに上り、運試しを試みることを決断していたのである。

とにかく、われわれは書簡という形態をとった直接的証言によって、一七九〇年から一七九二年にかけてのテオドール・デゾルグに再会することができる。われらの主人公の手になる直接にして唯一の接触手段であるこの何通かの手紙を利用することにしよう。一九世紀エクスの収集家ポール・アルボーが収集し、現在アルボー博物学図書館に収められているわずかな資料に不満の声をあげることは忘恩ではあるが、本当のところわれわれは恵まれているとは言えない。地方の考証学者がデゾルグ父子を見失わなかったことだけをよしとしよう。ジャン＝ピエールもテオドールも、各々、小さな資料ファイルを有する権利がある。父親にとってはあまりに簡潔すぎるが、息子にとっては軽くとも、かけがえのないものだ。

一九世紀末の考証学者が意味深くも「ロベスピエールの詩人」と呼んだテオドール・デゾルグ自筆の半ダースの書簡のいくつかには、販売した書店のカタログの標題が付されているが、たいした意味はない。またそのうちのいくつかは短い。一八〇〇年、聾唖学校校長シカール神父にあてた一八行のアレクサンドラン〔一二音節で書かれた韻文〕からなる短い書簡詩については、あとで再びとりあげるだろう。あるいは以下のような年代不祥の共和暦第七日の慇懃な言い回しの短信がある。

「美しく愛らしい市民へ。わたしが植物園に飛んでいかなかったことをどうかお赦し下さい。……晴れた日にはまっさきに、わたしはあなたが丹精されたこの学術の香りのする美しい避難所に向けて飛び出すことでしょう。幸運と友愛の久しからんことを……」。

この日付は、彼の「熱愛」する「愛らしい女性市民」にあてた、もう一通のいささか仰々しい釈明の短信に付されている日付と同様、さしあたり重要ではない。結局、真に内容豊かなのは三通の手紙で、いずれもオーブ県クレルヴォーでその夫とともに暮らす女性市民ラグランジュまたはド・ラグランジュにあてられている。うち一通には「クレルヴォーの鍛冶屋、市民キャール方」と所書きされていることから、パリの住人であった夫妻がより清潔な空気を求めて仮住まいしていたと推測できる。ラグランジュという人物は、まったく無名というわけではない。手紙を収集した考証学者やその販売者はいろいろ模索したあげく、手紙に付した注の一箇所では「ドルバック〔哲学者ドルバック男爵のことか？〕の子供たちの家庭教師」と紹介しているが、このラグランジュは一七七一年に死んでいるため、これはありそうにない。本当らしいのは、別の箇所で紹介されている、詩人にして劇作者のオルジバン・ド・ラグランジュである。彼は、一七六六年から一七七〇年までのあいだのいくつかの戯曲（『アルメニド、または変わらざる心の勝利』『孤児の娘』『ドニース』）、抒情詩（「空中旅行」一七八四年）や頌歌（一七八八年）で知られている。

パリもしくはセーヴルから発信されたテオドールの書簡は、一七九〇年から一七九二年にまたがっている。そのうちの二通、すなわち一七九〇年四月付の第二信と一七九二年九月二四日付の最終信は、デゾルグのパリでの暮らしぶり、「文芸の共和国」での付き合い、そして彼の革命時における身の処し方について、軽快で演劇的な用語を駆使していて、なかなか詳しく風俗画のように生き生きと物語っている。わりあい陽気な印象を与えるが、〔最終信が書かれた〕ヴァルミーの戦いと九月虐殺の直後という一七九二年九月末の状況を考慮するなら、どうしても驚かざるをえない……。〔第二信が書かれた〕一七九〇年春、〔詩人の〕ドゥリール師のお供をしてセーヴルからムードンへの牧歌的な散歩の帰途、思いがけなく祭りの行列と出会ったことを伝えるテオドール・デゾルグには、いっそう幸福な雰囲気が感じられる。

「城館から出ると、わたしは太鼓の音に気がつきました。わたしはムードンの市長、市の役人、主任司祭が長い二輪馬車の上に乗っているのに出くわしましたが、馬車には見たこともないほどに大きな松の木が横たわっていました。それは御夫人方が寄付したルイ金貨五〇枚で買いとられ、ベルヴュの村で切りとられ、うやうやしく教会の前に運ばれて植えられ、自由の木として役立てられました。それはかつては友愛の木と呼ばれていました。馬車は教会の前で停まり、司祭は市長とともに降りて乾杯しました。人々は木に祝杯を捧げました……」。

一七九二年九月二四日、書簡による軽妙なたわむれという文学的慣行は踏襲されたままである。たしかに行間からは、デゾルグがパリからしばらく離れていて、ほとんど首都に帰ってきたばかりであると読みとることができる。「……愛らしい女性市民よ、田舎から帰ると、わたしはあなたからのすてきな弾劾演説を受け取りました。実にわたしは男の中でも最も罪深い者ですが、パリから離れ、ロビンソン・クルーソーのように孤立した小郡にいたので、あなたに弁明をお送りする術もありませんでした……」。もってまわった言い方だが、この文通相手の女性が「女性闘士《アマゾネス》」と接触するという「騎士的冒険」を体験したらしいこともわかる。「アマゾネスたちはあなたがお住まいの地方にはまだいるようですが、ここパリではもう見ることがありません。わたしたちの馬はみな国民に奉仕しており、わたしがまたがることができるのはペガサスだけです。白状しますが、ペガサスはなかなか強情です……」。

革命の動向に対する敵意はなく、むしろ共感を持っていたようではあるが、真剣に関わっていたとも思えない。ほやほやのパリジャンであるテオドール・デゾルグの最大の気掛かりは文壇への仲間入りであり、彼はそこで愉快な社交的冒険を味わっていたように見える。ラグランジュ夫人とその夫の劇作家に向けて書かれた時評に登場する人物たちの一部はわたしには未知だが、他の人物は、この社交的接触のネットワークにおいて最も目立った人々として、容易に素性が確認できる。ラマルデールは『外交官アルルカン』の著者で、キュビエールはヴェルサイユに住む「美しいオランダ女」の家で一七九〇年四月に催された晩饗会に仲間たちを引き連れていった「愛想の良いキュビエール」のことだが、座もちのうまい人物なのでテオドール・デゾルグを若干冷やかしたりしたらしい。「……彼がわたしを冷やかしの種にする癖は相変わらずで、わたしがそれに喜んで加わっていると無邪気に信じていました」。

ミシェル・ド・キュビエール＝パルムゾー、またの名をドラ＝キュビエール（一七五二〜一八二九）。〔デゾルグより〕一〇歳年長で、保護者であった〔作家でおじの〕ドラの仲立ちで革命前に文壇入りを果たしていた彼は、革命詩人のグループの中ではデゾルグと双子の兄弟のようにも見える。ガール県の小貴族という出自ばかりでなく、彼はデゾルグ同様、共和二年の戦闘的モンターニュ派の公然たる（活発な政治参加という行為によってさらに鮮明な）賛美者へと傾斜していく人々の一員に属し、その後は、激烈な反教権主義を保ちつつもフランソワ・ド・ヌーシャトーの庇護の下で総裁政府の御用詩人に鞍替えすることになるからだ。〔ナポレオンの〕統領政府以後、二人の平行関係は終わりを告げる。キュビエールは転向を重ね、デゾルグの運命を回避したからである。わたしには、一七九〇年以後のデゾルグとキュビエールの関係がどうなったかはわからないし、危ないときにも彼らの友情が保たれていたと断言することもできない。重要なのは、テオドール・デゾルグがどのような後ろ盾の下で革命に参入していったのかを、書簡のたわむれの裏側に探ることである。

おそらく同じくらい驚きに値するのは、彼が選んだパートナーとして、また親友として（たとえデゾルグが、この自尊心を満足させる関係をいささか誇張したのだとしても）、『農耕詩』〔ヴェルギリウス作〕の翻訳と「庭園」の詩作ですでに名高いアカデミー会員にしてコレージュ・ド・フランス教授のドゥリール師を発見することだ。サント＝ブーヴ以来、今日では忘れ去られたこの一八世紀末のアカデミーの巨匠の伝記についてはすべて、またはほとんど書きつくされたかの感がある。忍耐の末に手にした心地よいアカデミー会員の地位を脅かすような事物の新たな流れにたぶん共感を持とうとはせず、強いられたわけでもないのにテルミドール九日のあとになって亡命し、一八〇二年には懇請されて帰国し、一八一三年の死まで公認詩壇にゆるぎない地位を占め続けるという、革命下の一周縁人の数奇な境遇についてはいくつかの逸話を手掛かりにしてすでに指摘されている。

一九世紀の時評欄は、革命の暴力から隔絶した場所で生活を営もうとして自分のアパルトマンに閉じこもった革命初期のドゥリールを描いている。だが一七九〇年四月と一七九二年九月の二通の手紙の中に姿を見せる普段着の彼は、恐怖におののいたりしてはいない……。ただし、はるかのちに「ドゥリール夫人」となるまでは「姪」と呼ばれ、その度しがたい口やかましさが文学史上のちょっとした伝説にまでなる、若く怒りっぽい伴侶に対しては別であったが。

一七九〇年四月に、テオドール・デゾルグはセーヴルの公園から、文通相手に向かっていくらかわざとらしい調子で次のように書いている。「……わたしはこの樹木に覆われた迷路の中で、わたしの夢想を物悲しげに引きずって行きます。ドゥリール神父はわたしと仲間になることを望まれました。わたしたちは公園の奥深くまで脚韻を求めて歩き回り、戻ってから、彼の姪が用意してくれたささやかな食事をとりました……」。彼らが連れ立ってヴェルサイユまで愛想の良いキュビエールを見舞うと、彼は二人にこの町に落ち着くよう勧め、借りられるアパルトマンをいくつか見せようと申し出た。帰ってからドゥリール神父がこの計画を姪に打ち明けると、すべては台無しになった。「姪はひどい悪口で答え、すでに危険な競争相手に思えていた美しいオランダ女のことで彼に打ってかかりました……。神父は巧みに何発かの攻撃をかわしましたが、わたしはいくつかそのとばっちりを受けました。わたしは交戦者同士のあいだに平和が確立されるまで、パリに避難したのです……」。

一七九二年にも、この親密さ——もちろんデゾルグとドゥリールとのそれ——は安定していたらしく、フランスのヴェルギリウスは次のような逸話の恰好の題材とされたのである。

「『庭園』の詩人についてわたしが試みた警句をお聞かせすることをお許し下さい。ある日、わたしは彼の姪に、作品〔一八〇六年に発表される『夢想』中の「大作」のこと〕を完成させるのにあと何行必要なのかと訊ねました。彼女は、伯父はあと三〇行だけで『夢想』を完成できると答えました。わたしはこの思いつきを詩にしたいと思いました……。ヴェルギリウスの義弟殿がやってきたとき、わたしはまだこの風刺詩を仕上げていませんでした。わたしが彼にそれを読んで聞かせると彼は笑い、わたしたちはいたずらの共犯者となりました。わたしは伯父とその姪に一部ずつこの風刺詩を送りたいと思いました。伯父さんが恋人のもとに走って行き、もらった艶書を見せると、相手も彼に同じものを見せ、二人とも等しく驚く、というのは面白かろうとわたしが言うと、重々しく、余計なことは言うな、と言われました。伯父さんはあなた方の前で、別な者の手から詩句を手渡されたほうがよい。わたしたちは直ちにこれを決定しました。わたしたちは朝早く神父のもとに行きました。食事していると、突然、守衛が手紙を渡しに来て、ヴェルギリウス・マロン〔ヴェルギリウスの姓〕は次のような短信を読みました。

マロン神父様、おっしゃいなされ
人々が
争って読む
詩を
仕上げるために

まだ何行も書かなきゃいけないの？
いいや、とヴェルギリウス・ドゥリールは
わたしに言った
わたしが筆を執る
サロンの中で
わがアポロンが最後の仕上げを
してくれる
さて、収穫は
きっと素晴らしい
わたしの夢想を
完成させるには
半句があれば十分なのだ
けっこう！

美しいアマゾネスよ、次回のわが擁護論にては、この手紙の悲劇的な効果について報告いたしましょう……」。

これがヴァルミー直後のテオドール・デゾルグの詩だ。たしかに彼の詩作については時間を追って見ていく必要があったかもしれないが、それはあきらめざるをえない。このころ、彼はほかにも多くの作品を書いていたのだろうか。文通相手にはそう述べている。「あなたはとても良い方だ。あなたはいまだに、わたしとしてはあまりにも不出来な「ベレニケの髪」〔プトレマイオス三世の妃ベレニケは、戦地に赴く夫の無事を祈願してアフロディテにその髪を奉納した〕や、「ダンテの」あの悲しい地獄に興味を示し、その断片を欲しいとおっしゃるのですから……」（一七九〇年）。しかし別な箇所でこう言っているのも事実だ。「あなたの不在はわたしの感興に水を差します。わたしは、あなたの美しい眼が（……）して以来、もう抒情短詩は作れません。詩作の習慣を失わないために風刺詩だけは作っていますが」。

しかし、このサロン詩人は何も発表していない。彼の真の詩想は、革命への関与と同時に生じることになるのである。歴史は――デゾルグの小さな歴史よりはもう少し大きな歴史だが――最高存在の式典の直前、ロベスピエールに奉仕を申し出た彼を驚きとともに発見する。デゾルグが操り人形のようにびっくり箱から飛び出すという演劇的効果を犠牲にすることになるが、彼を公安委員会のほうへと運んで行った動きを、根っこのところで捉えることは可能である。

国立公文書館がわれわれに提供する収穫は、その寄与するところをわれわれが軽蔑するには、あまりにあっけなさすぎる。それは、共和二年フロレアル（一七九四年四月二〇日〜五月一九日）の初めに、公教育委員会から公安委員会に送られた、簡潔ではあるが明快な記載である。

「著述家デゾルグ兄弟は、文士として徴用されることを欲し、愛国的作品を執筆した」。

これを理解するためには、時間を少しさかのぼって、徒党〔エベール派とダントン派〕の没落直後に公布されたジェルミナル二八日〔一七九四年四月一七日〕の法に立ち戻れば十分である〔法案はジェルミナル二六日に提出され、二七日から二九日にかけて追加・修正されたため、法令の日付は条項によって異なる〕。この法令は、共和国の都市からすべての元貴族や外国人を追放し、貴族抑圧のための手段を強化することをねらっている。革命に対する行動から反革命容疑者を決定することをやめ、ある明瞭に特定された一つの社会的集団を正面から攻撃した立法の頂点に位置する法である。この法の重要性だけでなく、それがデゾルグ兄弟に及ぼした影響を評価するには、ジェルミナル二八日の国民公会での投票のさいに戦わされた議論、そしておそらく、公安委員会の名でクートンが提案した修正案をめぐって翌二九日に再燃した議論が参照されなければならない。

ジェルミナル二八日、国王顧問書記官のように貴族の称号を詐称していた人々、そして貴族昇格につながる役職を購入したものの二〇年を経過していないため特典に浴することができないでいた人々すべてを貴族身分に加えることが決定された……。こうして最大限に拡大適用された法令は、デゾルグ兄弟のように平民から貴族への変身を果たす途上にあった社会的混血者に関わらないわけにはいかなくなったのである。国王顧問書記官職の取得後九年目に死んだ父親は、一七八九年まで、公証人証書の中でやや度を越して用いられた貴族身分を真に「消化する」時を持たなかったが、ジャン＝フランソワとテオドールは、ジェルミナル二八日の議事録から議員デルマの次のような注意を目にして心穏やかでありえただろうか。

「……共和国および革命の利益のため、あなた方は、民衆を超越したいと望んだり、超越したと信じている人々に対して厳しくあるべきだ」。

「その権利も無いのに、アンシャン・レジーム時代の慣習と規則に従い、高慢が産み落としたあの称号で身を飾っていた策謀家たちを元貴族と同一に見なすことで、昨日、国民公会は何をしたのだろうか。国民公会は正当な理由で彼らの意志を罰することを望んだのだ。貴族になるための裁判において、敗訴でなく勝訴したのだと申し立てた連中を、購入という文字を抹消して撃つべきである。彼らは次のようには言うまい。「この貴族身分は非常に高い買い物だった！」とは」。

「さて、国王書記官や会計総務などの官職を買った人々、彼らはまさしく貴族になる意志を持ち、それを享受したのではないか。彼らが完全な貴族身分となり、彼らの熱望した圧制的特権を子孫たちに伝える時を革命が与えなかったからといって、あなた方は彼らを好意的に扱おうというのか……」。

たしかにこのような厳格さが全員の賛成を得たわけではなかった。公安委員会の名でクートンは次のように述べる。「……委員会は、貴族昇格につながる役職の特権をわずかの期間保持していた人々を、何世紀にもわたり人民をその高慢と無礼によって辱めてきた人々と同一視すべきではないと考える……」。最後にロベスピエールが、白熱した議論に助け舟を出し、現実主義的判断から、委員会のとるべき中庸説の根拠を示す。つまり、定義を最大限に拡張しようとすると、法の適用に破綻をきたす。「実際、それが包括するであろう個人は無限に多様であろうし、あなた方がおそらくは同意せざるをえない例外を申請するために、彼らは強力な同盟を結ぶだろう……」。

国民公会は委員会に従ったが、例外の適用は、「若干の公務員およびその才能と愛国心が自由のために有用となりうる人々にのみ」限られることを求めたタリアンの発言に耳を貸さないわけにはいかなかった。彼は次のように結論を下す。「市民諸君、人民を軽蔑することを職業としていた人々に仲間入りしたいと望んでいた連中は、どんな配慮にも値しない。もし公安委員会が必要と認めた場合は、例外に値すると思われる人々を徴用すべきである。だが、わたしは原則の維持のため、貴族昇格につながる役職を購入した人々を、貴族に対して厳密に適用される法の一般規定から少しも免除しないことを要求する」。

「……例外に値すると思われる人々を徴用すべきである」とは……？　フロレアルの初めになると、公教育委員会はジェルミナル二八日法の適用除外を申請する植物学者レリティエの文書を提出し、公安委員会が「その才能により共和国に奉仕し、かつ有用でありうる芸術家や文筆家の立場」を考慮することを要請した。この文書には、いくつかの書類、すなわち花の画家カミーユ・ワンスパンデンの嘆願書……、そしてデゾルグ兄弟の申請書が添付されていたのである。

この申請に返事はなかった。一カ月後、テオドール・デゾルグが先手を打って「最高存在の賛歌」の歌詞を創作し、ロベスピエールへの奉仕を申し出たからである。恐れ、日和見、または卑屈さによる反応か。テオドール・デゾルグがその後、革命への参加を打ち消したのなら、こうした手厳しい評価も可能であろう。彼が変節しなかったのなら、ともかくも彼が革命に忠実でなかったとは言えないだろう。

共和二年フロレアルに「文筆家として徴用される」ことを申請したデゾルグ兄弟を過小評価するのはやめよう。この日、彼らは父デゾルグの遺産を放棄したのだ。さもなくば、彼らは歴史の策略を利用して、貴族の称号のむなしい獲得のために耐え忍んだありとあらゆる屈辱に対する死後の復讐を、父親に捧げたのである。

第7章　宇宙の父

われわれが革命の気配を感じとるのは次のようなときである。資料が散逸し、隠された足跡をたどるには辛抱強い研究が必要とされるような一連の沈黙のあとに、すべてがぶつかり合い、ひしめき合うシーンが続く。証言が増加する。だがそのために事が透明化するわけではなく、かえってあまりの豊富さゆえに、新たな解読の努力を強いられるのだ。かくして歴史家たちの注意は、さまざまに交錯する視線の網に包み込まれた出来事の読解へと集中する。

テオドール・デゾルグの家族的ルーツから始まり、その生涯の最初の三〇年間における彼の人となりを再構成しようとしたわれわれには、不安になるほどの自由があったが、それに続く共和二年プレリアル〔一七九四年五月二〇日～六月一八日〕という緊迫した時期における印象は、手掛かりを隠す森の中か、もっと悪ければ、足跡を追うのが困難なほどに踏み荒らされた地面に迷い込んでしまったというところだ。最高存在の祭典の準備にまつわるあのエピソードについては、すべて言いつくされてしまったのだろうか。文献を漁ったわたしには、それぞれに可能な解釈を提示する四層の証言もしくは言説を見出したような気がする。

最初の層は、国民公会や各種委員会（公安であれ公教育であれ）が作成した同時代の基本的な文書であったり、あるいは現場の生々しい証言であったりする。だがその直後にはもう、わたしが「テルミドールの伝説」と呼ぶ第二の言説が現れる。これを主として語ったのは、事件そのものに関与したマリー＝ジョゼフ・シェニエ〔詩人で国民公会議員。詩人としてはロマン主義に影響を与えた兄アンドレのほうが有名だが、こちらは一七九四年七月に処刑された〕であるが、他の人々によって語られた場合にも、エピソードの論争的色合いはいささかも失われてはいない。それに続くのは、ロマン主義史学華やかなりし時代に登場する第三の証言集で、これは直接の生き証人たちの思い出を彼らが亡くなる前に集めたという点で、おそらく最も貴重なものである。例えばゴセックの弟子パンスロン、あるいは共和二年に国立音楽院の院長をつとめたサレットである。一八四一年（『フランス音楽』におけるジムメルマン）から一八五六年（エドワン）のあいだに、歴史の物語についてはいくつもの照合と再構成がなされ、かけがえのない光が当てられることになった。無論、時間の経過によって加えられるかもしれない故意の、または無意識のデフォルメに対しては厳密な批判を行う必要がある。

最も豊富で、かつきわめて貴重な第四の層は、もはや収集された史料ではなく、それを利用した批判的研究である。これらが増加したのは、フランス革命の実証主義史学が頂点に達した一九世紀末から今世紀の変わり目の時期で、重箱の隅まで突つこうという気難しさの背後に横たわるのは、ヴェールをかぶった親ロベスピエール主義もしくは反ロベスピエール主義のイデオロギーである。事件史にとどまったという非難にもかかわらず、オラールとマティエの同時代人たちは、文化的もしくは芸術的な側面を無視したわけではなかった。おそらく、これほど多くの基本史料集が公刊された時代はなかった。すなわちコンスタン・ピエールの『フランス革命の賛歌とシャンソン』（一九〇四年）、J・ギヨームによる称賛すべき史料集『公教育委員会議事録』における彼の序文と注釈。そして一九〇八年には、ジュリアン・ティエルソが彼の『フランス革命の祭典と歌曲』の中で、先達たちをしばしば不当に軽視した綜合を行っている。ところで、最高存在の祭典がいかなる条件下で準備されたかという限定されたテーマについては、一九〇五年から一九〇六年にかけて、アルフォンス・オラールの雑誌『フランス革命』の中で、J・ギヨームとA・リエビーによって書かれた三篇の相呼応する論文によって紳士的な対話がなされていた。

細部に関わる、だが無意味ということでは全然ないこれらの学者たちの論争に対して、われわれは尊敬の念を禁じえない。というのもこれらの研究者たちは、われわれにとってはときに判定が困難になるほど多くの知識に照らして議論しているからだ。彼らから七五年遅れて、わたしはこの問題を再考すべく、新しい歴史叙述の視点からその解明を試みたのである。

だからと言って、事実そのものから始めないわけにはいかない。わたしはこの事実を、時代錯誤的な、または無益に人目を引く推理小説風の色合いが付加されるのを承知のうえで、すりかえの謎と呼ぶことにする。国民公会議員にして、最も革命寄りの詩人の一人であり、また劇作家でもあったマリー＝ジョゼフ・シェニエは、プレリアル二〇日（一七九四年六月八日）に予定されていた最高存在の祭典における「神の賛歌」の作詞を、共和二年フロレアルに依頼される。だが式典のほとんど前日になって、「最高存在の賛歌」をたずさえた無名のテオドール・デゾルグが突如として彼にとって代わったのである。この歌詞が歌われたのはシャン＝ド＝マルスではなくて、国民庭園（旧テュイルリー庭園）であるが、すでに知られている事件史に必要以上に深入りはせず、われわれは昨日の碩学たちが打ち立てたこの出来事の諸段階を再確認し、そのうえで古くもなく解決済みでもない事柄について一つの問題提起を試みることになるだろう。

出発点には、共和二年フロレアル一八日（一七九四年五月七日）にロベスピエールが国民公会で行った、「共和国の内政において国民公会を導くべき政治道徳の原則」についての有名な報告と、国民公会の決議

「フランス人民は最高存在の存在と霊魂の不滅を認める……」がある。尊厳なる原則の表明のあとには、「神の観念と、人間の尊厳を人々に想い起こさせるための諸祭典」の制度化が伴う。これらの祭典の最初のものとしてプレリアル二〇日に最高存在の祭典が設定され、完璧な舞台芸術としてまとめられたその詳細な計画案は、あらゆる革命祭典の現場監督であると同時に保安委員会の一員でもあった〔画家〕ダヴィドに委任されていた。

ダヴィドのプランによると、壮大な式典挙行までの一カ月という短期間のうちに役割が分担されていることがわかる。マリー＝ジョゼフ・シェニエが任されたのは、シャン＝ド＝マルスでまず父親と息子たち、次いで母親と娘たち、そして最後に民衆全員によって、「ラ・マルセイエーズの旋律に合わせて歌われる」はずの勇壮な三詩節であった。だが彼はそのうえ、音楽プランのうえではより野心的な「神の賛歌」を作詞する指示を受けている。というのも、この賛歌は作曲がゴセックに委ねられ、国立音楽院の演奏とコーラスで上演されることになっていたからである。マリー＝ジョゼフ・シェニエがこのさらなる名誉を獲得したのは、公安委員会において、今日で言う文化政策を扱う立場にあった（要するに、祭典計画を管理する公教育委員会と関係があった）バレールと接触を保っていたおかげであると考えられている。

事は順調には運ばなかった。そしてわれわれは、このあとに生じる諸問題に先回りすることはしないが、フロレアル一九日に起こった『ティモレオン』事件のことを思い出す必要がある。マリー＝ジョゼフのこの英雄的悲劇〔コリントの将軍ティモレオンは僭主たらんとした兄のティモファネスを殺した〕は、高潔な君主に示したと思われた共感のゆえに、パリのコミューンから委員会に告発されたのである。シェニエはすぐこれに屈し、保安委員会の眼前で『ティモレオン』の原稿を焼き捨てたので、ダヴィドからは了解をとりつけた。ある新聞によれば、シェニエの振る舞いに対しては、「愛国者たちの全員が拍手を送った」。実のところ、この事件にもかかわらず、「ラ・

マルセイエーズの旋律に合わせて歌われる」三詩節は公教育委員会から受理されたし、祭典の「技術」部門の責任者である建築家ユベールが製版と印刷を担当した式典執行計画の下絵においても、ゴセック作曲の「最高存在の賛歌」は予定に組み入れられている。

ところが式典挙行のほんの四日前になってどんでん返しが起こり、その原因究明に研究者たちの知略が動員されることとなる。事件のより良い理解のためにわれわれが手にするのは二つの口述資料、すなわち四〇年後にその記憶を語った国立音楽院院長サレットの証言と音楽家ゴセックの証言である。口述は一八四〇年から一八六〇年のあいだに三つの経路で記録された。サレットについては、一八四一年にジムメルマンにより、またほとんど同時期ではあるがアドルフ・アダムにより、それぞれ著しく異なった内容の口述記録が作られた。ゴセックの場合には仲介者が介在した。ゴセック自身は一八二九年に死去しており、その弟子パンスロンが一八五六年にエドワンのインタヴューを受けたのである。これらの三つの報告によって、プレリアル一六日の朝、サレットが公安委員会のロベスピエールに迎えられた様子が再現される。祭典準備の進み具合を報告にやってきたサレットが、「清廉の士」から冷淡に迎えられたことについては、証言が一致している。その後、細部にくいちがいが生じる。ジムメルマンの筆記によれば、ロベスピエールは、連邦主義とジロンド派の仲間が国民の賛歌を担当することに憤慨していた。そしてシェニエ指名の責任者であるバレールがこそこそと姿を消すあいだに、ロベスピエールは二つの命令に近い要求とともに、不安におののくサレットを追い返した。要求とは、シェニエの詩句を別のものにさしかえること、そしてコーラスは民衆全体により歌われること、であった。

ゴセック—パンスロン—エドワン経由の証言はこれと異なる。ただしサレット—ゴセック—パンスロン—エドワンと書くほうが正しいかもしれない。なにしろ音楽家〔ゴセック〕は会見の席に居合わせたわけではなく、音楽院長（サレット）からの伝聞であり、口述もあとになって（一八五六年）行われたからである。こちらの証言はより饒舌でかつ詳細であり、そのことは必ずしも驚くべきことではないが、それゆえに信頼性がいっそう増すというわけではない。第二帝政期の語り手は、ロベスピエールとマリー＝ジョゼフ・シェニエとのあいだで当時くすぶっていた暗闘を想起させる。この暗闘が、シェニエの賛歌の下から二番目の節において「犯罪的権力に対するシェニエの憎悪」を表面化させたというのだ。

偉大なる神よ、天蓋の下なる権力者の色を失わしめ、
薄暗き藁屋根の下に苦悩する者のもとを訪れたまえ。
罰を逃れし犯罪者の脅威、無垢なる者の保証人、
そして、不幸なる者の最後の友。

ロベスピエールはこれを見て怒りの炎を燃えあがらせ、次のように決めつけたという。「これは気に入らない。そうだろう、君《シトワイヤン》。ちがう歌詞を作らせたまえ。それから上演のことだが、プロの歌手ではなく、一般大衆にやらせるのだ。わかったら行きたまえ」。直接話法にもかかわらず、四人の口述もしくは記述を経たこの命令は、その若干の言い回しをとってみても完全な信憑性を認めるわけにはいかない（「一般大衆」という言い方は、一七九四年ではなく、一八五六年のテクストにしばしば登場するものだ）。色合いは異なるにせよ、少なくとも大まかな内容の一致が得られたこの証言の突き合わせから、すでにシェニエの問題――彼を排除する理由――が提起され、ひいてはデゾルグの登場が予測されてくる。

歴史の大舞台へのわれらが主人公の登場である。それは輝かしくもなければ、非常に明白というわけで

もない。ジムメルマンによると、すっかり不安になり、自信を無くしていたサレットは、「自分の立場を理解し、大急ぎで、デゾワニュ（*Désoignes*）という名の佝僂で詩人だという奇形の小男に、シェニエの賛歌を改作させた」。エドワンによれば、「動揺したサレットに、神の救いの手が差し伸べられた」。翌日の朝六時、「偶然に導かれてテオドール・デゾルグがゴセックのもとに現れ、目下命じられた主題について自分が書いていた詩に曲を付けてくれるよう依頼した……」。

この〔エドワンの〕サレットの証言を書き留めたアドルフ・アダムの第三のテクストと大きなちがいはない。「デゾルグは自作の詩を自らサレットのもとに持って来た」。

詩人の個人的冒険を理解するには微妙なニュアンスが必要である。彼は〔ジムメルマンが言うように〕、シェニエが斥けられたあとに要請され、すでに出来上がっていた曲にのせるべく、語の本来の意味における（そしていかなる侮蔑的響きをも含まない）「パロディー」を書いたのか。あるいはエドワンが「詩はすでに作られていた曲にぴったり合った」と言うように、国民の賛歌の旋律に適合する韻律を持った作品が、すでに完成されていたのだろうか。

この点について、歴史家と音楽学者の意見は分かれている。例えば、シェニエの詩が線で消され、かわりにデゾルグの詩が書き込まれた「大コーラス」草稿のような、古文書から引き出される事実関係についての技術的な議論にしても然りである。わたしは問題の細部に踏み込むことはしないが、われわれに直接関係するいくつかの側面に触れないわけにはいかない。忘れてはならないのは、ロベスピエールが新たな注文をつけるにあたり、プレリアル一六日から一九日までの四日のあいだに、民衆全体によって歌われる重要な箇所を制作するようにとサレットに命じたことである。デゾルグの介入は、この位相においてこそおそらく重要なのである。なぜなら彼の詩は、国民庭園（テュイルリー庭園）において、プレリアル二〇日の朝に行われるロベスピエールの二つの演説の合間に、民衆によって歌われる「小コーラス」に充てられていたからである。だが、シェニエの賛歌が、その日の午後、シャン゠ド゠マルスにおいて、国立音楽院の「プロ」たちによって上演されなかったかどうか、長いあいだ議論されてきた。これについては三つの仮説がありうる。すなわち、〔一〕「最高存在の賛歌」が、シェニエの詞で上演された（これはありそうもない）。〔二〕デゾルグの詩で上演された（ただし、ゴセックの依頼により、六節からなる元のテクストに二節を付け加えた可能性がある）。〔三〕あるいは信頼に足る証人ティッソが言うように、上演されたのはシェニエの別の作品（「民衆と国王……の神」という歌詞で始まる、あのよく知られた七月一四日の賛歌）だった。

　いずれにしろ、当時まだ名前を知られていなかったか、正しく覚えてももらえなかった無名のデゾルグが、この重要な状況で、たんにロベスピエール主義的言説を述べただけではなく、革命の集合的意識をその詩によって表現するスポークスマンとして抜擢されたことは、まちがいない。よく考えてみると、これは非常な大役である。そして、いささか驚かされるのは、事実の考証においてわれわれにとってはまことに貴重な考証学者たちが皆、ロベスピエールが疑念を抱いたらしいシェニエのテクストについて単純な問いかけをするだけで、その内容分析にはまったく思いいたっていないということである。

　事実が確認され、枠組みが定まれば、「いかにして」から「なにゆえに」へと、大革命の中のこの小革命の原因について知りたくなるのは当然ではないか。それは党派〔エベール派やダントン派〕の粛清とプレリアルの法〔〈民衆の敵〉として告発された者から弁護の手段を奪い、革命裁判所の認めた犯罪に死刑のみを課すとした〕の中間期、つまり恐怖《テルール》政治のピーク時における、不信と専制の雰囲気の、悲劇的ではあるが無意味な実例にすぎないとでも言うのだろうか。

　革命の公式詩人の地位に就いたデゾルグを見出すためにわれわれがしなければならないことは、先立った者の死体を乗り越えるというわけでもないが、シェニエの問題を解決することである。その詩句によって、革命の一連の出来事に、その始まりから彩りを添えてきたことで知られている詩人マリー＝ジョゼフ・シェニエは、最高存在の祭典から、なぜ土壇場で遠ざけられたのだろうか。長いあいだ定説となっていたごく簡単な説明は、ロベスピエールはシェニエが嫌いだった、なぜならシェニエもロベスピエールが嫌いだったから、というものである。彼を「ジロンド派、連邦主義者」と呼ぶ人もいるが、文字どおりにこの党派に属していたという意味でなく、語の最も広い意味において、彼は寛容派〔政治的にはダントン派を指す〕だったと言えそうである。彼はそのころ、〔発表した政治論文がロベスピエールの怒りに触れて、投獄されていた〕兄のアンドレをギロチンから救い出そうと躍起になっていたが、その闘いは、あとになってスタール夫人が彼を評して述べた「恐怖に耐えられる」人物にふさわしいやり方で進められた……。例の歌詞にそれとない非難を滑り込ませ、「清廉の士」の怒りを買うようなことも覚悟のうえだった、と。

この解釈は以下の二つの点を確実なことと見ているが、今世紀初めのギヨーム、リエビー、ティエルソといった著者たちは、その中心的要素に疑問を呈している。すなわち、ロベスピエールのシェニエに対する敵対心、およびシェニエのロベスピエールに対する断固たる態度についてである。

シェニエは、「最高存在の賛歌」の作詞から遠ざけられはしたものの、プレリアル二〇日の祭典に最も貢献した作詞家の一人であり続けた。同日の午後には、シャン＝ド＝マルスにおいて、彼がラ・マルセイエーズの旋律、そしておそらくは「七月一四日の賛歌」（またの名を「連盟祭」、「民衆と国王、都市、田園……の神」の詞で始まる）の旋律に合わせて作詞した三節の軍歌が歌われたのだ。この不明確な状況は、月が改まってプレリアルに、自宅で逮捕されることを恐れた彼が、国立音楽院のサレットのもとに身を寄せてからも継続することになる。彼はそこで「出征の歌」を作詞し、最初は匿名で刊行させたものの、フルーリュスの勝利〔一七九四年六月二六日、ベルギー戦線においてフランス軍はオーストリア・イギリス・オランダ連合軍を破り、革命政府の基盤を強化する一方で、ロベスエールの失脚を早めた〕のおりに上演された作品が成功を収め、彼が表に出ても安全ということになるや、二度目の刊行のさいはもう名前を出させたのである。

シェニエの歌詞の一節である

偉大なる神よ、天蓋の下なる権力者の色を失わしめ……

を読んだロベスピエールが怒ったという説は本当とは思われない。挑発することがシェニエにとってどんな利益になるのかを問うてもよい。だがそれよりも、テルミドール八日の有名な演説にいたるまで、ロベスピエールの生涯の最後の数カ月における発言を通して彼に接してきた者から見るならば、あえて言うが、シェニエの詩が完全にロベスピエール的色調であることは明らかである。彼にとって、最高存在は何にもまして抑圧された無垢なる者の最後の拠り所なのだから、彼がシェニエの詩を否定したり、その詩によって自分が非難されたと感じたりする理由があったとは思えない。

そこで、この〔二人が敵対していたという〕最初の解釈を完全に斥けるとは言わないにせよ——わたしも実は、ロベスピエールとシェニエは、プレリアルには互いにそれほど幻想を抱いてはいなかったと思うのだが——少なくとも本来の文脈に戻すべきであろう。ちょうど今世紀の初めにリエビーとギヨームが、それを「テルミドール伝説」の方向にいささか強引に引き寄せたのとは反対の意味で。シェニエにせよ他の人々にせよ、テルミドール派の人々が陥った近過去の再構成の仕方について理解しておかねばならない。人々は、共和二年の何カ月かの内部対立や、「ロベスピエールの教義《システム》」に対する公然たる、または密かな不同意といった行為を思い返しては強調したくなるのだ。そして、シェニエこそは、生じえた一切の危険とともに、最後まで状況に立ち会った最大の関係者の一人なのである。なにしろ、テルミドールの段階から総裁政府期にいたるまで変わることのなかった彼の革命への忠誠心のゆえに、彼は、やむをえずか、あえてか、故意にか、いずれにせよ回避されなかった「兄アンドレ＝アベル」の死に責任のある弟「カイン」として、反革命派の公然たる、または隠れた当てこすりの忌まわしいキャンペーンの矢面に立たされたのだから。このような事後の再構成が、この論争に加わったゴセックの弟子たちを前にしてサレットが五〇年から六〇年のちに語った思い出を歪めてしまったにちがいない。

だからといって、これまでに参照した幾人かの著者たちのように、マリー＝ジョゼフ・シェニエの排除には政治的理由などなかったと結論づけるなら、それは勇み足というものである。音楽学者の目から見れば、民衆全体で歌われる曲を提示するようにとロベスピエールがサレットに命令したことから生じた、純粋に技術的な配慮が本質的な役割を演じていたのかもしれない。というのも、かのプリュヴィオーズ一六日〔一七九四年二月四日〕の時点で、シェニエの詩に合わせ、国立音楽院の楽士および歌手のためにゴセックが作曲した曲は、単純化した編曲には適合しなかった。まさにそのとき、デゾルグが思いがけなく、ゆったりとしていてシンプルな賛歌に向く新たなテクストを持ち込み、国民庭園で歌われることになったというわけだ。このように専門家たちの議論を単純化しつつわたしが紹介したこのもう一つの解釈は、しかし結局のところ、専門家たち自身によって否定されざるをえなかった。つまり、デゾルグはマリー＝ジョゼフ・シェニエと同じ詩法を用いたことが指摘されており、それゆえ一方から他方への詩の変更が容易で、限られた調整（副次的な二歌節）をのぞけば、デゾルグの歌詞はゴセックがメッシドール二六日〔一七九四年七月一四日〕のために作曲していた合奏曲に当てはめることが可能だったのである。

デゾルグの登場を、ゴセック、ましてやサレットにとってのたんなる演奏の便宜の次元にまで矮小化してしまっては、議論をはしょることになるだろう。おそらくは二次的なものであって、系統的ではないのだろうが、シェニエの排除には明らかに政治的な動機が、それもおそらくは一般に論議されてきたのとは異なった動機が対応している。リエビーやギヨームといった今世紀初めの学者たち——特に前者——が、また加うるにティエルソが提起していた問いはおそらくは正しかった。つまりロベスピエールがシェニエの中に見出して打撃を加えようとしたのは、寛容派〔ダントン派〕ではなく、むしろ「ショーメットの教義」〔理性礼拝〕だったのではないか。この推測には説明を要する。マリー゠ジョゼフ・シェニエは、エベール派だったとは見なされていないからである。にもかかわらず、六カ月以前、彼はメユールの曲に合わせて「理性の賛歌」を作詞している。

力強く不死なる理性よ
汝は人類のために法を編めり
法の前に等しかりし以前に
人類はまず汝が前に等しく……

人々の記憶に残るこの詩句は、共和二年ブリュメール一〇日〔一七九三年一一月一〇日〕に、かつての司教座大聖堂〔ノートルダム教会〕である理性の神殿において行われたあの有名な祭典で歌われたものではなかったようだ。それは国民公会の議員団が参加した、いくつかの式典の中の一つで歌われたのである。さて、ロベスピエールがこの詩を忘れるはずはない。それというのも、このシェニエとメユールの「理性の賛歌」が「愛国賛歌」と改題されて『国民祭典用楽曲・第三分冊』に収められ、国立音楽院から提出されたのは、われわれがすでに物語ったように、サレットが公安委員会のロベスピエールを訪れた日の前日、プレリアル一五日だったからである。賛歌は改題であるどころか、実は改詠〔前言取消〕の形で新たな一詩節が追加されている。

汝〔理性〕の名において
最高存在の祭壇を冒瀆し
永遠の恥辱で覆われし教義を説くは
これ罪悪にほかならず……

シェニエはなぜ、最高存在の祭典の直前に、前年の冬の理性の祭典を思い出させるような不手際をしてしまったのだろう。わたしの考えでは、彼はこれ以外にやりようがなく、この改訂版は、彼にとってある意味でみずからの非を認めて謝罪する一手段だったのである。

ロベスピエールからすれば、シェニエが祭典の他の場面に関与することは容認できるが、エベールとショーメットの理性を讃えた詩人に「最高存在の賛歌」の歌詞を委ねさせる気にはなれなかったのであろう。テルミドール後に話の一部始終を語らねばならなかったとき、シェニエ、サレットもしくはゴセックによって提示されたのが、この改訂版でなかったことも確かである。

シェニエが遠ざけられた理由については、いくつかの確実そうな仮定を用いて推測することができたが、ではなぜデゾルグが選ばれたのかの説明はなされていない。彼は、決められた瞬間に、定められたつとめを果たすために「摂理」が置いたマリオネットにすぎないのだろうか。のちの証言は、若干このイメージを裏書きする。「デゾワーニュという名の佝僂で詩人だという奇形の小男」（ジムメルマン）、「偶然に導かれてテオドール・デゾルグが……現れた」（エドワン）。のちの考証学者たちもこれより好意的だったわけではない。「彼はあとになって、いくつかの国民祭典に歌詞を提供することになるが、最高存在の祭典でデビューするまでは無名の詩人だった……」（ティエルソ）。

リエビーだけが、注の中で次のように示唆している。「……シェニエの賛歌を遠ざけるにあたり、ロベスピエール自身が前もってデゾルグを選んでいたことはありうることだが、この点に関する推測を明確にしてくれる手掛かりは何もない」。前章でも引用した公教育委員会の文書によれば、「愛国的作品を創作した」デゾルグ兄弟が、徴用による共和国への奉仕の任に就くことを願い出ているが、実証主義時代の研究者から見過ごされたこの作品が、せめて手掛かりの糸口くらいにはなるのではないか。

デゾルグがこの瞬間を待ち受け、求めていたことは、彼がどのような形でコンタクトをとっていたかは不明であるとしても、明白であるように思われる。彼はそれを、自分（そしてもしかすると自分の兄）の安全を確保しようというたんなる日和見主義から行ったのだろうか、それとも、優雅な言い方とは言えないが、またとない状況を利用して、マリー＝ジョゼフ・シェニエが空っぽにした貝殻にヤドカリよろしく滑り込もうという出世主義から行ったのだろうか。

わたしが見出したところでは、コンスタン・ピエールだけが、残念ながらその情報源を明かすことなく、われわれの主人公の行為について最も高貴さから遠く、最もマキャヴェリ的な解釈を示している。「……三番目［の作者］は、「完全な共和主義者を装い、自分がサン＝フロランタン通り〔パリ市の中心に位置する貴族的な街で、多くの亡命者が出た〕から亡命した人間であることを隠す目的で」、この詞をサレットに郵送したと断言したのだが、翌日になると、周囲に湧きあがった噂が自分の思惑とは反対の結果を生じさせるかもしれないという理由で、それを返すように要求してきた」。

音楽学者は以下のように驚いてみせるが、おそらくは素朴にすぎる。「こうした主張が、デゾルグを熱烈な共和主義者として示す同時代人の報告と合致しないものであることに注意しよう」。だがこれはいささか早計な解釈で、人間を一面でしか見ていない。デゾルグ（とその兄）は、これもまたジェルミナル二七日の法〔本書一一七頁の訳注参照〕でパリからの退去を命じられながら、音楽の勉強を続けるため帰還を申請した友人パルニーと同じように、祭典の準備という好機を捉え、事の解決を図ったのだとは考えられないだろうか。日和見的行動と、〔コンスタン・ピエールが〕先に述べたばかりの右顧左眄とは矛盾するものではない。とにかく、テオドールは二股をかけたわけではなく、周囲の圧力が緩んでからも、彼は最後までみずからの責任をまっとうする用意のある「熱烈な共和主義者」であり続けることだろう。

デゾルグが、よく準備された、それもマリー＝ジョゼフ・シェニエの詩法とぴったり合ったテクストをたずさえて、なんと午前六時にリレットのもとを訪ねた、というあの朝の売り込みの発端に「文化的」スパイ行為が関与していた可能性を問うてみることは依然として可能である。だがすべては仮説の段階にとどまっている。

さらに、われわれの主人公の記憶にとってより有利なもう一つの解釈をあえて試みることは不可能だろうか。すなわちごく単純に、彼は最高存在の祭典の準備が引き起こした集団的運動に巻き込まれ、それに貢献しようと望んだということではないだろうか。マキャヴェリスムや個人的野心は、革命の時代を生きていた人々を動かす唯一の動因というわけでは決してあるまい。ティエルソは、プレリアル五日以来、このテーマで書かれ、パリで受理された作品の数の多さについて述べている。大部分は手稿のままだが、印刷された作品もかなりある。コンスタン・ピエールの古典的目録『フランス革命の祭典と儀式の音楽』では、最高存在の賛歌は一七篇を下らず、まさに最高存在の祭典をこの時代のいくつかの文化現象のトップランクに位置づけているのである。ゴセック以外には、カテル、ドゥヴィエンヌ、カンビーニ、そしてプレリアル二九日〔最高存在の祭典はプレリアル二〇日〕のために企画を立案していたメユールといった当代一流の音楽家たちが作曲している……。だが大家たちの強いられた参加にもましてわたしを驚かせるのは、群小または無名の人々の大量動員である。実際、「弾薬局局長」であった市民デフォルジュは――それが唯一の創作というわけではないが――自分の作品にオルガン奏者の市民スジャンの曲をつけ、共和二年プレリアル七日、公安委員会に送っている……。プレリアル一九日、同委員会は大衆化されるにはやや文飾過剰のこの作品を審査のため公教育委員会に回付している。

人は最高存在を崇めるべきだと、
ゾロアスターはバクトリア市民に言った……

回付は、祭典には遅すぎた。だがこうした例は、最高存在の祭典直前の事実上のコンクールにおいて、大家と無名作家の中間に位置したデゾルグの姿を想像するのに役立つ。

彼は勝利を収めた。それもなかなか見事に。なぜなら、彼は祭典の荘厳さにふさわしいトーンを見出すことができたからだ。テオドールのテクストと、簡素かつ荘重な旋律を持つゴセックのゆったりとしていて厳かな賛歌とは、なんなく融け合った。同じく彼は、ロベスピエールの思想に身を浸すことによって、最高存在の属性としての「宇宙の父、最高の知性」を讃え、威厳を持って要請に答えることができたのである。
「最高の知性」であると同時に「偉大な第一原因」であるこの原理は、理性の女神の属性を凌ぐことになる。それは「自然」と融合する。「あなたの神殿は山頂に、空に、波の上にある」。すべては彼によって満たされる。

　　あなたは占めることなく、あらゆる世界を満たす。

最高存在はとりわけ、あらゆる徳性の保証となる。

　　あなたへの不滅の礼拝に道徳は憩う、
　　そして良俗に自由は憩う。

「自由の賛歌」が、最高存在の称賛と礼拝にからみ合い、それへの愛は、最終的には次のような英雄的なコーダ〔終結部〕の中で祖国愛と一体化する。

　　王たちへの憎しみで祖国を奮い立たせ、
　　追い払え、空しい欲望と身分への不当な驕りを。

知性、自然、道徳、祖国、そして正義といった、新たなる価値の体系が示されるが、最後の言葉は「自由」にとっておかれる。

あなたの峻厳なる掟で自然を縛り、
人間には自由を残せ。

たにちがいない。

もしもこの一節がシェニエのものだとしたら、彼の歌詞はこれがために没にされたのだと後世の人は言っ

デゾルグは勝った。その結果、小柄な佝僂の男の身の丈に変容の時が訪れる。なぜなら「最高存在の賛歌」は疑いもなく、公衆と世論の面前に彼を押し出したからである。

最高存在の祭典前夜にパリが体験したあの大掛かりな動員の中で、この詩人がどんな役割を果たしたかを判断する何の要素もわれわれにはない。祭りの布告はわれわれにその反響を次のように伝えている。「……狂信の儀礼が廃止されたことによって生じた空白は、自由への賛歌によって満たされなければならない……。簡素な歌が作られ、音楽院のメンバーは、それぞれのセクション〔地区〕へ、小学校へと向かうだろう……」。そしてわれわれは〔全体一致を作り出すという〕不可能な賭けがどのようになされたのかを教えてくれるいくつかの場面に出会う。〔プレリアル〕一九日夜、当代一流の音楽家たちが合唱隊員と奏者を引き連れ、パリのセクションへと赴いた。例えばメユールはテュイルリー、カテルはマラー、ダレーラックはロンバール……の各セクションへと、翌日歌われる賛歌を老若の民衆に教え込むために。ティエルソンによれば、セクションの議事録は連帯感に満ちた集会の様子を伝えている。シャリエ地区は「市民的評価」と「友愛の抱擁」を与えたが、他のセクションも、例えばフォンテーヌ・ド・グルネルからユニテ

まで、さらにポワッソニエール、ポパンクール、パンテオン・フランセも同様だった。そしてこの民衆大動員のフェルマータ〔延音記号〕というか、帰結であるところの翌二〇日の式典においては、ロベスピエールの演説のあとで二四〇〇名の合唱隊員（各セクションから五〇名ずつ）が、前夜に覚えた賛歌を歌ったのである。この模様を伝える、最もつむじ曲がりな、または最もさめた解説者さえもが、たんなる綱渡り的な技術的成功をはるかに越えたものに対する、ある種の賛嘆の念を隠しきれずにいる。それは、革命の文化史（ごく短期の歴史だが）において、使われた言葉こそちがえ、かつて〔一七九〇年七月一四日に祝われた〕連盟祭がなしとげたのと同水準の例外的な恩寵の時だったのである。

地味な作詞家の役割でしかないにせよ、デゾルグはこの栄光の瞬間によって、革命公認詩人の列に押し上げられた。著者たちは一致して、プレリアル二〇日に民衆が斉唱した「最高存在の賛歌」は、大編成のコンサート用合唱曲に書き換えられたあと、共和二年メッシドール二六日〔七月一四日〕に音楽院の職業音楽家たちによって歌われたと考えている。だが、この作品の運命はこれで終わりではない。ティエルソが適切に指摘していることだが、すでに社会に広まっていた旋律に乗せて歌われた歌詞とは異なり、革命のさまざまな祭典用に新たな曲に合わせて作られた歌曲は、そのほとんどが革命期を越えて生き延びることがなかった。しかし「最高存在の賛歌」は、この急速な忘却を免れた。テルミドール以来、ロベスピエールの勝利の象徴となっていた最高存在の祭典とは切っても切れない関係にある以上、特に注意深く禁止されてもおかしくなかったはずである。ティエルソにならい、この幸運の理由を作品が広められた方法、すなわちプレリアル二〇日に挙行される式典のために一九日夜に行われた民衆教育に求めるべきだろうか。と同時に、新しい時代の賛歌として、簡素かつ荘重な旋律を作曲したゴセックにも、それにふさわしい功績を認めよう。年老いた師匠を喜ばせようと、音楽家の弟子たちは「宇宙の父……」を好んで歌った。一八二〇年代で王政復古の鼻息が荒かった時期なので、歌うには窓を閉めねばならなかったが……。

フランス革命下では、「最高存在の賛歌」は旬日礼拝その他の式典で用いられた歌集リブレットの多くに、それも冒頭に収録されて常に歌われた。中でも共和六年ヴァントーズ三〇日の人民主権の祭典、同七年の八月一〇日の記念祝典、同年フリュクティドール一〇日の老人の祭典で歌われたことがわかっている。しかしながらわたしを最も驚かせたのは、コンスタン・ピエールが伝えるところによると、このゴセックの曲が、ダヴランヴィルが採録し、一八〇七年から一八一六年にかけて再版された『フルートと手動オルガンのための曲集』に収められていることである。口は閉ざされても、「最高存在の賛歌」は、街角の素朴なオルガンに奏でられて王政復古の最初の何年かを生き延びたのである。

サロンのへぼ詩人には、こうして民衆作家としての大きな責任がのしかかってきた。テオドール・デゾルグにとっては、それはいささか重荷だったのではなかろうか。

第8章　大きな仕事場から大きな友情へ

共和二年プレリアルにおいて詩人になることは、ささいな冒険ではない。テオドール・デゾルグの場合、文芸の共和国に小さな扉から、それもこっそりと入り込んだものの、テルミドールの到来まで二カ月もない時期に最も公式的なやり方で、それゆえ最も危険なやり方で自分を印象づけたのであるから、なおさらである。これで彼には、「ロベスピエールの詩人」という重いレッテルがついてまわることになる。

修業時代にあった三一歳のまだ若い男の関心は、革命やパリという世界の現実に直面することよりは、むしろ文学的栄光を夢見ながら生活を享受することにあったようだ。父デゾルグの「跡取り」にとって、ショックはあまりにも強すぎたことだろう。比較するのも不自然だが、首都に真正面から攻撃をしかけるよりも、地代をかき集めて小金をため、弁護士の世界でのし上がっていくほうが危険が少ない。すでにわれわれは、テオドールをはぐくんだ革命前夜の小都市における文化的宇宙について述べたが、いまやそれに対応して、パリでは同じ領域で何が起こっていたのかを、世紀単位で見た長期的持続の下にではなく、燃えあがる革命的変化の中で見ていくことにしたい。

この企ては、身のほど知らずではないとしても、あまりにも重い。たしかに、フランス革命の文学史においては多くのモノグラフィーが書かれ、中には野心的なアプローチも含まれてはいる。だがそのほとんどは古びてしまった。マリー＝ジョゼフ・シェニエ、エクシャール・ルブラン、パルニー……などの伝記的材料を集めるためには、ランソンやファゲといった一九世紀末の世代の批評家たちまで、ときにはサント＝ブーヴまで渉猟しなければならない。一方、現代の歴史学的研究は、今日の関心に即してこの文化的環境を全体的な視点から総括するというわれわれの期待に、いまだ応えてはいない。

わたしが慎ましく示そうとするのは、共和二年における革命詩人とはどのような人間か、という問いに答えるための粗描の粗描でしかない。われらの主人公を適切に位置づけるためだとしても、大掛かりな数量データを扱うのは不釣り合いに見えるかもしれない。自分のやり方の素朴さを認めつつ、わたしはある参考資料の頁をくった。すなわち革命期を生きた詩人、文士、劇作家を調査するため、キオラネスクの『一八世紀フランス文学文献目録』〔一九六九年〕を見たのである。これは一言で言えば、われらの主人公が仲間入りすることになる養魚池だ。わたしは、何千もの名前のうちから五分の一（アルファベットの最初の四文字）を抽出することによって、断片的データの普遍化を経て全体的プロフィールを描くことを可能にするだけの豊かなサンプルを得ることができた。

キオラネスクが調査した一八世紀の文学者のうちで、革命期に生存し、パリおよび地方で執筆年齢を迎えていたのはほぼ五〇〇名であった。そのうち実際に書いていたのはおよそ三分の一の一七〇名である。最も高い年齢層における、老齢に起因する引退を考慮しても、すでにこの面から革命的状況のインパクトを計ることができる。亡命あるいはそれ以上に慎重な執筆休止により、作家たちの経歴には一〇年ばかりの沈黙期間が記されている。われわれが社会学的分析を試みるのは、このように厳しい切断を経た「文芸の共和国」に対してなのである。

だがこの消耗は、革命的状況の吸引力によってある程度まで埋め合わされたのではないか。作家たちの年齢ピラミッドをもとにした年齢調査や、出身地と死亡地の地図化による出身地および居住地調査が、解答のための材料を与えてくれる。革命によって思いがけないチャンスを与えられた三一歳の若き詩人テオドール・デゾルグは特殊例なのか、それとも代表例なのか。一般的に見ると、文学者人口の年齢はもっと高い。最も多数を占めるのは、一七四〇年から一七五〇年のあいだに生まれ、革命を四〇歳から五〇歳のあいだに迎えた年齢層であり（二八パーセント）、次に五〇歳から六〇歳での年齢層がこれに続く（二一パーセント）。全体的には、一七八九年に四〇歳以上であった者がサンプル全体の三分の二を占めている。われわれの主人公のように一七六〇年以後に生まれた詩人は全体の一三パーセントにすぎず、頭角を現す、あるいはたんに世に出るためには時間が必要と言わねばならないだろう。とにかく年齢別グラフが文学的創造性を反映していることは明らかである。一七六〇年から一七七〇年に二〇歳だった四〇歳から五〇歳の世代が後続世代より多作なのに対し、おそらくは文学以外の社会参加に駆り立てられた結果、一七八九年に二〇歳を迎えた世代の落ち込みは甚だしい。

以上の確認は、革命期に生存していた文学者の全体、すなわち高齢化した人口から、あれこれの仕方で思想の激動の中に身を投じつつ時代のさなかに実質的な執筆を行ってきた人々のサンプルに目を移すことで、ある程度修正される。際立っているのは、一七五〇年から一七六〇年生まれの作家が多数を占める、やや若い集団であり、それより高い年齢の者はかなり稀になる。補足的検査の形で別の計算を行うなら、各年齢集団において活動中の（または生産中の）作家の占める割合では、一七六〇年以後に生まれた若い詩人たち――すなわちデゾルグの世代――が最も高い六〇パーセントに達している。デゾルグ、シェニエ兄弟、キュビエールといった青年作家から想像されるように、彼らは革命に背を向けることなくそれを称賛し、ときにそれを告発した。それ以外の途を選んだ人々も同じ年齢層に属する。ドゥリールのように、

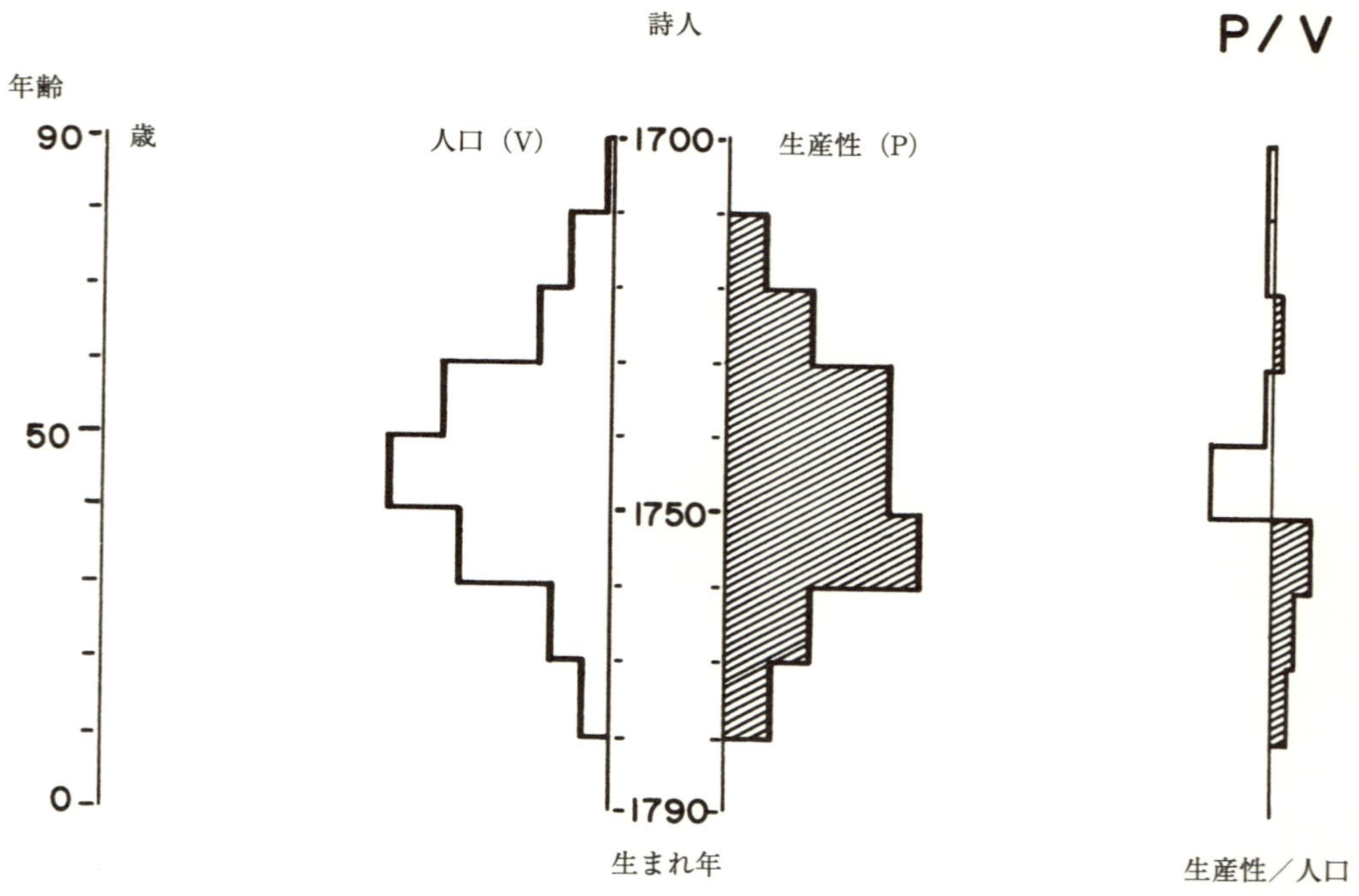

フランス革命下に生きた詩人

より沈着に街の片隅でわれかんせずを決め込む者もいたが……。

　年齢調査が有益な確認以上のものを示唆する一方、作家たちの出身地調査も新たな手掛かりを与えてくれる。啓蒙の世紀におけるエクスの文化的環境について論じることによって、わたしは今日で言うところのパリへの頭脳流出の本格的な始まりを探り当てることができたと思っている。いくつかの地図はこの印象を確証してあまりある。革命期に生存していた作家たちの六〇パーセントはパリで執筆していた（そしてそのすべてがパリで死んだ）のだが、革命期に創作活動を行っていた作家集団の割合を見てもほぼ同じ程度に高い（五六パーセント）。ところが、パリで生活し、死んだこれらの作家たちの多くは地方出身者であり、前述の二つの集団における比率はそれぞれ八〇パーセントと七八パーセントである。それゆえ、デゾルグ兄弟のパリ進出は、五人中四人の作家と同じ運命をたどった、きわめて一般化した事例に属する。この現象は新しいとさえ言えない。なにしろパリで死亡する比率は、世紀の前半から後半にかけて増加するどころかわずかに下降しているのだから（六四パーセントから五九パーセントへ）。

　デゾルグの経歴がどれほど典型的なものかという問いを念頭に置きつつ、好奇心を先へと進めていこう。地方人といってもどの地方なのか。北部か南部か。出生地、そしてそれよりかなりまばらだが、死亡地をもとに作成された二枚の地図がわれわれの考察に供せられる。変化を捉えるため、上記のデータを世紀の前半と後半に分割したので、むしろ四枚の地図である。それぞれに固有の印象的な特色を取り去らずとも、これら四枚の地図は十二分に雄弁である。最もデータの豊富な出生地分布図は、文学的召命の「不毛地帯」として北東部、西部、中央山地、そして南西部の大半を示唆している。反対に、予期されようとされまいと、突出が確認されるのはパリ盆地、ブルゴーニュ、北部、プロヴァンスである。地域という枠組みを越えて言及したい誘惑に駆られるのは、揺籃地もしくは中継地となった都市名である。リヨン、あるい

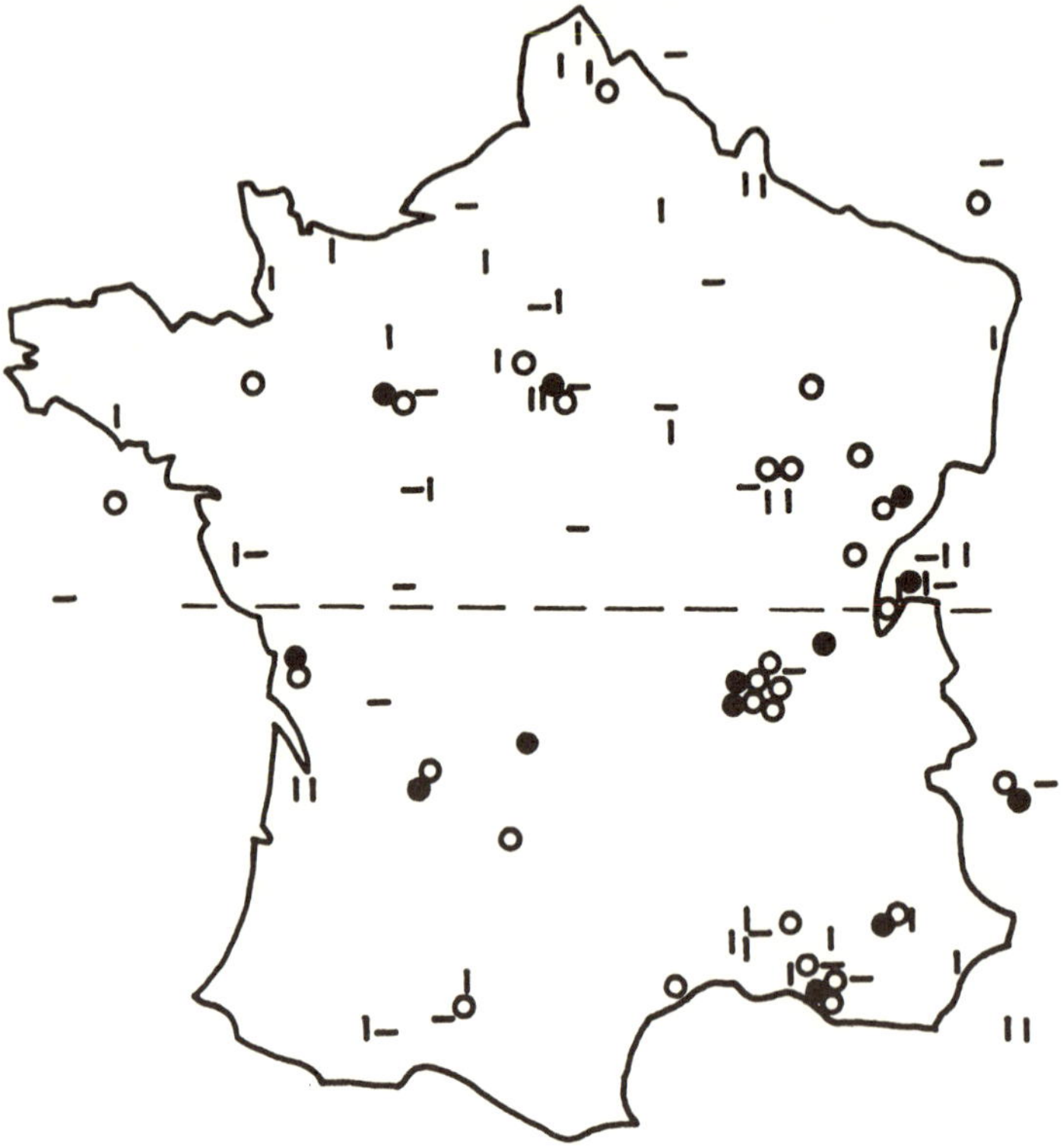

○ 出生 ● 死亡 1700－1740

ı 出生 − 死亡 1740－1780

出生地と死亡地

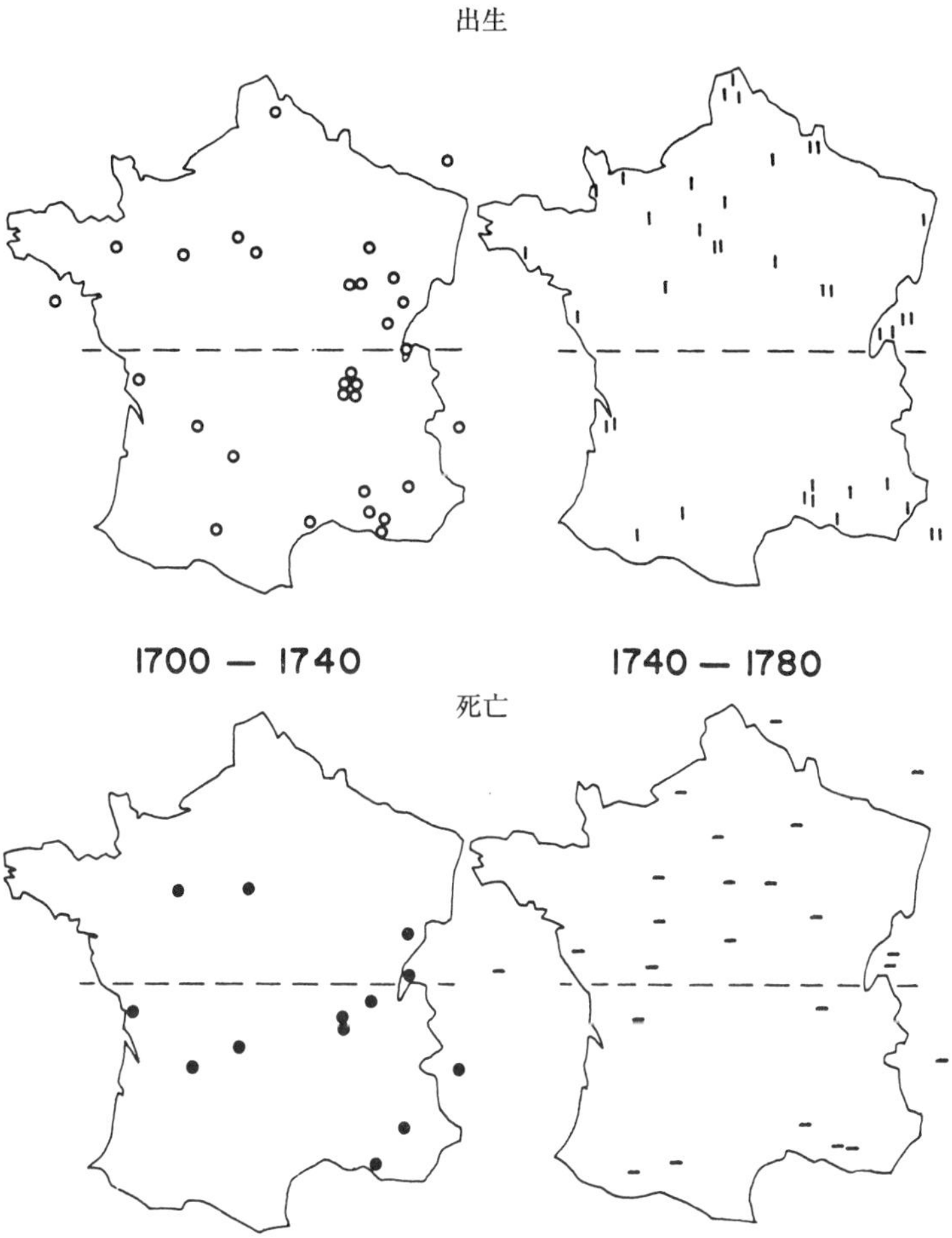

フランス革命期の詩人・作家の

はディジョン……。視線の分散を回避し、大まかな傾向を捉えるため、ラ・ロシェルとジュネーヴを結ぶラインで分割した南北フランスのコントラストに注目しよう。世紀前半の一七四〇年ごろまで（この年生まれの若者たちがパリに「上った」のはその二〇年後の一七六〇年である）、南フランスは北フランスに優っていたが（およそ三名の南部人に対して、オイル語系フランス人は二名）、この均衡は崩れ、後半には南フランス人一名に対し北フランス人二名となった。パリで生まれた作家たちを北フランス出身者に含めるなら、アンバランスはさらに拡大する。世紀の始まりから終わりまでに、北フランス人の割合は四七パーセントから六四パーセントに上昇する……。もちろんわれらの主人公の場合がそうであるように、プロヴァンスや低地ラングドックからパリ征服へ旅立つ者はあったが、高処から見た文化集中では、首都の人口の多数を供給し続けていた北フランスに軍配が挙がるのである。

テオドール・デゾルグの経歴の「プロフィール」は、革命期パリの一〇〇人ほどの文士の中に当てはめた場合、調子外れというわけではない。一八〇〇年代のごく始まりに出た『一九世紀詩年報――一八〇〇年以後に刊行・未刊の短詩選……現存詩人一覧』と題された小冊子には、収録された作品数の順に一四二名が並べられているが、デゾルグの名は「頌歌」の標題の下に見出される。

しかし、デゾルグをその同僚たちのなかに置きなおしただけで満足してしまうなら、彼の冒険の持ついくつかの広がりのうちの一つを見失ってしまうように思われる。ロベスピエールの求めに応じ、「民衆によって」歌われるはずの旋律に合わせた作詞をすることで、デゾルグは職業詩人の集団よりも大きな集団に加わったのである。彼は知らず知らずのうちに、芸術制作の枠組みそのものを破壊しつつ進行した、途方もない文化革命の推進役の一人となったのである。

共和七年、パリの書肆シュマンから市民パランの編集により刊行された『哲学的および道徳的賛歌集

――特に農村部における共和国祭典の挙行を容易にするため、最上の作者たちの楽譜に基づく単旋律譜付き』は、まちがいなく総裁政府時代に最も普及した手引書の一つである。六〇ほどの曲とその詞は、（遺棄される直前ではあったが）数年にわたって蓄積され、実地テストを経た革命賛歌の一種のヒットパレードとなっている。五曲――そのうちの一つが「最高存在の賛歌」である――を収録されたテオドール・デゾルグは、全三五名の作者の中ではかなり良い位置を占めている。一一曲収録のラリエ、八曲の市民ピイス、六曲を「入り込ませた」マリー＝ジョゼフ・シェニエにはたしかに引けを取るものの、四曲収録のユクシャール・ルブランには差をつけている……。マリー＝ジョゼフ・シェニエおよびエクシャール・ルブランは生前に学士院会員となり、文学者たちから束の間の尊敬を得て、死後は選集も編まれた。市民ピイス（革命前は騎士ピエール・ド・ピイス）、すなわち文学的なんでも屋として一八三二年の死にいたるまであらゆる体制に楽々と奉仕したこの通俗喜劇作者の登場は、専門家にとって何ら驚くべきことではない……。だが謎のラリエ（コンスタン・ピエールのような専門的音楽学者も名を知るのみ）は目立った経歴を欠き、当然キオラネスクその他の学術的文献目録にも出てこない。忘れられたのは決して彼一人ではない。共和七年に刊行された小冊子に登場する作詞家三四人のうち、二一人がそうなのだ……。

　これらの匿名または半匿名の作家たちは、民衆芸術家たちが住まうあの別世界へとわれわれを誘う。シャンソンとルフランの時代であったフランス革命は、民衆芸術家たちを呼び集め、彼らに言葉を与えたのである。ここにおいてわれわれは、一家を成し、年鑑に名前を載せ、一八〇〇年以後の秩序への回帰に承認を与えることになる一〇〇から一五〇名の詩人たちとはかなり遠く隔たっている。この（民衆芸術家たちの）集団の輪郭をなぞろうとするとき、わたしは一九世紀末にコンスタン・ピエールにより公刊された革命期の音楽にかんする記念碑的作品（『フランス革命の賛歌とシャンソン』一九〇四年）ほど貴重な道具を知らない。実証主義時代のこの碩学は、革命期の作詞家について、明らかに不完全だがそれでも膨大な五六二名の索引を付録に残してくれた。この調査の限界は、地方の地名がせいぜい八〇しか挙げられず、氷山の一角でしかないと思われることである。これでは、あちらこちらで時局を反映して作詞され、県や郡の主邑で開かれた旬日祭典やその他の集会の場で既知の曲に合わせて歌われた作品がもれてしまう……。調査は途上で、完成にはほど遠いのである。

パートナー〔作曲者〕の識別にはしばしば不正確なところがあるにせよ、薄っぺらどころではないこのサンプルで満足するとしよう。ここにはたしかに大物もいるが、むしろ発言の機会をたった一度しか持たなかった群衆の中に呑み込まれている……。彼らのうちの一八二名についてだけその職業的地位が知られている。彼らを全体の忠実で大まかな反映と見なす軽率さをあえて採用しよう。劇作家、俳優、自作自演歌手、またはたんなる「愛国歌手」などの芸能界の人々は約二〇名、一一パーセントというささやかな位置しか占めていない。だからといって庶民がそろって創作に手を染めはじめたなどとは結論しないようにしよう。農民二名、職人一名、帽子販売業者一名という低い数字は、〔作詞するという〕この特権がすべての者に与えられたわけではないことを物語っている（あと数人は匿名の欄の中に隠れているかもしれないが……）。同様に、女性の占める比率の低さに驚くのも素朴というものだろう（五パーセント、九名）。有名なピプレ未亡人は、一般的傾向あっての例外である。ペンを執った者たちは、〔革命という〕状況から着想を得たのだろうか。軽蔑的な含みなど一切なしに、わたしは彼らの圧倒的多数を「革命のプロ」だと呼びたい。なぜなら、彼らは新たに作られた社会機構の骨組みや枠組みを構成する人々だったのである（中央事務局、委員会、省庁、中央または地方行政機関の長、委員もしくは平の職員）。武器弾薬局、食糧委員会、軍輸送公社あるいは税関では、約五〇名（職業が知られている作者全体の二七パーセントにあたる四九名）の中間・下級管理職たちが、革命を歌う愛国的歌詞のために自分たちの筆記具を用いていた。それは彼らの多くにとってはまさに文化的地位の向上であり、しかもその量的存在感は、ふつう予想されるような政治家たち（国民議会や国民公会の議員……）、もしくは県・郡・コミューンの地方行政官たちのそれを圧倒しているのである（彼らを合わせて全体の一一パーセント）。

こうしてみると、数量において第二位を占めるのが軍人たちであったことも驚くにはあたらない。参謀副官から下士官を経て一介の義勇兵までの階級が浮かび上がる。ベルギーからニースまでの全戦線にわたり、約三〇名（一七パーセント）の作詞家が出ている。これに続くのが同規模の二つの集団、すなわち予想どおりと言うべきだが、法律家（判事や検事、治安判事、革命前の弁護士や評定官など一五名、八・二パーセント）および教育者（小学校の教員、県の中央学校の教師および校長）のそれである。これに加えて一〇名ほどの医師が「自由業」の星雲を補っている……。「民主化」の波が、ついには帳簿係や義勇兵ばかりでなく、歌手や作詞家たちにまで及んでいることを、われわれはきわめて明瞭に認めることができたのである。

この現象は全国的なものだろうか。地方の創作活動のかなりの部分が抜け落ちていることにわたしは疑問を呈しておいた。コンスタン・ピエールによってある程度の量の地域特定がなされており、八〇という数は取るに足らないというものではない。地図が提示するのはかなり明瞭で、またもや南北の不均衡である。ラ・ロシェル―ジュネーヴ線の北側地域の出身者五三名に対して、南側は二六名でしかない。識字率の高いフランス語圏のフランスと、識字率の低いオック語圏のフランスのちがいだろうか。たしかにそうかもしれない。しかしこの単純極まる二分法は、いくつかの都市の存在によって（ボルドー、トゥールーズあるいはマルセイユで作られた詞がある）、また革命軍の存在によって含みを持たせられねばならない。

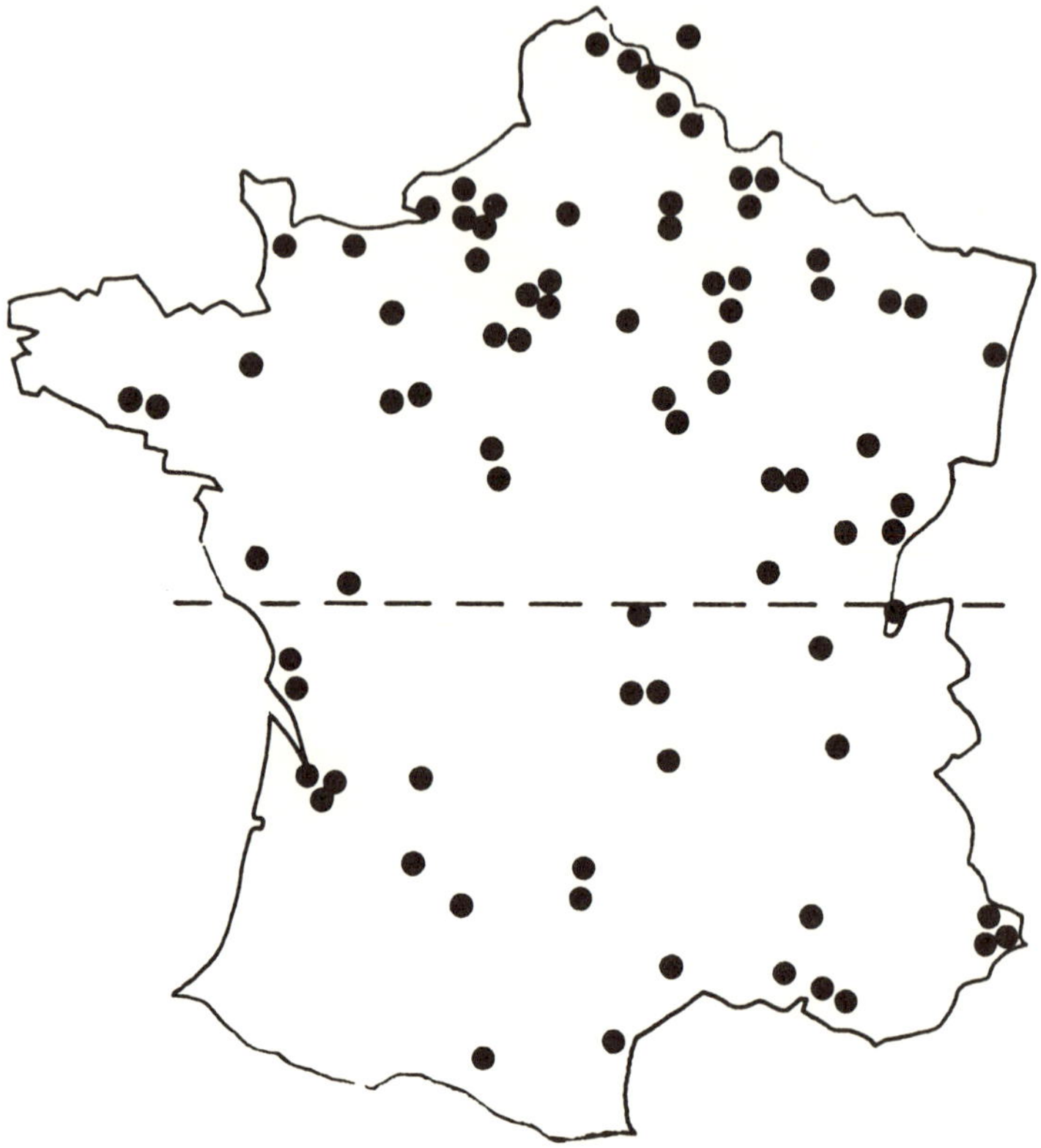

フランス革命期のシャンソン作家の出身地

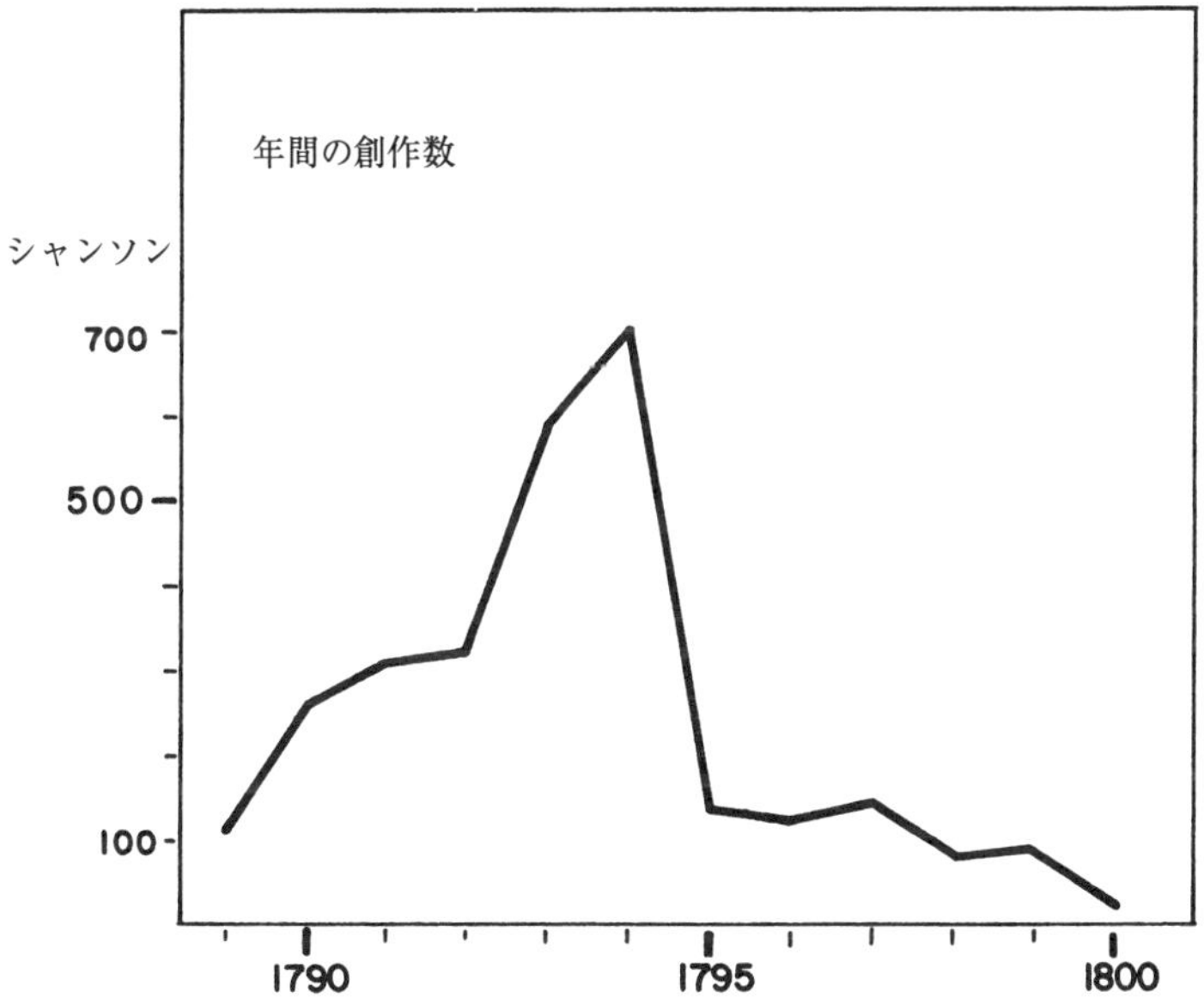
年間の創作数
シャンソン
700
500
100
1790
1795
1800

革命期のシャンソン

北部戦線と同じくニースの戦線からも、国民衛兵は自分たちの作品を送ってきたのだから。地方のさまざまな人々に加え、無名の人々の掘り起こしは、パリの街区についても行われねばならない。相当数（二五以上）のケースにおいて、作者たちの出身地はボネ・ルージュ、ピック、パンテオン・フランセ……といったセクションの名前によって表示されていたことに着目するのは無意味なことではない。

かくしてわれわれの主人公は、最終的には二重のネットワーク、すなわち狭いと同時に広くもある文化的宇宙のネットワークの中に位置づけされる。一方は、にわか作家の大量発生という底辺部での現象を反映したものであるが、他方は、頂点に立つ職業作家の小グループによって代表される。彼らは、革命の運動に巻き込まれることを恐れはしないが、国家が統制する大衆向けの文化創造という、思いもかけず、またこれまで経験したこともなかった新しい市場を分け合う、というよりも奪い合ったのである。

作家たちの社会学の向こうにわれわれが見たいと望むのは、一つの集団的な動きと息吹である。シャンソンや頌歌や賛歌に表現された大革命の息吹を、われわれはここでも、実証主義者の考証を継承した厳密な統計に頼ることによって感じとることができる。コンスタン・ピエールは作家たちを分類しただけでなく、作品をも収集した。彼が示した統計の欠点と言えば、しばしば手稿のまま残されたにせよ、あるいは印刷され一部地域に広まったにせよ、時局に応じて地方で生み出された大量の作品の実例が少ないことくらいである。一度の祭りのあいだしか命脈を保たなかったこれらの作品は、しばしば議事録に付記されたり、地方の新聞刊行物の中で引用されたりした形で見出される。

このような慎重な留保があればなおのこと、一七八九年から一八〇〇年までの一一年間に、政局とは無関係に日々の糧として生み出されたアリエッタや「素人の」作品を当然ながら除外してもなお、総数二九〇三点というコーパスの大きさには感心せざるをえない。このことは、フランス革命に対して執拗に投げかけられた、不毛性という根強い糾弾を否定して余りある。強い生命力を持つこの常套句は、何人かの同時代人たち自身によって練りあげられたものであるが、モンターニュ派的ジャコバン主義に対してあまり好意を持ってはいなかったコンスタン・ピエールは、歴史の真実を歪曲した一覧表の中に、反革命的な歴史読本の中で命を永らえたラアルプの引用を書き加えることを思いとどまることができなかった。「フランス国民はすぐれて歌う国民である……。歴史上ただ一時期、彼らが風刺歌を歌わなかった期間がある。恐怖政時代だ。だがあれは、人間の時代ではなかった。刑吏も犠牲者も人間ではなかったのだから。そして、殺戮がやむや否や、フランス人はまた歌いはじめた」。

　他の人々と同じように、自分自身もまた「最高存在の賛歌」（！）を作詞していた革命期の創作について口を閉ざすことは、反革命の最も権威あるスポークスマンの一人となっていたラアルプの利益に、おそらくはかなっていた……。しかし、〔作品数の〕カーブが示すものは反論を許さない。一七八九年の一一六曲から始まり、一七九〇年の一六一曲、続く二年間の三〇〇余曲を経て、一七九三年には五九〇曲にはね上がり、まさに恐怖政治の頂点であった一七九四年には、民衆歌と職業作家の作品とを合わせて、集合的創作力の頂点となる七〇一曲を数えている。実際のところ、沈黙が再び重くのしかかるのはテルミドール後だ。一七九五年から一七九七年にかけての年間一二五から一五〇という曲数は、それ以後の息苦しさのほんの序曲であり、一七九八年には七七曲、一七九九年には九〇曲に落ち込む。フランス人の口をふさいだのはブリュメール〔一七九九年一一月九日にナポレオンが総裁政府を倒したクーデタ〕なのだ。正常化がなしとげられ、第一統領の保護下にブルジョワ的秩序が打ち立てられた一八〇〇年に創作されたのは、たったの二五曲にすぎない。

　われわれがこれらの数字に触れるのは、予想されるような古い論争を蒸し返すためではなく、いささか曖昧なわれらの主人公の位置をよりよく理解するためである。彼は、既成作家たちの閉ざされたクラブを吹き飛ばし、社会におびただしい分量の作品を投げ込んだ共和二年の大波に乗った。テルミドールが起こるや否や、彼は乱暴に閉ざされようとする市場におけるみずからの位置を弁護する、あるいはたんに確保することを強いられるだろう。

原因を理解するためには、数字の彼方に赴き、それをもとにして新たな規範が形成されることになる構造や制度、そしてその規範が生命を与える作品を把握しなければならない。ロベスピエールこそがこの規範を提示し、彼は死後に勝利を得た。テルミドール後に改編がなされたとしても、共和二年フロレアル一八日の有名な報告で示された諸原則によって市民祭典のサイクルが制定されたのであり、プレリアル二〇日の最高存在の祭典はまさにそのキックオフたらんとしたのである。テルミドール期と総裁政府期には、いくつかの記念日（共和国の創設、王の死、七月一四日、八月一〇日、あるいはテルミドール九日）、そして推奨されるべき道徳的価値（農耕、または青年、夫婦、老年を通じて讃えられる家族）の二重のサイクルの中に組み込まれた公式祭典が、いまや作品の大多数をそのまわりに集中させる場となったのである。これとは別に、英雄的な死（議員フェロー、ジュベール将軍、ラシュタットの外交使節たち）や、共和国〔軍〕の勝利のような一度限りの出来事の顕彰も相変わらず行われてはいた。作品の多くは、一七九三年の熱い時期に生まれた制度の枠組みの中にとどまってはいたが、創作活動の自由も次第に回復していた。実際、共和二年に姿を現したのは、半ば国家管理的で、部分的には個人の発意に委ねられた、二重のシステムなのである。

国家管理の中心となったのは、一七九四年一月一〇日に発足した音楽院である。その基盤になったのは、国民衛兵の音楽家たちが中心となって一七九三年冬の初めに創立された「国民祭典のための楽譜出版社」で、それは公教育委員会の提案に基づいて公認され、委員会の「監督」の下に置かれていた。サレットにより、そのイデオロギー的目標は以下のように明快に示されている。「愛国心を高揚させること」、すなわち共和国の助成を受けて小冊子を毎月刊行することにより、これまで音楽商人の「投機売買」に左右されていた市場に活気を与えることである。提出された好意的報告に応えて、公安委員会は一七九四年一月一八日、すなわち共和二年ニヴォーズ二九日にこの機関を承認した。その活動は共和二年ジェルミナルから共和三年ヴァントーズまでのあいだに相次いだ一〇回あまりの出版によって知ることができる。

テルミドール期、そして総裁政府期には、共和二年にもまして出版業者への敵意がかき立てられ、市場もまた、市民祭典の定期的開催により規則性がもたらされたとはいえ、愛国心の熱気の低下に苦しみ、窮屈さを感じていた。内務省もしくは海軍省の無条件とは言えない助成に支えられた「楽譜出版社」は、「シャンソンと愛国ロマンス」の出版を多様化させた。刊行の間隔が曖昧になるのが衰退の兆しで、そのあとを引き継いだのが一七九七年に創設された「国立音楽学院」である。

民間の側と言えば、助成や監督を受けたとはいえ、モンターニュ派の独裁以来、『共和国詩集』『愛国詩選』『山岳歌謡集』といった標題の歌集の出版が途絶えることは決してなかった。官の奨励と民間の発意の合体が実現したのは、フランソワ・ド・ヌーシャトー(この内相が愛国的作品の作者であったことはしばしば忘れられている)が温め、共和六年から八年に刊行される予定だった『共和国祭典で歌われるフランス革命の記念日のための歌唱集』の計画においてである。しかし、日常的な出版活動の本当の支えになったのは、『劇場案内』から『リシャールおじさん日報』『今日のラプソディー』にいたる。専門化したものもあれば、また広い意味で「文学的」なものもある刊行物だった。革命期にデゾルグの作品について触れたいくつかの紹介記事は、彼の作品が新聞や「新刊案内」の中に見出されたことを教えてくれる。パレ＝ロワイヤルは、この分野でのパリ市場としての役割を担い、少なくとも一八〇〇年九月、時代の変化とになる。

を証言するかのように政治風刺歌の発表を禁じた警察の最初の処置が講じられるまで、その地位を保つこ

この市場におけるテオドール・デゾルグの立場は、必ずしもすべてが友人であるとは言えない彼の同業者たち同様、曖昧なものでしかなかった。公式筋からの発注に頼り、また利益を得つつ、彼は市民祭典の賛歌を最も多く作詞した人物の一人として頭角を現すのだが、同時に再建された文芸の共和国の中に地位を占めるべく奮闘していたのである……。

この再建（さもなくば秩序の回復）を象徴的に表しているのは、共和五年ヴァンデミエール一日〔一七九六年九月二二日、共和国創立の記念日〕の祭典において発表された、「自由の獲得以来国民祭典の装飾に尽くし、国民が謝辞を呈する詩人と作曲家たち」の名簿である。名簿は二部構成で、まず最も著名な音楽家（ゴセック、メユール、カテル、ルシュール、プレイエル、ジャダン）と無名な人々（ベルトゥー、ラングル、ルフェーヴル、エレ、あるいはマルティニ）が肩を並べる音楽家の部がある。そして公認詩人の部に名を連ねたのは、当然の顔触れとしてマリー゠ジョゼフ・シェニエ、ルブラン、デゾルグ、クーピニー、ルージェ・ド・リール、バウール゠ロルミアン（その経歴を開始したばかり）、次いでヴァロン、ダヴリニー、ピエ、フラン、ラシャボシエール、そしてピプレ未亡人である。それは革命という時代における不安定な受賞者名簿である。もしわれわれが、一八〇〇年以降のフランス詩人の人名録を、一八一二年にブーショが刊行した『新フランス物故者列伝――フランスで生まれるか、フランス語で執筆し、一八〇〇年一月一日以後に死去した作家たちの辞典』、さらにはまた選定の対象であると同時に判定者でもあるマリー゠ジョゼフ・シェニエが文芸協会の講義のため一八〇六年と一八〇七年に提出した、より選択的な『一七八九年以後のフランス文学の状況と進歩についての歴史的概観』あたりまで追って見るなら、そこ

には名簿の重要な修正を見てとることができる。つまり名簿は何人かの最終的な淘汰を経て切り詰められていく反面、幾人かの返り咲きを認めている……。さしたる必要もなくテルミドール後に亡命することを選んだドゥリール師は、申し分のないスターとして彼の名が登録されるのに一八〇二年まで待たなくてはならなかった。

　バウール＝ロルミアンそしてフォンターヌのように、年齢と慎重さのおかげで革命の最も重大な諸局面と関わり合いにならずに済み、上昇を確実にした新来の詩人がいる一方、キュビエールのように局面に最も深く関わった人々、あるいはピイスのように、その詩的霊感が最も民衆的とまでは言わないにせよ、貴族的とは言えない人々は、名誉ある名簿から消えていった。マリー＝ジョゼフ・シェニエやポンス・ドニ・エクシャール・ルブランは生存競争の勝者であり、品位を落とす改詠詩〔前言取消〕にも手を染めず、それどころか真の威厳とともに革命のどの状況においても一貫して最高の地位と名誉とを保った。無論、身分証明は必要だった。この大いなる友情の世界では、あらゆる一撃が許される。そしてほとんどすべての作家たちが、先の見えない戦闘に不可欠な防御と攻撃両用の武器として風刺詩をものしているのである。

　他人からは意地悪と言われたデゾルグだが、彼は風刺詩を用いた最後の人ではなく、受けた攻撃にはお返しをしたのだった。ユヴェナリス〔古代ローマの風刺詩人〕を読んだことのある人々（デゾルグは彼の未定稿のなかに『風刺詩』の翻訳を残している）のあいだでは、文才への攻撃など当時の論戦ではごく影響の少ない少額貨幣でしかなかった。エクシャール・ルブランは、フランスのイソップ〔テオドール・デゾルグ〕に対してありったけの侮蔑を浴びせかける。

　　孔雀のように気位の高いこのインドの雄鶏は

お気に入りの詩をクワッと唱える。
調子の狂ったオルガンも（Des orgues qu'on désorganise）
こんなに鼓膜を悩ませはすまい。

だが、相手も黙ってはいない……。同業者の過去（だいたいはお互い同じ道程をたどって来たのだが）に誤った一歩を、すなわち恐怖政治との許しがたい妥協と思われるものをあとになって見つけ出し、それを追及するなら、この一突きは致命的である。だが（ラアルプさえ含めて）、だれもが多少なりとも最高存在を賛美していたのであり、その拭いがたい汚点が暴露されるのは、自由の殉教者の祭典のおりにマラーの思い出に捧げられた作品においてであった。過去の一部分を注意深く隠蔽しようとした〔詩人たちの〕小グループは、その引き立て役として強烈なマラー像を提示したのだった。若いバウール＝ロルミアンは、〔一七二九年生まれの〕エクシャール・ルブランにあてつけながら、この共同作業の中での自分の役割を首尾よくこなしている。

彼〔マラー〕の前でいつも恍惚としていた
あの老いぼれをご存じか。
公正な見解と良き心をもって
マラーをアポロンのごとく
山岳〔ジャコバン派の象徴〕をヘリコン
下女〔理性の女神〕をペガサスとあがめていた。

テオドール・デゾルグもまた、ルブランに向けてかなり見苦しい返歌を送る機会を見逃がさなかった（実を言えば、二人のうちのどちらが最初に刃を向けたのかはわからない……）。

然り、もっとも不吉なる災いは、
凡庸な弦が調子を合わせることだ。
もしもペストに似合いの仲間がいるとしたら、
ルブランこそすなわちペストの礼讃詩人。

一九世紀末にいたるまでデゾルグに割かれた伝記的紹介文の中で、この風刺詩が常に引用されたことから判断する限り、彼の一撃は目標に達したと言える。その作品のほとんどすべてが忘れ去られたのに、デゾルグの陰険な部分は記憶にとどめられたのである。時の流れとともにマラーの呼び方がどう変化したかを（彼の名があからさまに語られることはないとしても）書き留めておくのも興味深い。アルノー、ジュイ〔『新現代人名辞典』一八二〇〜一八二五年〕によれば、ルブランはある「テロリスト」を褒め讃える詩句をものしたが、ほどなくしてこの人物〔マラー〕はミショー〔『古今人名大辞典』一八一一〜一八一八年〕により「革命における最も恐ろしい人物の一人」、ラップとボワジョラン〔『現代人名大辞典』一八三四年〕により「狂信的テロリスト」と呼ばれるようになった。だが世紀末の比較的落ち着いた共和主義的雰囲気の中にいたピエール・ラルースは、『一九世紀大百科辞典』の中で「フランス革命の英雄たちの一人を褒め讃える」詩句について語るのみである。称賛とともに憎悪も衰えたのである。
デゾルグの風刺詩など結局無害なものだ、なぜなら、以下に紹介するように、明らかに反動的な者たちがカインを題材にしてマリー＝ジョゼフ・シェニエに対する怒りを爆発させているような環境なのだから、と述べたら有効な弁明になるだろうか。

〔兄を殺した〕偉大なティモレオンはフランス人に教えている
兄弟愛《フラテルニテ》は妄想でしかなく
人は罰せられることなくその兄を殺せるのだと……

あるいは、

彼の芝居は崇高で、平土間は渇望する、
いつも兄弟殺しだけは見られるのだ……

実のところわれわれが追い求めたのは名誉回復ではない。テオドール・デゾルグもまた他の人々同様、路線変更を認めて公然告白をする術を知っていたということだ……。ただ彼は、状況の中で強く結び付いていた共和国に対しては、全体として忠実であり続けながらそれを行ったのである。

事実、テルミドール九日が彼の経歴を打ち砕いたり、影響を与えたりしたようには見えない。われわれが六年間にわたって証拠を手にしている豊富な創作活動が、一八〇一年にいたるまでそのことを証言している。彼の作品は新聞（『哲学旬報』など）、『絵入り雑誌《マガザン・ピトレスク》』、そして新刊案内の類において、詳しく論じられている。この時期の終わりに、彼はそれらの作品をいくつかの小冊子にまとめることになる。散逸または破棄されたいくつかの手稿――ユヴェナリス『風刺詩』の翻訳はおそらくあまりにも習作すぎていたし、『ボルジア家のアレキサンデル六世』のような男色についての五篇からなる詩の場合は未完成であった――をのぞけば、わたしは詩人の作品をほぼ完全に再構成することに成功したと思っている。たとえ彼が、そこかしこに何篇かの風刺詩や時事問題を題材にした作品……あるいはもっと厄介なことだが、統領政府期におけるアンダーグラウンド〔非合法の地下出版〕の作家として体制批判的な作品を持ち歩いていたとしてもである。

　共和三年ないし共和二年の末に戻ろう。愛国主義的作品の市場におけるテオドール・デゾルグの存在感は、公式の集会において彼の作品が占めた位置によって証明される。共和二年サンキュロティード〔共和暦における年末の五日間〕第一日（一七九四年九月一七日）、共和国勝利の祝典と組み合わせて挙行されたマラーの遺骨のパンテオン葬では、彼の「友愛の賛歌」が歌われたし、共和三年ヴァンデミエール二〇日〔一七九四年一〇月一一日〕のジャン＝ジャック・ルソーのパンテオン葬でも、彼の詩句が大いに用いられた。八月一〇日の記念日である同三年テルミドール二三日〔一七九五年八月一〇日〕には、彼の作品はジェニエ、ルブラン、バウール＝ロルミアンのそれとともに、国民公会議員団の前で演奏されるのだが、彼はテルミドール九日と一〇日を記念する行事にも貢献したいと願った……。共和五年における彼の登場について最も主要なもののみを挙げると、すでに見たように、彼はヴァンデミエール一日の共和国創立の祭典のさいに栄誉を表彰される、あの「卓越した詩人たち」の一人となる。わたしはこの短い経歴の頂点を、共和七年〔六年〕のテルミドール九日の式典（一七九八年七月二七日）の祝祭的枠組みの中に置いてみたい。恐怖政批判をとりさげて芸術的盛り上がりを強調したこの祭典においては、彼の「テルミドール九日の賛歌」がルシユールの音楽にのせて歌われた。彼の作詞した音楽に合わせ、異国の「珍奇な」動物たちを織り交

共　和	2年	3年	4年	5年	6年	7年	8年	9年
作品数	8	3	2	7	1	4	16	8

ぜつつ、古代または近代の芸術作品——ボナパルト将軍のイタリア略奪の成果——の驚くべき行列が華麗な絵巻をくり広げたのである。ここで彼とは再会を約して（そうする価値はある）、とりあえずは全体的評価だけで満足しておこう。共和二年から九年までのあいだに五〇ちかく（正確には四九）の作品が並ぶ。創作のリズムはたしかに一定とは言えず、上の表に見るとおり、初め（共和二年、三年）と終わり（共和八年、九年）に活発で、中間は緩やかである。

作品の大部分を占めるのは、彼が最も得意とする形態である賛歌だが、そこに若干の風刺詩と時局取材詩、さらには晩年に増加を見せる非常に長大で野心的な作品、啓蒙的というか論争的ないくつかの作品が混じる。後者の鉱脈を代表するのが「わが教皇選挙会」や「テベレ河右岸の住民」である。共和八年から九年にかけて、テオドール・デゾルグは劇作にも挑戦した。『ボルジア家のアレキサンデル六世』は破棄されたが、『教皇とムフティー、あるいは諸宗教の和解』は残されている。

文学ではなく心性の歴史家であるわたしとしては、盛りだくさんで、しかもわりあい集中しているこの資料体のまさに雑多なところに注目しながら、典型的であると同時に特異な存在であるこの革命詩人の足どりを心理的側面から再構成したいという誘惑にかられる。

作品に登場する人物をよりよく理解するためには、ここでいったん休止して、父親の現実における死と象徴的な死に引き続き、（それらと近い間隔で生じた）三度目の父親の死——「宇宙の父」すなわちロベスピエール——に手を下したばかりのこの若者を、日常生活の真実の中で描き出すことが必要であろう。テオドール・デゾルグが自分自身の人生の軌跡を描きはじめたとき、どのようなイメージが支配的だったのだろうか。風見鶏のイメージか、あるいは何度も忠誠を誓ってはそのたびに突然襲ってくる修正と断絶を味わわされた影響されやすい人物のイメージか。

実際の見聞や流布した風説を盛り込んだ一九世紀前半期の伝記類がわれわれに残すイメージはつかみどころがなく、めったに共感を誘わない。このフランスのイソップが「前にも後ろにもコブがある」という身体描写や、「寝室はオウムと中国の陶人形で一杯なので、ハンモックの上に寝ている」といった奇矯さについての記述はいくらでもある。だがひとたび、彼の才能、性格、そして政治的選択に話が及ぶや、いくつかのニュアンス――実際にはニュアンス以上の問題だが――のちがいが現れる。

才能にかんしては、デゾルグを「フランス革命における抒情詩人の筆頭」と紹介したノディエの逆説的で謎めいた指摘を別にすれば、諸家の見解は慎重である……。『フランス人名辞典』は「実際のところ、彼にはもっと慎ましい地位がふさわしい」と修正している。ミショーがかなり断定的に「デゾルグはせいぜい三流詩人の一人にすぎない」と決めつける一方、アルノー、ジェー、ジュイは「革命の寓話作家にふさわしくあるためには、彼には少しだけ才能が欠けていた」と述べ、それに呼応するようにラッブとボワジョランも次のように述べている。「デゾルグには言葉の才はあったが、あまり推敲せず、筋立てについては深く考えなかった。彼が無秩序《デゾルドル》詩人と呼ばれるのは、その家族の遺伝である突飛な想像力についての遠回しな暗示である」。

才能に対する異議申し立てから、病理学と区別のつかない心理学へと、われわれの著者たちは飛躍する。デゾルグは意地悪か、あるいは少なくとも「何事にも極端で、愛するにも憎むにも節度を知らない」。父親の死が、躊躇なく自殺説を採用しつつ、想起される。「窓から身を投げて自ら死を選んだ司法官」（ラッブ）。ここから、すでに見た「家族の遺伝」という指摘への一歩は容易である。話題はやがて「彼の神経症」の問題へとずれていき、遠慮なく次のような結論が下される。「……デゾルグの頭脳が変調をきたしていること、その作品が精神異常の産物であることはやがて判明した……」。

この問題にはあとで立ち戻るにせよ、それはわれわれが性急に定式化することを避けるべきたぐいの結論である。実際ここで下されたのは、政治的背景によって補強され、あとから広められた判断である。詩人のためらい、あるいは態度の裏表、そして何より改詠詩は、百科事典に手早く寄せ集められたいくつかの記事ではとりあげられてはいない。だが事典というジャンルの技術的制約がすべてを正当化するものでもない。だれもが皆、「熱烈な共和主義者」（ミショー）、「熱烈な共和主義者で、それ以外の政体があると考えただけで彼の神経症は悪化した」（アルノー、ジェー、ジュイ）というデゾルグしか見ていないのだから。

われわれに示された革命の中のデゾルグは、おそらくは彼がみずから作りあげた一つの配役の中に閉じ込められている。われわれは手掛かりを求め、一つの仮面に突き当たったという印象を受ける。彼自身が残した唯一にして、直接の打ち明け話から調査に乗り出すことをためらうべきではないだろう。そのためには、いくつかの点では明快すぎるほど明快である反面、それ以外の多くの点では不可解なままに残される文学作品の解読に従事しなければならないとしても。

第9章　事物の力

出たり引っ込んだりの主人公。束の間、その横顔が浮かび上がってはまもなく消えていくあのいくつかの短いシークエンスはあるにせよ、その私生活は隠されている。われわれはプレリアル一六日の朝、サレットのもとでテオドール・デゾルグをかいま見たが、次に彼に出会うのはようやく共和四年、アパルトマンの同じ階の住民との喧嘩という混乱した状況の中においてである〔第13章参照〕。このときまで、彼がどこに住んでいたのかはわからない。たしかに同時代人の油断のならない言葉に導かれ、彼の独身者用アパルトマンの扉を開き、中国の陶人形に囲まれてハンモックに寝ている彼の姿を思い浮かべることはできるのだが。

彼の人生の中で最も濃密なこの八年間〔共和二年〜九年〕、彼はその作品、すなわちそれだけが彼に一貫性を与えるあの五〇ちかくの作品と一体化していた。それは政治参加した芸術家、一時はその言説が革命の言説と同一視されるような半ば公式的立場にいた詩人の作品なのである。つまり詩人のインスピレーションというよりは、〔時代の〕反響もしくは反映のようなものではないか。わたしが初めから提示することのかなりぶしつけな評価は、「孔雀のように気位の高いこのインドの雄鶏」と書かれた人物には面白くないことだろう。しかしながら、彼のスケールがそれによって小さくなるわけでは決してない。彼の作品が集合的な心象風景を反映するものであるなら、それはそれで興味深いものなのである。

ドゥリールと共犯関係にありながら子供っぽさを発揮していた、一七九〇年から一七九二年にかけてのサロンのへぼ詩人、軽薄詩人は完全に消え去ったかのように見える。だがそれはおそらく、詩人が一日一日と書きためていた習作類の草稿が消失してしまった結果として生じる幻想なのだ。共和九年〔あとで見るように、英雄たちがそれぞれの家に帰る時期〕、彼は自分の時計の紛失を告知するという形式の身辺取材詩を〔作品集「平和への誓い」の中に〕あえて滑り込ませている。この作品は——わたしの見るところでは——彼の草稿から発見された共和八年のもう一つの作品同様、彼に栄光をもたらすものではない。後者は聾唖学校の校長である博愛家シカール師に捧げられたものだが……、使い古しの主題をもとにして優雅に書きあげられたマドリガル〔抒情短詩〕である。ド・レペ師〔聾唖学校の創立者〕の弟子は次のように言う。

わたしはわが文法を愛の上に打ち立てた
聾者の耳は心の奥底にある……

これに対してすぐさま古典的な反論を行うのは、ずっと以前から普通のことになっていた。

……だがすでにあなたのやり方によって
一人の女性が大きな奇蹟をなしとげた、
わたしはオウム以上にぺちゃくちゃしゃべり
またいまよりずっと大胆だったのに

あなたの愛らしい生徒がわが心に語るとき、
彼女はあなたよりも巧みにわたしを唖にする。

こうしたサロンの打ち明け話は長くは続かない。詩人は調子を改め、自由の軍隊が行う戦闘で命を失った友人シュシー、別名テラメーヌの思い出を二度にわたって讃えるのである。

永遠の眠りの床の上に
ありし日の彼のイメージ、この花々を撒き散らそう、
口をつく彼の名が
いつまでもわれらの心に生き続けるように

「葬送歌」共和九年

われわれの見方をはっきりさせておこう。テオドール・デゾルグはこうした後期の述懐にいたるまで、市民的徳性の称揚詩人になりきり、それと一体化していたのである。「ロベスピエールの詩人」としてようやく衆目を集めるにいたったばかりなのに、ロベスピエールが失脚した」共和二年のテルミドールにはどう振る舞ったものだろう。なぜなら、何物も忘れさられず、どんな誤った一歩も数えあげられる革命期の社会においては、われわれもよく知るように、このレッテルは原罪のように彼につきまとったからである。

当時にあってはそれ以外にありえなかったのだが、デゾルグのような「政治参加」した芸術家にとって

の解決不可能な問題は、〔テルミドール後の〕新しい社会秩序と完全に一体化することだった。彼は、何の底意もなく新しい秩序と結び付いたかのように見えるが、詩人としての治外法権を要求して、政治的な変動や動乱から身の安全は確保しようとしていたのである。この矛盾の解決は、ディドロが『ラモーの甥』で用いた有名な表現を採用するなら、「大袈裟なパントマイムを踊ること」なしには済まされなかった。そしてテオドール・デゾルグも、他の人々と同様に、それを踊ったのである……。もしわたしが、彼の改詠詩〔前言取消〕の中にさえ何らかの本質的な威厳を、さらにまた革命参加における真の継続性を拾い上げたとしたら——こうした共感的態度はおそらく許されると思うのだが——、人々はわたしを党派的片寄りだとして非難するだろうか。それはさておくとして、デゾルグの継続性はどこにあったのか。それはたぶん忠実さにおいてである。たとえ次々に変わる忠実さであったとしても。

テルミドールに続く何カ月かのあいだ、デゾルグはロベスピエールの死霊を追い詰める狩人たちの叫び声に躍起になって加わったりするようなことはなかった。あまりにも急な豹変は彼にとって苦痛以外の何物でもなかったが、他の人々にはそんなデリカシーはなかったようだ……。共和二年フリュクティドールにわれらの詩人が「清廉の士」に別れを告げるのは、〔古代ローマの〕歴史と、そこに見出される実例という間接的な手段を通してである。その詩「テベレ河右岸の住民」については、われわれはあとで彼のイタリア交響曲の枠組みの中で詳しく分析することになるだろう。彼がよく知る都市ローマの歴史の中の最も重要ないくつかの教訓の中から選び出されたのは、ブルートゥスの再来を目指しながらも不幸にして「錯乱した」コラ・ディ・リエンツィ〔一四世紀ローマの政治家〕である。

道を踏みはずしたリエンツィの罪深い手の中で

護民官の杖は鋼の杖となった……

「テベレ河右岸の住民」共和二年

そしてデゾルグは、比較のためにクロムウェルの似たような運命を想起したあとで、「清廉の士」への告別の辞とも読みとれる――明らかにテルミドール以後の情勢の圧力が感じられるとしても――次のようなニュアンスのある結論でしめくくっている。

ああ、法の定めるところに従順であったこの誇り高き護民官が
いつも正義の声に耳を傾けていたなら
いかなる権利をば記憶の神殿に獲得し
いかなる威厳あふれる頁をば歴史に付け加えたことか！
彼の死は、その大罪を非難する叫び声を圧し殺し、
初期の善行の思い出を蘇らせたから、
たったいま流したばかりの彼の血に浸されて
ローマ人たちは彼の遺灰に涙を振り注ぐ……
……この教訓により、暴君よ青ざめるがよい、
権勢の道は汝を刑罰へと導くのだ。

「テベレ河右岸の住民」共和二年

テルミドール派ではあるが、簡単に言わせていただくなら、しばしのあいだ自由の名において圧政を糾弾するテルミドール「左派」である。デゾルグは「テベレ河右岸の住民」の中に中世ローマの「サン＝キュロット」を見ているのだが、コラ・ディ・リエンツィは彼らによって犠牲《いけにえ》にされたのである。たしかにこのとき〔ロベスピエールの失脚〕以来、われらの詩人はパリのサン＝キュロットをそれほど熱心にとりあげなくなったように見えるが、その反面、理想のサン＝キュロットの神話的イメージをローマに――現実よりも想像の中で――探し求めるようになった、といささか意地悪く指摘することはできよう。だが彼にとっては、この夢見られた民衆こそが正当な主権の真の保持者であり、あらゆる判断の基準なのである。

われわれの主人公がこうした解釈にひたすら忠実でなかったとしても、それは仕方のないことだ。一つの祭典から別の祭典へと、テルミドールの岬を支障なく通過するチャンスを得た彼は、いまや七月一四日や八月一〇日と並ぶ記念日の一つとなった「暴君」失脚の記念祝典のために制作された「テルミドール九日の賛歌」という形で、通行税を支払ったのである……。共和三年テルミドール二〇日の『哲学旬報』に発表された「テルミドール九日の賛歌」はある程度の成功を博した。共和六年の同じ日に行われた記念祝典にもそれは盛大に演奏されたのである。

共和三年、デゾルグはあらゆる良心の呵責に打ち勝った。「テベレ河右岸の住民」は、リエンツィの墓地に注がれた彼らの最後の涙を乾かした。ロベスピエールは「残忍」であると同時に「裏切り者の護民官」であり、危険な爬虫類の属性をすべて備えている。

頑丈な柏の幹に寄り添い
曲がりくねった腕をからませつつ

這い回りよじ登っていく寄生木《やどりぎ》のように
とぐろを巻いて包み込む
卑劣で陰気な爬虫類は
その卑屈な自尊心を
自由の木に結び付け、
気高い枝々にのしかかり
その罪悪のおびただしさで
枝々の豊饒さを脅かす
目を覚ますのだ……

無理に特色を際立たせようとしているわけではないだろうが、作者は「清廉の士」を「貪欲で妬み深い暴君」に仕立てあげ、不幸な犠牲者たちの「豪華な遺品《デプルイユ・ゾピュラント》」は——脚韻の都合もあり——「血ぬられた財産《フォルテュンヌ・サングラント》」を豊かにしていく。いまは寛容ではなく、復讐の時である。「……彼の卑怯な共犯者たちを打て」。結局のところは悪夢の記憶しか残らないにせよ。

彼の陰謀にどれほどの成果があろう。
陰謀はたったいま生まれたかと思えば、
朝の光の前に消えていく
夜の闇とともに。

最後の言葉は、もはやテベレ河右岸のサン＝キュロットではなく「親愛なる人類」だが、この勝利に文句をつける者はどこにもいない。デゾルグを問い詰めたりはすまい。共和二年の平民主義の夢から醒めてみれば、テルミドールの反撃の中に見出されたのは、われわれがまだ忘れてはいない執念深いブルジョワ〔ジャン＝ピエール・デゾルグ〕の息子にとっては理想の体制であり、彼はその本性に回帰したのである（過去への回帰ではまったくない）。平等主義者の陰謀〔総裁政府下において共産主義と革命独裁を目指したバブーフの「陰謀」が一七九六年五月に発覚し、逮捕・処刑された〕の翌日、その危険な前例に従おうという誘惑にかられたイタリアの友人たちに、保護者の口調で次のように書き送るとき、この共和主義者はゆるぎない社会的保守主義者であるばかりか、なかなかの口達者でもある。

民衆よ、汝の偉大な道を開かんとするとき、
追従者どもとその罪深い贈り物を疑え、
所有については境界を重んぜよ、
神が最初の祭壇を建てたのは君たちの国なのだ。

「イタリアの諸共和国のための頌歌」共和五年

総裁政府期のデゾルグは——おそらくは基本的な慎重さから——党派争いには参加していない。しかしながら、一度か二度の機会に彼が述べたところによれば、彼の政治路線はまさに中道で、党派間の和解を、当時の言い方に従えば兄弟殺しの終了を力説するものだったと見てよさそうだ。それゆえ、発表は共和八年ながらも、すでに共和五年フリュクティドールのクーデタ〔一七九七年九月、王党派の進出に危機感を持った総裁政府がナポレオンの派遣した軍隊によって議会から反革命派を一掃

たし』の翌日に書かれ、彼の言うところでは「かの地に騒擾が発生した』のを機会にプロヴァンスに捧げられた一篇の詩において、彼がみずからの留保から抜け出していたことには注目すべきであろう。われわれは彼が再び、みずからの故郷のイメージをイタリアの地と結び付けるのを見ることになる。だが、この「帰化パリジャン」にして「選ばれた」もしくは「夢見られた」イタリア人が「出身地」へ回帰することはめったにないことなので、そこに意味があるのである。彼は、自分が直接経験したことのない南フランスにおける革命の激烈さを想起する。

……あるときは敗者、あるときは勝者、
次から次へと町は荒廃し
新たな不幸に涙を流す
無辜の犠牲者を
党派の争いが打ち叩く……

詩人は「胸を切り裂きにやってくる」「裏切り者の腕」を告発しつつ、こうした争いが再び祖国にふりかかるのを恐れる。

「われわれの復讐に終止符を打とう」とデゾルグは強く訴えかけ、この「自由の民」、その宴会や祭り、さらには、寛容を説いたいにしえのトゥルバドゥールの記憶、要するに海と山の幸に恵まれ、彼自身がそれを享受した生活を喚起する。

歓びのタンバリンを再び手にとれ、再び手にとれ
やさしいフラジョレット〔笛の一種〕がダンスをいっそうはずませてくれるように。
復讐に終止符を打とう、
そしていつまでも踊り続けよう。

やや一足飛びの哲学だろうか。それは否定できない。だがわれらの主人公が無定見だなどと性急に決めつけたりはすまい。彼は事物の力にうながされ、みずからの根本的態度とも言える穏和主義をかわるがわる隠したり、あらわにしたりするという二重の態度をとり続けはしたものの、革命の受動的な観客とはならなかった。無感動になって革命の経験から卒業するどころか、彼はそこから教訓を引き出した。すなわちそれは、何よりも権力の威信、そしてそれがだれであれ――ヴォルテールやルソーのような過去の先達はもちろん別だが――大人物の威信というものに対するはっきりした不信である。共和八年のマレンゴの戦い〔一八〇〇年六月一四日、ナポレオン指揮下のフランス軍が北イタリアでオーストリア軍と交戦し、これを退却させた〕の直後、「霊魂の不滅のための頌歌」を作るにあたり、彼はいささかぬけぬけと、自分のテルミドール九日の詩をそっくり再使用したのだが、それは死後のロベスピエールを再び蹴りつけただけでなく、この時点においてメリットがないとも言えない性急な神格化についての、一つの警告の調子をも帯びていたのである。

偽りの名声の
束の間の神格化を恐れよう
ヴォルテールが横たわる神殿の

名誉を貶めたのはわれわれだろうか。
冒瀆された聖所の中で
マラーがミラボーを
その墓所から追い出すや否や
不滅なる『エミール』の著者が
マラーを墓地から追い出して
……その高貴なる安らいの場を潔めてくれた
われわれに威厳ある門を開いたのは
清廉潔白なる裁判官
……非の打ちどころなきあの老人、彼こそは
たゆみなき裁きによって
アラス〔ロベスピエールの出身地〕の暴君を打ち倒す
貞潔なるパラス〔女神アテナの別称〕の支え……

（いまは公然と侮辱しているが）みずからマラー神格化に加担したことを忘れている作者に向かって、パンテオン葬の時間的順序の不正確をあげつらうのはやめ、たとえ老哲学者の影であろうとも、「清廉の士」の帰還を歓迎しよう。

マレンゴの役の栄光を引っ提げて帰還した軍事的英雄〔ナポレオン〕に向かって、デゾルグは真に持続的な価値基準を想起させる大胆さを持ち合わせていた。

法の偶像崇拝を打ち立てよう
祖国の救済こそ
われわれの不死の証なのだから。

「霊魂の不滅のための頌歌」共和八年

この新しい英雄はしばしのあいだ、彼を魅了した。一九世紀の伝記作者たちが証言するとおりである。「……彼はボナパルトのことを歌った……」。たしかにイタリア戦役直後からエジプト遠征前夜にかけて、将軍の魅力は大いに作用していたように見える。

いかなる興奮、いかなる陶酔を彼は軍隊に吹き込んだことか、
すべての人々が一斉に彼を眺める……

「出航」共和八年（「天才の祭典」所収）

だがこの陶酔は束の間のものだった。「霊魂の不滅のための頌歌」の中ですでに見たように、人間的栄光のはかなさについて想起させただけでは満足せず、彼は同じ年にドライデン〔一七世紀イギリスの詩人・劇作家で、時の権力者が変わるに従って、その思想的立場を変化させた〕を真似た口ぶりで、不作法さをより先へ進めたのだった。というのも彼は「ティモテオス」についての詩の中でアジアの勝利者アレクサンドロスを歌い、この征服者にとるべき道を指し示したギリシアの詩人に言及して、詩が持つ力について主張したのである。まさに身のほどしらずと言うべきであろう。この言葉のゲームにおいて、共和主義の詩人が勝利者となることはなかったのだから。

デゾルグは革命のさなかに自分の世界観を形成し、その限界がどうであれ（むしろその凡庸さのゆえに、などと付け加える必要があるだろうか）、革命の新しい価値体系の信頼できる証人として召喚される資格を得たのである。市民の徳を歌う詩人であった彼は、新しい体制を祝賀するための賛歌と頌歌を通じて、一貫したシステムを提案したのである。

第10章　市民的徳性の詩人

共和二年以来、テルミドールの中断によっても何ら変わることのなかった連続性の中で、デゾルグは共和国を、それが称揚する新しい価値に適合させようとした。この分野において、彼の言説には変化がなかったと言える。それが証拠に、共和八年ヴァンデミエール〔一七九九年九〜一〇月〕に公刊されたテクスト、すなわち共和国創立の記念日であるヴァンデミエール一日の祭典のおりに公にされた「共和国祭典のための賛歌」は、次に示すような数節から見てかなり以前の作詞――一七九四年の冬――であることが判明する。

われわれの港はイギリス人によって買収され
理不尽な値で引き渡される
しかし、徳はわれらの心に語りかける。

あたかも「腸が煮えくり返る」ような「激しい怒り」を想い起こさせるかのようだ……。
だがそのあとで、勝利に満ちた宣言が炸裂する。

フランス人民よ、己の権利を知れ
専制君主の笏を打ち砕け
品性と徳と法とが
共和国を宣言した。

たしかに、あとになって書かれた執筆年代不明のある詩の中で、デゾルグは権利の宣言に義務の宣言を付け加えた共和三年の憲法の道筋をなぞる形で、「善なる人間の義務」というテーマをとりあげてはいる。しかし、他の多くの人々と同じように、彼にとっても革命とは何より先に自由の革命であり続けたのである。

彼は共和二年にはすでに、自由に一篇の賛歌を捧げている。この詩は一七九四年七月一四日に歌われた可能性がある。そう判断する理由は、狂信と「不純な無神論」を非難した、かなりロベスピエール風な調子が見られるからである。いずれにせよ、この賛歌は一七九五年八月一〇日（共和三年テルミドール二三日）には国民公会で演奏されている。作品は、その一般的な性格のおかげで、どんな機会にも歌われやすいものだった。実際、「革命の諸事件」を祝う旬日祭典の賛歌集にも収録されたし、音楽学者コンスタン・ピエールも、この詩が七月一四日の記念祝典にしばしば歌われたと断言している。

それは、自由とその選ばれた地であるフランスとを同じ歓喜の中で結び付ける勝利の賛歌である。

汝の輝ける頭を柏と月桂樹で飾れ、
平等を愛する諸国民の女王、

フランスよ、誇りを持て。今日〔七月一四日〕は汝の祭典、
すなわち自由の祭典……

だがフランスと自由とのこの特権的な結合も、その保証人となる偉大なる存在〔まだ最高存在の式典の直後なのだ〕を介在させることなくしては、不完全なままである。

夜を豊饒なものにする永遠なる存在が
「太陽よ昇れ、人間よ目を開け」と言ったその日から、
自由が誕生し、そして世界の幸福が
人類を天界と結び合わせる。

人類と光の象徴表現。彼は一七九一年にはすでに、フェルネーの長老〔ヴォルテール〕の遺骨のパンテオン葬のために、ヴォルテール自身の詩句を借り、メユールの曲をつけて作りあげた大掛かりな合唱曲「人民よ、目覚めよ」の中で壮大にそれを行っている。このときのデゾルグは、偉大な先駆者たちの高みに身を置くことができた。彼が想起させる勝利のフランスはその特権の上に利己的に居座ることがいささかもない。人類の解放と王たちの失墜を宣言した女神パラスは、「清貧へのゆるぎなき信念と峻厳な徳」によって、その馬を繋駕したのである。

デゾルグが平等についてまったく歌わなかったのを驚かれるだろうか。実際には彼はそれを友愛と結び付けていたし、あえて指摘するなら、それに隣接する「放埒」や「羨望」に出会うことをおそらくは恐れ

るあまり、平等は彼の最大関心事ではなかったのである……。そこから、彼は共和八年、マレンゴの戦いの直後に「友愛の賛歌」を再刊し、それを、準備中であった「融和《コンコルド》」の祭典にまずは捧げたのである。彼はその序文において、この決して新しくはない作品が、不和の時期における「いらだった魂」をやわらげるのに必要な感情を注ぎ込むことに貢献したと回想している。一七九四年九月一七日の初演の状況については何ら明らかにすることはできない。テルミドールのクーデタ後のいまだ曖昧な状況の中で行われたこのサン＝キュロットの祭典では、マラーの遺骨のパンテオン葬と共和国勝利の祝賀とが結び付けられており、そのことが出だしの軍歌調を説明している。

われわれは勝利を歌った、
われらの心にあの瞬間を取り戻そう……

家族的徳性へと回帰するこの穏やかな瞬間を、別ちがたく結びついた二人の姉妹、友愛と平等にどうして捧げずにいられるだろう。

われらが手にした最も美しい戦利品は、
質素なる平等
温和なる友愛なくしては、
祭りを楽しむことなど決してない……
自然の代弁者として

友愛は人々を結び合わせる
飾り気のなさこそがその飾り
手にする武器はオリーブのみ……

ほほえみの力だけで軍神マルスを武装解除し、野心にも狂信にも手を貸すことのないこの友愛には、体制破壊的な意味は少しも含まれてはいない。デゾルグの温和な社会的願望は、世俗化された慈善の呼びかけの中にも表現されているが、キリスト教的慈愛を思わすものがないでもない。

清純なる慈善の妹よ
おまえは贈り物をそっと与える。
善行をなす手を
はっきりと示しなさい
その徳は手本となれる……
だがしかし、正義は驕らない。
おまえに神殿を建てる者は
その名を入り口に掲げたりはしない。

こうして主要な価値体系が宣言されたあとに、テオドール・デゾルグの市民的徳性の言説は年齢の階梯——子供、若者、夫婦、老年、そして不死へと連なる死——を追う形で組み立てられていく。人生の冒険における一つ一つのエピソードが称揚される。モナ・オズーフが革命祭典を例にとり、フランス革命の社会観において年齢のシンボリズムが果たした重要性についての分析を提示している今日、それは驚くにはあたらない。人生のサイクルを穏やかに再構築したこの年齢の階梯が、「勝利と平和」をもたらす自由の図柄において、誕生から不死にいたる自然のダイナミズムだけを残し、自由から発生する恐れのある社会的緊張をそこから除去する手段であったことはまちがいない。より散文的に言うなら、革命のお抱え詩人の一人になることを熱望していた芸術家は、主に共和二年から共和四年にかけて、子供、結婚、老年を農耕と同じように一年のサイクルの中で祝いながら少しずつ継続的に形成されていった市民祭典の鋳型に、ごく自然に適応していったということである。

デゾルグは作品にとりかかるのに共和四年まで待ちはしなかった。「子供の賛歌」はロベスピエール時代にさかのぼる。共和二年、彼はテルミドール一〇日に予定されていたバラとヴィアフという二人の少年殉教者を讃える式典のためにこれを起草したのである。同様の行動をとったのは、彼一人というわけではなかった。同じとき、マリー＝ジョゼフ・シェニエも「出征の歌」の中でデゾルグとほとんど同じような調子で次のように書いている。

バラとヴィアラの運命は、われわれに羨望をかき立てる
彼らは死んだが、いまも彼らは生きている……

一方デゾルグは、この二人の模範的人物をより広範囲な少年英雄たちの一団の中に組み入れ、さらにその顕彰のため、母親たちと子供たちのコーラスを交互に交えたあと、最後の言葉を民衆全体に歌わせた。

母親たちが歌うのは、苦しみに打ち勝つという、うるわしい長所である。

わたしたちの息子は闇から救われた
無益な後悔はやめましょう……

子供たちのコーラスでは、競争心が優位を占める。

彼らの運命は羨望に値する
彼らはもういない、しかし彼らは偉大だった……

民衆全体のためには、歓喜、そして勝利の陶酔の言葉があるばかりだ。

明日はわれわれの征服を続けよう
共和国の兵士にとって
戦いは祭りでもある……

デゾルグは、好んでルソーという開かれた資材置き場に戻って来る。ジャン＝ジャック・ルソーの遺骨がパンテオンに移送されるにあたって彼を讃えるために作られた詩において、『エミール』の作者は、革命により開かれた新世界の最も特徴的なイメージの一つとしてデゾルグが好んで喚起する、あの子供たちの一団とごく自然に結び付けられたのである。

「ルソーと子供たち」と題された詩の序文の中で、彼は「子供に自己犠牲《ヒロイズム》の性格を付与したのは、われわれの革命である」と述べる。バラとヴィアラに与えられる場所は当然ここにある。こうした考察は、革命における出来事を越え、キリスト教の「冥府」をめぐる長々とした議論へとデゾルグを誘うのだが、彼がこれに喜んで対置するのは、輝かしい行為に対する集団的記憶の中での死後の報いという、革命期好みの言葉で表現されたプラトン的な不死の概念である。

ここでわれわれは、バラとヴィアラの祭典がまさに残酷さと蒙昧の時代の犠牲となった「無垢なる者（幼な子殉教者）」の祭りに相当するものであることを理解する。詩は断固たる決意に従っており、それが引き出す利益についてはあとで見ることになるが、それはジャン＝ジャックがヴェルギリウスの役回りをつとめる地獄めぐりというダンテ風の形式をとって展開される。物語は、ジャン＝ジャックの足跡を求めて作者がかつて巡礼に来たことのあるエルムノンヴィル〔ルソーは一七七八年、この町にあるジラルダン侯の城で死去し、庭園内のポプラの島に葬られた〕から始まる。彼はそこで、産着なしで育てられた子供たちが自由にはしゃぎまわるのを見て喜ぶ。死者であるはずのルソーもその場にいる。デゾルグは、ルソーの霊に呼びかけ、さらには地獄への案内人になってくれるよう頼み込む。そこでジュネーヴの哲学者は彼を深淵の中に導く。そこでは粉々にされカオスの状態になったこの世のあらゆる帝国が、さたるべき歴史の諸要素を胚胎させている。社会全体のスケールでの、一種のダランベールの夢だ……。しかし、類型的イメージにより、地獄へと場面は移り変わっていく。レテ〔冥界の川〕の川岸で案内人と別れた詩人は、現世からあまりにも早く奪い去られてしまった子供たちのいる場所を見出し、年若い英雄たちの楽園へと案内してもらう。そこは当然、革命の若き精華たち――バラ、ヴィアラはもちろんそれ以外のもっと無名の子供らすべて――で満たされている。実際、「ティオンヴィルの広場で虐殺された子供たち」〔一七九二年の開戦により、ロレーヌ地方の都市ティオンヴィルはオーストリア・プロイセン軍によって包囲されたが、よく抵抗して同年一〇月には敵軍を撃退させた〕、「ショレのミサの子供」〔ヴァンデ反乱の拠点であったショレにおいて、一七九三年一〇月一五日、共和国軍との戦闘を前にして戦勝祈願のミサが行われた〕、さらにはその他の犠牲となった小さな愛国者たち——純真無垢であった子供たちもいたし、あるいは、むしろ事情を心得たうえで革命の栄光のため命を落とした若き殉教者たちもいた——を同定するには、革命期の出版物、国民公会の請願書や議事録にもあたらなくてはならない。近年、ふくろう党員〔フランス西部の諸県に広まった反革命的農民反乱〕によって虐殺されたフランス西部地方の若い女性の羊飼いたちが愛国聖女とされたことに注目し、そこから革命期の民衆的宗教感情が描き出されている（アルベール・ソブールは最初の発見者の一人）。メタファーの次元にとどまりつつも、古い宗教の定型的なイメージや構造を自分なりの仕方で再使用したデゾルグの作品は、こうした「革命期の宗教感情」というテーマがエリート層のあいだでどのような段階を踏んで広まっていったのかをよりよく理解させてくれる。

しかし、共和二年にレテの川岸の雄々しい小軍団として登場した子供のイメージは、デゾルグにおいては時を追って変化していった。彼はこの点で、わたしが総裁政府期の祭典における子供の表象の移り変わりを追うことによって認めることができた全体的傾向に歩調を合わせている。「若者」が動員解除されてしまったわけでは決してない。共和四年以後、ジェルミナル一〇日（一七九六年三月三〇日）に挙行されるようになった祭典の公式儀礼の中でも戦意高揚的な一面が保たれている。若者たちは年長者たちから祖国防衛のための武器を受け、自由の敵に対して永遠に戦い続けることを誓うのである……

この意味で、デゾルグが共和四年ジェルミナル一〇日の祭典のために制作し（『パリ日報』八日掲載）、翌年にパリ市がその印刷を請求した「若者の祭典のための賛歌」は、彼の役割を裏切るものではなかった。戦いを主題にした最後の二節では、若きフランス人たちは父の手から、自分たちの権利の支えである剣を受けとり、一致団結する旨の誓約を行う。ところが賛歌の大半を占める最初の四節で示されているのは、これとは異なる発想である。つまり愛の季節の言葉を借りた、和解のイデオロギーが姿を現す。

あまりにも長いあいだ、濁った雲に
われわれは頭を押さえられ
あまりにも長いあいだ、黒い嵐が
われわれの平和を乱してきた。
フローラの新しい贈り物によって
オーロラのような澄み切った日の光が
われわれの国土に降り注がれんことを……

自然の法則に従い、その穏やかな調和の前に謙虚になることは、まさしく愛に身を委ねることではないか。

だれ一人心挫けることのない
この豊饒の季節に
凶暴さを失った雌ライオンは
狂おしい愛に顔を赤らめ
無慈悲な蛇たちも

恐ろしい毒を捨てて
互いに、激しくからみ合う……

人間こそ「人殺しの誓い」を守ろうとする最後の存在ではないのか。想像力の貧しいデゾルグは、かつて自分が用いた月並みな比喩を意味深長にも正反対の方向で再使用した。ロベスピエールを意味した蛇は、語の最上の意味において官能的なものとなったし、暴君に苦しめられる自由の木を描くために用いられた木蔦《きづた》〔寄生木《やどりぎ》〕は、いまや「この柏の愛すべき幹と」合体して歓喜している……。

デゾルグが、マリー＝ジョゼフ・シェニエまたはアンドレ・シェニエでもないことは受け入れよう。そして、共和七年以前には小冊子に収められることのなかった「夫婦の祭典のための歌」の純真さを彼の長所として理解しよう。私はこの作品が「実際に」上演されたかどうかを疑っている。というのも、曲がつけられた形跡がないからだ。そうは言っても、この作品はデゾルグが明らかにその全体をカバーしたいと願った総裁政府下の市民祭典、それも年齢集団のサイクルの中にごくまっとうに位置づけられるものである。

この頑なで奇形の独身主義者が（彼の書類の中からは紛失してしまったと今日では言われている、「男色」についての未刊原稿についてほのめかそうというわけではない……。この原稿が公式の祭典プログラムにふさわしいものでないことは確かである）、「夫婦の祭典のための歌」の前書きにおいて結婚の季節を想起しつつ、婚姻のイメージをあらゆる魅力で飾り立てようとしても、呼び覚まされるイメージはかなり型にはまったものである。

半裸の三美神を従えて
フロレアルは雲より降りる
薔薇の額はかぐわしく……

一〇行の詩をそれぞれ一〇音節に区切って明確に発音するコーラスは、次のような盛り上がりを見せる四行節においては、ヴィーナスよりむしろマルスの庇護の下に身を寄せる。

婚姻、この世の恵みの神!
われらの城壁の魅力ある支え
おまえの純粋で豊かな炎が
マルスの怒りを鎮めるように……

若者に語りかけたときのデゾルグは、その眼差しを暴力的なイメージからそらしたいと望んでいた。ここでは、新婚夫婦が心を合わせて「政治的動乱」すなわち戦争の過酷な脅威に立ち向かうように準備をしている……。戦争という状況を背景に、男女の役割分担を象徴化した交換の儀式が行われる。まず夫が妻に薔薇の冠を、妻が夫に武器を月桂樹の冠に添えて捧げる。そしてこの規則正しいバレエでは次々に踊り手が入場してくる。まず官吏が現れ、新婚夫婦に盃を手渡しつつ、彼らの生活の平和を脅かす恐れのある「おぞましい欲望」の誘惑に警告を与える……、次に「豊饒な褥」を称賛する母親が、そして「徳豊かな男性」が残すべき真の遺産〔子供〕の生みの親である父親が登場する。最後の言葉を発するのは、花輪を持って夫婦をだきしめ、世代のつながりを連想させる二人の子供である（子供の数の少ない核家族の勝利）。一番最後に老人が登場して場面がしめくくられる。

シナリオは明快だ。デゾルグは最も直接的なやり方で総裁政府下の祭典手引書を書きあげた。彼は、国民の代表に婚姻を祝別する役割を委ねつつ、婚姻を年齢〔世代〕の連鎖を代表する人々による集合的保護の下に置いたのだが、それが想起させるものは家族という至上の価値にほかならない。

「夫婦の祭典のための歌」がどのように上演されたかは不明だが、「老年の祭典のための歌」についてはは細部にいたるまで明らかになっている。共和四年に作られ、ゴセックが曲をつけたこの作品は、同年フリュクティドール一〇日（一七九六年八月二七日）の祭典における公式セレモニーの一環として演奏され、次いでオペラ座で再演された。詩は『哲学旬報』に掲載され、楽譜出版社は二五〇〇部を売りさばいた。それ以降に再版された形跡はないにしろ、聴衆が実在したことは確かである。

親に対する子の尊敬がテーマであるこの賛歌において、多数のコーラスが交叉する複雑なシナリオは選択されない。初めに行われるのは、贈り物の交換の儀式で、それは家族という共通の利益の名において、親に対する尊敬の念の必要性を確認するものである。

わたしたちの父が尊ばれますように
年齢がわたしたちの頭を白くするとき
わたしたちも彼らのごとく敬われますように。

この姿勢は、社会的有用性の面からも正当化される。老人は秋の樹木のごとくたわわな果物を実らせている。そしてヴォルテールは、「栄光の六〇年」を経ることで初めて、勝利者として人生の頂点に達し、そのライバルのすべてを凌駕した。とはいえ自明なものとして示された、老人の社会的論拠は必ずしも決定的というわけではない。歴史は、よく統治された社会の特性である政治秩序の名において、老年を敬うことを知る社会の優越性を教えてくれる。「人類の名誉であるスパルタ」は軽薄なアテネに優り、ヌマ〔ヌマ・ポンピリウス。伝承によればローマの二代目の王〕のローマはその遺産を継承した。気高く美しい人生の終わりは、自然であると同時に神聖でもある秩序を家族に保証し、尊敬を受ける先祖はそうした秩序の象徴なのである。

あらゆる人々をつなぐ神聖な絆、
それがわれわれを先祖へと結び付け、
人類を偉大なものにする。
このアレゴリーの鎖からなる
力強い神秘の指輪を
ユピテルはその手に握っている。

人生の諸段階を通過する中で、デゾルグは死に出会わないわけにはいかない。彼が死を扱うのはのちのことで、しかもこれは彼一人というわけでは決してなかった。総裁政府下の祭典制度は、平穏な暮らしを送ったのちに「事故で」死んだというような人々を毎年集団で記念することを想定していない。革命は英雄的な死者たちを記念したのであり、デゾルグは、友人テラメーヌのためであれ、（彼がより意欲的に取り組んだ）マレンゴの戦いで死んだ兵士のためであれ、このような死者たちのために貢献したのである。

ただし革命末期ともなると、英雄的とは言えない「普通の」死の記録簿に空白のあることが意識されるようになる。〔キリスト教の〕迷信的な儀礼が破棄されたのは当然だが、それにかわる新しい儀礼をどのように導入したらよいのか。すでに革命は共和二年に、〔国民公会議員〕フーシェがニエーヴル県で、〔パリ市総代〕ショーメットがパリで、最も非キリスト教的なやり方でこの問題に正面から立ち向かったように見える。これとは背景がまったく異なるけれども、共和九年、リュシアン・ボナパルト〔ナポレオンの弟で、ブリュメールのクーデタで兄を助け、一七九九年には内相に就任〕のお声掛かりで、新たな儀礼の基礎を提示する計画書が、共和国中から公式コンクールのような形で寄せられている。

詩人たちは遅れをとらなかった。フォンターヌはまもなく、「田園の死者の日」において、復興された宗教への死者の回帰を讃えることになるし、ドゥリールもまた「想像力」において、自分がほとんど知ることのなかった恐怖政期における死の遍在について、おおぎょうな言葉遣いで想起してみせるだろう。そしてバウール＝ロルミアンが、以前から予告してきたこの主題についての詩をこの時点になって発表する。

したがって共和九年、デゾルグが「新しきツェ・タン〔隋・唐〕建設のための頌歌」という形でこの道に入ったのは、さまざまな思惑の一致と主題の反復という、かなり明確な状況下においてだったのである。グレゴワール師が先駆けて革命の「ヴァンダリスム」〔非キリスト教化運動による教会財産の没収や破壊〕と呼んだものを皆が糾弾しはじめた時期、詩人はカティナ〔ルイ一四世時代の軍人〕とシュリー〔アンリ四世の腹臣〕の墓の冒瀆にまでさかのぼって憤る。そしてときとしては偶像破壊者的な言辞も厭わない彼が、「偶像崇拝」の良き利用法を説くまでになる。

死者と生者を結び付ける

この正しい偶像崇拝なくしては

もはや祖国はありえない……

デゾルグが述べた現実的提案は、この時期に出されたほとんどの提案と相違していたわけではない。グレイの作品『田園の教会墓地での悲歌』の翻訳を通じてイギリス風墓地の詩情が発見されていたこの時期に、彼が望んだのは「美しい自然に抱かれた」「のどかな緑の迷路」だった。簡素で市民的な新しい儀式は、こうした場所にこそ見出されるのである。

兄弟愛に満ちた作法で、
死の昏冥をやわらげよう。

死によって一つのサイクルが閉じられ、偉大な一貫性を保ったシステムは完成する。デゾルグはこの点について、共和二年から九年まで変わることなく、個性的でもなかったが、模範的ではあった。彼は共和二年プレリアルの「最高存在の賛歌」から出発したが、決してそこから離れたりはしなかった。なぜなら、新しい世界観の諸要素が構成されるのは、まさしくこの新しい市民礼拝の中においてであったからだ。

テオドール・デゾルグにおける宗教のイメージはこの過程を経て必ずしも豊かになったわけではなく、たんに鮮明さを増しただけである。この七年のあいだに彼の基本的信条にはいくらかの手直しか補足が加えられ、またいくつかのテーマは、少なくともフランスに材をとったものについて言えばおとなしいものになった。実際、狂信や迷信を非難するさいには、デゾルグはこれを異国の空の下に移し、イタリアのイメージをモデルとした。たしかに共和二年の春以来、フランスにおいて非キリスト教化はもうはやらなくなっていたが、共和七年に「ヴォルテール、あるいは哲学の力」という作品があることからもわかるように、ときおり突っ走ってしまうことがあった。

ヴォルテールの遺骨がパンテオンに移される〔一七九一年七月〕に先立って、その遺骸が横たわるセリエール修道院にデゾルグが巡礼したことがこの作品のテーマである。彼はこの機会を捉え、辛辣な文章で巡礼者たちを描き出す。彼らはあらゆる種類の人々――「ゾロアスター教徒、キリスト教徒、中国人、聖職者、仏教徒、イスラム修道僧」――から成っていた。

貝殻や子羊のメダルで恭しげに身を飾り
疑わしい熱意に動かされたあの巡礼たちはいまどこにいる。

ヴォルテールを求めての哲学的巡礼の途上、雷鳴に驚かされた詩人は、自分が突然怪物の前にいるのに気づく……。

怪物はロバ、ワシ、雄牛、ライオンの耳
アザラシの鰭《ひれ》、グリフォン〔獅子の体に鷲の頭と翼を持つ怪物〕の翼を持ち……
金の首輪には、大きな文字で、
われは教皇座に属す、と書かれている……

この怪物――やがてそれは狂信だとわかる――は、セリエール修道院への巡礼の道行きを遮るが、デゾルグは一人の善良な修道士の出迎えを受ける。彼のヴォルテール発見は遅かったが、ヴォルテールの読書を通じてみずからの境遇を耐え忍ぶ知恵を引き出すことはできた。彼はヴォルテールの神格化される日を前もって予言する……。ファンファーレが鳴り、人々がヴォルテールをパンテオンに移すためにやってくる。鎖につながれた怪物的狂信の悪あがきは、いまはまったく無力である。

共和七年において、ヴォルテール巡礼はかつての非キリスト教化の仮装行列におけるカーニヴァル精神の場違いな再登場であったにすぎないとしても、まもなくわかるように、この巡礼が彼のいくつかの関心事の中でさほど重要なものでなかったということではない。それどころか、彼は狂信を悪魔祓いするために、怪物をアルプスの彼方に追放することを望んだのである。

彼は精神的用途における狂信〔宗教〕の積極的側面を主張したいと考え、天才と芸術的創造性の弁護論を彼の作品の、いわば中央に位置づけた。「三姉妹」（または「詩・絵画・音楽の力」）、「天才の祭典」（二日にわたって演じられる熱狂的賛歌）、そして「天才」（ジャン＝バティスト・ルソー〔一六七一―一七四一年。ボワローの流れをくむフランスの詩人〕にならいて）といったさまざまな標題の下でこのテーマに捧げられた半ダースほどの作品は、共和七年から八年にかけて、互いに補い合い、こだまし合いながら、目下フランスの空を昇っていく星のように登場した新しい英雄〔ナポレオン〕に、彼がみずからの才能を支えとして差し出すことを決意する、という場面を作り出している。しかし、この最後の試みの中に、「錯乱」途上にあった頭脳が抑制を失って暴走しはじめる兆候だけを見出したりはすまい。構築されたシステムの中で、詩人は革命から生まれた新しい世界のまさにあるべき場所に身を置いたのである。彼は韻文でそれを扱ったように、散文でもそれを論じた。共和二年以来、彼は賛歌を、その時代の英雄的行為に最も適合し、かつ市民的精神を支えるのに最もふさわしい詩的形式として世に送り出してきた。共和八年、彼は別の作品の序文の中で、まさに立法者の注意を引きつけるべく、国民祭典についての自分の見解を次のように展開している。彼はそれを、異なった言い回しではあるが、「カトリック教会の中世風のわかりにくい歌」とも、「ギリシアにおいて多くの英雄をはぐくんだ抒情歌」とも対置させる。そのどちらかのモデルを真似ることは卑屈であろう。「新たな迷信をわれらから遠ざけるべきである」。高潔な国民における祭典の目的は、記憶によって国民を高貴にし、想像力を養い、そしてついには「英雄たちの後継者を生み出す」ことにある。

デゾルグにおいては、天才のテーマは不死のそれと密接な関係にあった。なぜなら詩人は自分の歌によって不死を与えると同時に、自分の作品によって彼自身も不死を獲得するからである。

すべての者の魂である天才、その支配力はいかばかりか！

彼のこうした観点においてわれわれが気づくのは、啓蒙の哲学を打ち立てた二人の巨人、ヴォルテールとルソーにデゾルグが与えていた位置である。彼はこの二人を並べて歌い、死の彼方で和解させようと試みた。

抱き合いなさい、偉大なる亡霊たちよ
この不滅の神殿のただ中で。
「ジャン＝ジャック・ルソーへの頌歌」共和七年

永久不滅とされたヴォルテールとルソーは、啓蒙の哲学に貢献し、「狂信、放縦、専制」を放逐するために詩がどれだけの力を持っていたかを示す生き証人なのだ。
自由と天才とのあいだには、実り多い交換の弁証法が織り成されている。天才は時の流れにも運命にも身を任せることなく、自由の最も確固たる支えとなる。これに対して自由もまた忘恩ではなく、お返しに天才を生み出し、呼び覚ます。ギリシアではいまトルコが天才を打ち砕いているが、革命のフランスでは、

われらを守護する自由が
ポリュムニア〔芸術の女神〕の息子たちにほほえみかけ
天才の祭りによって
芸術の都を讃えている。

「天才の祭典」第一日

ただし、それは危うい征服だ。これを守るにはヴァンダリスムの災いを追い払うことが必要だ。エリート主義者たるわれらの詩人は、それを逆手で弾き飛ばす。

だが、何という怪物、何という狂乱が
天才の気高い仕事に歯向かうことか……
平等の名の下に
自由の帝国を天才から奪おうとするとは……

みずからを守ることのできる天才は、この「新たなるピュトン〔アポロンに殺された伝説の蛇〕」を打ちのめし、狂信の墓の中に「ヴァンダリスムを再び沈める」。

デゾルグはみずからがそれを保持していることを疑わないこの天才の力によって、死を克服し、不滅に値する人々の列に臆することなく加わる。彼は次のような、はかない人間の運命を避ける術を知っていた。

……天才の光を見失い
墓場の闇に真っ逆さま。

勝利したブルジョワであった父が、一地方都市の規模に応じて自分の帝国を築きあげたように、テオドール・デゾルグは誇りを持って、人類と革命に奉仕する詩人という彼の広大な帝国の境界線を確認したのである。

父よりもっと強烈に頭を打ちつける危険を冒しつつ。

第11章　テオドール・デゾルグのイタリアの夢

〔共和二年から九年まで〕八年間にわたって絶えることなく書き足され、塗り変えられたフランス革命についてのデゾルグの言説は、不連続性よりはむしろ首尾一貫性によって際立っているように思われる。そこに示されているのは、いくつかのライトモチーフ、もしくはベルリオーズ好みの表現によれば、創造者にとりつく「固定観念」である。時局の要請に応じつつも、とりわけ一つの固定観念が彼につきまとっていた。すなわちイタリアへの愛着が彼の短い創造活動の初めから終わりまでを貫いていたのである（五一作品中一三作）。だがそれは澄み切った古代への夢、あるいは心地よいノスタルジーといったたぐいの通り一遍のものとはちがう。なぜかと言えば、その道を最後まで歩み切ったとき、彼は自分を見失い、「錯乱」(désorganisation) の病に冒されることになるからである。ヴェルギリウスならぬダンテの道案内によって出発したものの、みずから想い描いた地獄のただ中で道に迷い、たった一人になってしまう運命が彼を待ちかまえているのだ。

イタリアのモチーフは一七九四年の作品の中にもすでに現れている。ロベスピエール派からテルミドール派へとめまぐるしく変わる状況にせきたてられ、デゾルグはたくさんの賛歌を書いてはいたが、彼には秘密の庭があり、それは『ラ・プリマヴェーラ（春）』という小品（短いだけでなく、インスピレーションにも乏しい）になって現れた。この作品の主たるメリットはおそらくそれがイタリア語で書かれたということで、イタリアの文化的宇宙に対する詩人の親近感を物語っている。地中海の美しさとヴェズヴィオ山の荒々しさとのあいだのかなり型にはまったコントラストは、熟達した風景画家の手法だが、ほとんどナイーヴと言ってよい。これとは異なってデゾルグの気性がよく現れているのは、共和二年フリュクティドール二五日（一七九四年九月一一日）に『メルキュール・フランセ』に掲載された長編詩――ほとんど三〇〇行に及ぶアレクサンドラン――「テベレ河右岸の住民、あるいはテベレ河のサン＝キュロット」である。ロベスピエールの失脚から一カ月半のことで、何らかのあてこすりが透けて見えるとはいうものの、これは議論の余地なく成熟した作品に仕上がっている。それはまた詩人の転落後最も長く生き続けた作品であり、百科事典の項目の中に彼のおぼつかない名声をとどめたのだった。

イタリアというテーマは、二年の沈黙を経たのちに、共和五年（一七九六〜九七年）に再び力強く復活する。この年は彼の創作活動の最も実り多い時期の一つであり、イタリアがかつてないほどにフランスの関心の的になっていた時期でもある。すべての作品がラテンの姉（「イタリア」）に捧げられているが、その作品はさまざまで、断章（「近代イタリアの詩人たち」（共和四年）「イタリアの民族的多様性」）、歌謡（「ペトラルカ、あるいは内戦の歌」）、頌歌（「イタリアの諸共和国のための頌歌」「ローマの記念碑についての頌歌」「ローマについての頌歌」）、そして最後に長大な「イタリアについての書簡詩」があるが、三〇〇行近く費やしてその歴史的・教訓的（教育的）な分析を行っている。

共和七年（一七九八〜九九年）、イタリアのテーマは修正された形で再び登場する。たしかに、「二つのイタリア」――同じ敬愛の念によって結び合わされたトスカナとプロヴァンス――についての書簡詩においては、前の時期の詩想が残存してはいる。しかし、捕らわれてヴァランスに連行されていたピウス六世の死〔一七九九年〕に触発された他の二作はこれとはまったく異なった調子で書かれている。一つは「ピウス六世の御霊に捧げる追悼歌」で、もう一つの「わが教皇選挙会」は、一〇〇〇行近くに及ぶ長たらしい八音節詩だが、この作品は彼の数少ない註解者たちを困惑と憤慨の淵に投げ込んだのだった。デゾルグはそこで「あふれんばかりの想像力」に身を委ねていて、共和九年になって『教皇とムフティー』、あるいは諸宗教の和解』という標題の下に結実することになる戯曲を予告している。草稿としてあったはずのもう一つの作品（『ボルジア家のアレキサンデル六世』）は、残念なことに失われてしまっているが、文学史家によっていつか再発見されることだろう。スタートからゴールまで、さまざまなステップを踏みながらコースは完了した。最後に見えてきたのは。テオドール・デゾルグの世界におけるイタリアの特権的な地位である。

特権的な地位と言ったが、排他的というわけではない。なぜなら、詩人の言説は外部に対してはっきりと開かれており、共和五年、とりわけ共和七年以降は「大国民」（Grande Nation）に対する賛歌の様相を呈しているからである。国外での出来事が明らかに何らかの影響を及ぼしており、例えば共和四年のイタリア遠征は共和五年の一連の作品の引き金となっているし、〔イタリアその他での〕同盟共和国の誕生とエジプト遠征は軍歌や凱歌の需要を高め、デゾルグは共和七年から九年にかけてそれらを多く作っている。すなわち、オーストリアやイギリスに対する軍歌（共和七年と共和八年）、モンキルヒあるいはマレンゴの戦いのあとに書かれた葬送歌あるいは追悼歌、エジプト解放を祝う勝利と感謝の歌（共和八年）、そして最後に共和九年の花火とともに歌われた「ゲルマニア」と「ヘルヴェティア」があるが、これらは他の賛歌とともにアミアンの和約〔一八〇二年に英仏間に結ばれた平和条約〕を祝う「平和への誓い」とセットになっている。

これらの作品は状況の産物と言うべきだろうか。たしかに、これまでに見てきたような、国内の革命の諸段階を記念する市民祭典の系列を補うものではある。しかしながら、こうした多様なスタイルの作品群には一つの一貫した立場が貫かれており、彼が直接見ることのできなかった〔国外での〕征服を語るにさいしても、テオドール・デゾルグの世界観がそこに現れてくるのである。

彼は必要な戦いの正当性を確信しており、共和二年〔メシドール八日、すなわち一七九四年六月二六日〕のフルーリュスの勝利〔ジュールダン将軍率いるフランス軍がベルギー戦線において八万のオーストリア・イギリス・オランダ連合軍を破った〕のあとで作った賛歌は、最高存在の祭典の余韻をとどめるきわめてロベスピエール的な調子のものになっている。

われらは永遠なる存在を讃え、
永遠なる存在はわれらが軍隊を讃える……
広大な世界の隅々にまで
偉大なる裁判官はその手を差し伸べる……

武装闘争のために芸術が動員される必要性については以下のように結論づける。

竪琴を弾くのをやめ、トランペットに耳をかたむけよう……

もう少し才気があったなら、それは「出征の歌」になっていたことだろうが、デゾルグはM-J・シェニエではない。とはいえ愛国的信条を陳べることを彼はためらったりしなかった。まずはイギリス人に対する非難。

不実なアルビオン〔イギリス〕は故郷を想いわずらえばよい
ネメシス〔復讐の女神〕は報復の鐘を鳴らしている……

「天才の祭典」における「イギリスと戦う歌」共和八年

あるいはオーストリアに対して、ラシュタットにおけるフランス全権使節の虐殺は大げさにとりあげられる。

最も卑劣な襲撃によって
汝らは社会契約の絆を破った……

卑怯者の攻撃に対しては「フランク族」の大胆さをもって応えねばならない。

暗闇での裏切りを避けながら
勇者の武器だけを用いよう
短剣と毒薬は
暴君と奴隷に委ねておこう……

「オーストリアと戦う歌」共和七年

征服はときとして溌剌として喜ばしいものとして描かれることもある。そうした作品の中で最も精彩に富んでいるのはおそらく「出航」であろう。トゥーロンの港に帆を上げたフランス艦隊はエジプト目指して出航する。あらゆるものが一緒になって、プロヴァンスの詩人の熱狂と詩情を燃えあがらせる。

自然の源である太陽が
森と野原と果樹園を生かしている限り
汝の濃き髪を
芳醇なオレンジの香で満たしている限り
プロヴァンスよ、戦の危険を恐れることはない……

〔革命政府に対して反乱を起こし、イギリス艦隊が停泊した〕トゥーロンはいまや模範的な戦士が船出する港としてその復権がなされる。

名誉、人間らしさ、勇気、大胆さ、
それが英雄の武器だ……

だからといってデゾルグを額の狭い煽動者扱いしてはならない。激しい立ちまわりを讃えるより平和を歌うほうが、明らかに、彼には向いている。

革命の軍隊の足跡を追ってなされる想像のヨーロッパ巡礼においては、たとえいたるところで戦争に出会おうとも、彼が喚起しようと欲するのは休息である。共和九年にはマレンゴに向かう部隊がスイスに進駐していたのだが、にもかかわらず「ヘルヴェティア」においては、ヴォルテールとルソーの避難場所であったスイスの「小さな谷の平和、田園の装い」が他の何ものにもまして彼の想像をかき立てていた。

アルプスの四足獣より速く駆けていく、
われらが駻馬をだれが描けよう……

ドゥリール〔第6章参照〕のもとに足しげく通ったことが、デゾルグにこうした表現をあえてとらせることになったにちがいない。

デゾルグは武力の行使を正当化する理由を、その最も好戦的な詩の中で説明することをいつも忘れてはいない。つまり革命は解放者であり、その軍隊を全ヨーロッパに、そしてその彼方へと送り込むのは権利であるだけでなく、義務でもある。「ゲルマニア」と題する作品の中では一人の妖精がこのテーマを予言するかのように、フランス革命が彼女の住む国〔ドイツ〕においてその偉大な事業を完成するようにと要請している。

この日から、あふれるばかりの豊かさが
ゲルマニアとフランスに対する
敵対党派の不当な恨みをやわらげ
盃になみなみと幸福を注ぎ込むことだろう……
「ゲルマニア」共和九年（「平和への誓い」所収）

遠くオリエントにおいても同様である。エジプトの海岸に到着した「西洋の勇者たち」は人々を解放し、「再生」させる任務を遂行するためにやってきたのであり、かの地の最高存在〔アラー〕もそれに不満であるはずはない。

……アラーはよこしまなマムルーク〔オスマン朝下でエジプトを支配した奴隷軍団〕の
専制支配を嫌悪している……

「エジプト解放を祝う勝利と感謝の歌」共和八年
(『天才の祭典』所収)

平和の賛歌は、アミアンの和約〔一八〇二年〕の幸福感の中で共和九年にその征服への行程を完了する。

戦争のライバルである平和よ、
勝者の賛辞を受けよ、
大地の征服以上のことを汝は行う、
オリンピアが心に宿るのは汝がいるからなのだ……

「平和の賛歌」共和九年

そしてデゾルグは、「平和への誓い」の序の中で、「犯罪と徳との執拗な闘争」に疲れていてもなおフランスには未来がありうると夢見るのだった。そのときには哲学が支配を確立し、フランス人はかつてのローマ人のように「勇気と理性の二重の勝利」を目の当たりに享受することができるだろう。
勝利は少しも独善的ではなく、仲間たちすべてによって分かち合われるものだが、彼らに対しては若干保護者的な押しつけがましさがあり、自由の恩恵をまだ知らない諸国民に対する場合は当然そうだった。かくしてイタリアの諸共和国に対しては、「陰険な亡霊を追い払った善き神」に彼らが気づきはじめているにもかかわらず、デゾルグは説教調になる。たしかに――

生まれたばかりの自由の前途はおそらく多難であろう……

　が、経験から、とりわけフランス革命の経験から学ばねばならない……。このいささか侵略的なコスモポリタニズムには特権的な対話者がいて、受け取るよりも多くのものを与えるのだが、その一人がイタリアだった。こうした憧憬を抱いていたのはイタリアばかりではなく、オリエントもまた〔ナポレオンの〕エジプト遠征に触発されて声を挙げたのだけれども、それはあまりにも遠く、直接的で親密な知識の支えを欠いていた。テオドール・デゾルグのエジプト趣味が、彼の師匠であり模範であったイタリア人の恩師〔サヴェリオ・ベッティネッリ〕に負うていることは彼も認めるところだが、それゆえにまた彼が誇るエジプトは夢の領域にとどまっている。

カイロの薔薇にはすでに
朝日が珠玉の涙を注いでいる。

このように理想化された枠組みの中で、われらの詩人はフランス兵の「輝かしき隊列」の到着を描き出す。そこには「学者や芸術家の一団」が同伴しており、かつて彼とともに「アエネアス〔ローマを建国した、トロイアの英雄〕の妻が愛した海岸」を逍遥したのちにこの遠征に加わった友人の一人を想い、かすかな羨望をそこに込めている……。こうした連想にうながされて、彼はマムルークと対決するヴェルギリウス的英雄の奇妙な戦いをナイルの河畔に想像する。当然のことながら、じかに見たわけではないので、新古典主義の詩人はそのインスピレーションをユマニスト的教養の定型的な表現から引き出すほかはない。たしかにこの教養は、一本調子ではあるが、汲みつくすことのできない宝庫ではあった。

われらの主人公がイタリアに想いをはせるとき、様相は一変する。彼にとってイタリアは、たんなるノスタルジー、なぐさめ、夢ではなく、その発見が彼の天職を決定した特権的な場であり、それと同時にフランスの文化と文明のすべての源泉である根源的なレフェランスでもあった。イタリアについて、彼には生きた知識があった。つまり、修業時代の何年かを彼はそこで暮らしたのであったが、彼がアルプスの彼方の恩師に書き送った手紙の中で言っていることから推察するなら、滞在期間は一七八四年から一七八九年までと考えられる。

まだ青年であったわたしに詩の女神は尊きかくれがを提供し、
ヴェルギリウスの国で詩を書くことを勧めてくれた。

もっと簡潔で明確な表現を望む向きもあろうとは思うが、残念ながら、それはデゾルグのスタイルでも、時代のスタイルでもない。

彼に詩の手ほどきをした師匠はサヴェリオ・ベッティネッリであるが、デゾルグは共和七年に「二つのイタリア」についての書簡詩を彼に捧げ、その冒頭の数行においてマントヴァの詩人の略歴を語っている。すなわちヴェルギリウスと同郷人――これだけでもすでにたいしたことだ――であるばかりでなく、「スタニスラス〔ポーランド国王〕の友人にして、偉大なるヴォルテールを客に迎えた家の主」。晩年――一七九九年――になって、啓蒙期のユマニストであったベッティネッリは、ドゥリール師にならい、一人のミューズ、「愛すべきシドニー」に出会う。彼にとって、彼女はラウラとベアトリーチェ〔それぞれペトラルカとダンテの作品の女主人公〕を合わせたような存在だった。彼を手本にしようとしていたフランスの詩人にとっては、ベッティネッリはその研究と教育によってデゾルグにダンテを教えた師であり続けた。すでに述べたように、デゾルグがその後イタリアに戻ったかどうかはわからない。半島の政治については常に関心を示し、死滅目前の狂信の犠牲者となった「フランスの外交官」デュフォやバスヴィルのこと、あるいはナポレオンの遠征のまっただ中で起こったイタリアの文化革命のことなどに触れてはいるものの、彼がイタリアに戻ったことを示唆するものは作品には見当たらない。いずれにせよ、彼はイタリアについては詳しく知っている。ただし、その叙述は学術的な枠組みの中にとどまっている。例えば、イタリアの地方的特性の類型学を試みた「イタリアの民族的多様性」についての断章、あるいはこれもまた共和五年に出版された「ローマの記念碑についての頌歌」などがそうで、古代の記念碑は廃墟趣味というよりは、どちらかと言えば教育的見地からとりあげられている。

　貴重な教訓！　高貴な詩想を、
これら栄光ある記念碑はわれらの目に植え付ける！

こうした紋切り型の表現から、テオドール・デゾルグによって生きられたイタリアの地理を作成しようとするなら、スタンダール以前のスタンダール的空間が浮かび上がる。そこでは尊敬する彼の師がマントヴァにいたことによって、北イタリアが特権的な位置を占めている。ついでトスカナ、ローマ、ナポリが、程度は異なるが、彼の関心を惹きつける。ナポリはヴェズヴィオ火山が君臨する極彩色の風景画だが、ローマは教皇庁をとりまく威光によってもっとましな扱いを受ける。そしてフィレンツェは、ダンテ、ペトラルカ、ボッカチオを想起させる聖地である。要するにそれは文化的な地理なのだが、そうなってしまうのはデゾルグが同胞に示そうとするアルプスの彼方の世界が、何よりもフランス文化の源流として捉えられているからだ。

イタリアについての言説を構成する一〇ばかりの作品（晩年の論争的な作品はのぞいて）は、あるものは時局に触れ、またあるものは啓蒙的な内容を備えているが（共和五年の「イタリアについての書簡詩」、あるいは共和七年の「二つのイタリア」）、それらの中に散在している諸要素をつなぎ合わせてみるなら、いささか時代錯誤的ではあるものの、歴史的と呼べるような解釈に基づくイタリアの最初のイメージが構成される。というのは、歴史を通して行われてきたフランスとイタリアとの文化的交流を想起することにより、一種の文化的リレーの理論が描き出されるからである。

イタリアとはまずもって古代ローマのことであり、それは壮大な姿をいまもとどめている遺跡によって、だがおそらくはそれ以上に文学という不朽の記念碑によって喚起される。『アエネイス』とヴェルギリウスが絶えず引き合いに出されるが、だからといって古典的教養の優等生であるわれらの主人公が他のレフエランスを忘れているわけではない。すでに触れたように、彼はユヴェナリスの風刺詩の翻訳を匣の中にしまっていたのである。自己犠牲《ヒロイズム》が日常のもので、徳の実践が容易であったあの世界は完全に過去のものになってしまったのだろうか。デゾルグはそのようには決して思わないけれども、そうした世界はそのような〔古来の〕習俗を保存している人々——現代の人類学者が言うところの「孤立集団」——の中に身を隠しているので、そこまで捜しに行かなければならないと考えていた。それは、古代ローマの純粋な気風が保たれていたテベレ河の河畔にあったのである。

ローマの七つの丘に登れば、ブルートゥスの声が聞こえ、
お高くとまった元老キンキウスの姿が見える。
アグリコラ〔護民官〕は肥えた畑に種をまき、
グラックスは牛を引き、カミルス〔将軍〕は戦車を走らせる。
転がる球を円くなった木で打つのはだれか。
木霊が遠くでコリオラヌスと答える。

「テベレ河右岸の住民」共和二年

いくつかの貴重な例外をのぞき、古代の輝きのあとには中世初期の蒙昧主義がやってくる。

ローマはもはや君臨せず、カエサルの帝国とともに
美術もまた転落の道を歩んだ。

「二つのイタリア」共和七年

その後に起こったことについて、われらの主人公は二つの言説を、矛盾を意識することなく主張する。第一に、西方世界全体に広まったゴシック時代の暗闇を、少なくとも彼が語るところによれば、彼は信じているようだ。

そのときわれらはくだらぬ偏見の奴隷となって
誤謬の夜に呻吟し、
無知の子供である狂信が
秘密めいた霧でフランスを覆っていた……

「ゴシック」の暗闇が『薔薇物語』を、ヴィヨンとマロを、そしてロンサールさえをも永遠の却罰の中に呑み込んで幾世紀が過ぎ、そして一六世紀には——

神の名の下に諸学芸が禁止され、
ユダヤ人と魔女が火に投じられた。
「イタリアについての書簡詩」共和五年

二年後に、デゾルグは意見を修正する。生まれ故郷であるプロヴァンスに戻った彼は、トゥルバドゥールを発見したからだ。彼に影響を与えたのは、プロヴァンスの詩を西洋の文化的源泉の一つとして再評価した同時代人——『プロヴァンスの夜の集い』〔一七八六年〕の著者ベランジェ〔一七四九〜一八二二年〕

のようなプロヴァンス人もいれば、他の地方のフランス人もいた――の運動であった。かくしてフランスとイタリアとのあいだの不平等な交流関係は、一時的ではあるが、逆転する。ローマ教皇とナポレオン帝国とが論争している時期に、イタリアはしばしのあいだ遠い存在となったのである。

だが北方からやってきた礼儀知らずの民族が
大挙してローマと芸術に襲いかかる一方で、
幸いなるトゥルバドゥールたちが彼らの新しい歌の調べによって、
無知迷妄のさなかにあったプロヴァンスを目覚めさせていた……

「二つのイタリア」共和七年

プロヴァンスのトゥルバドゥールに与えられていた「啓蒙的」解釈は、いささか大胆にもこの詩人たちを啓蒙哲学の先触れに見立てている。

そのとき詩人たちは彼らの権利を享受していた。
彼らは民衆を啓蒙し、君主を教育し
平和と寛容を尊ばせ
ハープの調べで無知を追い払った。
諸国民の師であり、心の主権者であった彼らは
慈悲深きリュートを用いてヴァルド派〔南仏のキリスト教異端派〕を守った。

残念なことに、この幸福な状態は長く続かなかった。「迷信がプロヴァンスをまどわせた」からである。リレーのバトンがトスカナに移ったのは明らかだが、それによってプロヴァンスの功績が小さくなるものではない。

才能あふれるトスカナの白鳥たちの手本であった、
あの忠実なトゥルバドゥールがここで歌えたら……

トスカナはかくして芸術の選ばれた地となった。「ついにダンテが現れる……」。デゾルグは、トスカナの詩人の名を歴史に残したあの『神曲』の一部をかなり安易に模倣し、啓蒙主義的色彩の濃い評価を与えている。

彼の詩は直ちに精神を啓発し
雷の一撃のように精神を覚醒させた。

好色文学に分類されたペトラルカに対しては、当然のことながら、評価はダンテにくらべてより好意的とは言えない。

ペトラルカは子供のときから詩をもって教え
力強い言語に優雅さを加えた。

これら二人の詩人にはさまれたトスカナは
常に変わらぬ賛辞を彼らに送っている。
一方は彼の時代の野蛮さを描き
他方は遊戯と色事を語った。
何と驚くべきことか。あの犯罪的な時代にあって
プラトニックな愛のために祭壇が建てられたのだ！

ペトラルカは彼の時代の文学的韜晦の、少なくとも無意識的な共犯者ではあったが、それでもやはりデゾルグにとっては、ボッカチオと同様、ルネサンスに直結する連鎖の環の一つであった。ただし最大の環は次に述べられているようにダンテである。

……詩が言語を純化し
いまだ野蛮状態にあった民族をその声によって目覚めさせたとき
学芸は群れを成して一人の偉大なる作家に従い
互いに手をとりあって彼のあとを追った……

ミケランジェロ、ラファエロ、そしてフェラーラの宮廷に集う芸術家たちの時代がやってくる……。
イタリアの文化的先進性は、トスカナを輝かしい中心地として、ダンテからアリオストにいたるまで段階を追って確立され、いわば新しいアテネと目されるまでになったのだが、それはいつまでもゆるぎない

ものであったろうか。文化的中心地の交代という理論に忠実であったデゾルグは、かつてそれを〔プロヴァンスの〕トゥルバドゥールに当てはめたように、変革と進歩を生み出す〔近代の〕中心地をいまやヴォルテールとルソーのフランスに取り戻そうとする誘惑にかられたようだ。

いっときのことではあるが、「イタリアについての書簡詩」におけるデゾルグが、祖国フランスに対する安易な国民的自尊心にとらわれていたのは確かだ。

フランスがその乳母を捨ててから久しく、
コルネイユとボワローの世紀、
ヴォルテール、ビュフォン、ルソーが輝いた時代は、
イタリアを凌駕し、その詩人たちのおかげで
フランス人はあらゆる土地を通訳なしに歩くことができる
すべてがわれわれの法の下に服しているから……

ごく近い近代において彼が見出す修道院のイタリア、すなわちカプチン会と苦業会のイタリアは、野心的な精神の持ち主にとっては夢の対象となる土地ではない。だがそれも、アルプスの彼方で啓蒙の修業を積んだ一作家の個人的歩みの当然なる帰結なのだ。デゾルグは、ルネサンスからフランス革命にいたるまでのイタリアに、人間精神の進歩の豊かな源泉を常に見ようとしている。彼の解釈は明らかに幅が広がっている。つまり、彼がミケランジェロやアリオストに見出していたときの文化は主として文学や美術であったが、きわめてヴォルテール的な解釈をすることによって、のちには科学や物質文明の諸側面にまで拡

大されている。

勿論、われらの主人公は文学上の論争に優先的な地位を留保してはいる。彼の教養、詩人としての活動、そして「イタリアについての書簡詩」が師であるサヴェリオ・ベッティネッリに捧げられているということからしても、すべてが論争点を文学に向けるように仕向けられている。文芸批評家としてのベッティネッリに対して、デゾルグは矛盾しているわけではないが、やや曖昧な評価を与えている。というのは、ベッティネッリはダンテを発見し、その偉大さを彼に教えてくれたのではあるが、トスカナの巨匠の作品を啓蒙的批判に委ねてしまったことで、ヴェネチアの出版業者に買収されていると思われるゴッツィ〔ヴェネチアの文芸批評家で、同市の出版検閲官。著書に『ダンテの近代的評論についての古い詩人たちの評価』一七四八年〕のような絶対的支持者を敵に回す危険を冒してしまったからである。

　不安になったヴェネチアの誇り高きザッタは、
　費用をかけて印刷した美しきダンテ論の未来に戦慄する、
　苦心の地獄篇も活字ばかりが誇らしげで、
　本屋の中でかびていくのかと思えば……

ダンテは時代の趣味に合わせて再構成されねばならず、そうした修止に取り組むのが啓蒙的な批評家の仕事ではあるが、だからといってダンテの歴史的な功績を否定してはならない。

次から次へと生み出された作品に勇気づけられたダンテは、

時代と戦い、あらゆる敵をなぎ倒した。

デゾルグは、近代イタリアの大小の詩人を軽視していたわけではなく、共和四年に書かれた「近代イタリアの詩人たち」と題した断片においては、衒学臭がなくもないが、一連の詩人たちの肖像画集を作成している。

けれども印象的なのは、ルネサンス以来の科学技術的な知の進歩においてイタリアが果たした役割について、われらの主人公が与えている評価である。それを語っているのはかつての医学生なのだろうか。それともたんに『ルイ一四世の世紀』のヴォルテールや大部分の同時代人と同じように、新しい知の称揚に加わっていただけなのだろうか。

いかにもイタリア人は真にわれらの恩人だ
彼らなくしてはわれらの学者先生方もおそらくは
その鼻の上に眼鏡をかけることができなかったであろう……
ジェノヴァ人〔コロンブス〕は地球の限界を押し広げ
トスカナ人〔ガリレイ〕は木星の衛星の数を倍にし、
金星の満ち欠けによって宇宙を豊かにし、
その真の体系によってわれわれの眼を開かせた……

狂信が去り、啓蒙化された今日においてさえ、イタリアは文明の豊かな温床ではないだろうか。

〔モデナの〕ティラボスキは学芸の歴史を永遠に伝え、
マントヴァでは〔スペインの〕アンドレスがイタリア語で〔ヴェルギリウスの〕栄光を蘇らせ、
ピサの城壁の中ではスロップが天体を観測する……
フォンタナは〔解剖学標本で〕フィレンツェの博物館を豊かにし、
シエナは新しきガレノス〔古代ギリシアの医者〕に恵まれたが、
トリノはその慎ましきニュートンを、
不実なる祖国〔サルデーニャ王国〕とフランスに譲る……

このように列挙された名前の中で特別の言及がなされているのはスパランザーニ〔一八世紀の博物学者〕に対してである。デゾルグにとっても、またその時代にとっても、彼はかつてダンテが占めていたような灯台〔導き手〕の役割を果たしていた。われらの詩人はあらん限りの抒情的な表現を駆使しながら、彼について語っている。例えば、『百科全書』の扉に描かれているような「自然」の女神がその裸身をさらけだす様を次のように描く。

屈服せる自然は汝の声に従い、
汝の望むがままにその不易の法を変え、
ほほを赤らめながら汝の大胆な眼差しに身を委ねる……

さらにデゾルグは〔詩作における師であった〕ドゥリールとはちがって、犬を犬と呼ぶことを恐れず、スパランザーニ師が行った人工授精の実験についても、称賛すべき抑制のとれた表現によって言及している。

その雌犬は貞節なる胸〔子宮〕を開き、
汝の手から稔り豊かな種子を受けとる……
「イタリアについての書簡詩」共和五年

羨望と悪口に直面した老学者の苛酷な戦いと並んで、デゾルグはパヴィアに住む彼の家を訪れたことにも言及している。これはデゾルグの修業時代におけるイタリア歴訪について間接的に触れる機会になりそうだが、その時期を特定することができない。なぜならスパランザーニは一七九九年まで生きていたからだ。

啓蒙期イタリアの栄光を物語る人名録がこれで閉じられるのではない。学者たちの欄にフィランジエーリやベッカリアのような、ほとんど同時代人と言える偉大な法学者たちの名が加わってくるからである。デゾルグは彼らの中にあの「新しき法」の創立者を見出しているのだが、その法は「古きアウソーニア〔古代ローマ人によるイタリア半島の呼び名〕が抑圧の軛から自由になろうとするときに、ヌマ〔ローマの王で、一二カ月の暦の制定など多くの改革を行ったとされる〕を再発見することを可能にするだろう。

以上が、テオドール・デゾルグの提示する、美化されたイタリアの最初のイメージである。イタリアは学芸と法律の母であるが、このイメージは啓蒙の進歩的歴史観と強く結び付いており、フランスはその中で重要な役割を果たすことになる。二人の姉妹〔イタリアとフランス〕はコーラスの中で互いに声を交わしながら、最終的には――フランス革命が世界を啓蒙していた時代には逆説的だが――イタリア半島の歴史が考察の対象となり、比較可能な経験に対する有益なレフェランスを提供することになるのである。テルミドールのクーデタの直後、共和二年フリュクティドールに書かれた「テベレ河右岸の住民」において、われらの詩人はコラ・ディ・リエンツィの冒険〔古代イタリアの共和政を追慕したリエンツィは、一三四三年、ローマで革命を起こし、みずから護民官と称したが、やがて専制化し、ローマを追われた〕について鋭い考察を加えている。まちがいなくトランステヴェラン〔テベレ河右岸の住民〕の種族に属していたこの護民官は死者の声を聞きとる能力を持っていた。

彼らの揺らぐ足下で、大理石の裂け目が開き
グラックスの霊が彼の目の前に現れ
雷のような声で彼の心を燃えあがらせ
平等の法を語らせた。

リエンツィの権威の下で、幸福な時代が訪れる。
ローマは再び活気を取り戻し、この新しきブルートゥスが
ローマに輝きと、法と、徳を返した……

だが、権力の毒はかくの如し——
道を踏みはずしたリエンツィの罪深い手の中で

護民官の杖は鋼の杖となった。
気高き者の権力よ！　人間の弱さよ！
専制君主たちの禍はローマの君主たること……
「テベレ河右岸の住民」共和二年

遺跡が証言する古代の栄えある遺産から、世界を豊かにした文化の宝庫にいたるまで、つまり中世から現代にいたる模範としての歴史から引き出すことのできるこれらの教訓において、イタリアはまさしく源泉であり、それなしでは済まされない偉大なレフェランスであり続けた。われらの詩人が故郷のプロヴァンスに与えた最上の誉め言葉は、それがかつて――短い期間ではあったが――トスカナと比肩しうる「もう一つのイタリア」であったことであり、フランスとイタリアが幾世紀もかけてリレー（中継）してきた啓蒙への、紆余曲折はしていてもまちがいなくそこに達すべき道筋において、それが一里塚としての役目を果たしていたということだ。

これらすべては、所詮、過去――たとえそれがごく最近の過去だとしても――に属するものにすぎないとでも言うのだろうか。イタリアは栄光に包まれた思い出にすぎないのだろうか。デゾルグの解釈が、彼より偉大な先人たちによってすでに語りつくされたテーマにとどまるものであったなら、その独創性はまったく貧しいものになっていたかもしれない。けれども彼はもっと前に進もうとした。一八世紀末のイタリアの中に古代ローマ人の真の末裔を捜し求めて、それをほかならぬローマに、テベレ河の右岸に発見したのだった〔古代ローマの中心はテベレ河の左岸にあったから、右岸はいわば「川向う」であり、ユダヤ人のシナゴーグやリエンツィの住居も右岸にあった〕。そこの住民こそサン＝キュロット以前に存在した正真正銘のサン＝キュロットであり、きわめて古い過去を保存すると同時に、未来を約束する人々でもあった。〔このような過去と現在の関係を〕われわれは「継承」もしくは「リレー（中継）」とでも言える理論に置き換えようとしている。おそらくそれは完全にオリジナルな解釈ではない。コレージュのユマニスム的教養にどっぷり染まったこの新古典主義の時代においては、彼以外にも同じ幻想を共有する者はいたのであり、『プロヴァンスの夜の集い』の著者で、デゾルグの同郷人にして同時代人であったベランジェのことを想起せずにはいられない。彼は近代にも続いている祭りの中のダンスやゲームの中にギリシア・ローマの伝統の継承を見出そうとして、結局のところ、裸体であるべき若きニンフたちが陰気なガディ〔厚手のウール地〕の服にすっぽりくるまれているのを見て腹を立ててしまうのである……。だが、一時代の好奇心がこのように思わぬ方向にそれてしまうことがあるとしても、それをたやすく笑うべきではない。ギリシア人やローマ人の影を追いながらも、これらの観察者の幾人かは――勿論そうとは知らずに――民族誌的な視点における大きな収穫を発見しているのである。テオドール・デゾルグに同じことを期待するのはやめよう。彼の場合は、おそらく動機があまりにも強すぎるために、視点がどうしても片寄ってしまうのだ。

「トランステヴェラン」――テベレ河右岸のサン＝キュロットたち――を彼が訪れたのは、カトリック教会の儀礼があまりに華美であったのに耐えきれなくなって、教皇都市の市中から外へと逃れようとしたときのことだった。

> ……無敵のホラティウス〔ローマ建国期の伝説的英雄〕はこの橋〔スブリキウス橋〕の上で
> 〔エトルリア王政を復活させようとした〕勝利者ポルセンナの前に立ちはだかった……

デゾルグはアヴェンティヌスの丘〔ローマの七つの丘の一つ〕に登る。そこは、自由という最も貴重な宝を今日にいたるまで守る術を知っていた、独立心の強い人々にとっての伝統的な避難場所であった。僧帽をかぶったえせ信者たちの堕落したイメージとは反対に、ここでは、住民は決して頭をたれることなく、高位聖職者が彼らを祝福しようとして手を差し伸べたときには、……

彼らは答える。祝福したら、立ち去り、二度と来ないように、と……

外国人たるデゾルグは、すでに見たような、コレージュの読書で知った英雄たちをテベレ河の半神たちの中に再発見して驚くのだが、彼らは祖先たちの習俗を変わることなく保持していた。すなわち勤勉さ（鋤で土を掘り起こし、種子をまき、牛を牽いて耕す）、勇気、そして徳性。過去の偉大さを想起させる〔古代の〕遺跡に接しているがゆえに、これらの人々は自由を教皇庁の専制に売り渡すことを常に拒んできたのだった。

臣下となった都市に奉仕するのをいさぎよしとせず、
彼らは高貴な避難場所に閉じこもった。

それは、代々の教皇の明確な同意によって承認された避難場所であった。

協約が結ばれた。賢明なる教皇は

この不穏な人々の先祖を恐れたが、
いまもなお恐れているので、その従者たちは
テベレ河右岸の境界にはあえて立ち寄らない。

「誇り高く」「寛大」で、農民の頑固さを守りながらも、身分の劣る者との結婚を拒否することから生じる「気位の高さ」を示し、「ローマ人から受け継いだ純粋な血」を保っているトランステヴェランたちは、田舎の野蛮人とはまったくちがう。彼らは、いまもなお存在し、要請されている一つの文化の中で生きており、その生命力は祭りの中で、すなわちアエネアス〔ヴェルギリウスの詩『アエネイス』の主人公〕とトロイア人の時代にまで直接さかのぼる「先祖の祭り」と「愉快な宴」の中で表明される。デゾルグは〔アエネアスがシチリアで催した〕祭りにおける競技者たちの活躍ぶりを楽しげに物語る。

しなやかなダレース！　たくましいエンテルス……

これらのスポーツ競技は、かつては古代のローマ人が戦場での厳しいつとめに合わせて体を鍛えるためのものであったが、しかしながら、そうした要素の残存が重要なのではない。むしろそれはのちのちまでも生き続ける農耕のための古い礼拝であり、あるいはカーニヴァルとして年中行事化する民衆の一大無礼講であった。

だが彼らはとりわけバッカスの名にかけて誓い、

年一度の礼拝によって彼の飲み物〔ワイン〕を讃える。
カーニヴァルとともにその酒宴が始まるや否や
新しいネクタール〔不死の生命を与えるといわれる神酒〕によって顔を赤らめたバッカスの巫女たちが
テュルス〔ツタの葉を巻き、松かさを先につけた棒〕を手にして燃えさかる馬車の上で舞う……
民衆はかくして至高の権威を取り戻す……
バッカスよ！　汝の勝利はテベレの祭り！
汝の礼拝は常に自由な民衆の礼拝！
幸いなる「平等」よ、汝は暴君を罰し
笑いながら盃を「友愛」に差し出す……

デゾルグの豊かな祭りの描写をここで打ち切るのは残念だが、カトリック教会の卑屈な儀礼に対する嘲笑的な描写とは対照的に、新古典主義的なイメージの枠内にありながらも、そこにはある種の息づかいがある。ここに引用したわずかの部分だけでもそれを証明するには十分である。古代の伝統に根を下ろしているカーニヴァルは、デゾルグにとっては、自由と平等のディオニュソス的な、さかさまの祭りであり続ける。詩につけられた注釈さえもが、祭りのカーニヴァル的な特徴を強調している。すなわち、テベレ河右岸の女たちを紹介するにあたってデゾルグが付け加えているところによれば、この誇り高きアマゾネスたちは何よりも大切と考える名誉を守るために、胴着の下にたいていは五、六本の短剣を隠し持っていたという。

原初の純粋状態における真のローマの輝かしくもあれば粗野でもあるイメージ、それはまた教皇庁の華美な儀式の取り澄ました仮面の下に隠されている〔ローマのもう一つの〕イメージでもあり、いくらかの好意をもって見るならば、そこに〔一八一七年から一八一九年にかけてイタリアを旅行した〕ジェリコーの「裸馬の競走」〔一八一七年〕の特徴を見出すこともできるのだが、ダンテからスパランザーニにいたる、啓蒙へと向かうエリートたちの長い歩みを喚起しながらデゾルグ自身が展開してきたエリート的解釈と重ね合わせるなら、彼を虜にした先の〔カーニヴァル的〕イメージに彼は矛盾を感じなかったのであろうか。

フランス革命をその民衆的なエピソードにいたるまで生きた彼の同時代人たちと同様、デゾルグは革命を自己の責任において受け入れ、それを最終的なテーマにおいて乗り越えようとした。それは、「イタリア」に関する彼の大作のすべてにいつまでも響き続ける「覚醒」というテーマである。ローマはフランス人の到来によって必ず覚醒する。なぜなら、そこには常に変わらぬあの住民、すなわちトランステヴェランの大隊、テベレ河のサン゠キュロットがいるのだから。「イタリアについての書簡詩」の終わりで喚起されたイタリアは、共和五年には、幾世紀もの隷属と迷信の重い軛をいまや力強く打ち破ろうという逆説的な様相――デゾルグならば、真の奇蹟と言うだろう――を提示している。だがその一方で、嘆かわしいことだが、フランスでは教会の再開が始まっていた。

告解室が処刑台にとって代わる……
神々よ！　どれほどの聖水が通行人の上に降りかかることか！

われらの詩人は訴える。急いでイタリアに立ち戻り、幾世紀ものあいだ惜しむことなくそれが与えてきた模範に学ぼうではないか……

テオドール・デゾルグにおけるイタリアの夢――その後の彼のために裏の面を保留しておくとしても、少なくとも彼の一面ではある――の叙述を終えるにあたって、あえて言うならば実践的側面、つまり共和七年〔六年〕に行われた、あの驚くべき「テルミドール九日」の祭典に触れておくのがよいだろう。これについては、論争的な資料だけでなく、図像資料がその具体的な様相を詳しく伝えてくれる。われらの詩人がこの祭典に関心を持ったのは、彼がそこで名誉ある扱いを受けていたからで、彼の「テルミドール九日の賛歌」は、ダリュ訳による世俗カンタータや、ライバルであるルブランの作詩したディオニュソス風賛歌と並んで、主要演奏曲目の中に入っていた。けれどもより重要なのは、フランスに対して最も好意的なイタリアの世論にとってさえ忌まわしいこの奇妙な祭典が、デゾルグの中にある矛盾を無作法なやり方で反映していることである。ロベスピエールと恐怖政治の思い出は、テルミドール九日の記念日という看板にもかかわらず、すでに忘れられており、ナポレオンの軍隊が略奪してきた美術品を臆面もなく展示することによって、イタリアにおけるフランス共和国の勝利を大々的に宣伝するための口実になっている。

総裁政府期の革命祭典において、共和七年〔六年〕の「テルミドール九日の祭典」は特異な地位を占めている。それは見世物的側面を強調する「与えられた」祭りではあるが、その意図においては何よりも「民衆的な」祭りである。まず宣伝のための努力がなされ、政府刊行物だけでなく、より広範囲な人々によって書かれた数多くのパンフレットが宣伝に一役買っている。と同時に、祭典行列そのものが、芸術作品の展示に異国の珍しい動物（ライオン、ラクダ、クマ）を加えることによって、この祭典の民衆的な性格を物語っている。だがこの祭典には根本的な曖昧さがある。それは〔美術館と動物園という〕ジャンルを混ぜ合わせ、民衆的であろうとする意図を持つことで、一七九三〜一七九四年の祭典行列を想い起こさせはするものの、所詮はその反対物であり、創造的な自発性を反映するものではなく、上から与えられたものであって、教育的意図に遊びの要素を結び付けたものであるにすぎないのである。

　けれども、〔アフリカから連れてこられた〕ラクダがサン＝マルク広場の馬と一緒に行進するというこのごちゃまぜは、ある意味でデゾルグのような男（同様に他の何人かの男たち）の心的世界や世界観の最上の表現であるかもしれない。人の好奇心をひこうとして細々と事実を書きつらねるパンフレットに目を通すだけでも、このごちゃまぜの意味は判断できる。


〔フランスに〕迎え入れられるであろうすべての記念碑の凱旋行進……。……ローマの貴重な芸術作品すべての詳細なリスト……。その中には、天界の鍵とヴァチカンの秘密を手にした等身大のどっしりとした銀製の聖ペテロ像と並んで、アフリカからやってきた何頭かの貴重な動物。さらにホメロスの胸像と最も有名な画家たちの作品……。（パリ、ジュレ書店）

他のパンフレット作者（マルシャン）も、「行列の先頭を行くライオン、クマ、ラクダ」について記述したあと、芸術愛好家たちのためにラファエロの「キリスト変容」から〔ヴァチカンの〕ベルヴェデーレ宮美術館の「アポロン」にいたるまでの絵画や芸術作品の一覧表を付け加え、さらには凱旋行進で掲げられる「偉大なローマ人の胸像」の名前も忘れずに挙げている。

　銀製のペテロ像をさらしものにする非キリスト教化的なマスカラード〔仮装行列〕のなごりを、古代の偉人たちの顕彰、そして文化的略奪の戦利品を展示するという教育的でもあるが抜け目のない資本家的配慮などと合わせて考えるなら、この祭典がフランスに引き起こした議論の大きさが理解できる。考古学者カトルメール・ド・カンシは「近代のヴェレス〔ローマの政治家。シチリア総督として厳しい搾取を行い、キケロから弾劾された〕」たるナポレオンに抗議文を送り、芸術作品を本来あるべき所から持ち去ることは誤りだとして良識ある近代的な議論を展開した。彼がそれによって王党派の疑いをかけられたとしても、彼の意見に賛同する人々のリスト――ペルシエ、フォンテーヌからパジュー、ドゥノン、ジロデ、スフロにいたる――は明確な支持を表明するものだった。ダヴィド自身すら、次のように表明している。

「教会を飾っている絵画は、本来あるべきその場所に置かれないなら、魅力と効果の大部分を失うことになるだろう……」。

みずからの作品によって祭典の舞台装置作りに積極的に参加していたデゾルグであったが、これまで見てきたようにイタリアを心の底から敬愛していた彼には、その聖地を冒瀆することに手を貸すつもりなどおそらくなかった。むしろ共和七年以来新たな情熱をもって彼が取り組もうとしていたのは、光と闇とのあいだのイデオロギー的闘争に積極的に参加することだったのであり、そこにおいて彼が攻撃目標と見なしたのは狂信と迷信にとらわれた「もう一つのイタリア」であり、それに対してこの悔いることなき非キリスト教化主義者は砲火を集中していくのだ。その意味において、共和七年〔六年〕のテルミドール九日と一〇日の祭典は、共和二年のプレリアル二〇日の祭典がそうであったのと同じくらい、詩人デゾルグにとって最高の舞台だったのである。

第三部　錯乱

第12章　聖なる父を倒せ！

この章では、テオドール・デゾルグにとってのもう一つのイタリアを見ていくことにする。前の章でそれを扱わなかったのは、説明をわかりやすくするという教育的配慮によるものだったことをはじめにおことわりしておこう。われわれがこれから要点を整理していこうとする中心概念とその特徴の一部は、実際のところはすでに共和二年から、彼の「テベレ河右岸の住民」の中に集約されていたのである。

とはいえ、明らかな転調の兆しを共和七年あたりに置くのはまったくの技巧ではない。われらの主人公はその人生の道のりにおいて転機にさしかかっており、われわれはその性質と範囲について探索しなければならないが、同時にまた、それは新しいコンテクストにも対応している。われわれがいくらか皮肉を込めて「文芸の共和国」と定義したもの、すなわちパリという広場で作品を生産していた作家たちのグループは十字路にさしかかっていた。〔共和八年〕ブリュメール一八日のクーデタ〔一七九九年一一月一〇日〕の前後、すなわち共和七年から九年にかけて、〔作家たちの〕穏健化あるいは秩序回帰の傾向がほの見えてきたのである。頑固なドゥリールは、一八〇二年に説得を受け入れて帰国するまでは、ヨーロッパ各地の亡命者結社を巡歴して回っていたが、フランス国内では、バウール＝ロルミアン〔一七七〇〜一八五四年。オシアンの詩の翻訳（一八〇一年）で知られるようになり、皇帝ナポレオンの寵愛を得る〕のような新参者たちが文壇に浸透しはじめていた。彼は、死について大作を発表すると期待させ、公式賛歌の作者たちによって構成される閉鎖的なクラブに入り込み、その後、数年もたたずして統領政府下における正常化の礼賛者の一人となった。ほかにもルグーヴェやフォンターヌのように、それまでほとんど沈黙していたのに、統領政府が誕生するや否や再び発言しはじめ、新体制公認の音頭取りになったような作家もいる。

しかしながら、ネオ＝ジャコバンの潮流が政界と同様、文学の世界でも勢いを増し続けた共和七年には、いくつかのグループにおいて一時的ながら運動の活性化が見られ、そこでは革命的エリートにおける非キリスト教化精神のなごりである反教権主義が表向きのスローガンとなっていた。こうした政治的・文化的コンテクストの中でデゾルグを考えるとき、想起されるのはパルニー〔一七五三～一八一四年。『官能詩集』など女性の魅力を賛美し、ロマン主義的な抒情詩の先駆となった〕のことである。彼の「神々の戦い」はこの数年間における事件の一つだった。ただし、その最初の断片が『旬報』〔正確には『哲学・文学・政治旬報』、ジャングネによって一七九四年に創刊〕に掲載されたのは一七九五年からであるが、一七九九年には作品は完結して初版が出版され、すぐにジャングネが彼の『旬報』の中で書評を書いている。

一九世紀末の批評家はパルニーの作品に対して道徳的なヴェールをかけてしまうのだが、そのことはエミール・ファゲ〔一八九七年からパリ大学でフランス詩の教授〕が「フランス革命の詩人たち」についての講義において、スキャンダルを引き起こすことを恐れ、このテーマ〔エロティシズム〕についていかに自主規制していたかを見れば十分である。デゾルグもまた忘却の犠牲者なのだが、パルニーに対する意図的な忘却はさらに不可解である。というのは、一九世紀のヴォルテール的なブルジョワ家庭の書棚においては、ブルボン島〔フランスの海外領土レユニオン島〕出身のこの詩人の作品は歓迎されていたし、またキリスト教世界であれ、ギリシア世界（オリンポス山）であれ、北欧世界（ヴァルハラ宮）であれ……、天界から転落した好色な神々が、混沌とはしているが壮大で、しかも疑いなく異種混合的な交流の中で性交するというあの大叙事詩は評価を得ていたのである。われわれはもはや（幾人かの繊細な文学者をのぞけば）パルニーに親しんだりはしないが、パニッツァ〔一八五三～一九二一年。ドイツの戯曲家〕は『愛の公会議』の序文でパルニーに賛辞を呈している。われわれもまたパニッツァの知られざる先駆者としてデゾルグを位置づけることができる。そのための主要な作品としては、共和七年から九年にかけて書かれた、「ピウス六世の御霊に捧げる追悼歌」、あるいは「わが教皇選挙会」のような詩、そして『教皇とムフティー、あるいは諸宗教の和解』などがある。

もちろん、あの「テベレ河右岸の住民」の中にも（エロティシズムというテーマの）諸要素がすでに存在していたのだが、われわれとしてはテベレ河右岸の古いローマ人たちの全身像だけを浮かび上がらせたかったので、言及せずに通り過ぎてしまったのである。テベレ河右岸の住民がテオドール・デゾルグにとって偉大であったのは、彼らがローマ教皇に示した侮蔑的態度によってである。

彼らは声高く非難する。教皇のたるんだ専制を、
その華美な儀式を、その計略を、その閥族主義を。
この人々は、教皇の死にさいし、喜びも悲しみもなく、
カピトールの丘から弔鐘の響くのを聞く。

なぜなら、ローマはいまや何よりも「剣と鍵、杖と三重冠とが奇妙に混ざり合う」場と化しているからだ。それを可能にしたのは「三重の王冠をつけて」「虚飾にまみれた椅子の上に座り」、華やかな祭典行列とともに何度も市中を行進する教皇の威光である。

けれども、このようにあっさりと片づけられた主人役の彼方には、狂信と迷信を利用する、特権的な寄

生者とその庇護民からなる社会が組織される。

……ローマよ。汝の壁の内側にまで
迷信の不浄の波が押し寄せる。
ヴァチカンでは狂信者の集団が
異教徒のブロンズ像をカトリック教徒の接吻ですりへらす。
敬虔さのあまり偶像をとりちがえ、
ローマのコンスルを天国の門番〔聖ペテロ〕と思って眺め、
かわるがわる処女と天使に加護の祈りを捧げながら
修道士や高級聖職者の好色軍団が、
聖地巡礼者と並んで歩く十字架持ちが、
彼らの杖でそれとわかる汚らしい苦業会員が、
それぞれ思い思いの服に身を包み、
のろのろとだらけた行進を続けていく。
アントワーヌ、ドミニク、そして貧しいフランソワ〔フランチェスコ〕は、
彼らの気取った息子たちによって一緒にかつがれる。
この日、ローマにおいて自身の信心会を持たぬ者などいようか。
死にすらそれがあり、最も実入りがよい……

司祭と乞食、司教とその従者からなる雑然とした群衆の中にわれわれを引きずり込む引用はこれくらいにしておこう……。テベレ河右岸で行われるカーニヴァル的な無礼講の自由に立ち戻るとき、教皇庁の儀式とのコントラストは明らかである。

従って舞台装置は出来上がり、判決も決まっていた。その後、共和五年から七年にかけて、ローマの景観はフランス軍の到着によって一変し、デゾルグが「テベレ河右岸の住民」の結びで表明していたローマの再生への願いは少なくとも部分的には実現したことになるのだが、おそらくデゾルグはこの再生がテベレ河のサン゠キュロット自身によって実力でかちとられることを希望していたのである。

教皇ピウス六世の死についての頌歌、とりわけ「わが教皇選挙会」と題されたこの長い断片は、一七九九年八月に捕らわれて連行中にヴァランスで亡くなった教皇ピウス六世に対するデゾルグの二重の反応を表している。「ピウス六世の御霊に捧げる追悼歌」に論評を加えようとする註解者は少ないが、彼らはこの詩にどこから手をつけたらよいかわからないでいる。なぜなら、この詩は純心さを装って教皇の功績を讃えようとする一方で、〔ローマに派遣されたフランスの外交官、バスヴィルとデュフォーの〕暗殺事件を穏やかで上品な詩句のあいだに挿入しているからである。

運命は何と頑なであることか
呆然たるヴァランスの町の中に、
亡命せる教皇の棺を置き、
その葬儀を突然に始めるとは！
われわれの屈辱を晴らすためには情け容赦なく、

彼の犯した二度の陰謀に釣り合いを保つべく、
バスヴィルとデュフォーの血を
運命は誓いを裏切った彼の頭上に振り注ぐ……

物は言いようで、教皇の経歴は変わらないのだが、魂の偉大さを倍にすることはできる。

敵である彼の遺灰にも正当な賛辞を捧げよう。
ブラスキ宮の簒奪者であった聖職者のことは忘れよう。
彼が犯した暗殺の罪はその地位と時代によるものだが
彼の徳はその心によるものだ……

そしてデゾルグは、剣の先で突いたばかりの教皇のために霊廟を建てると称して、あつかましくも新しきフェイディアス〔パルテノン神殿を建てたギリシアの彫刻家〕に呼びかけるのである。「ピウス六世の御霊に捧げる追悼歌」が描き出す心象風景はかなり特異なものだが、時局的な作品にいつまでも付き合っているのはやめ、ピウス六世の死がデゾルグにインスピレーションを与えたもう一つの作品に目を向けることにしよう。それは「わが教皇選挙会」である。われわれは、この作品を通して「もう一つのイタリア」のイメージをより豊かにすることができるし、それに加えておそらくは、〔ナポレオンとピウス七世が一八〇一年に結んだ〕宗教協約《コンコルダ》の調印の二年前という状況下において、非キリスト教化的な言説をどのように語ることができたのかを知ることができる。

大いなる矛盾であるが、われらの詩人はこうした非キリスト教化の言説を、前章で解説した書簡詩のまったき延長上に位置づけ、相変わらず夢見られたイタリアを理想化した言葉で歌うのである。要するに、彼は一七九九年の政治状況を、謙虚ではあるが無邪気にもダンテの加護の下に、『神曲』のスタイルにならって、一つの「地獄篇」に置き換えようとしたのである。

少なくとも彼はまじめにそう考えたのだが、この風刺詩のために選ばれた八音節詩の軽快なリズムにはダンテらしいところが少しもないことには気づいていない。それどころか、オリンポス山の頂から遣わされて彼に助言を与えるのはモモス〔嘲笑の神〕である。

おまえの退屈なアレクサンドランを
退屈しのぎに読んではみたが、
長く気に入られようと思うなら
話に変化をもたせること
詩は短いほど好ましい……

従って、われわれが連れて行かれるのは愉快な地獄なのだが、もちろん、そこには型どおりの「嘆き」や「呪詛」、さらにはデゾルグにヴェネチアの海軍工廠をあざやかに想い起こさせる「黒く煮えたぎった瀝青《タール》」も忘れられてはいない。さらに愉快なことに、そこで動きまわる悪魔たちは情け容赦もなく刑罰を加えるので、例えば燃えさかる奈落に突き落とされるルッカのドージェ〔統領〕はたっぷりと悔悛の情を述べることができた。

わたしは剛毅なフランス人の
喜ばしき旗を押しとどめた
わたしの狂信的な偽善は
尊厳なる哲学の
優れた作品を断罪し
無秩序の狂気によって
生まれ変わるべきイタリアの
新たな進歩を押しとどめた
硫黄の焼けるこの火の海の中で
犯した陰謀の罪を贖わねばならぬ。

犠牲者の数は増えていく。偽善的なルッカ人の次に来るのは「モデナの若き貴公子の／物わかりのよい聴罪司祭」で、彼はその主人を淫乱な行いへと導いたのである。

わたしは彼の家臣たちを不幸にした
彼は家臣たちの妻すべてに邪心を抱いた……

地獄の住民がアルプスの彼方の人間〔イタリア人〕ばかりなのを発見して驚いたイタリアびいきのデゾルグは、他国の人間もそこにいはしないかと捜しまわった結果、「国のすべての聖職者」を掌中に収めていたガリュールの判事に、そしてロゴドールの代官に出会う〔ともに架空の地名?〕。この代官は——

……祭壇の落ちこぼれによって
恥ずべき欲望を満たしていた……

けれどもこの地獄に住んでいるのは教皇庁の高位聖職者だけではなかった。というのは、世話好きな悪魔がたった一度笛を吹くだけで、詩人の目の前には亡者の隊列が出来たからだ。

修道士の帽子やフードで
うすぐらい空間を埋めつくしている
黒い悪魔たちの隊列
……盲目の世界から
敬虔な賛辞を受けていた
あらゆる時代の詐欺師ども。

デゾルグは宗派の区別なく、バラモン僧、仏教僧、回教僧、ローマ教皇、ムフティー……を行列に登場させている。行進をしめくくるのは聖人ブノワ・ラーブル〔一七四八～八三年。一八八一年に聖列〕だが、驚くべきことにこの聖人はデゾルグに向かって、道中物乞いをしながらいかに苦労してローマにやってきたかを打ち明けるのだった。だが彼の祈りやその徹底した謙譲ぶりにもかかわらず、彼は地獄に落ちてしまったのである。

自分の金で生きるより
他人の金で生きるほうが
より心地よく、よりキリスト教的なのです……

聖人の最後の病については、さりげなく触れられているにすぎない。

体を蝕むあのいやらしい虫たちの
猛威にわたしは耐えることができない……
わたしはディオゲネス〔ギリシアの哲学者〕のように生きたのに
スラ〔ローマの独裁者〕のように死んだ、

ブノワ・ラーブルは、彼の稀に見るたぐいの殉教行為ゆえに、免罪符が与えられるものと期待していたのだが、驚いたことには、彼の「しらみ寄生病」に感染することを恐れた悪霊たちの機嫌をそこね、偽善の罪で罰せられてしまうのだ。

舞台装置を設定し、地獄に落ちる者たちを選別したのちに、作者は舞台に動きを与える。「教皇死せり」という伝令の声が高らかに響き渡って、地下の実力者たちにピウス六世の逝去を伝える。そしてベルゼブル〔『マタイ伝』XII－24ほかに登場する悪霊の頭〕の主宰下に、新しい教皇を選ぶための選挙会が開かれる。これまでに登場した滑稽な人物たちはかわるがわるに候補者の名を挙げる……。それらの人々の名前を見ていけば、デゾルグがだれに対して仕返しをしているのかわかるのだが、詳細には立ち入らないでおこう。例えばブノワ・ラーブルはモーリ師〔王党派の聖職者でローマに亡命〕を推薦するが、その理由は、靴職人の息子なら、新しい時代にふさわしく、路上の教皇になることができるだろうというものだ〔モーリ師が靴職人の息子であったのは事実〕……。生きている人間については意見がまとまらなかったので、地獄の住民たちは優れた故人に教皇冠を与えることに決めたのだが、ヴォルテール以上に良い人物を見つけることはできなかった。

教皇選挙会は一斉に叫んだ
ヴォルテールこそその著作によって
あらゆる時代の人間と国にとって
最良の教師だ
彼の不滅の冗談を聞いて
詩の女神は賢者を産むことだろう！

フェルネーの長老〔ヴォルテール〕は用心深い人であったから、このように曖昧な贈り物を受け取ることはしなかった。彼は出席者の中にわれらの詩人が隠れているのに気づき、教皇冠を〔彼のような〕死者ではなく、すべての人々を結合できるような一人の生きた人間に持って行くという使命をデゾルグに与えた。

ヴォルテールはこう言ってわたしの手に
こわれそうな教皇冠を委ねた。

わたしは人間界に立ち戻り
賢明なるドゥリールにそれを捧げた。

一七九〇年から一七九二年までデゾルグの仲間であったドゥリール師は、必然性もないのに亡命して大いに粋なところを示したのであるが、〔地獄の教皇選挙会から教皇冠を授かるという〕滑稽な名誉を手にしたのである。選挙会はここでいきなり脈絡もなく終わってしまう。

いずれにせよ、この危険な蜂の巣からは何とかして脱け出る必要があった。デゾルグの中に「錯乱」の兆候を見出そうとする人々にとって、この作品はまちがいなしに、デゾルグにおける思考のデラパージュ〈脱線〉のメカニズムを説明するものであった。つまり、ダンテをフランス詩の中に定着させるという野心的な目論見から出発しながら、支離滅裂になり、最後はごまかして逃げているというのだ。けれどもそうした一面を認めるにしても、彼の一貫性の無さそれ自体に、カーニヴァル的高揚の見事な一例を見出すことができるのではないか。喜劇的な教皇選挙会のテーマはカーニヴァルにおける裁判の——肯定的な——剽窃である。意見を陳べる人々の弁論は、制度に対する批判にまで及ぶことがあり、常にカーニヴァル的なさかさまの世界が追求された。滑稽さを強調するために、巨人よりも小人を、ヴォルテールよりもドゥリールを持ち上げることによって、最終的な審判を下したのは地獄に落ちた者たちなのである。

「わが教皇選挙会」は、たしかにその意図において明快であったとしても、支離滅裂なところがあるために、われわれを困惑させる作品であった。『教皇とムフティー、あるいは諸宗教の和解』のほうは戯曲としては明らかにより古典的な出来栄えを示している。そこには始まりと終わりがあり、場面の新展開と幕切れにおける名乗り合いがある。要するに、まずまず「普通」の作品であるための要素のすべてがそこにある。ただし、そこでの議論は陳腐なものではなく、自由奔放なフィクションにその時代の事件やレノエランス〔人物〕を結び付けているので、当時のローマを髣髴とさせる。

ストーリーの意外な展開と予期せぬ発見というシナリオから成り、使い古されたとは言わぬまでも、人いに古典的な筋立てを持つ『教皇とムフティー』を簡単に要約することは難しい。舞台はおそらくフランス革命下のローマである。なぜなら、長い演説のあとでフランスが、非キリスト教化によって廃棄することが決まった聖人たちの遺品や遺骨を教皇に差し出さそうとしているのが見られるからである。

——日ごとに不従順になっていくフランスは、あなたの法律を蹂躙し、
国王だけでなく教皇に対しても戦いをしかけている。
キャベツやカブが聖人にとってかわったので
あなたの暦はすっかり姿を変えてしまった……
——何とわたしの尊き聖人たちは皆追放されるのだろうか。
——然り。大きな匣に収められ
まもなくあなたのもとに届けられるだろう……

だが実際に起こっていることを下地にしながらも、そこにはフィクションがからんでいる。ローマは軍隊によって包囲されているのだが、フランス軍ではなく、ムフティー〔イスラム教の教義・戒律にかんする問題を裁く法学者〕指揮のトルコ軍によってである。ムフティーは聖ペテロの後継者の玉座をくつがえし、すべてのカトリック教徒をイスラムに改宗しようとしていた。教皇の悲痛な独白がドラマの新展開を予告する。「不幸は一人ではやっ

てこない」。なぜなら、教皇が……妊娠していることが同時に判明したからだ。種を明かしてしまえば、教皇は本当の名前をアズミスといって、男装した若いトルコ人の女であった。彼女は結婚に反対する父親の怒りを逃れるためにこのような策略を弄したのだ。聖職者の服に身を包んだ彼女はまたたくまに高い位に昇り、彼女の恋人であるアゾランを引き立てたので、彼は枢機卿となり、同時に彼女の腹心の友として彼女のそばにとどまった。もちろん、そうした関係がもたらすかもしれないあらゆる危険とともに。

ムフティー指揮するトルコ軍と対決しなければならないとは、オスマン人の女性教皇にとっては何という苦痛であろう。加えて都市は安全ではなかった。というのはローマの市民たちはカトリックの束縛にうんざりしはじめていたからである。突然、警護隊長のペネトランティがやってきて、市民たちの緊急の要望を伝えた。それによれば、教皇は古い時代の純潔を放棄して結婚を決意し、聖ペトロの玉座に後継者を与えるべし、ということだった。

キリストの無謬なる代理人は結婚し
聖なる父の称号にふさわしくなるべきである……

〔アズミスが女であることを知っている〕われわれだけがこの命令のぴりっとした味わいを理解することができる。だが警護隊長のペネトランティは、もう一人のサンティというローマ市民との対話の中で、新しい思想がどのくらい広まっているかを教えてくれる。つまり彼が夢見る自然宗教とはキリスト教とイスラム教とのほほえましき融合であって、イスラム教徒は酒を飲むことを学び、カトリック教徒はハーレムの魅力を発見するというものだ。

酔っぱらいのバッカスに
あえて浮かれたヴィーナスをめあわせよう
ハーレムのムフティーはわれらの希望を助長し
コーランは純潔の誓いからわれらを解放する。

すべての人間によってかくも有益な妥協を前にして、侵略者たるトルコ人に勇者の平和を提案しない理由があろうか。善は急げである。トルコ軍を指揮しているムフティーのアリが全権大使として現れたとき、ローマのジャコバン派〔ペネトランティとサンティ〕は実行に移り、彼に酒を飲ませ、歌わせ、さらにはコティヨン〔四人または八人で踊るダンス〕を踊らせてメロメロにさせてしまう。物音を聞いて、教皇の恋人である枢機卿アゾランがやってくる。そこで、名乗り合いという危険な演技が始まるのだが、話が簡単になるどころか、かえってややこしくなってくる。「ああ、父上」……。ムフティーであるアリはローマを支配する教皇アズミスの父であり、アゾランを拒絶し、逃亡に追いやった男にほかならない。教皇がそこで登場するが、彼女の父には、それが自分の娘とはわからず、宙ぶらりんの状態が続く。教皇とムフティーのトップ会談はそっけない雰囲気で始まり、双方が自分の宗教の正しさについて建前論を主張する。こうして腹の探り合いをしたのちに、二人はようやく合意に達する。

二人の教皇は笑み無くして会見することはなかった……

さらに良いことには、ついにヴェールが落ち、ムフティーは聖ペテロの玉座にいるのが彼の娘であることに気づく。

教皇は女だった。イエスよ、何という驚き！
神よ、教会法典はどこにあるのか……
勇敢なるローマの市民よ、聖なる父の前に跪け
愛があれば、彼を母と見なすこともできるだろう。

これは文字どおりのハッピーエンドだろうか。まだ必ずしもそうではない。たしかにローマの市民たちは教皇の結婚に同意し、かくも思いがけない家族の再会を前にして、当然のことながら心を動かされたのであったが、品行不良の女性教皇の専制体制の下で生きることは、自由な人民の尊厳にふさわしいとは思われない。教皇アズミスが、その職務を続行するか、それが無理なら、結婚を予定している恋人アゾランに教皇冠を譲りたいと提案したとき、民衆は反乱を起こした。

否、ローマであなたは虚言をつきすぎた
わたしたちはもはや教皇もムフティーも望まない。

民衆は明瞭な言葉で拒否の理由を説明する。

わたしたちに必要なのは、善行によって

日々愛し合うよう人民に教えられる指揮者です、
わたしたちが指名したいのは、ペネトランティ、あなたです。
ローマを誤謬から解放したあなたこそ
どうか人民の忠実な支え、その後見人的指導者になって下さい……

けれども、ローマの警護隊長はとても慎重な人であったので、このような厄介な贈り物を受け取りはしなかった。彼は一方の手で女性教皇アズミスに聖ペテロの鍵の一つを手渡し、明瞭な使命を託す。

極楽の美女たちに道徳と学芸を教えなさい。
これが幸福の鍵です……

そのあとでもう一つの鍵をムフティーに渡すが、彼に託された責務はいっそう重大なものである。

わたしはあなたの手にローマのすべての若者たちを委ねる
あなたは今日からわたしたちの希望を満たさねばならない
主権者たる人民の権威を永遠なものにして下さい、
党派抗争の波を押さえ
邪悪な人間の中傷を止めさせ
不幸な人間を支え、貧しき人々を助けて下さい、

真実と寛容を説き
剣よりも平和の枝を選び
真の宗教が善行の宗教であることを忘れないで下さい。

枢機卿の帽子の気前のよい授与のあとで、トルコ人とキリスト教徒とが全員参加するダンスがあり、諸宗教のエキュメニスム的和解が完了するのだが、それを保証するのは〔哲学と宗教とのあいだの〕役割分担である。

穏健な哲学に対しては
どんな宗教の教義も従わなければならない。

「テベレ河右岸の住民」から「わが教皇選挙会」にいたる、テオドール・デゾルグのおぼつかない足どりはハッ、ピ、ー、エ、ン、ドに終わる。

男と女をとりちがえるなんて
教皇選挙会にとっては何という罠！
男の教皇のかわりに女の教皇とは！
でもそれも面白いかもしれない。

悲しいかな、この幸福な結末もテオドール・デゾルグの転落を確認するものだった。実際、アミアンの和約の予備交渉を祝うために、共和九年、つまり一八〇一年の末に彼が刊行した作品集「平和への誓い」の中にこの作品を加えたのはいささか迂闊だったのではないだろうか。第一統領ナポレオンと教皇庁のあいだに宗教協約が結ばれて数カ月しかたっていないのである。

デゾルグはそのとき、革命への忠誠の極限にまで到達し、非キリスト教化の伝統を継承した反教権主義のテーマの上で痙攣し熱狂し、その結果として、あのもう一つのイタリア――狂信と迷信の権化である教皇庁のイタリア――に向かって言葉の闘争をエスカレートさせ、ついに錯乱してしまう。均衡と進歩の観念からなる澄み切ったイタリアの夢は、歴史の現実に直面することで混乱をきたしたのである。

翌一八〇二年には、テオドール・デゾルグの同郷人で彼より一二歳年下の画家フランソワ・マリウス・グラネ〔一七七五～一八四九年。エクス＝アン＝プロヴァンスにその名を冠したグラネ美術館がある〕が、これまたイタリアの魅力に惹き寄せられてエクスからローマへと向かっている。デゾルグを引き裂いてしまった新古典主義的理想とカーニヴァル的幻想の対極にあるイタリアの第三のイメージはまさしくグラネに帰するのだが、この章を終えるにあたって一言、彼について触れておこう。ローマ教皇庁の壮麗な儀式の画家であるとともに、修道院の回廊の画家でもあったグラネは、ローマに着いたとき「カプチン修道会の回廊」を描くために髭をはやした修道士を捜したが、彼らは髭を剃るように命じられていたのでモデルを見つけることができなかった……。だが画家のアトリエを視察しにきた新しい教皇ピウス七世は彼にこう語ったという。「可哀相にカプチン修道僧の髭はいまは短いけれど、そのうち伸びてくるでしょう！」。

カプチン修道僧の髭のエピソードのように、グラネを中心にして作りあげられ、その後も彼自身によって注意深く維持された宗教的伝説に惑わされないようにしよう。往来を行く人物を描いた彼のスケッチブックをめくってみるなら、わたしたちはそこに、デゾルグが言及したようなスタイルの修道僧に幾度となく出会う。彼らは敬虔なる愛餐《アガペ》から芳しからぬ様子で出て来ると、ある者は修道服をまくり上げ、壁に向かって勢いよく小便をする。またある者はパントマイムで子供たちを怖がらせて喜んでいる……。だがこのグラネは一般に知られているグラネではない。公式のグラネは時代の色に染まっている。

ジャコバン主義に対する忠誠の最もめざましい表現であり続けた反教権主義の孤独な闘士であったデゾルグにとって、時代はすでに終わっていた。彼を待っているのは周縁化、地下生活、そして監禁である。

第13章　父の呪い、あるいはシャラントンに閉じ込められたもう一人の男

「彼の頭は錯乱しており、刑罰よりも治療を必要としているように思われる」（アルノー、ジェー、ジュイ）。「錯乱したデゾルグ」（Désorg-anisé）に対する悪意のこもった駄洒落を正当化しようとして伝記作家たちが語り継いできた決まり文句は、教訓的、博愛主義的でかつ偽善的ですらあるのだが、われわれを大いに困惑させるものである。

デゾルグの頭の中、もしくは生活の中で何かが起こったことはまちがいない。たしかにそれまでも彼は風変わりな人物で、怒りっぽい性格の持ち主として通っていたのだけれど、共和四年には共和国の優れた詩人・芸術家の一人と見なされており、一八〇〇年までは、賛歌や頌歌の作者として引き合いに出されていた。明らかに単純ではあるが、二つの答えが可能だ。一つは、もともとの気質として軽い精神的病があったのが（創造的人間で、そうでない者などいるだろうか）、次第に重症化し、ついには明らかな精神異常になったという答え。もう一つは、ナポレオンの個人独裁が確立する時期になおも共和主義者としてとどまろうとする詩人の個人的冒険が、シャラントンの精神病院（パリの東南八キロ、ヴァンセンヌの森に近いシャラントン＝サン＝モールにあるこの病院は一七世紀に創設され、革命下に一時閉鎖されたが、総裁政府下一七九七年に国家の管理下に置かれた）への監禁という口封じと世論統制の手段の恰好の対象になったという答えで

ある。

彼の伝記の中に、決定的とまではいかなくとも理解を助けてくれるような要素を見つけることができるだろうか。人はそれぞれ自分のやり方で時代に対応する。デゾルグのかつての師であるイタリア人サヴェリオ・ベッティネッリは一七九六年の侵略者〔ナポレオン〕を『罰せられたヨーロッパ』の中で激しく非難したのに、一七九九年には態度を変え、『イタリアにおけるボナパルト』において征服者を賛美したのち、死（一八〇八年）の直前にははっきりと保守主義者に戻っている。けれども、変節したからといって、それが精神錯乱だとはだれも言わないのである。デゾルグは時代に逆行し、トゥーロンを出航してオリエントに向かった若い英雄の魅力にひかれはしたものの、マレンゴの戦のあとではこの新しい支配者にたてつくようになる。もし彼の名前がルートヴィヒ・ヴァン・ベートーヴェンであったなら、そうした性格は好意をもって迎えられたことだろう。

安定した生活の枠組みを求めながらも、同時にまた緊張、反抗、拒絶の中を生きてきたこの男にとって、危機はいつか訪れるはずのものであったのだろうが、彼の内面においてそれはどのように体験されたのだろうか。作品の年代がいくつかの判断材料を与えてくれる。共和七年〔一七九八～一七九九年〕から饒舌で抑制のきかない作品が増えはじめ、賛歌の窮屈な枠組みから脱け出て、別種の言説、すなわち権威に対する、父に対する反抗の言説をとるようになる。「聖なる父」〔ローマ教皇〕のイメージはまさしくそうした権威の極端に戯画化された表現だったのである。

すでに起こってしまったことを正当化することだけを考えている同時代人たちの後追い的な再構成に疑いの目を向けるなら、われらの詩人の伝記それ自体も当てにならないものであることをすでにわれわれは知っている。デゾルグは沈黙の中に隠れてしまった。シャラントンの精神病院の中に入ってしまったあとでは、沈黙はますます重苦しいものとなるだろう。けれども、彼がまだ自由であった数年間においても、状況はそれに劣らず厳しかった。彼はこのうえなく不名誉な境遇の中で身を隠すように暮らしていたのである。

総裁政府期におけるデゾルグの私生活についてはただ一つの記録しか残っていない。その正確な文面をわれわれはこれから見ていこうとするのだが、それは、少々オーバーではあるが、サドが引き起こした「マルセイユ事件」〔一七七二年サドが三三歳のときマルセイユの私娼窟で行った乱行。エクス高等法院は毒殺未遂と鶏姦の罪でサドに死刑を宣告した〕にならって、「共和四年の事件」と呼べるような一つの出来事に関わる記録である。とはいえ、サドがマルセイユの娼婦たちに対して行った所業にくらべるなら、われらの主人公の犯したスキャンダルはいかにも滑稽であり、比較すること自体、彼にとって得にはならないかもしれない。しかし共和四年プレリアル二二日〔一七九六年六月一〇日〕に警察省〔総裁政府下の一七九六年に設置され、一七九九年にはフーシェが大臣に就任している〕の記録の中に見出される事件の証言は、〔この時期の彼について触れる〕唯一の記録であるがゆえにわれわれにとっては興味をそそられるものである。つまり共和二年から〔彼がシャラントンに監禁される〕共和一三年までのあいだ、この「汚点」をのぞけば、われらの主人公が警察の注意を引くことはなかった。わたしは彼の名前と足跡を他の資料にも捜してみた。パリ警視庁の記録には、革命期に逮捕された者すべてについての要約を記したラバの目録があり、重宝であるが、惜しむらくは共和五年で終わっている……。だが少なくとも、デゾルグが共和四年までは問題を起こさなかったことの証しにはなる。その他、パリの刑務所（ビセートル、ル・タンプル、ラ・フォルスあるいはヴァンセンヌ……）の断続的で未整理な記録もざっとではあるが目を通して見たが、デゾルグの名を見つけることはできなかった。共和八年テルミドールから共和一〇年プリュヴィオーズまでの「軽犯罪を犯して訊問された者、および訊問した司法官もしくは行政官のリスト」についても同様だった。パリのセクション

〔地区〕の警察記録を一枚一枚めくる必要があるかもしれないが、途方もない作業である。しかしながら、この「事件」がデゾルグの犯した唯一の事件であるからなのか、その報告は直接に警察大臣に送られている。取るに足らぬ事件ではあるが、デゾルグがどうでもよい人物ではなかったことを、おそらくこの処置は示している。

デゾルグの名を警察省の文書庫に残すことになったこの事件——冒険とは言いがたい——は、共和四年プレリアル一八日〔一七九六年六月六日〕、ビュット゠デ゠ムーラン地区のラ・ロワ通り二〇番地で起こった。ただし、同区の治安判事が不在であったため、それを記録したのはモン゠ブラン地区の治安判事である。警察省はプレリアル二二日と二三日の二度にわたって情報と関連文書の送付を治安判事に要求していて、この事件に寄せられた関心の大きさがわかる。と同時に、同じ階の住人でデゾルグを訴えた市民メリ——なかんずく彼の妻——の執拗な態度と処世術の巧みさが伝わってくる。治安判事が警察大臣に送った回答文書の中で苦々しく報告しているように、「彼女〔市民メリの妻〕は昨日本官のところにやってきて、この事件についてくどくどとまくしたてたが、大臣や治安判事に向かってこのように無意味な振る舞いをくりかえすこと」は、正常な神経の持ち主なら避けるべきであったろう。こうした常軌を逸した興奮をとりはらい、事件そのものの有り様に立ち戻れば、それはきわめてありふれた、隣人同士の単純な口論であったにすぎないのだが。デゾルグ側の見解とその相手の見解とは完全にくいちがっている。市民メリは事実を説明するために、警察大臣に対して長文の覚え書きを送り、だらだらとその意見を述べている。いかにもパリならではの事件だが、その特徴的なシーンのいくつかを以下にとりあげてみよう。

原告側の主張するところによれば、この喧嘩は、同じ建物に居住する彼とデゾルグとのあいだで「特殊な事情」のために起こったという。

「……彼の妻である女性市民メリは、夫とデゾルグとのあいだでこれまでずっと続いていた平和と協調を、彼女が仲をとりもつことによって回復するために、二人のあいだに割って入らなければならないと思った。この女性市民はすでにその目的を大いに達成することができたので、市民デゾルグが最初に仕かけた、秩序の友にとっては不愉快なあのような光景は終わったものと思われた。しかるに彼は再び喧嘩を始めようとし、彼女の辛抱強い正当な努力によって阻止されるといらだち、彼女の頭と胸をなぐろうとし、あまつさえきわめて凶暴なやり方で彼女の腕にかみつこうとした。彼女が妊娠八カ月近くであったこと、彼女の介入が当然であったこと、彼女がこの喧嘩の原因とはまったく関係がなく、彼女およびまもなく生まれる予定の子供にはその犠牲者となる理由などなかったこと、以上のことすべてを彼が知らなかったはずはないことは明らかである……」。こうした暴力行為のあと、原告側の訴えに基づき、市民デゾルグは一時的に拘留されたが、セクションに居住する三名の市民の保証の下にその日のうちに釈放された。市民メリはこの決定に不満であった。なぜなら、彼の妻は明らかに「早産の兆候を示していたからであるが、それればかりではなく、……彼女は自身とその子供の生命を左右しかねない恐るべき〔流産の〕危険に先立って生じたあらゆる偶発的出来事のために寝込んでしまった」。さらに「彼女の苛酷な状況をいっそう深刻なものにしていたのは、この喧嘩がまた始まるのではないかという不安であった……。市民デゾルグは彼女に向かって復讐を誓い、何があってもそうするであろうし、六カ月以来計画を練っていると宣言した……」。

「これまでずっと続いてきた平和と協調」についての冒頭の言及と最後の主張とは矛盾するが、侮辱されたメリはそれに頓着することなく主張を続ける。「……女性市民メリを依然として不安に陥れ、彼女の病状を少なからず悪化させているもう一つの心配は、市民デゾルグがあの危険なきちがい沙汰〔復讐〕を行うと誓ったあとで、彼女が彼の激怒もしくは荒々しい狂気の犠牲に再びなるのではないかというものである。その動機が何であれ、彼が女性市民メリの住まいに姿を現すだけで、彼女の衰えた健康状態にかんがみて、きわめて深刻な結果をもたらすに十分であろう。法は三人の子供の母に対して特別の保護を与え、その健康状態を考慮することなく、また他の理由もなく彼女を殴打した不道徳で非人間的な男の怒りから彼女を守るべきである……」。

このはっきりしない論争において、デゾルグの側から提出された見解が明らかに〔原告側のそれとは〕異なるものであったと言う必要があるだろうか。訴訟記録が残っていないため、われわれが見ることができるのは、モン＝ブラン地区の治安判事が警察大臣に送ったプレリアル三〇日の報告書に記載されている証人たちの供述書の要約にすぎないが、治安判事の態度はわれわれの主人公に対して明らかに好意的である。

「この喧嘩に居合わせた証人たちは皆、デゾルグの節度ある態度について証言したばかりか、さらに次のように言っている。すなわち市民メリとその妻はデゾルグを侮辱し、虐待した。証人たちの中の二人は、女性市民メリがデゾルグの男の一物をわしづかみにするのを見たと主張している。こうした暴力にもかかわらず、デゾルグは自制し、いかなる反撃にも出なかった。もしこれらの供述が偽りのないものならば、女性市民メリの胸にできた赤い斑点、左手首の脈拍の昂進、母体の変調などは、激しい怒りの結果だということになる……」。しかしながら事件は司法の手に委ねられ、メリは裁判で勝てると考えているかもしれないが、裁判は正常にとりおこなわれるはずだ、と治安判事は警察大臣に報告している。

治安判事は賢明にも、「これらの供述が偽りのないものならば」とことわっている。真実のところ、われわれが直面しているのは、どちらに責任があるのか、動機が何なのかも不明な喧嘩のイメージである。

とはいえ、われわれはこのエピソードを無視できるほど、普段着のデゾルグについて知ってはいない。このエピソードは彼の動きのある肖像画であり、デゾルグ文書に一頁を追加するものなのである。それでは彼は、市民メリが言うように「激怒」あるいは「荒々しい狂気」にとらわれやすく、「危険なきちがい沙汰」を犯しかねない「不道徳で非人間的な男」、要するに怒りっぽくて暴力的な性格の持ち主ということになるのだろうか。実際、妊婦の胸を叩き、腕にかみつくなどの暴力をふるったとしたら、きわめて問題である……。けれども、女性市民メリもまた、「男の一物」をわしづかみにするなど女性にあるまじき行いが目撃されており、冷静さを保っていたとは言えないようだ……。

デゾルグは知らず知らずのうちに、その生涯を終えることになるシャラントンに近づきつつあった。彼の狂気についてのちに作成されることになる記録の中で「共和四年の事件」の諸要素が考慮されたかどうかはわからない。ましてや国立公文書館の資料F7が〔デゾルグの狂気という〕この理由だけのために、〔モン＝ブラン地区における共和四年の〕些細な喧嘩の記録を保存したとはとても考えられない。むしろ、これらの文書は注目されることもなく打ち棄てられ、事件の山の中に埋没してしまったと信じるのがより自然である。わたしとしてはファーストネームさえ明記していないこれらの文書に基づいて、それがテオドール・デゾルグだと仮定するのはかなり軽率だと言わざるを得ない。問題の人物は、テオドールの兄のジャン＝フランソワであるかもしれないではないか。問題となっている人物の知名度や事件において示された人物の性格的特徴からして、それが弟のテオドールだと断定して大きなまちがいはないものと思われるが、〔シャラントンの〕いっそう暗い世界にまでテオドールを追っていく前に、一応このことを疑ってみるのも悪いことではない。これから相手にしようとする資料の寡黙さは、共和四年のエピソードの饒舌さとはまったくの対照をなしているからである。

テオドール・デゾルグの同時代人にとっても、また後世の伝記作者にとっても明らかなことは、彼がマレンゴの戦い〔一八〇〇年〕以来、帝政に対する抵抗勢力の側に与しており、それゆえ、共和一三年フロレアル、すなわち一八〇五年五月にシャラントンの精神病院に入れられたということである。彼の最後の作品が発表されるのは共和九年〔一八〇〇～一八〇一年〕、つまりマレンゴの戦いの直後だが、このときから共和一三年までの約四年間、彼は何をしていたのだろうか。彼はわれわれの目の前からほぼ完全に姿を消したと認めざるをえない。ドートリヴの古典的著作『第一帝政の秘密警察』は一八〇四年から一八〇七年までを扱い、デゾルグがまだ自由の身であった最後の数カ月をカバーしているのだが、その索引にも彼の名は出てこない。この沈黙は、しかし、何も語らないというわけではない。まず第一に、デゾルグが文学生産の流通経路からはずれて、新しい体制によって事実上、不穏文書のアンダーグランド的世界に押し込められてしまったということだ。けれどもまた、われらの詩人が必ずしも組織的な反対勢力のネットワークに属していなかったことも、〔この沈黙から〕引き出すことができる。彼は「爆弾事件」〔一八〇〇年一二月二四日、ナポレオンを乗せた馬車がオペラ座に向かう途中で爆弾が破裂し、二二名が死んだ。王党派の犯行だったが、ジャコバン派に対する弾圧の口実となった〕直後のジャコバン派弾圧のキャンペーンで語られる反体制思想家に属していたわけではないし、一八一四年にF・ジローが刊行した『ボナパルト統治下の監獄史概説』に書かれているような刑務所の囚人であったわけでもなく、同様にノディエの『回想録』に出てくるわけでもない。とはいえ、ノディエが彼を忘れたりしなかったのは、〔本書の序章で〕触れたとおりである。結局のところ、ヴェルシャンジェ〔ヴェルシンガー〕は『第一帝政下の検閲制度』において、以下のようなほとんど公式的な物語を最も完全な形で拡大しており、それは事実に近いものから遠いものまで、一九世紀のあらゆる辞典の中で要約されている。「最高存在の賛歌の作者である詩人デゾルグは、〔パレ＝ロワイヤルの〕カフェ・ロトンドでレモン入りのアイスクリームを拒絶し、次のように語ったために逮捕された。「〔レモンの〕皮は好きじゃない」〔皮（エコルス）をコルシカ人（コルス）にかけた皮肉〕。このようなお粗末な言葉遊びと、

偉大なるナポレオンは／カメレオンだ

というリフレイン〔繰り返し〕の付いた詩歌のために、彼は狂人としてシャラントンに閉じ込められることになった」。

駄洒落と挑発的なリフレイン。この二つについての短いほのめかしが、語り継がれ、彼の死後まもなくに書き記されて残っている唯一の手掛りである。歌詞の続きは今後も不明のままであろう（少なくとも、わたしはそれを発見することができなかった）。

新しい社会の片隅で忘れられていく反抗的人間、これが当時のデゾルグのイメージであるが、一八〇五年の思想弾圧の犠牲者となったのは彼だけではない。一八〇五年三月二日に公安上の理由でタンプル監獄に拘留された人々の中には、アンガン公の処刑〔コンデの子で革命中に亡命貴族軍を指揮したこともあるアンガン公を、フランス国王に即位させるという陰謀が噂されていた。ナポレオンは彼を捕らえ、一八〇四年三月、略式裁判ののちに処刑したが、陰謀はブルボン家弾圧のための捏造だったと言われる〕について政府を風刺した「誹謗文書」出版のゆえに、共和一三年ヴァントーズ一一日の行政命令によって逮捕された聖職者のC・J・ラヌーヴィルがいる。ソルボンヌ通りに店を構えていた印刷・出版業者ゲルバールもまた一月以降、幾度か逮捕され、七月には「誹謗文書の印刷者、悪質低級な人間」というレッテルを貼られて、ラ・フォルス監獄に移送されている。このように、きわめて雑多な囚人たちの集団には、アンガン公の殺害を非難する王党派と、デゾルグのような改悛しないジャコバン派とが混ざり合っていた。のちに王党派と共和派の同盟に発展するものの素地がそこには見える。ノディエ〔一七八〇〜一八四四年。のちにロマン主義の代表的批評家となるが、革命期にブザンソンの市長であった父の影響を受け、共和主義を信奉し、一三歳のときに風刺詩『女ナポレオン』を書いたことにより逮捕され、投獄されたが、父の友人であった警

察大臣フーシェの助けもあってまもなく釈放された〕はタンプル監獄に拘留されていたあいだに、王党派とジャコバン派の双方を訪れ、両陣営と知り合いになっており、反ナポレオン同盟の雰囲気のよき証人であるが、一八〇三年に書かれた反抗的な『女ナポレオン』の作者がジャコバン派のデゾルグに対して好意を持っていたとしても不思議ではない。

共和一三年フロレアルにデゾルグがシャラントンの精神病院に監禁されたことが、われわれにとっては公式記録の中に彼の姿をかいま見る最後の機会となる。記録とは、一つは精神病院のもの、もう一つは元老院に設置された「人権擁護委員会」のものである。

一八〇五年四月末にわれらの詩人に何が起こったのかを知ろうとするならば、まずはこの委員会の扉を叩かねばならない。われわれより先にそれを手がけた歴史家もいるにはいるが、多くはない。というのは、記録が国立公文書館に保存されているにもかかわらず、この委員会の存在はほとんど知られていないからである。アルフォンス・オラールは二〇世紀の初頭にこの資料を利用し、時代の関心を反映して「ナポレオン一世統治下の人権」という論文にまとめているが、彼の分析は古びるどころか、われわれの関心に当てはめて再考されるに値するものである。さて共和一二年フロレアル二八日（一八〇四年五月一八日）の元老院令は、二つの委員会を設置していた。一つは「報道の自由」を守るためのものであったが、まったく活動することはなかった。もう一つは「市民の人権」を擁護するためのもので、実際に設置された。その有効性についてはこれから見ていくことにしよう。

元老院の内部は保守派によって占められていたが、「人権擁護委員会」は元老院によって選出された八名の委員から構成されており、逮捕されたあと一〇日を過ぎても判決を受けていない個人の状況を調査するものであった。当事者は直接不服の申し立てをするか、さもなくば親族か代理人を立てて申し出ることができた。請願を受けた委員会は、それが受理に値すると判断したならば、拘留されている個人を釈放するように警察大臣に要請することができた。委員会が三度要請を行っても何ら効果がない場合、委員会は元老院の開催を要求することができた。会議は議長の以下のような厳粛な宣言によって開始された。「某氏……が拘留されているのは、まったくの推測によるものである」。このあと、関係する大臣は国事裁判所に出頭しなければならなかった。もちろんこれは理論上のことだが、元老院は委員会に対して「良心の守護者」という重大な権限を賦与していたのである。

発足当初の共和一二年プレリアル一三日、委員会は以下のようなメンバーで構成されていた。すなわち、ルノワール、ラロッシュ、ボワシ・ダングラス、エムリー、アブリアル、ヴェルニエ、セール、ヴィマール。再選は不可で、四カ月に一度、籤引きによって委員の一人の辞職が決められ、補充される。このような体制の下に、委員会は共和一二年プレリアル一七日（一八〇四年六月六日）から一八一四年五月二七日まで実際に活動を続けた。しかしながら、はじめにことわっておかねばならないが、委員会がその権限を行使して拘留を無効であると宣言したことは一度もなかったし、元老院の開催を要求したこともなかった。委員会は、表立った要請ではなく、慎重に行われる交渉を通して、目的を達成しようとしていたのである。その結果はいかばかりであったか。

委員会が活動を始めて一年にも満たない共和一三年ヴァンデミエール三〇日、委員長ルノワールは元老院への報告の中で活動の成果を公表するとともに、委員会の役割についての彼の認識を表明している。「……個人の自由が社会で暮らす人間にとって第一の必要であるとすれば、国家の安全は政府にとって第一の必要である」。報告書によれば、共和一二年プレリアル一七日から共和一三年ヴァンデミエール三〇日までに、委員会は個人もしくは団体による一一六の請願を受け取った。そのうち、四四名は警察大臣によって釈放された（ただし、何人かの場合はパリを去り、元のコミューンに帰るという条件付きで）。一七名の事件については委員会の権限の範囲外にあると判断された。委員長によれば三三名（しかし、記録簿に当たってみるなら、実際には四四名）については警察大臣の説明により拘留が延期された。残りの二一名については、大臣が新しい情報を収集中であり、「拘留者を社会に戻すことはいまだ危険であると判断されるため」、その処置はいまだに決まっていない〔合計は一一五もしくは一二六で、誤記の可能性もある〕。

委員会の（控えめな）自己満足の証言を事実と照合させることは可能である。というのは、まとまった文書が保存されなかったとしても、少なくとも要約的な記録は作られていたからである。そこには〔大臣等との〕通信や委員会の議事、そしてときとしては送られてきた回答などの要約を見ることができる。そこから、この委員会がどのように活動していたのかが透けて見える。まず請願書の受け取りが告知され、次に指名された報告者が「大判事」あるいは警察大臣に報告を書き、そして〔大臣から〕回答が送られてきたことが通知される。一〇年間の活動により、五九〇通の文書が取り扱われ、要求の三分の一は受け入れられたものの、大多数の場合、委員会はきわめて漠然とした理由――「国家と社会の安全のため」あるいは「陛下の命令により」――に基づく拒絶を前にして屈服せざるをえなかった。委員会は一度だけ踏ん張って皇帝に直訴したことがあるが、それは損害を被ったと主張するラサールという名の御用商人のためであった。

これらの事例の中では、政治的な理由による恣意的な監禁が多数を占めていたとあえて言う必要があるだろうか。オラールは一例として、ジャコバン派の闘士であったショーメットの妻の場合をとりあげている。この未亡人は共和一二年メッシドールに拘置されたのだが、オラールは嫌疑の理由を知ろうとして警察の書類をさかのぼって調べていったけれども、共和七年にたどり着いたところで、あやふやな理由を見

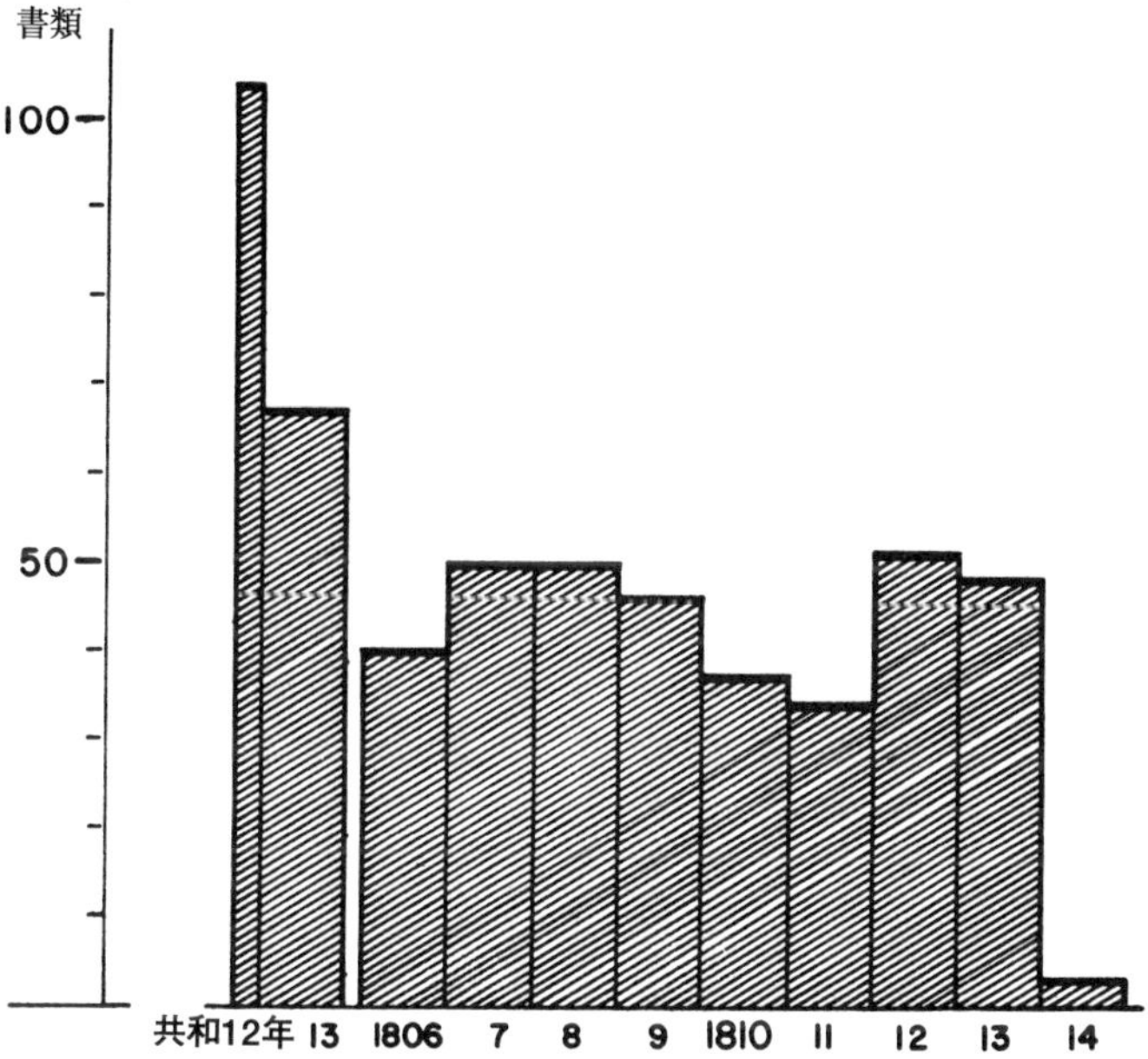

人権擁護委員会が扱った書類

出したにすぎなかった……。にもかかわらず彼女はシャトー＝ティエリ（パリの北東九〇キロのところにある都市）に追放され、すぐさま同市の精神病院に監禁された。こうしたことからもわかるように、委員会は「まったくのお飾り」的な役割しか持たなくなり、とりわけ国立刑務所に関する一八一〇年三月三日のデクレが判定を伴わない監禁を一年間まで正当と認めるにいたって、委員会は次第に弱腰になっていった。もっともはじめからたいした野心は抱いていなかったのだけれども。

委員会の一〇年にわたる活動をグラフで見るなら、スタート時点ではきわめて活発であった。すなわち、発足当初の共和一二年には最後の三分の一だけで一〇三件、翌年（共和一三年）にも六七件あったが、一八〇六年以降は四〇件台に落ち、その後の三年間は五〇件前後で安定化するが、一八一〇年と一八一一年にはさらに下降する。一八一二年と一八一三年には再び五〇件台に上昇するが、それは〔帝政末期の〕陰謀と抑圧の強化によるものである。だが、委員会の活動が終了する一八一四年の最初の数カ月間、グラフはゼロ近くにまで落ちる。それは驚くべきことではない。委員会が扱った文書と大臣から送られてきた回答とを照合するなら、最後の数年間、回答の記載されるべき欄がどれも空白であるのに気づくはずだ。警察大臣はもはや監禁の理由を説明するのをやめたのである。

〔委員会が扱った五九〇件の〕書類の中で、共和一三年メッシドールに扱われたテオドール・デゾルグの書類は、共和一三年フロレアルの逮捕のあとで数多く作成された申請書の最初のグループの中にあり、一七〇という番号が付けられている。この記録からは、身許確認以上の情報を期待しないことにしよう。「テオドール・デゾルグ、文士、軽率な言動のゆえに一カ月前からシャラントンに拘留」。その他、報告書の作成者の氏名（ここではボワシ・ダングラス）、警察大臣との通信連絡についての言葉少なの言及。メッシドール七日、委員長は警察大臣に対して情報提供を依頼し、メッシドール三〇日、次のような回答が寄せられる。

「テオドール・デゾルグは、精神病の兆候があったのでシャラントンに送られ、病気であると認定された。退院は、病気が治り次第、認められるであろう」。

政治的な理由によって狂人扱いにされた者は、われらの詩人だけではない。メッシドール九日には、四〇カ月も前からシャラントンに監禁されていた作家、D・A・F・サドに関する報告が書かれている。だが委員会の報告者アブリルによって作成された申請書に対して、警察大臣からは何の回答もなかった。他の事例でもそうだが、狂気はシャラントンでの監禁を正当化するための口実でしかなかったのである。例えば、一八〇六年のピエール・ロマンスの場合は、精神病者として拘留されたが、「安全のための新しい方策が講じられるまで」監禁は続けられるべし、とある。一八〇七年のリュフェ（息子）とフランソワ・ソテュの場合、「この二人は精神に異常をきたしているように思われるが、拘留されてはいない」。一八〇八年のブラン夫人の場合、家族からの申請は却下された。なぜなら「ブラン未亡人は狂気のゆえに拘留されている」から。ときとして、明らかに疑わしい事例もある。例えば、共和一三年フロレアル一四日、ド・ラ・ビュシエール氏は「精神病をわずらっているとしてシャラントンに監禁されたマク＝マオン氏は実際には狂人ではない」と述べ、そのことを説明しようと申し出ている。これに対して、警察大臣はプレリアルに回答している。「マク＝マオン氏はたしかに精神病をわずらっている。病が癒え次第、退院は許可され、財産は彼に戻されるであろう」。

　しかしながら大多数の場合、あからさまな抑圧が顔をのぞかせる。共和一二年と一三年は委員会の活動の最盛期で、扱った事件の三分の二がこの時期に集中しているのだが、そこでは二つのグループが隣り合っている。一つはモロー将軍〔ブリュメールのクーデタでナポレオンを支持したが、その後王党派と関係し、一八〇四年に逮捕〕の陰謀に加担したとされる被疑者で、全部で一〇人ほどである。その中の七人は最後に釈放されたが、他の者については「釈放は皇帝陛下の御意に反する」として許可されなかった。もう一つのグループは、デゾルグのように、言葉もしくは書いたものによって罪を犯したとされる人々で、例えば、元役人で、「ある文書が原因で」サント＝ペラジー〔パリの刑務所〕に拘留されていたF・ヴォワザン氏は、監視付きながら釈放される。あるいは中傷を言ったとして拘留されていたルイ・ラパテルもあとになって釈放されている。一八〇五年の春から夏にかけて逮捕・拘留されたグループの中にあって、テオドール・デゾルグは、足場を固めようとして果敢に動いた帝政によって最も手ひどい扱いを受けた人々の一人であった。

　この種の〔行政的〕文書は、より大きなコンテクストの中で見るという点では、たしかに有益であり、われらの主人公に仕掛けられた罠が何であったかを説明してくれる。とはいえ記述があるにしてもあまりに簡潔であるために、われわれとしては欲求不満にさせられる。デゾルグの個人的な冒険はどのように進行していたのか。カフェ・ロトンドのエピソードがそうだが、彼は現行犯で逮捕されたのだろうか、それとも——よりありそうなことだが——次第次第に狭められていく罠のような、警察の監視にひっかかったのか。われわれはここで、以前〔第4章〕まったく別の視角から利用したあの記録に立ち戻ることにしよう。つまりデゾルグが逮捕・拘留される一年前の共和一二年フロレアルにエクスの公証人によって作成されたあの事実関係証明書は、二〇年前に父のデゾルグが事故によってたった一人で死んだこと、さらにまた彼が鬱病にかかっていたことを証明しようとしていた。デゾルグ兄弟（フランソワかテオドール、あるいは二人とも）はいかなる理由から、このような証明書を必要としたのだろうか。そこにはどんな目的があったのか。何らかの脅しから身を守るために、病的な遺伝を、あるいは反対に、あらゆる点において正常な遺伝を証明しようとしたのだろうか。わたしはそのどちらについても断定するだけの材料を持たない。すべては謎のままである。いずれにせよ証明書作成は、共和一三年にテオドール・デゾルグから自由を奪った不快な出来事〔カフェ・ロトンドのエピソード〕と無関係ではないように思われる。警察の陰謀というのはあくまで仮説でしかないのだけれども、この事実関係証明書はデゾルグを突き落とすなり、あるいは救い上げるなり、そこにおいて何らかの役割を果たしたにちがいない……。

罠は閉じられた。テオドール・デゾルグは共和一三年フロレアル二四日〔一八〇五年五月一四日〕以降はシャラントンの精神病院の会計帳簿抜粋にその名を現すものの、一八〇七年末には消えてしまうが、自由になったわけではない。シャラントン゠サン゠モーリスの戸籍台帳が証明するのは、彼が一八〇八年六月に精神病院で「自由な」在院者として死亡したということだ。デゾルグの最晩年を追おうとしても、この消えゆく英雄をとりまく沈黙の壁にこれまで以上にぶち当たるだけだ。運命の非情さと言うべきか、同じころにシャラントンに監禁されていたもう一人の男、サドについてはあらゆる好奇の眼差しが集中し、かなり詳しく知られているというのに、あれだけ後世に名を残そうと夢見たデゾルグのほうは、病院の会計帳簿抜粋原本に毎月その名が記載されているだけの存在になってしまう。それも一八〇六年までのことで、そのあとは、彼がまだそこにいることはわかっているものの、何の記録もない。彼は少しずつ忘却の中に沈んでいく。

このような場合はいつもそうなのだが、沈黙をうまく利用し、囚人の生活をより広い視野の中で再構成しなければならない。サドという存在に引き寄せられてそのまわりに集まってくる好奇心の持ち主たちは、院長クルミエ師の管理下にある精神病院の様子についておぼろげながらも噂や印象を提供してくれる。こうした印象に基づく証言の彼方に、すでに触れた会計帳簿などと重ね合わせながら、詩人がその最晩年を過ごしたミクロな社会の住民たちを想像してみることにしよう。パリの施療委員会によって作成された小さなリストによれば、この住民たちは共和一〇年すなわち一八〇二年以降ここに集められたようだ。彼らは少なくとも公式には治療可能な精神病者であった。共和一〇年テルミドールの症状の一覧表は入院患者一人一人について簡単な臨床所見を記録している。分類はかなり大ざっぱである。入院患者は予後の見通し（きわめて良好、かなり良好……かなり悪化、回復の見込みなし）やさまざまな所見（狂躁、鬱、躁鬱（？）……それ以外にも、足の痙攣（暴れる）、回復！など）が記された重症の「狂人」から、痴呆、癇癪、心気症……までさまざまである。共和一一年ヴァンデミエール以降、一覧表は形式こそ変化はないが、医学的判断においては精密度（それが可能だとして）が落ち、治癒の予想に焦点が当てられるようになる。すなわち、全快、回復、「見込みあり」……治癒不能。

共和一二年以降は、こうした配慮も無くなっていった。精神病院の住民についての公式記録は、もっぱら入院費の支払いと権威への服従に力点を置く、純粋に行政的もしくは管理的なものになっている。要するに、施設の性格が歴然と変わりはじめたのである。住民総数は増加した。共和一二年初めには九八人であった在院者は、一年後には一三二人となり、一八〇六年初めには一七七人にまで上昇したのち、一八〇七年には一三一人、一八〇八年には六〇人……にまで下降する。急激な減少に先立つ、この一時的な膨張は、重要な質的変化を反映している。共和一一年の春〔一八〇三年〕以来、シャラントンに在院者を送り込んでいたのはもはや施療委員会だけではなく、パリの警視庁もまたもう一つの供給源であり、その重要性は絶えず増加していた。共和一二年初めには「真の」病人が数の上では上回っていたが（五九対三九）、共和一三年初めには、二種類の住民の数は拮抗し（六七と六五）、一八〇六年には政治犯が目に見えて増加し（一〇〇対七七）、最後まで多数派であり続けるのだが、一八〇七年以降は総数が減少する。一八〇七年春には政治犯の一掃が行われ、とりわけデゾルグのような共和一三年の囚人がその対象となった。つまり、このグループの中でまだ残っていた一八人中八人は――破廉恥にも「全快」と書かれて――釈放され、さらに八人はビセートルの病院に移されたのである。明らかに、それまで主流であった、治療を口実とした監禁政策の見なおしが始まり、一八一〇年に公認される国事犯の裁判ぬき拘留への道が開かれたのである。とはいえ、このような囚人の管理は、表面的には厳格だが、実際にはきわめて流動的だった。共和一三年のグループの残党が一八〇七年に整理されたとき、テオドール・デゾルグは一八〇六年三月以来もはや書類上は存在していなかった……。彼の場合は、サド侯爵の場合と同様だが、まず「在院者」の部に入れられてしまったので、少なくとも公式の名簿からは消滅していたのである。このことは、責任者（パリ市立病院あるいは警視庁）からの入院費の徴収をその主たる目的の一つにしている会計帳簿においてはまったく当たり前のことである。私的な在院者となったデゾルグは、サド同様、みずからの負担もしくは家族の負担によって病院内にとどまっていた。これは、囚人の一部を密かに保持しながら、国家の留置場を表面的には清算してしまうという、優雅とは言えないが、巧妙な手口である。かくしてデゾルグの事例は、その枠組みの変更の中で、特異性を保ちながらも、部分的には一般化していたのである。共和三年フロレアル〔一八〇五年〕に、彼は警視庁によってシャラントンに送られた三一名のグループの一員となった。彼らの中に「真の」狂人はほとんどいなかったと言ってさしつかえない。わたしは、ドートリヴの『第一帝政下の秘密警察』の索引を参照して、フロレアルの逮捕者たちの身許を確認しようと試みたが、収穫は乏しく、三一名中七名の足どりをつかんだだけである。デゾルグ自身はこれら政治犯の中に含まれてはいなかったのだろうか。いくらかはっきりとつかめた人物としては、ミシュロという「狂人」と、数名の小悪党だけである。すなわち、ムーランで二年の刑を言い渡されながら、大判事によって刑期満了後に拘留の継続を命ぜられたアントワーヌ・リュエ（別名バクロ）。おそらくパリの衛兵隊から詐欺師として追放された元兵士のベルナール。コンピエーニュの喧嘩にその名が出てくるウイユなる男。そして「無政府主義のプラカード」の作者と覚しきレオン。本物の陰謀家たちが行く所は、タンプル、ビセートル、ラ・フォルスのようなパリの刑務所であり、アム、イフ〔デュマの小説『モンテ＝クリスト伯』で知られる〕、アンブラン、フネストレルのような要塞監獄であったが、デゾルグのような反対勢力のネットワークから脱落した小物たちに用意されていたのはシャラントンの精神病院だったのである。

悲しいかな、デゾルグはそこから出ることができなかった。だがそうした「特別待遇」を享受したのは彼だけではない。デゾルグの影を薄くさせたサド侯爵もまたそこで死ぬことになる〔一八一四年一二月二日、七四歳〕。その他〔デゾルグが死ぬ〕一八〇八年の末に拘留されていた小さなグループの中にも、恩赦

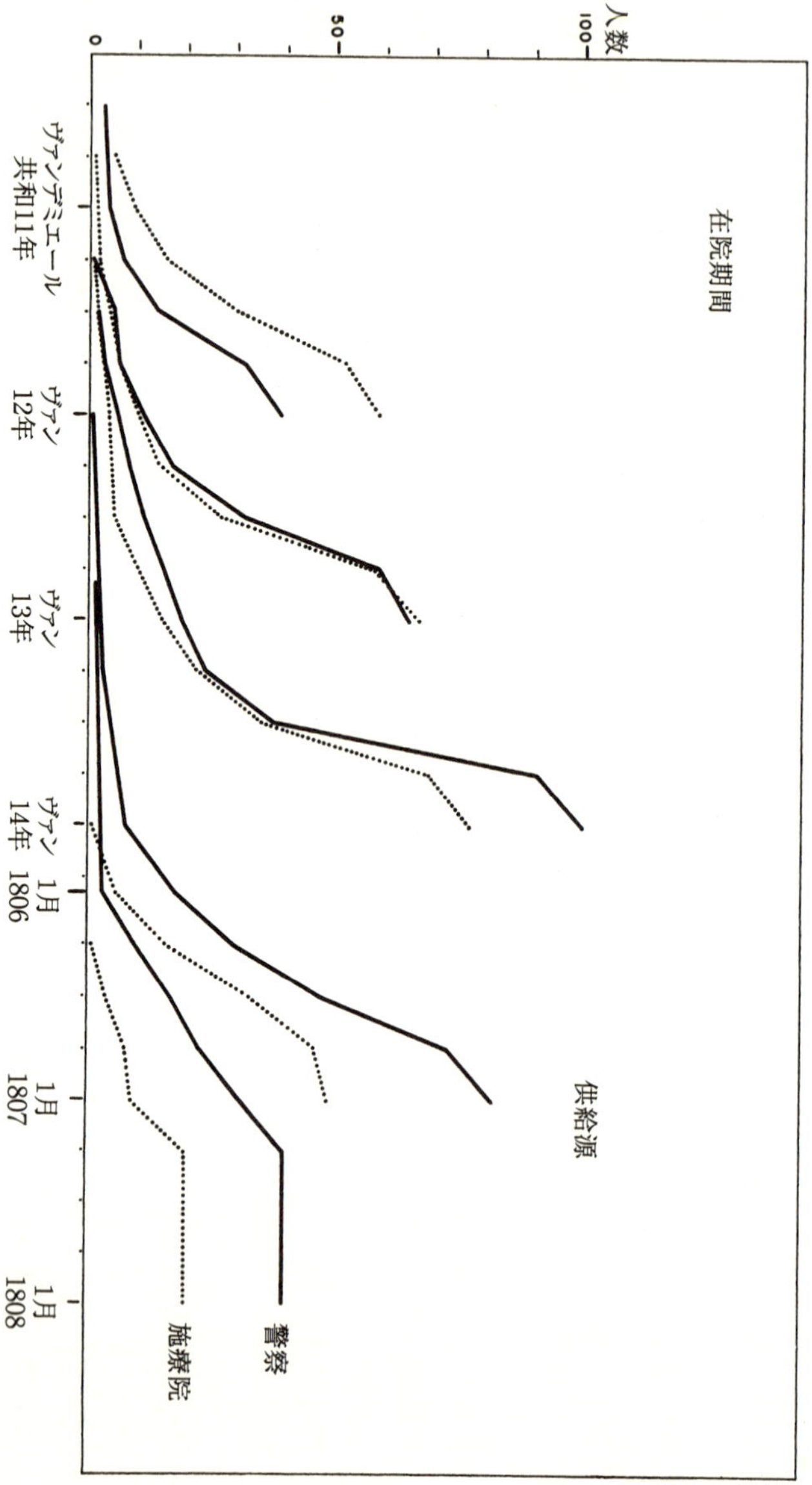
在院期間
人数
100
50
0
ヴァンデミエール
共和11年
ヴァン
12年
ヴァン
13年
ヴァン
14年
1月
1806
1月
1807
1月
1808
供給源
警察
施療院

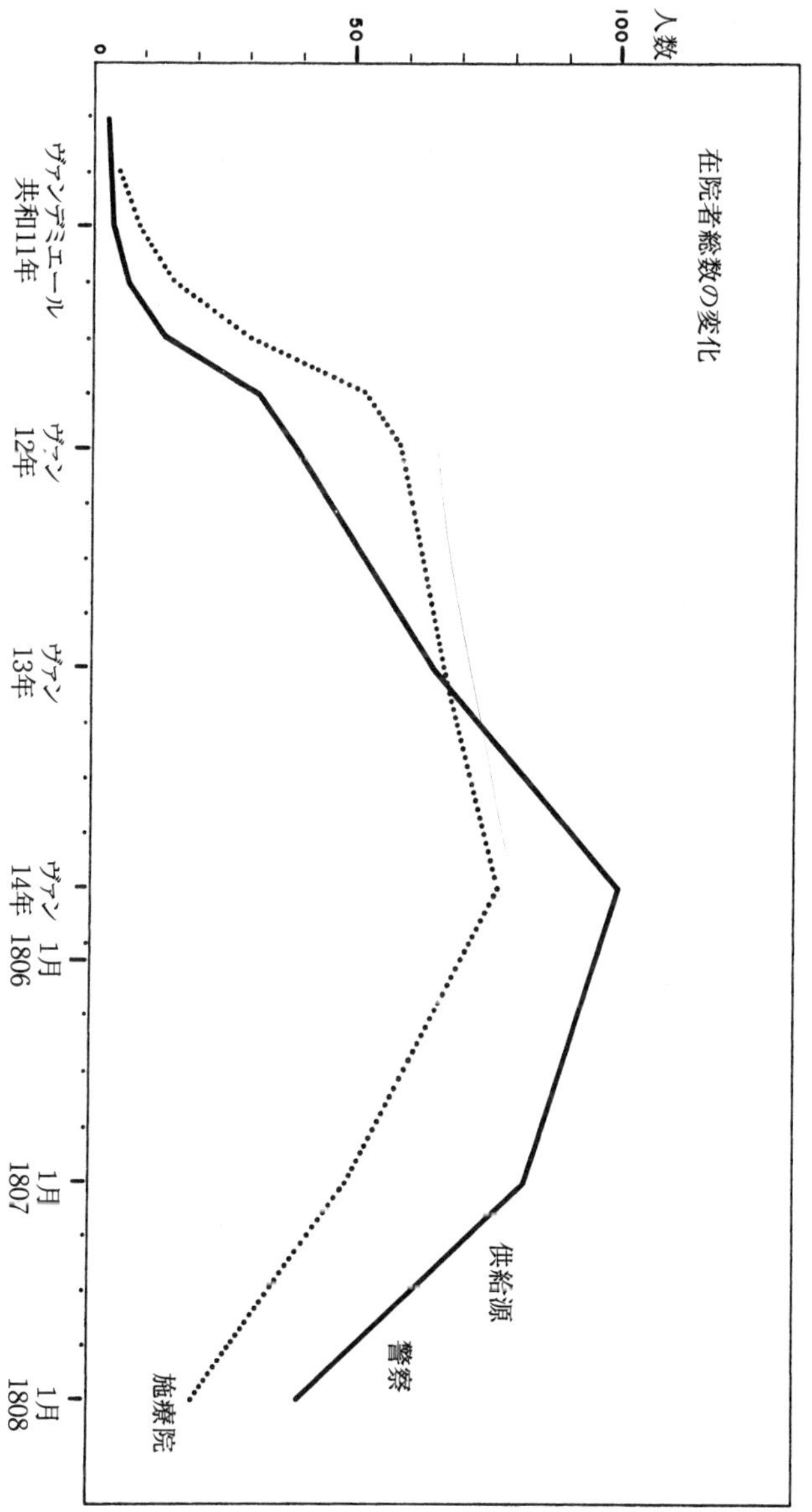

シャラントン精神病院への入院（1803〜1808）

をまったく受けなかった者がいる。半ダースほどの人々で、その中には政府の命令によって共和一二年ヴァンデミエール、すなわち一八〇三年九月〜一〇月以来拘留されていた退役軍人のルイ・オーギュスト・ドレオン・ド・ロッシがいたし、ほかにも帝国検事の命令によって拘留されたピエール・シャントルー、宗教大臣の命令によって拘留されたジャン・ラグランジュがいる……。

あらゆる診断から確認する限り、彼は実際には狂人でなかったのだから、デゾルグに対する遺恨は最後まで続いたと言える。伝記作者たちの中で最も慎重な者たちですら次のように言っている。「……ついに彼の頭は錯乱してしまった……」。それは無秩序に対する秩序の究極の勝利であり、秩序は自己の正当性を証明することに成功したのである。一九世紀の伝記作者が書き残した記述をもう一つ紹介しておこう。それはデゾルグがシャラントンにいたことを示す唯一の証拠であり、唯一の具体的なイメージであるがゆえに貴重な記述である。伝記作者はデゾルグが死んだときに彼がまだ四五歳にもなっていなかったことを想起させたのちに、次のように付け加えている。「……病気のために、彼は人より老けて見えた」。

デゾルグが比較的よく知られた人物であったにもかかわらず、公式の記録をのぞけば、彼のシャラントンでの生活についてはいかなる痕跡も見出されないという事実——このパラドックスを、伝記作者たちが言うような錯乱ということで説明してよいのだろうか。この時期におけるサド侯爵の行状について、われわれはすべてではないにしても、少なくとも多くのことを知っている。彼が享受していた相対的な自由、院長クルミエ氏が彼に寄せていた知的関心、とりわけ選ばれた観衆を前に芝居を上演させるというあの特権は、開明的な管理者であったクルミエ氏の先端的治療に由来するものであった。ペーター・ヴァイスの『マラー／サド』における作者の役割は、当然の権利としてデゾルグに帰せられるべきではないかと思うのだが、ペーター・ヴァイスは彼のことを知らなかったのだから、所詮デゾルグにはそうした優遇措置は望むべくもなかったのである。

　おそらくはそれを望めなかっただけではなく、クルミエ氏がその書簡の中で語っていたような「国事犯」としての地位すら望めなかったし、サド侯爵に認められていた言葉に対する権利を期待することもできなかった。「偉大なるカメレオン」を揶揄したことは、つまるところ、『ジュスティーヌ』や『ソドムの一二〇日』を書いたこと以上に深刻なことだったのだ。われらの詩人にはこの最後の苦いなぐさめを残してやることにしよう。

　一八〇八年六月五日、シャラントンの精神病院で彼は死んだ。戸籍簿責任者〔通常は市町村長か助役〕の前で証言を行ったのは、病院の使用人、ジャン＝ピエール・デュムスティエとマリー＝ヴィクトワール・デュビュイソンの二人である。「自由な」在院者であったデゾルグは無一物ではなかった。エクスの公証人によって手続きがなされた相続財産の一覧表によれば、この年、兄のジャン＝フランソワが相続した不動産は二万五〇〇〇フランと見積もられている。それは、閃光のように一瞬のあいだ輝いたのち、身を翻すように目の前から永遠に消えていったこの人物の、ささやかなゆとりについての最初にして最後の証言である。

第14章　忘却の四つの円、あるいはテオドール・デゾルグの地獄

「忘却の四つの円」というダンテ風のメタファー〔『神曲』「地獄篇」第三二曲～三四曲を参照。特殊な信頼に背いた者が罰せられる第九の地獄は四つの円（領域）に分かれ、第一円は「血族の義に背いた者」、第二の円は「郷党を売った者」、第三円は「賓客の信に背いた者」、第四円は「恩人に背いた者」が罰せられる〕を借りるならば、われらの詩人にとっていささか酷ではあるが、おそらくそれは彼にぴったり当てはまるにちがいない。「わが教皇選挙会」で、彼がダンテにならってわれわれを新しい地獄に連れて行ったとき、あるいは霊魂の不滅についての詩の中で来世における罪と報いについて自問したとき、彼の念頭にあったのはまったくロベスピエール的な見方、それどころかロベスピエールをはるかに超えて啓蒙思想の流れを継承する見方であった……。ここで想起されるのは、後世の集合的記憶における真の永生についてディドロとファルコネが交わした対話『賛成と反対』である。何であれ、みずからの仕事によって救われるというのが、哲学者と善人にとっての真の来世である。ディドロは次のように夢想する。「遠くで奏でられるフルートの合奏を聴いているのは楽しい」。そしてロベスピエールはディドロの快楽主義的な来世観に道徳的な色合いを付け加える。「善人も悪人もこの世から消えていく……」が、その仕方は同じではない。悪人に対しては、永遠の保証である最高存在による最高の罰が下されるが、それは要するに歴史が彼の名に劫罰の烙印を押しつけるということだ。善人に対しては、

後世の称賛が約束されるか、少なくとも有徳の士に愛され続けるという報いが与えられる。「わたしは諸君にわたしの記憶を残していく。それは諸君にとって貴重なものになるだろうし、諸君もそれを守ってくれるだろう……」（ジャコバン・クラブにおけるテルミドール八日の演説）。

テオドール・デゾルグにとって地獄とは忘却である。徳を信じる者がこの世では少数派だと信じるロベスピエールやサン＝ジュストのペシミズムの根底にはある種のオプティミズムが存在する。悲劇的な呼びかけがなされていたとしても、それは後世に信頼を置いているからで、結局のところ事物の道徳的な秩序、後世における徳の勝利が揺らぐことはない。デゾルグは後世の人々から見捨てられてしまったが、彼が凡庸な詩人であったからそうなったと言うのは安易であり、軽薄でさえあるだろう。もちろん、エリゼーの野〔神々に愛された英雄・賢者が死後に幸せな生活を送るとされた所〕でフルートの合奏を聴くためには、下手な詩を書くだけでは足りないだろう。けれども、ドゥリールやルブランやマリー＝ジョゼフ・シェニエの詩にしても似たような出来だった。しかるに彼らは帝政期の――虚飾に満ちた――栄誉を享受したし、一九世紀、さらにはそれ以後も文学の教科書によってとりあげられた。帝政とともに秩序への回帰が始まった時代にあって、「ロベスピエールの詩人」であったデゾルグには、過去を打ち消す免罪符を期待すべくもなかった。生まれたばかりのブルジョワ的良心は、その誕生に立ち会った革命という時代の無作法に対して恥じらいがちに沈黙し、注意深くそれを隠蔽しようとした。未来の歴史はデゾルグが「わが教皇選挙会」の中で描いていたあの混沌とした地獄の中で紡がれていくのだが、デゾルグの残した作品は、表面的には、無用の紙屑でしかなかったようだ。彼を待っているのは、忘却の四つの円なのだろうか。これに関連して、一緒にするには違和感があるかもしれないが、兄のジャン＝フランソワ・デゾルグの社会的な死と没落を付け加えておきたい。それは「デゾルグ帝国」の最後を宣告するもので、ジャン＝フランソワの没落はゆっくりと、密かに進行していったが、決定的なものであった。さらにまた、わたしが浮かび上がらせようと努めてきたデゾルグ家の冒険が、エクスという〔地方〕都市の集合的記憶の中で隠蔽されてしまったことにも触れておきたい。レベルは異なるが、〔より大きな〕国民的栄光の記憶の中でも、デゾルグの思い出は程度の差こそあれ、消えていった。とはいえ、現存するデゾルグ一族の末裔たちの記憶の中で、一七九四年のジャコバン詩人であった祖先の面影が、霧の彼方で神話化されながらいまも生き続けているのを発見しえたことは、ささやかなるなぐさめではある……。

兄のジャン＝フランソワ・デゾルグは、かつてエクスの会計法院評定官であり、一七九二年からはパリの不動産所有者となっていたが、彼に立ち戻ることは、公証人資料などを通して辛抱強くこの一族の足跡を追った、本書冒頭からの歴史的探索を再び始めることでもある。この人物は人名辞典などでまったく知られていないわけではないが、兄と弟の関係は逆転し、一八三四年に刊行されたラッブとボワジュラン編『現代人名大辞典』においては、詩人の兄として紹介されている。このとき彼は死んだばかりであったが（一八三二年だが、あとで触れることにする）、彼の弟のために設けられた項目の中に彼にかんする短い言及があり、それを読むならば、彼がまったく無名ではなかったにしても、それほど有名ではなかったことがわかる。というのは、彼にはいい加減なファーストネームが付けられているからである。「彼〔テオドール〕にはトマ・デゾルグという兄がいて、発明家であったが破産した。その功績として認められるべき発案としては無臭便槽が挙げられるが、その実現は余人に奪われてしまった」。

誤解され、欺かれた、少々滑稽なバルザック的発明家、これがトマス、またの名はジャン＝フランソワ・デゾルグについて語り継がれてきたおぼろげなイメージである。「開き窓から落ちて死んだ」父から、「一族の遺伝であるきちがいじみた想像力の逸脱」のあとでまもなく告発された次男にいたるまで、デゾルグ家の集合的肖像画を補強するためになされたジャン＝フランソワについての言及は、おそらく無邪気なものではなかっただろう。

　わたしはジャン＝フランソワ・デゾルグが関わっていたと思われるきわめて特殊な領域における、彼の発明家としての活動の足どりを何とか追ってみようとしたが、あらゆる調査にもかかわらず、それを見つけることはできなかった。便所という無くてはならない場所の改良を笑うのはおそらく安易にすぎるというものだろう。なぜなら、物質生活についての最近の歴史研究が明らかにしているように、一九世紀初頭の大都市におけるごみや排泄物の処理の問題はいまや重要なテーマであるからだ。公衆衛生の観念はすでに一八世紀末の啓蒙思想家によって想起されていたし、それは一九世紀前半には多くの医師、学者、都市計画家によって発展させられ、パラン＝デュシャトレ〔一七九〇～一八三六年。医師。『衛生学年報』の編集にたずさわり、公衆衛生学の論文を発表するかたわら、「公衆衛生委員会」の委員長をもつとめ、パリの下水道や娼婦についての調査を行った〕その他によってなされた提案は一九世紀後半には大いに実現されていった。特許あるいは発明の横取りもおそらく頻繁に行われた。一九世紀に発表された攻撃あるいは反駁の文書、学会報告、論文等のカタログ類は不完全なもので、デゾルグについては触れていないけれども、一八一八年八月の欄にはテュリ子爵の報告が記録されている。それは、パリのマリー＝ステュアール通り八番地に居住するエリカール・フェロー・ド・テュリ子爵が、八月一九日に開かれた「王立農業協会」で行った報告で、題目は「可動式無臭便槽」であった。だがこれだけでテュリ子爵を発明のあつかましい詐称者と見なすわけにはいかないだろう。

　わたしはジャン＝フランソワ・デゾルグが書いた三二頁の小冊子を見つけたが、それは『農業改良による地租の支払い』という題で、一八二一年にパリのモロー印刷によって出版され、書誌学者ケラールが主宰する『フランス語文献』でも紹介されている。奇妙に思われるのは、ジャン＝フランソワの著作についてのこの唯一の言及が、堅実な土地所有者の技術者としての側面に敬意を表していることである。われわれは彼を「発明家」と定義したのだから、冊子のテーマそれ自体は驚くべきことではなく、むしろ彼の理論的活動と彼の社会的実践とのあいだのちぐはぐな関係に驚かされるのである。

なぜかと言えば、一七九二年から一八三二年までの、すなわち彼が三〇歳のときから死を迎える七〇歳のときまでのジャン＝フランソワ・デゾルグの歴史は、家産を浪費しつくす破滅の歴史であった。父と祖父が辛抱強く追い求めてきた社会的上昇の見事な裏返しである。この破滅へのプロセスを細かく追うことはしないが、残念なことに、われわれにとってより関心のある、兄と弟の関係についても情報は乏しい。革命政府が共和二年に元貴族を大都市から追放しようとしたとき、法の適用を免れるべく、デゾルグ兄弟は同年フロレアルに公教育委員会に対して祖国への奉仕を申し出ている。このとき二人は一致して行動していた〔第6章参照〕。その後の二人の交渉についてはまったくわからないし、なかんずく弟の冒険、上昇、とりわけ〔シャラントンへの〕監禁を兄のジャン＝フランソワがどのように受けとめていたかはまったくわからない。従って、いくつかの小さな手掛かりで満足するしかない。それは共和一二年〔一八〇四年〕の事実関係証明書〔第4章参照〕で、その真の動機は不明であるけれども、おそらくは、弟に対する警察の疑いを少しでも軽くしようという兄の配慮であったろう。このような兄の態度からほぼ確実に読みとることができるのは、革命詩人であった弟の逮捕が迫っているという不安な予感であった。ジャン＝フランソワはすでにパリ市民となっていて、一七九二年以降、明らかにエクスに帰るつもりはなく、当時〔一八〇四年〕はリシュリュー通りのソルダト氏方に居住していた。一八〇六年にはフォブール・サン＝ジェルマンのザカリー通り六番地に住んでいたことが確認される。このようにパリに居住しながら、首都の公証人たちを介して、彼はプロヴァンスにある自分の財産を遠くから管理していたのである。けれども、公証人原簿が示すところによれば、パリ滞在中にも一時的にプロヴァンスに戻ったりはしている。すなわち共和一三年ブリュメールから同年プレリアルにかけての約半年間、ジャン＝フランソワはたしかに郷里に帰っており、エクスでいくつかの証書を、そしてそのころはまだ居住者と見なされていたヴォルクスではさらに多くの証書を作成している。それはまさしく彼の弟がシャラントンに監禁された時期であり、ジャン＝フランソワが逃亡したくなったと考えてもおかしくはないが、田舎の空気を吸いたくなったと言うこともできよう。それ以外に弟を救うために奔走していたのだという可能性も排除できないけれども、「人権委員会」の記録が提供する乏しい手掛かりだけでは確かなことは何も言えない〔第13章参照〕。

パリの不動産所有者で裕福な街に住みながら、暇なときには発明家になるというジャン＝フランソワ・デゾルグは年金で生活していた。彼が四〇年のあいだ休まずに財産を浪費しつくしたのは確かだが、彼の浪費の戦術を日ごとに追跡するのは容易ではない。むしろわれわれが彼の父について試みたように、かかりつけの公証人たちの記録を手掛かりに、家産の辛抱強い〔脱〕構築の様子を再構成するほうが現実的である。デゾルグはエクスを出てパリに上ったが完全に根無し草になったわけではなく、いくつかのネットワークを持っていた。彼の証書の大部分は、特に共和八年以降はパリの公証人たちによって作成されたが、特定の事務所に限定されていたわけではない。父以来、エクスにおけるかかりつけの公証人であったベールとの関係は疎遠になり、エクスにおいてすら彼は事務所を変えている。ただし、ヴォルクスにおいては家の伝統に忠実で、ロワイエールの事務所との関係を維持している。エクスとヴォルクスの公証人事務所、そしてパリの公正証書中央保管所に見出された六〇あまりの証書は、これですべてというわけではなく、ジャン＝フランソワ・デゾルグの活動の一端を語るものでしかない。彼は次第に私署証書に頼るようになり、さらに厄介なことには、各地の代理人を使って財産を管理させ、しまいにはそれを売却させるようになった。先代たち——父と祖父——が徴税請負人あるいは代理人として他人の財産を管理しながら小金をためていたのとは、まさに反対のことが生じたのである。息子は仲介業者の意のままになる不在地主となっていた。エクスにおいて、少なくとも革命期から帝政期まで、代理人をつとめたのは卸売商のピエール・ボネで、一七九二年以来委託を受け、ジャン＝フランソワの信頼を得て共和一三年プレリアル七日（彼が再びパリへ出立する直前）に全権委任状を委ねられている。それはピエール・ボネに広範な権限を与えるものだったが、彼は彼で代理権を、おそらくはデゾルグの母方の親戚にあたるメリゴン氏に与えている。ヴォルクスでは、未亡人マリー・ピションと補助医〔学位を持たない開業医〕レニエの二人に同時に委任状が与えられている。けれども少しずつ暴走が始まる。ジャン＝フランソワは委任状を濫発し、わたしの数えたところでは、パリの幾人かの公証人によって一八一〇年四月から一八一一年九月までのあいだに作成された委任状は二三通にのぼるが、その中の二〇通は白紙委任状である。こんな具合だったので、法定代理人の数は増加し、もはやだれだか識別することができないほどだ。彼が生まれた村であるヴォルクスの税務署は、一八一二年以来空白になっていた財産目録覧を一八二二年に閉じているが、膨大な数の不動産売却によって長期にわたり放置された混乱について、大いに不平を述べている。売却にたずさわった「さまざまな人間たちが、いかなる委託も受けてはいなかったのに、結果的にはいつもデゾルグの代理をつとめていた」。いささか矛盾する話だが、行きあたりばったりに売られていく家産の散逸の様子が目に見えるようだ。

この没落の諸段階を完全に再現することはわたしにはできなかったが、リズムは感じとれるし、その結果は決定的なものである。エクスでは共和五年〔一七九六～九七年〕まで、ヴォルクスでは一八〇七年になっても、多額の売却はなされていない。複数の代理人による不動産の賃貸契約といった財産管理が活動の主流を占めている。次に、貸し付け、債権、為替手形など資金の運用が見られる。これらはエクスで支払われているが、とりわけマルセイユにまで広がった取引関係と、同時にまた現金の必要性を物語っている。目立った動きは、家族を襲った危機〔弟テオドールの監禁〕の最中の共和一三年（一八〇五年）にエクスで始まっている。そのときジャン＝フランソワ・デゾルグはエクスにおける彼の代理人と再び委任契約を交わし、ラ・ガリース、ラ・ドンヌ、ル・モンテゲ「その他」の地にあった彼の所有財産の見積もりをしているが、ランファンの館はもはや問題とはならない。というのは、割譲の証拠は残念ながら見つけられなかったけれども、館がこの時期にすでに売却されていたことは明白である。一方、彼がエクスの弁護士ピエール・ファブリに「新館」の旅籠屋を五万フランで売ったのが一八〇八年一〇月九日であることは確かで、またラ・ガリースの城とその領地を売却したのが一八〇六年以降であることも、さまざまな情報を突き合わせることで推測できる。

一八〇七年までヴォルクスの財産の譲渡は慎ましいものであったが、一八一一年と一八一二年のあいだには多額の売却が行われている。すなわち一八一一年一一月二三日と一八一二年一二月二三日に、マノスクの公証人ラティル氏を前にして、パリの不動産所有者〔ジャン＝フランソワ・デゾルグ〕は続けざまに一六の物件を割譲したのである。二区画の耕作地、ぶどう畑、オリーブ畑、加えて、水門のついた水車、家屋、家畜飼育場と羊小屋、厩舎、干草置き場……。村の土地譲渡台帳に要約されて記載されている物件の内容を詳しく調べる必要はあるまい。ヴォルクスにおけるジャン＝フランソワ・デゾルグの土地財産目録にはまもなく何も残らなくなってしまうのだから、何が起こったかは明瞭である。四散していったのはデゾルグ家草創以来の家産の中核そのものであったのだ。購入したのはだれか。指物師やパン屋など、半ダースほどの地元の人間がいるが、大口の物件を手にしたのはこうした人々ではない。耕作地や建造物はブルジョワの手に渡った。――フォルカルキエの登記所長ムニュ、同地の土地所有者デュマニャン、そしてパリに住むガラベール……。

「デゾルグ帝国」の最後の痕跡が消滅するのはいつごろだろうか。土地譲渡台帳、登記所の売却リスト、そして公正証書原本などを突き合わせてみても、その顚末を詳しく知ることはできなかった。わかっているのは、エクス市の土地台帳が完成する一八二八～一八三〇年には、売却は終了していたらしいということだ。オペラ通り二九番地にあった父の家は、そこに居住するアレクサンドル・ブルモン氏の所有となっている。

パリにおけるジャン＝フランソワ・デゾルグの死については大都会の匿名性のためか、あるいはたんに一九世紀のパリの戸籍簿の消滅〔一八七一年のパリ・コミューンのさいの市役所の火災による〕のためか、容易にはわからない。復元された首都の戸籍に、彼の死亡記録は残らなかった。だが、迂回してセーヌ県の公文書館の記録を当たることによってそれを確認することができた。相続人不在のリストの中に、最後の住所については触れられていないものの、一八三二年五月二〇日に彼の死亡したことが書かれていたからである。エックという名の捜査官は、同年一一月三〇日付の通信の中で、放棄された財産の売却額が三四フラン六五サンチームであったと記録している……。放棄され、売却された財産の中にはもっと重要なものがあったのではないかと思われるが、何も書かれてはいない。最後に残るのは、〔資産家であった〕父デゾルグの遺産相続人が、屋根裏部屋か管理人部屋で死んだ兵士と同じリストに並んで記載されるという、きわめてバルザック的な零落のイメージである。ジャン＝フランソワ・デゾルグの死は、四半世紀前に死んだ彼の弟のそれと同じくらいに陽の当たらないものだった。

以上に見てきたことから、プロヴァンスの地方的社会において忘却がいかに迅速に、またいかに完全に進行したかが理解できる。プロヴァンスの人々は、デゾルグ兄弟が父のなしとげた社会的上昇の道を踏みはずし、いくつかのスキャンダルを犯したことを容赦しなかった。とはいえ、少なくともある時期までは彼らについて知っている人々がいないわけではなかった。われわれは、一八四八年に出版された『エクスの街路』の著者、ルー＝アルフェランの伝えるところから大いに利益を得た。この著者は、彼の時代だけでなく、エクス法曹界の伝統にも根を下ろしていたため、見たままの証言だけでなく、一九世紀の都市の記憶を口頭伝承によって語り伝えるという特権的な地位にあったのである。とはいえ、彼がエクスの事情に大変よく通じていたのは確かであるとしても、彼の書いたものは、当時のブルジョワジーの価値基準に合わせて作られたフィルターを通して見たものである。テオドール・デゾルグについては、「最高存在の賛歌」の作者の才能についてのきわめて簡潔な言及以外は、ほとんど何もない。エクスから出て行った地主で、パリで死んだジャン＝フフンソワについては――おそらく知識がなかったため――まったく何もない。ルー＝アルフェランの関心と敬意は父のジャン＝ピエール・デゾルグに集中している。彼は秀でた法律家であり、またプロヴァンス州の総代であったし、彼に死をもたらした三面記事的な事件の思い出もあった。『エクスの街路』を書いた歴史家は、〔公式見解をそのまま踏襲して、ジャン＝ピエール・デゾルグが不幸にも開き窓から足をすべらして転落したと述べ、他の仮説にはまったく言及していないのだが、にもかかわらずパリの伝記編纂者たちにはデゾルグが「開き窓から飛び降りて自殺してしまった」と語る口実を与えてしまった……。ルー＝アルフェランのかなり事情に通じてはいるが、慎重な見解は、収集家アルボーの文書類〔現在アルボー博物学図書館〕に継承されており、われわれはそれを参照することができる。アルボーもまた父デゾルグに関心を持ち、エクスの小教区簿冊を使って彼の家系図を作成しているが、明らかに息子のテオドールにも興味を持ち、テオドールの自筆書簡数通を商人たちから入手しているが、これらはいまも〔アルボー博物学図書館に〕残っている。とはいえ、こうした考証学的な知識は閉鎖的なもので、一九世紀の書斎的学問とともに滅んでいくしかないものであった。

フランス革命の上を下への大騒ぎの中で、テオドール・デゾルグがパリまで出かけていって得ようと思ったものが、エクスという小さな世界での名声でなかったことは疑いもない。だが、彼がかちえたと信じた不滅の名声がはかないものであったのにくらべて、彼を闇の中に突き落とし、死後もなお危険な運命を歩ませることになった社会的・イデオロギー的な合意は強力なものであった。

テオドール・デゾルグに対する拒絶、あるいは排除の現象がほとんど彼の死の直後から始まっていることは、一八〇〇年ごろに増加する文学者の辞典類を追ってみればよくわかる。これらの出版物は、ナポレオンの統領政府〔一七九九〜一八〇四年〕が秩序の回復を目指していた時期に、体制を立てなおしつつあった「文芸の共和国」の再建を具体化するものであった。共和八年〔一七九九〜一八〇〇年〕にN・デサールが編集した『フランス文学の諸世紀、あるいは一八世紀末に死亡したか、そのときまで生存していたフランスの作家すべての歴史的批評と参考文献のための新辞典』では、まったく当然のことながらデゾルグにも居場所が与えられている。「彼の詩はいくつかの新聞、および一七九六年版の『芸術年鑑』に記載されている」。文学者協会がほぼ同じ年代に刊行した『一九世紀詩年報――一八〇〇年以後に刊行・未刊の短詩選、およびこの時期以後に発表された主要な詩作品の解説と現存詩人一覧』は、一四二名に厳選した「人名録」の中でデゾルグを頌歌の作者に分類している。最後に、ブーショが一八一二年に『新フランス物故者列伝――フランスで生まれるか、フランス語で執筆し、一八〇〇年一月一日以後に死去した作家の辞典』を刊行しているが、その長所は、われわれの詩人がエクスで生まれ、一八〇八年にシャラントンで死んだことに言及している点にある。なぜ長所かと言えば、これ以降、拒絶のメカニズムが動きはじめるからである。マリー＝ジョゼフ・シェニエは一八〇六〜一八〇七年にパリのアテネ学院で「一七八九年以後のフランス文学の状況と進歩についての歴史的概観」と題する講義を行っているが、その中ではルブラン、ドゥリール、バウール＝ロルミアン、フォンターヌしか認めていない。それは要するに、帝政の公式詩人となる要請に改宗し、その見返りとして学士院に入ることを許された、彼のような詩人たちのことである。彼のために弁護すれば、一時は幸運なライバルであったテオドール・デゾルグに対して、追従者としてのつらい立場にある自分を擁護する確かな理由が彼にはあったのだ。彼が引用している詩人は、皆が皆、彼の友人というわけではなかった。征服サレタル者ハ不幸ナルカナ……。

こうして次には人名辞典のディスクールが編集される。それはアルノー、ジェー、ジュイの『新現代人名辞典』（一八二〇〜一八二五年）に始まり、一八三〇年代にいたって、ラッブとボワジュランの『現代人名大辞典』（一八三四年）とミショーの古典的な『古今人名大辞典』（一八一一〜一八二八年、再版一八五四〜一八六五年）によって頂点に達するのだが、これらの辞典は事実にきわめて忠実であるがゆえに、テオドール・デゾルグの経歴について資料に基づいた最も正確な知識を提供してくれる。われわれは、必要なことだけを知るために、欠くべからざる資料のかわりをつとめてくれるこれらの参考図書を大いに利用した。辞書の執筆者たちは選ばれた作家〔デゾルグ〕の草稿にさえ目を通し、敬意を払いつつも、一定の距離を保っている。「［彼には］言葉の才はあったが、あまり推敲せず、筋立てについては深く考えなかった……」。そして何よりも、ジャコバン主義と精神錯乱を結び付ける図式を作りあげたのは彼らの責任である。彼らにとってのデゾルグは、ディドロが『ラモーの甥』の中で語らせていた、「一種の」際物であり続けたのである。

一九世紀を通して、忘却のメカニズムは作動し続けた。革命と帝政を生きた新古典主義世代の詩人に対する一般的な不人気の中で、彼個人に対する特殊な不信感も加わったから、忘却は当然であったとも言える。デゾルグを革命期の最も抒情的な詩人として回想するノディエの意見は、少数派であるが、これまでの印象をいくらか修正するものだ。われらの詩人の表現法とは対極の位置にあるロマン主義的な感性の時代にあって、ノディエは一八〇三年と一八〇五年のあいだになされた戦いの古い共犯関係をはるかに想起していたのかもしれない〔ノディエは一八〇三年『女ナポレオン』を書いたことでタンプルに投獄。デゾルグは一八〇五年にシャラントンに監禁。第8章参照〕……。すべてがデゾルグを闇の中に追いやろうと企んでいる中で、おり悪しくも一八六二年に彼を再発見した碩学者アスリノーの困惑もそこにあった〔文芸批評家アスリノーはこの年に『テオドール・デゾルグ』を出版。本書の序章を参照〕。だがサント＝ブーヴからエミール・ファゲ（一九〇五年）にいたるまでの文芸評論家たちは、革命期の詩に対してときには恩着せがましい好意を寄せることがあったとしても、デゾルグに対しては一顧だにしていない。そして一九世紀末から現代にいたる人名辞典や百科事典の解説は、この詩人が少しずつ歴史から消えていく様を反映している。ピエール・ラルースの『一九世紀大百科事典』〔『一九世紀ラルース』一八六六〜一八七六年〕は、共和主義の影響もあっていくらか表現を修正してはいるものの、従来の解釈を踏襲している。例えば、ラルースはデゾルグが詩人のエクシャール・ルブランにあてつけた風刺詩〔第8章参照〕を引用しているが、彼はルブランが「狂信的なテロリスト」を讃える詩を書いたとは言わずに、「フランス革命の英雄たち」の一人、と言っている。〔狂信的なテロリストと見なされていた〕マラーの意味は変わっていた。とはいえタブーを尊重して、彼をその名で呼ぶことだけは差し控えたのである。しかしながら第三共和政の共和主義的伝統も、二〇世紀になってデゾルグを救うには十分でなかった。『大百科事典』のテクストには熱意がなく、『フランス人名辞典』（一九三三〜一九七九年）の解説は縮小されている。そしてこれらの辞典の項目は、ノディエの回想をたわむれに引用したあとで、平然として次のように言い切っている。「結局、彼はより低い地位にしか値しない」。『二〇世紀ラルース』も、『ラルース大百科事典』も、この歴史から完全に忘れ去られた詩人については もはや何も語らない。

ここで方向を変え、この革命詩の迷い子の思い出を現在の遠い子孫たちの中に訪ねてみようと思うのだが、それははかないなぐさめを求めること、あるいはいま流行のオーラルヒストリーを真似ることなのだろうか。いずれにしても、それは容易なことではないだろう。なぜなら、一八〇八年に死んだテオドールと、一八三二年に死んだジャン＝フランソワの二人の兄弟には子供がいなかったので、家系は跡絶えてしまったからである。兄による家産の解体と、弟のシャラントンでの死は、デゾルグ家の破滅の劇的な表現であった。だが、このデゾルグ家との遠い縁戚関係を主張し、知られざる記録を所有しているかもしれない人々がプロヴァンスにいることを知ってからは、わたしはこの方面の調査をあきらめるべきでないと思った。たしかに結果は貧しいもので、家族の記憶というものの脆さを証言するとともに、あらかじめ予想していたことしかわからなかったのだけれども、わたしは失望してはいない。一人の特権的な案内人（わたしの同僚であるポール・デゾルグ）のおかげで、アプト〔ヴォクリューズ県の都市で、ヴォルクスの西約三〇キロ、エクスの北約四〇キロの所にある。第1章を参照〕の周辺にいまも住んでいるデゾルグ家の人々から、間接的にではあるが、あの革命詩人の思い出をあたためていで、ほとんど見つからなかった。写された詩は、伝承されたというよりは、あとになって関心が生じ再発見されたものであろう。アプト地方のデゾルグ家にかんする限り、これは驚くべきことではない。彼らは一族の発祥地——オート＝プロヴァンスの山岳地帯の中にあるサン＝メーム——から一七世紀にアプト地方にやってきたのだが、一九世紀末にいたるまで「貧しいデゾルグ家」に属していた。これとは対照的に、ヴォルクスからエクスへと移住した「豊かなデゾルグ家」の方は一時的ながら立身出世をしたのである……。

エミール・デゾルグ（一八六九〜一九三八年）は、アプト盆地にあったオーカー〔黄土〕採掘場で働く労働者であったが、弟のエティエンヌは冬のあいだは狩猟の獲物を売るなどして、家の収入を補っていた。この一家がいまもなお記憶にとどめている祖先たちは、ピエール・デゾルグにまでいたる、一つの家族的伝統と結び付いている。ピエール（またの名をグラン・ピエール、愛称としてピエレット）は硫黄の採掘場で働くかたわら、アプトにあるいくつかのぶどう畑を耕作し、ときとしては密漁も行った。系図をもっとさかのぼれば、トゥサン・デゾルグにいたる。彼は、われわれがすでに調査したジャン＝フランソワの同時代人で、少なくとも一九世紀初頭の三〇年のあいだには彼に会っているらしい。トゥサン・デゾルグは別荘地を所有する金持ちではなかったけれども、自分の財産で生活していたらしく、アプトの白衣苦行会の代表をつとめるなど、なかなかの名望家であったようだ。

一九世紀の革命的事件に関わって銃殺か追放に処された、もう一人のエティエンヌ・デゾルグの思い出がこの家族には残っている。〔処罰の理由について〕わたしの情報提供者のおじの一人はナポレオン三世、別のおじは国王だと言い、いとこは追放刑の仮説に傾き、わたしの情報提供者はパリ・コミューンに関わっていたのではないかと考えている。国民の歴史にも地域の歴史にも通じているわれわれ歴史学者には、それが一八五一年にクーデタを行ったルイ＝ナポレオン・ボナパルトに対するミディ・ルージュ〔南フランスの左翼〕の反乱のことだと容易に見当がつく。一九世紀後半に硫黄や黄土の採掘場で働く、半プロレタリア的小農民であったこの家族にとって、エティエンヌの思い出は、不確かなものであったとしても、貴重で誇らしきものであり、祖父エミールが体現する熱烈な共和主義の伝統をあざやかに説明するものである。エミールはみずから「ルージュ」〔赤＝左翼〕を名乗り、三色旗に包まれて市民的に〔無宗教で〕埋葬されることを望んだ……。この伝統は、第二次世界大戦中のレジスタンスにおける地下組織、リュベロンの「マキ」にも受け継がれていく。

現在のデゾルグ家にまで降りていくことはしないが、一八五一年から第三共和政（一八七五〜一九四〇年）までの共和主義的なデゾルグ家の人々にとって、彼らと名前を同じくするテオドール・デゾルグが、フランス革命において「最高存在の賛歌」の作者であったことがいかに貴重なことであったか、またこの思い出がいかに大切に守られてきたかをわれわれは理解することができる。家族の記憶とは、受動的に継承するものであるかもしれないが、またそれ以上に、積極的に獲得していくものでもある。啓蒙の時代に社会的上昇をなしとげたあと、パリに上って大革命の燃えさかる炎の中で身を焼きつくしていったエクスのブルジョワたちの——はるかに遠い——思い出が、アプト盆地の黄土採掘工たちによって語り継がれてきたことに、見かけほどの矛盾はないと言ってよいだろう。

　われわれはデゾルグを知っているだろうか。彼の人生には、始まりにおいても終わりにおいても、同じような沈黙がある。洗礼〔一七六三年〕から、彼の名前が再び記録簿に記載されるのを見る大学入学資格と学士号の取得〔一七八二年〕までの二〇年のあいだに、そもそもキリスト教教義普及会のコレージュに足を踏み入れたのが彼なのか、それとも兄なのかさえわれわれは知らないのだ。だが良家の次男に生まれた人間にとって、自己を現す機会などほかにあっただろうか。父の死さえも沈黙を破るものではなかった。われわれは公正証書原本をめくってみたけれども、彼を見つけることはできなかった。もともとそんな見込みなどあるはずもなかったのだ。結局のところは、父や祖父について、そして父の死後は、証書を作成し、売買し、奔走する兄について、より詳しく知りえたという印象が残る。テオドール・デゾルグの青春は、あらゆる場所を覆いつくす、一人の家父長の威圧的な影の下に隠れていた。祖父や父とはちがったやり方でパリを征服したいと思っていた野心的な若者にとって、父は模範であり、障壁であった。

　われわれにわかっているテオドール・デゾルグの生涯とはどの時期のことか。それは一七九二年から一八〇五年まで、すなわちシャラントンの精神病院の扉が彼の後ろで閉じられるときまでの約一二年間である。もっとも一八〇一年以降、彼は書くことをやめていたし、少しずつ影の世界に入りはじめていたとも言える。それはまるで沈黙が支配する民衆の歴史のようだが、だいたいのところはそう考えてもまちがってはいない。けれども月並ではないこのヒーローの歴史には、なんと多く未知の領域が広がっていることか……。

彼の頭の中に何があったか、われわれにわかる日がいつか来るだろうか。そして突然に、彼は狂人になったのか。この矛盾を問うことなく、度重なる心理的外傷という視点から彼の生涯を分析することは可能ではある。彼を生んだあと一年後に死んだ母親について、彼はほとんど何も知らない。そのせいもあってか、少年期のテオドールにとって父はいつも、どこに行ってもついてまわる存在だった。この太って足の不自由な父は、訴訟の勝ち負けのために気難しくなり、エクスの周辺に彼の帝国を築こうという誇大妄想にとりつかれ、挫折すると、その仕返しとして一家の野望を、テオドールではなく、兄のジャン＝フランソワに託したのである……。

イタリア発見の旅に出た数年間が、彼にとっては自由と夢を享受しえた時期だったが、にもかかわらず「父」のイメージから彼が解放されることは決してないだろう。彼の革命への参加は、最高の知性、最高の救い主である「宇宙の父」の庇護の下になされたのである。彼は、父なるイメージは何もかも厄介払いしたいと思いながらも、父の助けを求めてしまう。中世イタリアのコラ・ディ・リエンツィ〔第9章および第11章参照〕に対してそうであったように、彼はロベスピエールを尊敬し、彼の死に対して少なくともしばしのあいだは涙したのち、予告もなく彼を断罪したのであった……。過去からやってきた、憐れむべき専制君主のカリカチュアである「聖父」〔ローマ教皇〕に対しては、彼は愚弄嘲笑を武器にして立ち向かった。そうこうするうちに、もう一人の専制君主、「マレンゴの英雄」〔ナポレオン〕がやってきて、国王の首を切り落としたばかりの人々にとっての父の象徴的イメージになったのだから、もううんざりである。

デゾルグは理想的なるもののカリカチュアを拒絶する。ナポレオンを父にするためであったとしたら、これほど多くの父を殺すことにどんな意味があったのだろう……。

安易すぎる解釈だと言われるかもしれないし、たしかにそのとおりである。作品からかいま見られるテオドール・デゾルグの空想の世界は、単純すぎるエディプス的図式に還元されるものではない。彼はまた女性とも決着をつけなければならなかった。それゆえ『教皇とムフティー』の中でローマ教皇を男装した女性に置き換えたのである。男色についての破棄された草稿が残っていれば、何かがわかったであろうか。これについては推測に頼るしかない。もしこの作品がほかの作品と同様に、新古典主義な作詩法の鋳型にはまったものであるなら、得られるものはおそらくほんのわずかであろう。

最後に、デゾルグは人並み以上に次男であった。もって生まれた身体的障害、その体格、「前にも後ろにもコブがある」その外見によって、彼は初めから虐げられた次男であった。フランスのイソップは風采が良くなかったのである。彼はまた社会的にも虐げられていた。兄には輝かしい経歴が約束されているように見えたのに、弟にはやっと生きていくだけの財産しか父は残してくれなかった。革命が不平等を正し、それまで彼の上にのしかかっていたハンディキャップを文学の才能と成功によって埋め合わせ、彼を兄に対して支配的とまでは言わないまでも、少なくとも対等な位置に立たせたとき、兄弟の関係がどうなったかについて、われわれはまったく、あるいはほとんど知ってはいない。共和二年フロレアルに、兄弟が共同して共和国への奉仕を申し出たことはあるが、このときをのぞけば、二人のあいだに兄弟の情愛とか連帯意識があったという証拠はまったく見られない。孤独を好み、変人で、協調性がなく、「寝室はオウムと中国の陶人形で一杯なので、ハンモックの上に寝ている」デゾルグ〔第8章〕は、そのうえ意地悪で、節度というものを知らない。要するに、精神病院に監禁されるように生まれついていたのではないか。

少なからぬ証拠で補強された、こうした心理学的解釈に寄りかかり、おそらく歴史心理学の助けをも借りて古いシャンソンをよみがえらせ、詩人の革命への参加を常軌を逸した想像力の倒錯した果実と見なすならば、話は簡単である。大雑把に作成された臨床記録をもとに昔ならばそう言えたかもしれないが、今日でもなおわれわれはそれをやりかねないのである。だれであれ、人を病理学の中に押し込めてしまうことは許されない。人間は、与えられた枠組みの中で、個人の歴史という条件の下にではあるが、大文字の歴史を作り出すことができる。生涯を通して、特権的な貴族世界に入りたいという不可能な夢を見ていた地方ブルジョワの息子に、革命は復讐の機会以上のもの——選択し、才能を開花させること——を提供したのである。

理性のまどろみが産んだ怪物たちにとりつかれていた「無秩序詩人」(poète Désordre) に、革命は明快で澄み切った世界を開示した。それは総裁政府下の祭典が「宇宙の父」の庇護の下に讃えようとした、あの秩序正しい諸価値——自由、友愛、そして子供から老人にいたるまであらゆる世代をつなぎとめる協調——の世界である。各々に役割があるが、芸術の才ある者には特別の役割がある。彼らはその天賦の才によって新しい社会秩序の教師と賛美者になるべく定められている。同時にまた、民衆を奴隷状態から解放して自由にするという、英雄的で壮大な責務をも担わされている。

詩人の理想と価値体系のこうした特徴をかき集めながら、彼の革命への参加が真摯なものであったかという問いに答えることは、それを「狂気」でもって割り切ることと同じくらい容易でもあり、困難でもある。彼は「共和国以外の制度があると考えただけで頭が痛くなってくる」ような熱狂的、狂信的なジャコバンなのか、あるいは反対に革命時代にはよく見られるタイプで、微妙な状況の下で次々と忠誠の相手を変えた日和見主義者なのか、あるいはたんに恐怖にとりつかれただけなのか。

われらの主人公はマキャヴェリでもマラーでもない。革命に参加したからといって、彼は父デゾルグの世界と彼とを結び付けていた絆のすべてを断ち切ったわけではない。「無政府主義」に対する所有権の擁護者、〔無神論に対する〕「最高存在」の擁護者であった詩人デゾルグはまさしく秩序の人であった。けれども、疑う余地のない一般的な信条の中に、彼は自身を固定する止め金を持っており、そこからは一歩も譲歩しなかった。つまり彼にとって、革命とは何よりも文化的なものなのだ。それは狂信と迷信の破壊、彼が夢見る自由な世界に対するイデオロギー的足枷すべての破壊なのだ。彼の個人的な反抗が歴史に刻まれるとすれば、まさにこの点においてであり、訣別することを欲した過去とはいかなる妥協も彼は認めなかったのである。

何から何まで几帳面で、予想以上に首尾一貫したデゾルグの概念枠ではあるが、それでも秘密の庭に対する夢と場所だけは大目に見られていた。テオドール・デゾルグにとってのイタリアは、より自由でより豊かな生活のための選ばれた夢の世界、文化と精神の喜びに満ちた出会いの場であり、同時にまた過去と現在の諸力が交錯する偉大なる戦場でもあった。このように彼の見方は特殊であると同時に多くの点で典型的でもあるのだが、まさにそれゆえに、変人デゾルグが他の多くの人々を代弁し、彼の個人的な冒険が革命的冒険の最も根本的な諸問題とからみ合っているのがそこから見えてくるのである。

デゾルグにおいては、われわれははじめからそうした根本的な問題に遭遇していた。一見したところは素朴な問いであるが、「人はいかにして革命の詩人になるのか」という問いに対して、デゾルグ家の歴史は、強欲で執拗な二世代の法律家が追求した――成功でもあり、失敗でもあった――社会的上昇の事例を提供してくれた。よく知られたテーマのきわめて多様なヴァリエーションの一つである。それはアンシャン・レジーム下のブルジョワジーの怨念と欲求不満というテーマだが、彼らは支配機構の中に地位を得ようとする一方、果実の中のうじ虫のようにそこに穴を穿ちながら、反対陣営へ鞍替えする準備をすでに始めていた。父から子へと伝統は継承されたのか、あるいは反対に、息子は革命的な拒否をもって父に答えたのか。当然、両方の場合があっただろう。デゾルグ兄弟は、父の冒険に対しては連続と対極の両方に位置していたのである。

歴史の流れをたどっていくとき、われわれはパリと地方とのあいだの弁証法的関係に行き当たる。アンシャン・レジーム末期、地方の文化は激しく揺れていた。それはブルジョワ化すると同時に、世俗化〔非キリスト教化〕し、啓蒙主義の世界へとのめり込んでいた。けれどもそれと並行して、地方のエネルギーを首都へ吸い上げるシステムが出来上がり、この傾向は革命によって拍車をかけられ、成功と変化を渇望している若き狼たちを惹きつけた。かくして、パリに革命的な「文芸の共和国」が形成されるのを見ることになるだろう。作品の市場は集合的な需要によって上から下まで改造され、名の知れた作家たちの閉鎖的なクラブと、新たに発言権を得たアマチュア集団とのあいだの障壁は少なくとも一時的には崩れ落ちる。しかしながら、このように人間の大移動があったにもかかわらず、総裁政府下には、言葉を独占しようとする人々によって循環の環ははやくも閉じられてしまうのである。

〔学問・芸術における〕生産構造の革命は、張りつめ、湧き立つ文化革命の顔の一側面にすぎない。文化の表面には、新古典主義の装い、アカデミズムの節度と技巧、イメージとメタファーの連鎖がある。デゾルグの凡庸さなるものは、こうした表現形式を成功の条件としてそのまま受け入れたことの結果にほかならない。けれども、硬直化したアカデミズムのはるか彼方で、枠組みはきしみ、エリート文化と民衆文化のあいだの壁は崩れはじめていた。「最高存在の賛歌」はその厳かな簡潔さにおいて大衆のための詩の最良のモデルとなるものだったが、そうした賛歌を作るかたわらで、かつてのエリート主義的な詩人は非キリスト教化のカーニヴァル的な輪舞の中に身を投じていく。共和二年の非キリスト教化運動のマスカラード（仮装行列）は、嘲笑、男女の役割の転倒、仮装といったカーニヴァルの諸要素を、民衆的反教権主義を推し進めるための教育手段として組み合わせたのだったが、デゾルグの『教皇とムフティー』はまさにその古典的な置き換えにほかならない。わたし自身、非キリスト教化運動の伝播の経路を調査していたとき、ブルジョワ的エリートの言語と民衆の言語との交流はどのようにして生じたのだろうかとしばしば自問したものだ。戯曲『国王の最後の審判』〔一七九四年〕を書いたシルヴァン・マレシャルと同様、デゾルグは異なる文化的潮流の混交を表現したのである。ただし、彼がその作品『教皇とムフティー』を発表した共和九年〔一八〇〇〜一八〇一年〕には、すべてが旧に復しつつあり、もはやその時ではなかったのである……。

さて結論の結論としてだが、フランス革命の文化の中に踏み込むことを可能にさせた、われらの主人公の最終的な評価に立ち戻ることにしよう。彼は模範的な英雄であったのか、それとも非典型的な英雄であったのか。デゾルグを革命芸術家の模範もしくは準拠と見なすことは無論できない。彼には模範的なところが何も無く、いわゆるフェアプレイはしなかったし、共和九年には秩序の隊列に復帰することがまだ容易であったにもかかわらず、規範を拒み続けたのである。おそらくはシェニエ、ルブラン、あるいはバウール＝ロルミアン……のように、学士院でその経歴を終えることもできたかもしれない。だが彼は逸脱によって彼の時代の枠組みと鋳型を明らかにするとともに、社会関係と価値体系とを揺るがしていた緊張をも浮き上がらせたのだった。それゆえ、彼の冒険はますます貴重なものであり続けるのである。

彼は乗り越えることができないさまざまな矛盾の中に生きていたのだが、社会的、政治的に、また詩の表現形式においても、彼は保守的人間だった。しかし同時にまた、反教権的な性向のゆえに拒否と空想を隠すことのできない反抗的人間でもあった。そうなることで、思慮深さよりもおそらくは狂気において、彼はいっそう多くのことをわれわれに教えてくれるのである。

デゾルグはわたしに、彼が生まれたころの一人の博物学者の作品を想い起こさせる。それは、ラマルク説〔動物の進化の度合いを脊椎の有無によって区別する〕の先駆者の一人と言われるロビネが書いた『人間の作り方を教える自然』（一七六八年）である。ロビネは海洋性の無脊椎動物――ミミガイ、ウミサボテン……――の中に、自然が試みて、放棄した人間の粗削りな未完成品を見出していた。嘲笑するイソップたるテオドール・デゾルグとともに、わたしは、ブルジョワの作り方を教える一八世紀末の社会に出会ったような気になる。新しい社会公認の代弁者で、勝ち誇った真のブルジョワはアドルフ・ティエールであろう。彼はデゾルグよりも一〇年おくれではあるが、エクスのメジャーヌ図書館の机の片隅で法律を猛勉強したのちに、ラスティニャック〔『ゴリオ爺さん』など、バルザックの人間喜劇に幾度も登場する人物〕のように成功を求めてパリに上っていく。おそらく生まれたのが早すぎたのか、社会的上昇に失敗したテオドール・デゾルグは未完成品のまま、海辺に打ち棄てられている……。

おそらくそれゆえに、わたしは、この風変わりで調和を欠いた人物の本質を理解するために、あらゆる角度から眺めてみようという気になったのである。彼は「最高存在の賛歌」を歌うという、途方もない責任を背負っていきなり革命に参加し、無謀なゲームに興じ、次から次へと忠誠の相手を代えながら、最後には、ボナパルトにつかえることを拒んだのであるが、この詩人の歩んだ歴史の不可思議さにもまた心ひかれるものがある……。共和一三年においてなお共和主義者であり続けるためには、狂人でなければならないのだろうか。

付録　「最高存在の賛歌」共和二年

永遠なる者への賛歌　市民デゾルグ作詞

宇宙の父、最高の知性、
盲信の徒には見えないわれらの恩人、
あなたは感謝の気持ちにのみ存在を啓示する、
　　感謝の気持ちのみがあなたに祭壇を建てたのだから！（リフレイン）

あなたの神殿は山頂に、空に、波の上にある。
あなたは過去を持たず、未来を持たない。
あなたは占めることなく、あらゆる世界を満たす、
　　世界はあなたを容れることができないのだから。（リフレイン）

偉大なる第一原因、すべてはあなたから発し、

すべてはあなたの神々しい光によって浄化される。
あなたへの不滅の礼拝に道徳は憩う、
　そして良俗に自由は憩う。（リフレイン）

あなたの栄光を傷つけた者たちを罰するために、
峻厳なる自由が、邪な者たちを打つあの殻竿《からざお》が、
時を同じくしてあなたの広き思想から現れた、
　宇宙の見取り図とともに。（リフレイン）

力強き神よ！　自由のみがあなたへの侮辱をそそいだ。
自由みずからが、死すべき者たちにあなたへの礼拝を教え、
自然を覆う厚いヴェールをとりはらい、
　あなたの祭壇を清めた。（リフレイン）

あなたは無から、火花のように、
空に輝く暁の星をほとばしらせた、
さらになせ……われらの心に不滅の英知を注ぎ込め、
　あなたの愛でわれらを抱きしめよ！（リフレイン）

王たちへの憎しみで祖国を奮い立たせ。
追い払え、空しい欲望と身分への不当な驕りを、
堕落のもととなる奢侈と卑しいへつらいを、
　へつらいは暴君よりも破滅的だ。(リフレイン)

われらの過ちをぬぐい去れ、われらを善良で正しい者に変えよ。
君臨せよ、森羅万象の彼方にまで君臨せよ。
あなたの峻厳なる掟で自然を縛り、
　人間には自由を残せ。(リフレイン)

訳者あとがき

1

ミシェル・ヴォヴェルには二つの顔がある。フランスの左翼的伝統を継承する革命史家としての顔と、アナール学派的な心性史家あるいは数量史家としての顔である。立川ほか訳『フランス革命の心性』（岩波書店、一九九二年）は前者であるが、いまだ邦訳のない主著『一八世紀プロヴァンスにおけるバロック的信仰と非キリスト教化』（一九七三年）は後者であろう（心性史家の側面については池上俊一監修『死の歴史』〔創元社、一九九六年〕に、数量史家の側面については谷川稔ほか訳『フランス革命と教会』〔人文書院、一九九二年〕にその一端をうかがうことができる）。

世界的にその名を知られたソルボンヌの革命史家A・ソブールが一九八二年に亡くなり、まもなくヴォヴェルが革命史講座の教授になったという知らせを聞いたときはやや意外であった。たしかに、ヴォヴェルに匹敵するような歴史家を当時の革命史研究者の中から選び出すことは困難であったろう。とはいえ、異端者が正統にくらがえしたという印象はぬぐいきれない。プロテスタントであったナヴァール王アンリがカトリックに改宗してフランス国王アンリ四世になったようなものだ。

革命史家のあいだでヴォヴェルが異端視されたのは、彼がアナール学派の視点（長期的持続、集合心性）や手法（数量史、図像学）を積極的にとり入れた結果、アリエス（死の歴史）やル・ロワ・ラデュリー（歴史人類学）といった、いわゆる「新しい歴史学」の歴史家たちと区別がつきにくくなったためであろう。実際、フランスの外から見たヴォヴェルの評価は、革命史家というよりはむしろ心性史家——死と祭りの歴史家——としての仕事に与えられていたのである。

それではヴォヴェルをアナールのグループと同一視できるかと言えばそうでもない。先に名を挙げたル・ロワ・ラデュリーから見て、ヴォヴェルはあきらかに「左翼」の歴史家であった。ヴォヴェルがソブールのあとを継いで革命史講座の教授となり、ミテラン社会党政権の後押しを得てフランス革命二〇〇周年行事をとりしきっていたころ、アナールの拠点である社会科学高等研究院のフランソワ・フュレとモナ・オズーフはこれに批判的な『フランス革命批判事典』（一九八八年）を編纂していたのである。

『記憶の場』の編者P・ノラによれば、フランス革命以来の左右の対立——共和派と王党派の争い——は、第三共和制（一八七〇—一九四〇）の時代に解消され、ひとつのナショナリズムに統合されてしまった（谷川稔監訳『記憶の場』第一巻、岩波書店、二〇〇二年）。「階級闘争」はすでに終わったというのである。にもかかわらずロベスピエールを支持するソルボンヌの歴史家たちは、ジャコバン独裁を社会主義（社会的平等の夢）によって正当化しようとしてきた、とフュレは批判する。そうした時代錯誤的な歴史観こそ批判の対象にならなければならない、というわけだ。たしかにフュレの批判は本質をついたものと言えるし、ミシュレ的な「共感」の歴史ではなく、トクヴィル的な「分析」の歴史が必要だとの主張もまちがっているとは思わない。だがトクヴィルに寄り添いながら、革命を生きた人々の心性を次のように揶揄するのが冷静な分析と言えるだろうか。「君主制は、貴族の政治的機能を破壊しておきながら、別の基礎の上に立った指導階級の形成をゆるさなかったために、意に反して、著作家たちをこの指導階級の想像上の代替物にしたてあげてしまった」。「真の自由を持たないフランス人はこうして抽象的な自由に赴く。集団的経験ができないフランス人、行動の限度を実感する手だてをもたないフランス人は、知らぬまに政治の幻想に向かう」（F・フュレ『フランス革命を考える』大津真作訳、岩波書店、一九八九年）。

的外れとは言えないが、外からの批判である。人間が何故「幻想」にとりつかれるのか、貴族的伝統に固執するトクヴィルに尋ねても無駄というものだ。ヴォヴェルはフランスの外で、アナールの歴史家たちとは異なる価値観をもった一人の歴史家に出会う。イタリアのギンズブルグである。

「わたしの念頭にあるのは……ギンズブルグがその存在を明らかにした一六世紀イタリアの異端者たち……である。……彼はわれわれフランス人以上に新しい事例への関心を高めた。」

ギンズブルグもまたヴォヴェルの『一八世紀プロヴァンスにおけるバロック的信仰と非キリスト教化』をフランスにおける心性史の新しい傾向として注目していたようだが、アナール的な数量史については懐疑的で、とくにマンドルー（『一七・一八世紀の民衆文化――トロワの青本叢書』一九六四年、再版『民衆本の世界――一七・一八世紀フランスの民衆文化』二宮宏之・長谷川輝夫訳、人文書院、一九八八年）とフュレに対してはかなり厳しい批判をあびせている（『チーズとうじ虫』杉山光信訳、みすず書房、一九八四年）。マンドルーは「青本叢書」という民間に大量に出回っていた書物をとりあげ、それが民衆の「世界観……を反映するもの」と規定したのだが、ギンズブルグはこれを批判し、「これらの書物の販売部数が一見したところでは非常に多そうに見えるとしても」、それらは「民衆階級によって生み出された文化」ではなく、「民衆階級に押しつけられた文化」であるとみなす。要するに、アナールの歴史家たちは、数量化という手法によって一見したところは科学的で客観的な結論を導き出しているようだが、民衆文化を「数と匿名性」（フュレ）に還元してしまっていると言うのである。

これに対してギンズブルグが提示するのは粉挽きメノッキオという、たった一人の、しかし読書し思索する例外的な男の存在である。だが、「平均的」とか「統計的に最も頻度が高い」とかいう意味で彼をその時代の「典型的」な農民とみなしているのではない。メノッキオは「例外的」で「特異」な存在であったが、「狂気」のなかにはいることによって、時代と階級の定型から抜け出し、逆説的ながら農民に共通する文化を「代表」するのだとギンズブルグは主張する。

ヴォヴェルは学位論文（『一八世紀プロヴァンスにおけるバロック的信仰と非キリスト教化』一九七三年）においては二万通の遺言書類に目を通したと言うように、自他共に認める数量史家であるが、本書においては一転して「個人」の事例に目を向けている。もっとも彼は以前にも小著ではあるが『エクスのブルジョワ、ジョゼフ・セックの抗しがたき上昇』（一九七五年）において事例研究に手を染めていた。セックは農村からプロヴァンスの州都エクスに出て来て指物職人となり、やがて材木卸売商として財をなしたところで大革命を迎え、市の総評議会のメンバーにも選出されたジャコバン的ブルジョワである。彼は死に先立って、市内にあったかなり立派な屋敷の中にフリーメーソン的な墓碑を建立するのであるが、ヴォヴェルの小著はこの記念碑の図像学的な分析を試みるものだった。

ジョゼフ・セックはまさに「典型的な」ジャコバン——民衆とエリートの中間に位置するブルジョワ——であったが、本書の主人公テオドール・デゾルグはそれとは趣を異にする。たしかに彼もまたブルジョワの息子ではあったが、次男でせむし、そしてパリに出て一度は有名になった詩人なのである。まさに「病理学的な世界とすれすれの地点にある一つの事例」であるが、ギンズブルグがメノッキオの中に農民の文化を代弁する例外的な個人を見出したように、ヴォヴェルもまたデゾルグを通してジャコバン的ブルジョワジーにおける「非典型的」なヒーローを描き出そうとするのである。

ギンズブルグから見ることで、アナール学派とヴォヴェルとのちがいがはっきりしてきたように思われる。ギンズブルグとヴォヴェルにとって、歴史とはもっぱら客観的・科学的な分析の対象となる受け身の存在、あるいは「数量」に還元される匿名的存在では決してない。一方、フランソワ・フュレは『フランス革命を考える』(一九七八年)において「フランス革命は終わった」と宣言し、『記憶の場』の編者ノラはその序文(一九八四年)において、過去を美しき「死体」として眺めることが必要だと勧告する。だがヴォヴェルはデゾルグを「死者」とみなしているのではない。公証人文書から警察記録まで、可能な限りの資料にあたりながら彼が試みたことは、一人の詩人を「忘却」という地獄から救い出すことであった。手法などそこではもはや問題ではなかったにちがいない。革命という冒険を生きた人間をその死から蘇らせようとする情熱が、歴史家を未知の冒険へと駆り立てたのである。

とはいえデゾルグとは何者なのか?

2

デゾルグを知っている人がいるだろうか。『フランス文学案内』(岩波文庫)にも『岩波西洋人名辞典』、『新潮世界文学辞典』にもその名は出てこない。フランス文学会編の『フランス文学辞典』はどうか?──なにもない。詩人としてのデゾルグは日本では全く知られていないようだ。

フランス革命史は、最高存在の祭典(一七九四年六月)で歌われた賛歌の作詞者として彼の名を記している。そしてまた「偉大なるナポレオンはカメレオンだ」というシャンソンの作詞者として。だが皇帝を揶揄した詩人はまもなく逮捕され(一八〇五年)、「狂人」としてシャフントンの精神病院に監禁され、人知れずそこで死ぬ(一八〇八年)。シャラントンにいたもう一人の男──サド侯爵──とは異なり、デゾルグは後世の批評家からほぼ完全に無視され、忘却されたのである。

ラルース編『一九世紀大百科辞典』（一八六六～七六年）は、文学史的には高い評価を得なかったこの詩人の風変わりなプロフィールを次のように紹介している。

「かなり凡庸な詩人ではあるが、インスピレーションと言葉には類い希なる輝きがある。……強情で、愛するにも憎むにも節度を知らなかった。彼は熱烈な共和主義の信奉者だった。その性格はきわめて奇妙な部類に属している。前にも後ろにもコブがあり、寝室を中国の陶人形であふれさせていた。」

ナポレオンによって精神病院に押し込められ、一九世紀の批評家に酷評され、二十世紀には完全に忘れ去られた革命詩人デゾルグをヴォヴェルは蘇らせようとする。出発点としては詩人が残した約五〇点の作品があった（テオドール・デゾルグ作品年表を参照）。だが詩人の父はエクスの弁護士で、祖父はエクスの北方六〇キロのところにあるヴォルクスという村の公証人だった。かくして物語はオート＝プロヴァンスの村から始まるのである（第一部「デゾルグ父子」）。

ヴォルクスの公証人ジョゼフ・デゾルグは、同時に近在の領主の徴税請負人、そして地主、金貸し、定期金の債権者でもあった。デゾルグは公証人という地位をたくみに利用して富を蓄積していくのだが、公証人記録を扱うことにおいてヴォヴェルの右に出る歴史家はおそらくいない。とにかく事細かに、村の公証人の日常生活が再現されていく。日本の読者には煩雑すぎると感じられるかもしれないが、これがヴォヴェルの――バロック的な――文体なのである。彼は事実に拘泥し、フュレ＝トクヴィル的な概念化を拒絶する。彼が読者に示そうとするのは、プロヴァンスの社会生活のありのままの姿である。テオドールの父ジャン＝ピエールが登場する頃には舞台はプロヴァンスの州都エクスに移るが、彼は弁護士となり、市の参与、州の総代、地方長官の総補佐などの役職を歴任し、さらには七万リーヴルの巨費を投じて国王顧問書記官の地位を獲得する。社会的上昇の階段を順調に登り、「貴族」身分への仲間入りにあと一歩の所まで来た段階で、彼は高等法院貴族の拒絶に出会う。事故死か、自殺かわからぬが、彼はこの世を去り、バトンは長男でテオドールの兄のジャン゠フランソワに受け継がれる。だがそのとき革命の嵐は目前に迫っていた。

長期的持続と革命的変化との弁証法はヴォヴェルの得意技であるが、第一部において三代にわたるブルジョワの社会的上昇の緩慢な歩みに辛抱づよく付き合った読者は、第二部「革命詩人デゾルグ」においてはめまぐるしい事件の展開に巻き込まれる。ロベスピエールが登場し、当代きっての詩人マリー゠ジョゼフ・シェニエが独裁者の怒りをかったために、「最高存在の賛歌」の作者の地位は思いもかけず無名の詩人テオドール・デゾルグに回ってきたのである。錯綜する同時代人の証言を照合しながら「真実」の核心に迫っていく手法は推理小説を読んでいるかのようで、「事件史」に否定的であった数量史家とはとても思われない。もっとも「数量史家」とはいえ、ヴォヴェルは経済にしか興味のない堅物ではなく、文学、美術、そして音楽にも造詣の深い教養人である。ラ・マルセイエーズや革命祭典の歴史家でもあったヴォヴェルは、音楽学者や文学研究者の意見に耳を傾けながらも、革命史家としての薀蓄にものを言わせて、政治家と芸術家とが織りなすスリリングなドラマの謎解きを鮮やかにやってみせるのである。

第三部「錯乱」は、皇帝ナポレオンに対する詩人デゾルグの抵抗、シャラントン精神病院への監禁、そして死後の運命（忘却）にあてられ、まさに坂を駆け降りるかのように、結びの「逸脱と規範」へと至る。つかのまの栄光を手にした詩人テオドールは狂人として精神病院で死に、革命前夜に貴族の仲間入りをしていた兄ジャン゠フランソワは、父が残した巨万の富を無用な発明に投資しつくして無一文となり、パリの屋根裏部屋（?）でひっそりと死ぬ。「去年《こぞ》の雪いま何処」である。とはいえテオドール・デゾルグの転落は歴史の運動の中で理解されねばならない。詩人はテルミドールの反動後、かつて自分を抜擢してくれたロベスピエールを捨てたのだが、総裁政府の下にあっても彼は依然として共和主義の夢と市民の徳を歌い続けていた。ところがナポレオンの皇帝即位によって秩序へのあともどりがあからさまになったとき、なかんずくローマ教皇との妥協（コンコルダ）がなされようとしたとき、テオドールはついに時の流れに逆らったのである。彼は男装した女を教皇にした戯曲を書き、教皇を妊娠させ、反乱したローマ市民にはイスラム教徒の指導者を与えた。

非キリスト教化の夢？——初期の作品「テベレ河右岸の住民」（共和二年、一七九四年）から、「わが教皇選挙会」（共和七年）や『教皇とムフティー』（共和九年）に至るまで、詩人デゾルグの中で終始一貫していたものは、「権力者」に対する不信と、「父」なるものに対する反抗であった。だがヴォヴェルはデゾルグの反教権主義を貴族的なリベルタンのそれとは区別している。例えば同郷プロヴァンスの貴族であったダルジャンス侯爵の小説『哲学者テレーズ』において、ヒロインは臆することなく快楽の王国へと旅立っている。彼女はすでに「罰する神」に対する恐れから解放されていたのであるが、このような自由と快楽は、デゾルグのような地方ブルジョワの手に届くものではなかった。個人的な快楽を追求する前に、全体的な反抗がなされねばならなかった。一六世紀のラブレーがそうしたように、カーニヴァル的な装いの下で、制度としてのローマ教会を呪詛しなければならなかったのである。

もう一人のリベルタン、サド侯爵との比較も気になるところである。ヴォヴェルは言及していないけれども、テオドールが「愛国的作品」を共和国に捧げようと申し出た共和二年フロレアルよりも以前に、市民サドはパリのセクションを舞台に政治活動をしていた。一七九三年七月にはピック地区の委員長となり、同年九月には「マラーとルペルティエの霊に捧げる演説」を書いている。彼もまた詩人ルブラン同様、

「マラー礼拝」に関わったのである。サドは一七九三年一二月八日、「反革命」の嫌疑により逮捕されるが、テルミドール後の一七九四年一〇月一五日に釈放されている。共和国の徳を讃えたマラー葬送演説（一七九三年）が、二年後に出版された『閨房哲学』（一七九五年）とはその主張において矛盾することはあきらかで、サドの政治参加《アンガジュマン》とデゾルグのそれとをパラレルに論ずるのは難しい。

だが、サドの解釈は余人にゆだね、デゾルグに戻ることにしよう。最後に触れておかねばならないのは、本書の主たる時代設定が、祖父と父に当てられた第一部を除けば、フランス革命の後半期に置かれていることである。テオドール・デゾルグは「最高存在の祭典」直前に抜擢され、一夜にして有名人となった。そして長い転落の物語が始まるのであるが、テルミドール後まで筆を伸ばしたフランス革命史はあまり多くはない。たしかに政治家の演説はトーン・ダウンし、ナポレオンが登場するまでヒーローが出尽くした感はある。テルミドール後の総裁政府期は、祭りが終って人々が家路をたどりはじめる、歴史のたそがれ時だったのだろうか。近年では、この時期を、ジャコバン的民主主義とは異なる議会制的自由主義の系譜として再評価しようとする動きもあるようだ（フュレやオズーフのほかに、日本では安藤隆穂編『フランス革命と公共性』〔名古屋大学出版会、二〇〇三年〕）。たしかに、デゾルグやシェニエの場合がそうであったように、フランス革命はロベスピエールと共に終わったわけではない。詩人たちをとってみても、彼らは何度も改詠詩（前言取消）を書きながら、移り行く時代の流れの中で生き残ろうと苦闘していた。シュニエはとりいって学士院の会員となったが、デゾルグはナポレオンを拒絶し、シャラントンの狂人となって歴史から消えていったのである。

「共和一三年（一八〇五年）においてなお共和主義者であり続けるためには、狂人でなければならないのだろうか」という問いで終わるこの著書が、フランス革命二〇〇周年（一九八九年）から十五年を経過した今ではなく、それに先立つ一九八五年に書かれていたことにわたしは軽い驚きを覚える。だが二〇〇周年行事で中国を訪れたヴォヴェルは、そこで歴史家たちがやや自嘲気味に「今わたしたちは皆テルミドール派なのです」と語るのを聞いている。ソ連邦をはじめとするヨーロッパの社会主義国が一九八九年以降雪崩を打って倒れていくことも、あるいは彼の予測の中にはあったかもしれない。錯乱＝解体（la désorganisation）を予知しながら書かれた『デゾルグ』は、昔ながらの革命礼賛ではもちろんないが、かといって早手回しな革命の挽歌などでは全くない。むしろ逆境の中にありながらも迎合せず、信念を持って生きた人間への共感をヴォヴェルはこの本にこめたのである。

3

原著 *Théodor Desorgues ou la désorganisation*（原題通りには『テオドール・デゾルグまたは錯乱』）は、ヴォヴェルがソルボンヌ革命史講座の教授に就任した翌年の一九八五年に出版されている。法政大学出版局では刊行と同時に版権を取得し、大谷尚文氏と印出忠夫氏の共訳で出版する予定であった。だが大谷氏は「序章」と付録「最高存在の賛歌」を訳出されたところで事情により共訳を降りられた。印出氏はテキストの三分の二にあたる第1章から第10章までの訳をほぼ完了しておられたが、なお完成に至らぬままに時が経過してしまった。法政大学出版局編集代表の平川俊彦氏から立川に共訳の依頼が届いたのは二〇〇二年秋のことである。この『デゾルグ』は出版当初から気になっていた作品なので喜んでお引き受けした。

立川の仕事は、ひとつは大谷氏が仕残した部分（序章、第11章〜結論、付録）を翻訳することであったが、もうひとつは訳文の全体を統一することであった。特に第一部は一八世紀プロヴァンス特有の都市制度や社会的慣行についての事細かな情報が含まれているので、厄介なテキストである。従って序章はもちろんのこと、第1章から第10章までの部分も印出氏の了解を得て、立川が修正をほどこした。「最高存在の賛歌」も文語体の荘重な訳文であったが、時代状況を考慮して出来る限り口語体に近づけるようにした。また「付録」にはこれ以外にもデゾルグの二作品――「テベレ河右岸の住民、あるいはテベレ河のサン＝キュロット」と『教皇とムフティー、あるいは諸宗教の和解』――が収録されていたが割愛した。理由としては、韻文の長編詩を正確に、しかも文学作品として読むに耐えるだけの日本語に訳す技量はわたくしにはないと判断したからであり、また本書はおそらく文学よりは歴史により多くの関心を持つ人たちに読まれるであろうと推測したからである。

それでも本文中にはおびただしい数の詩の引用があり、フランス詩に詳しい筑波大学の川那部保明教授とフランク・ヴィラン氏に御教示いただきながら極力注意を払ったつもりであるが、誤訳、悪訳がないとは言えない。一八世紀および革命期にかんする歴史学上の用語については立川の責任において訳語の統一を行ったが、これについても異なる意見をお持ちの専門家が少なからずおられることと予想している。詩の訳と合わせて、御批評いただければ幸いである。

フランスの人名・地名については筑波大学のフランク・ミシュランとフレデリック・マスドブリュウの両氏から、イタリアについては金沢大学の石黒盛久氏から、それぞれ貴重なアドバイスをいただいた。その他、ヴォヴェルの著作に関するデータの確認においては、フランス革命研究会に集まる若い研究者たち――平正人、菊池英里香、帳山昌一の諸君――の力を借りた。「史料・文献」は年代的にも出所からも日本の読者には参照困難と思われるが、原著のまま出典を巻末に掲載しておいた。最後に、編集担当の藤田信行氏とはル・ゴフの『歴史と記憶』以来二度目の仕事であったが、校正などで前回同様におせわになり、訳者のみならず原著者のミスもかなり修正されることになった。心から感謝申し上げる。

二〇〇四年六月

立川孝一

テオドール・デゾルグ作品年表

残存している作品の大部分――単独のもの，あるいは共和5年以降に小冊子にまとめられたもの――は国立図書館［BN］のカタログに収められている．最初期の作品のほとんどはコンスタン・ピエール『フランス革命の祭典と儀式の音楽』（1889年）［CP］でしか見ることができない．

A　年代の確定できる保存作品

共和2年（1794年）

1 最高存在の賛歌（BN-Ye 2555，Ye 10286）
2 友愛の賛歌（BN-Ye 20156，CP，n° 60）
3 ルソーと子供たち（BN-Ye 10286）
4 子供の賛歌――バラとヴィアラ（BN-Ye 2555）
5 フルーリュスの戦のあとの勝利の歌（「平和への誓い」共和9年に再録，BN-Ye 10328）
6 最高存在に奉げる礼拝のための賛歌（「ルソー」と合本，BN-Ye 2555）
7 『ラ・プリマヴェーラ（春）』（イタリア語，「ルソー」と合本，BN-Ye 2555）
8 テベレ河右岸の住民，あるいはテベレ河のサン＝キュロット（「ルソーと子供たち」と合本，BN-Ye 10286）

共和3年

9 ジャン＝ジャック・ルソーの賛歌（CP，n° 84）
10 テルミドール9日の賛歌（CP，n° 22）
11 自由の賛歌（7月14日の賛歌）（CP，n° 13）

共和4年

12 若者の祭典のための賛歌（CP，n° 43）
13 老年の祭典のための歌（BN-Ye 20157，CP，n° 53）
14 近代イタリアの詩人たち（BN-8 Ye，pièce 5260）

共和5年

15 イタリアの民族的多様性（BN-8 Ye，pièce 5260）
16 ペトラルカ，あるいは内戦の歌（BN-8 Ye，pièce 5260）
17 イタリアの諸共和国のための頌歌（BN-8 Ye，pièce 5260）
18 ローマの記念碑についての頌歌（BN-8 Ye，pièce 5260）
19 ローマについての頌歌（BN-8 Ye，pièce 5260）
20 イタリアについての書簡詩（BN-8 Ye，pièce 5260）

共和6年		
共和7年	21	わが教皇選挙会（BN-Ye 20158）
	22	二つのイタリア（「わが教皇選挙会」と合本，BN-Ye 20158）
	23	ピウス6世の御霊に捧げる追悼歌（「わが教皇選挙会」と合本，BN-Ye 20158）
	24	夫婦の祭典のための歌（「わが教皇選挙会」と合本，BN-Ye 20158）
	25	モンキルヒの戦のあとの慈悲の歌（「わが教皇選挙会」と合本，BN-Ye 20158）
	26	三姉妹──詩・絵画・音楽の力（BN-Ye 20155）
	27	オーストリアと戦う歌（BN-Ye 20155）
	28	ジャン＝ジャック・ルソーへの頌歌（「ヴォルテール」と合本，BN-Ye 20160）
	29	ヴォルテール，あるいは哲学の力（BN-Ye 20160）
共和8年	30	シカール師に捧げる小書簡詩（草稿，エクス，アルボー博物学図書館）
	31	南フランスの平和のための歌（「天才の祭典」と合本，BN-Ye 20157）
	32	霊魂の不滅のための頌歌（「マレンゴの……葬送歌」と合本，BN-Ye 20156）
	33	イギリスと戦う歌（「天才の祭典」と合本，BN-Ye 20157）
	34	マレンゴの戦死者のための葬送歌（BN-Ye 20156）
	35	共和国祭典のための賛歌（BN-Ye 2555）
	36	ミューズのなぐさめ（「マレンゴの……葬送歌」と合本，BN-Ye 20156）
	37	天才の祭典（BN-Ye 20157）
	38	天才── J-B・ルソーにならいて（「天才の祭典」と合本，BN-Ye 20157）
	39	ティモテオス──ドライデンにならいて（「エルベキエ」と合本，BN-Ye 20164）
	40	出航（「天才の祭典」と合本，BN-Ye 20157）
	41	エルベキエのたわむれ──ナイルの女（BN-Ye 20164）
	42	エジプト解放を祝う勝利と感謝の歌（「天才の祭典」と合本，BN-Ye 20157）
共和9年	43	平和への誓い「序」，平和の賛歌（BN-Ye 20164，Ye 10328）

44　告知——なくした時計について（「平和への誓い」と合本，BN-Ye 10328）
45　葬送歌——ある友人の死のための（「平和への誓い」と合本，BN-Ye 10328）
46　新しきツェ・タン建設のための頌歌（「平和への誓い」と合本，BN-Ye 10328）
47　『教皇とムフティー，あるいは諸宗教の和解』（「平和への誓い」と合本，BN-Ye 10328）
48　ゲルマニア（「平和への誓い」と合本，BN-Ye 10328）
49　ヘルヴェティア（「平和への誓い」と合本，BN-Ye 10328）

B　年代不詳の保存作品

50　善き人間の義務（「賛歌集」所収，共和7年）

C　散逸した未刊の作品

51　男色について（詩）
52　『ボルジア家のアレキサンデル6世』（戯曲）
53　ユヴェナリス『風刺詩』（翻訳）

史料・文献

A. 手稿資料

1. パリおよびパリ地域圏

1.1. 国立公文書館

A.F. ^{II}61, pL. 447 : Correspondance des Comités (lettre des frères Desorgues au Comité d'Instruction publique).
A.J. ^{2}27 : Carton des archives de la maison de Charenton (an X-1808).
C.C. 61 : Registre de la Commission sénatoriale des libertés (an XIII-1814).
F^{7} 7151, dr. B^{2}4498 : Rixe en prairial an IV dans la section du Mont-Blanc.
F^{17} 1207, dr. 3 : Th. Desorgues envoie au Comité d'Instruction publique un « Chant de victoire ».
Minutier central des notaires parisiens : Fichier, article « J.-F. Desorgues » (an VIII-1811).

1.2. 国立図書館（手稿資料）

Département des manuscrits : Fonds maçonnique, FM2 133 *bis*, 134 *bis*, 135 : tableaux des loges d'Aix-en-Provence (1781-1803).

1.3. 警視庁公文書館

AB 320 : Prison de Sainte-Pélagie, registres d'écrou (an II-an VII).
AB 328 : Prison de La Force, registres d'écrou (an IV-an IX).
AB 334 : Prison du Temple et Vincennes, registres d'écrou (an VIII-an XII).
AB 340-41-42 : Prison de Bicêtre, registre d'écrou (1793-an V).
AB 357 : Registre donnant les listes d'individus interrogés avec la nature du délit et la juridiction ou le magistrat qui les a interrogés (1er Thermidor an VIII-28 pluviôse an X).
AB 434 : Prison de Bicêtre, table.

1.4. 警視庁図書館（手稿資料）

Catalogue Labat : Arrestations 1789-an V (3 vol.).

1.5. セーヌ県公文書館

D Q 10 carton 79 dossier 483 : Successions en déshérence (J.-F. Desorgues, 20 mai 1832).

1.6. ヴァル＝ド＝マルヌ県公文書館

4 3 530 : État civil de la commune de Charenton-Saint-Maurice (1808).

1.7. シャラントン＝サン＝モーリス市公文書館
（ヴァル＝ド＝マルヌ県）

État civil, 1808 : N° 37, acte de décès de Théodore Desorgues.

2. プロヴァンスおよび南部諸県

2.1. ブッシュ＝デュ＝ローヌ県公文書館
（マルセイユ関連資料）

2.1.1. Série C. プロヴァンス地方長官管区資料

C 889 : Procès-verbaux et minutes des assemblées générales des communautés de Provence tenues à Lambesc (1768-1769).
C 1091 : Correspondance du subdélégué général (1773-1775).
C 1263 : Correspondance des procureurs du pays.
C 1361-62 : Registre de correspondance des Communautés de Provence (1767-1769-1770-1772).

2.1.2. Série D. 教育

D 16 : *Dictionnaire des gradués de l'université d'Aix* (par Fleury).
D 10 : Collège d'Aix (livre du coffre : recette 1773-1789).

2.1.3. Série P. 土地台帳

P4. 831 : Matrice cadastrale d'Aix-en-Provence (1828-1830).
XII Q I 7 à 16 : Enregistrement des actes : déclarations successorales.
XII Q I 16/27 : Table des successions acquittées (1808).
XII Q I 20 : Table des testaments.
XII Q I 21/1 à 11 : Enregistrement des actes : tables des vendeurs et nouveaux possesseurs (Aix-en-Provence).

2.2. ブッシュ＝デュ＝ローヌ県公文書館
（エクス＝アン＝プロヴァンス関連資料）

2.2.1. Série B. 司法関連資料

IV B 117 : Sénéchaussée d'Aix, Insinuations (1772-1790) (testament J.-P. Desorgues, 27 février 1783).

Reg. IV B 941 : Sentence rendue par le lieutenant général au siège d'Aix le 29 mars 1759 (affaire Berne contre Desorgues).
Reg. B 5355 (f°s 495 *sqq*) : Arrêt du Parlement d'Aix du 3 juin 1761 (affaire Berne contre Desorgues).

2.2.2. Série E. 公正証書原本

301 E : Fonds Lombard, Minutier Allard notaire à Aix, art. 1453 à 1459 (1764-1781), 1507 (répertoire).
305 E 448 à 51 : Fonds Vachier, minutes et répertoires, Étude d'Astros puis F. Mottet : an III-an IX.
Minutes Étude Gassier : Répertoire 1790-1806.

2.3. アルプ=ド=オート=プロヴァンス県公文書館

2.3.1. Série E. 戸籍および公正証書原本

Série E (État civil) : Registres paroissiaux de Volx (1692-1749).
Série E (Fonds notarial) : Notaires de Volx : Joseph Desorgues, art. 103, 104, 105 (1724-1749). – Comte, art. 106 (1750-1759), 107 (1759-1767). – C.-P Royère, art. 108 (1759-1781), 109 (1781-1793), 116 (1793-1804), 117 (1804-1808).

2.4. エクス=アン=プロヴァンス市公文書館

2.4.1. Série B. 市議会議事録

BB 211 : Délibérations municipales (1768-1769).

2.4.2. 税務資料

CC 69 : Capitation d'Aix (1756).
CC 68 : Capitation d'Aix (1753).
CC 70 : Capitation d'Aix (1761).

2.4.3. 戸籍

Série E : Registres paroissiaux, paroisse de la Madeleine (1754-1784) (et leurs répertoires). – Registres paroissiaux, paroisse Saint-Sauveur (1754-1784).
Tables décennales des décès (1803-1833).

2.4.4. 土地台帳

G 18 : États de sections cadastraux (époque révolutionnaire).
G 9 *sqq* : Livres de mutations.

2.4.5. Série LL. フランス革命

LL 193 : Liste des citoyens qui ont fait leur déclaration pour le don patriotique (1790).
LL 296 : Listes des citoyens actifs d'Aix-en-Provence (1790).

2.5. ヴォルクス市公文書館
(アルプ=ド=オート=プロヴァンス県

Registre des mutations (an X-1822).

2.6. その他の公文書館

Musée Arbaud (Aix-en-Provence) : Documents manuscrits du cabinet Paul Arbaud : article 1349 A 1-2, dossiers Jean-Pierre Desorgues et Théodore Desorgues.

Bibliothèque municipale de Montpellier (Hérault) : Papiers A. Germain, Mss. 113 : Universités de Médecine, Liber Matricule.

2.7. 私立文書館（公証人）

Étude Giraud-Jacquèmes (Aix-en-Provence) : Minutier J.-F. Bayle (oncle) : consulté de 1773 à 1816.

B. 参考文献および刊行資料

1. 上申書などの刊行資料

J.-F. Desorgues, *Paiement de la contribution foncière par les améliorations de l'agriculture*, Paris, Imp. Moreau, 1821, in-4°, 32 p.

Vicomte Héricart Ferraud de Thury, *Des fosses d'aisances mobiles inodores suivies du rapport fait à la Société royale d'agriculture dans la séance du 19 août 1818*, Paris, 8, rue Marie-Stuart, août 1818, in-8° pièce (B.N. V, pièce 3917).

Requête Marguerite Ricoux, v^ve^ Berne contre Jean-Pierre Desorgues, à Paris, Imp. Vve-Lamesle, 1762, (B.N. Fonds des factums, 4 Fm 27748).

2. 伝記および人名辞典

Anonyme (par une société de gens de lettres), *Annales poétiques du XIXe siècle ou choix de poésies légères, tant inédites que publiées depuis 1800 avec... un tableau de nos poètes vivants*, Paris. L. Collin, 1807.

Arnault, Jay et Jouy *et al.*, *Biographie nouvelle des contemporains*, Paris, Librairie historique, 1820-1825.

C. Asselineau, *Théodore Desorgues*, extrait des *Mémoires* de l'Académie des siences, arts et belles-lettres de Caen, 1862.

A.J.Q. Beuchot, *Nouveau nécrologe français ou liste alphabétique des auteurs nés en France, ou qui ont écrit en français, morts depuis le 1er janvier 1800*, Paris, 1812, in-8°.

M.-J. Chénier, *Tableau historique de l'état et des progrès de la littérature française depuis 1789*, Paris, 1818, 3e éd.

A. Cioranescu, *Bibliographie de la littérature française du XVIIIe siècle*, Paris, Éd. du CNRS, 1969, 3 vol.

(Collectif), *Dictionnaire de biographie française*, Paris, Librairie Letouzey et Ané, 1933-1979, 14 vol. (continué).

N. Dessessarts, *Les Siècles littéraires de la France ou Nouveau Dictionnaire historique critique et bibliographique de tous les écrivains français morts ou vivants jusqu'à la fin du XVIIIe siècle*, Paris, 1800-1803, in-8°.

P. Larousse, *Dictionnaire universel du XIXe siècle...*

L.-G. Michaud, *Biographie universelle ancienne et moderne*, Paris, 1811-1828, Rééd. 1854-1865.

Rabbe et Boisjolin, *Biographie universelle et particulière des contemporains*, Paris, 1834.

3. プロヴァンスについての著作

（テオドール・デゾルグの伝記に関連するもの）

C. Carrière, *Le Recrutement de la cour des comptes d'Aix-en-Provence à la fin de l'Ancien Régime*, Actes du 81e Congrès des Sociétés savantes, Rouen-Caen, 1956, Paris, Imprimerie nationale, 1956.

B. de Clapiers-Collongue, *Chronologie des officiers des cours souveraines de Provence*, Marseille, 1902 : voir la Préface à cet ouvrage par le marquis de Boisgelin.

(Collectif), *Histoire d'Aix-en-Provence*, Aix-en-Provence, Édisud, 1977 (chap. relatif au XVIIIe siècle par Michel Vovelle).

M. Cubells, *Les Parlementaires d'Aix-en-Provence, structure de groupe et rapports sociaux au XVIIIe siècle*, Paris, Maloine, 1984.

– « La politique d'anoblissement de la monarchie en Provence de 1715 à 1789 », *Annales du Midi*, 1982, t. 94, fascicule 2, p. 173.

Marie Demolins, *Les Assesseurs d'Aix et le Rôle du barreau dans l'administration provinciale*, Aix-en-Provence, 1896.

F.-X. Emmanuelli, *Pouvoir royal et vie régionale en Provence au déclin de la monarchie, psychologie, pratiques administratives, défrancisation de l'intendance d'Aix, 1745-1790*, Lille, Service de reproduction des thèses de l'université, 1974.

Roux-Alphéran, *Les Rues d'Aix*, Aix-en-Provence, 1848.

G. Toussaint, *Granet, peintre provençal*, Aix-en-Provence, 1927.

J. Vidalenc, *Le Monde, la Cour et la Ville vus d'Aix-en-Provence à la fin du XVIIIe siècle (1770-1783)*, « Le journal des nouvelles du Marquis d'Albertas », Actes du Congrès des Sociétés savantes, Alger, 1954), t. LXXIX.

M. Vovelle, *Piété baroque et Déchristianisation : les attitudes devant la mort en Provence au XVIIIe siècle*, Paris, Plon, 1973; version abrégée : *Pitié baroque et Déchristanisation en Provence au XVIIIe siècle*, Paris, Éd. du Seuil, coll. « points Histoire », 1978.

– *L'Irrésistible Ascension de Joseph Sec, bourgeois d'Aix, suivi de quelques clés pour la lecture des naïfs*, Aix-en-Provence, Édisud, 1975.

4. フランス革命と芸術についての著作

M. Albert, *La Littérature française sous la Révolution et l'Empire*, Paris, 1891.

A. Aulard, *Paris pendant la réaction thermidorienne et sous le Directoire* (Tables : Desorgues, t. I, 164, 167), Paris, L. Cerf, 1898-1899.

– *La Liberté individuelle sous Napoléon Ier (études et leçons sur la Révolution française*, 3e série), Paris, Alcan, 1893.

Paul Bonnefon, « Un poète oublié : Jacques Delille d'après les souvenirs de sa femme et d'autres documents inédits », *Revue latine*, 1905, p. 295 *sqq*.

É. Faguet, « Les poètes français du temps de la Révolution : Marie-Joseph Chénier, Delille, Parny », *Revue des cours et conférences*, 1905-1906-1907.

P.F.F.J. Giraud, *Histoire générale des prisons sous le règne de Buonaparte*, Paris, A. Eymery (1814).

J. Guillaume, « Marie-Joseph Chénier et Robespierre (Réponse à M. A. Liéby) », *La Révolution française*, t. XLIII, 1902, p. 347-357.

E. d'Hauterive, *La Police secrète du premier Empire (1804-1807)*, Paris, 1808-1913.

G. Lély, *Vie du marquis de Sade avec un examen de ses ouvrages*, Paris, Gallimard, 1952-1957 (2 vol.).

A. Liéby, « L'hymne à la Raison adapté au culte de l'Être Suprême », *La Révolution française*, t. XLIV, 1903, p. 13-28.

– « M.-J. Chénier et la fête de l'Être Suprême », *La Révolution française*, t. XLIII, 1902, p. 209-237.

A. Martin et G. Walter, *Catalogue de l'histoire de la Révolution française*, Paris, Bibliothèque nationale, 1936-1943. 8 vol.

A. Monglond, *La France révolutionnaire et impériale* (Th. Desorgues : t. III, 85, 187, 188, 902; t. IV, 24, 231, 1060; t. V, 54, 95, 274-275, 1011), s.l., chez l'auteur A l'enseigne du chat-botté, 1933-1938.

Charles Monselet, *Les Oubliés et Dédaignés*, Paris, 1857.

Charles Nodier, *Souvenirs*, Paris, Renduel, 1832-1837.

C. Pierre, *Hymnes et chansons de la Révolution*, Paris, 1904.

– *Musique des fêtes et cérémonies de la Révolution française*, Paris, 1899.

Sainte-Beuve, *Portraits littéraires*, « Delille », Paris, rééd. 1882, vol. II, p. 64-105.

Ambrose Saricks, *A Bibliography of Pamphlets the Frank E. Melvin Collection of Pamphlets of the French Revolution in the University of Kansas Libraries*, Lawrence, 1960 (2 vol.).

Julien Tiersot, *Les Fêtes et les Chants de la Révolution française*, Paris, 1908, in-8°.

M. Tourneux, *Bibliographie de l'histoire de Paris pendant la Révolution française*, Paris, 1890-1913, in-8°, 5 vol.

A. Tuetey, *Répertoire général des sources manuscrites de l'histoire de Paris pendant la Révolution française*, Paris, 1890-1914, 11 vol.

G. Walter, *Répertoire de l'histoire de la Révolution française* (travaux publiés entre 1800 et 1940), Paris, Bibliothèque nationale, 1941-1951 (2 vol.).

H. Welschinger, *La Censure sous le Ier Empire*, Paris, Charavay frères, 1882.

《叢書・ウニベルシタス　804》
革命詩人デゾルグの錯乱
フランス革命における一ブルジョワの上昇と転落

2004年10月25日　　初版第1刷発行

ミシェル・ヴォヴェル
立川孝一／印出忠夫 訳
発行所　財団法人 法政大学出版局
〒102-0073 東京都千代田区九段北3-2-7
電話03(5214)5540／振替00160 6 95814
製版，印刷　平文社／鈴木製本所

Printed in Japan

ISBN4 588 00804-8

著者

ミシェル・ヴォヴェル（Michel Vovelle）
1933年生まれの現代フランスの歴史家．エクス大学，パリ第一大学（ソルボンヌ）フランス革命史講座教授（A. ソブールの後任）を務め，現在同大学名誉教授．邦訳書に『フランス革命の心性』（岩波書店），『フランス革命と教会』（人文書院），『死の歴史』（創元社）など．

訳者

立川孝一（たちかわ こういち）
1948年生まれ．プロヴァンス大学文学部博士課程修了．現在，筑波大学歴史・人類学系教授．専攻：フランス史．著書：『フランス革命と祭り』（筑摩書房，88），『フランス革命——祭典の図像学』（中央公論社，89）．訳書：M. オズーフ『革命祭典』（岩波書店，88），M. ヴォヴェル『フランス革命の心性』（岩波書店，92），J. ル・ゴフ『歴史と記憶』（法政大学出版局，99）

印出忠夫（いんで ただお）
1957年生まれ．上智大学大学院修了．現在，聖心女子大学文学部助教授．専攻；フランス史．論文：「儀礼を通じて見た中世都市ボルドーの聖域構造」（『史学雑誌』，99—9），「アルビジョワ十字軍開始前後の教皇権と南フランス地方」（同，109—2）など．訳書；H. アマン『アウグスティヌス時代の日常生活』（下）（リトン，02）．

叢書・ウニベルシタス

				(頁
1	芸術はなぜ心要か	E.フィッシャー／河野徹訳	品切	30
2	空と夢〈運動の想像力にかんする試論〉	G.バシュラール／宇佐見英治訳		44
3	グロテスクなもの	W.カイザー／竹内豊治訳		31
4	塹壕の思想	T.E.ヒューム／長谷川鉱平訳	品切	31
5	言葉の秘密	E.ユンガー／菅谷規矩雄訳		17
6	論理哲学論考	L.ヴィトゲンシュタイン／藤本，坂井訳		35
7	アナキズムの哲学	H.リード／大沢正道訳		31
8	ソクラテスの死	R.グアルディーニ／山村直資訳		36
9	詩学の根本概念	E.シュタイガー／高橋英夫訳		33
10	科学の科学〈科学技術時代の社会〉	M.ゴールドスミス，A.マカイ編／是永純弘訳	品切	34
11	科学の射程	C.F.ヴァイツゼカー／野田，金子訳	品切	27
12	ガリレオをめぐって	オルテガ・イ・ガセット／マタイス，佐々木訳		29
13	幻影と現実〈詩の源泉の研究〉	C.コードウェル／長谷川鉱平訳	品切	41
14	聖と俗〈宗教的なるものの本質について〉	M.エリアーデ／風間敏夫訳		286
15	美と弁証法	G.ルカッチ／良知，池田，小箕訳	品切	372
16	モラルと犯罪	K.クラウス／小松太郎訳		218
17	ハーバート・リード自伝	北條文緒訳		468
18	マルクスとヘーゲル	J.イッポリット／宇津木，田口訳	品切	258
19	プリズム〈文化批判と社会〉	Th.W.アドルノ／竹内，山村，板倉訳	品切	246
20	メランコリア	R.カスナー／塚越敏訳		388
21	キリスト教の苦悶	M.de ウナムーノ／神吉，佐々木訳		202
22	アインシュタイン ゾンマーフェルト往復書簡	A.ヘルマン編／小林，坂口訳	品切	194
23 24	群衆と権力（上・下）	E.カネッティ／岩田行一訳		440 356
25	問いと反問〈芸術論集〉	W.ヴォリンガー／土肥美夫訳		272
26	感覚の分析	E.マッハ／須藤，廣松訳		386
27 28	批判的モデル集（I・II）	Th.W.アドルノ／大久保健治訳	〈品切〉 〈品切〉	I 232 II 272
29	欲望の現象学	R.ジラール／古田幸男訳		370
30	芸術の内面への旅	E.ヘラー／河原，杉浦，渡辺訳	品切	284
31	言語起源論	ヘルダー／大阪大学ドイツ近代文学研究会訳		270
32	宗教の自然史	D.ヒューム／福鎌，斎藤訳		144
33	プロメテウス〈ギリシア人の解した人間存在〉	K.ケレーニイ／辻村誠三訳	品切	268
34	人格とアナーキー	E.ムーニエ／山崎，佐藤訳		292
35	哲学の根本問題	E.ブロッホ／竹内豊治訳		194
36	自然と美学〈形体・美・芸術〉	R.カイヨワ／山口三夫訳	品切	112
37 38	歴史論（I・II）	G.マン／加藤，宮野訳	I・品切 II・品切	274 202
39	マルクスの自然概念	A.シュミット／元浜清海訳	品切	316
40	書物の本〈西欧の書物と文化の歴史．書物の美学〉	H.プレッサー／轡田収訳		448
41 42	現代への序説（上・下）	H.ルフェーヴル／宗，古田監訳	品切	上・220 下・296
43	約束の地を見つめて	E.フォール／古田幸男訳	品切	320
44	スペクタクルと社会	J.デュビニョー／渡辺淳訳	品切	188
45	芸術と神話	E.グラッシ／榎本久彦訳		266
46	古きものと新しきもの	M.ロベール／城山，島，円子訳		318
47	国家の起源	R.H.ローウィ／古賀英三郎訳	品切	204
48	人間と死	E.モラン／古田幸男訳		448
49	プルーストとシーニュ（増補版）	G.ドゥルーズ／宇波彰訳		252
50	文明の滴定〈科学技術と中国の社会〉	J.ニーダム／橋本敬造訳	品切	452
51	プスタの民	I.ジュラ／加藤二郎訳		382

				(頁)
104	言語芸術作品〔第2版〕	W.カイザー／柴田斎訳	品切	688
105	同時代人の肖像	F.ブライ／池内紀訳		212
106	レオナルド・ダ・ヴィンチ〔第2版〕	K.クラーク／丸山,大河内訳		344
107	宮廷社会	N.エリアス／波田,中埜,吉田訳		480
108	生産の鏡	J.ボードリヤール／宇波,今村訳		184
109	祭祀からロマンスへ	J.L.ウェストン／丸小哲雄訳		290
110	マルクスの欲求理論	A.ヘラー／良知,小箕訳	品切	198
111	大革命前夜のフランス	A.ソブール／山崎耕一訳	品切	422
112	知覚の現象学	メルロ=ポンティ／中島盛夫訳		904
113	旅路の果てに〈アルペイオスの流れ〉	R.カイヨワ／金井裕訳		222
114	孤独の迷宮〈メキシコの文化と歴史〉	O.パス／高山,熊谷訳		320
115	暴力と聖なるもの	R.ジラール／古田幸男訳		618
116	歴史をどう書くか	P.ヴェーヌ／大津真作訳		604
117	記号の経済学批判	J.ボードリヤール／今村,宇波,桜井訳		304
118	フランス紀行〈1787,1788&1789〉	A.ヤング／宮崎洋訳		432
119	供　犠	M.モース,H.ユベール／小関藤一郎訳		296
120	差異の目録〈歴史を変えるフーコー〉	P.ヴェーヌ／大津真作訳	品切	198
121	宗教とは何か	G.メンシング／田中,下宮訳		442
122	ドストエフスキー	R.ジラール／鈴木晶訳	品切	200
123	さまざまな場所〈死の影の都市をめぐる〉	J.アメリー／池内紀訳		210
124	生　成〈概念をこえる試み〉	M.セール／及川馥訳		272
125	アルバン・ベルク	Th.W.アドルノ／平野嘉彦訳		320
126	映画　あるいは想像上の人間	E.モラン／渡辺淳訳	品切	320
127	人間論〈時間・責任・価値〉	R.インガルデン／武井,赤松訳		294
128	カント〈その生涯と思想〉	A.グリガ／西牟田,浜田訳		464
129	同一性の寓話〈詩的神話学の研究〉	N.フライ／駒沢大学フライ研究会訳		496
130	空間の心理学	A.モル,E.ロメル／渡辺淳訳		326
131	飼いならされた人間と野性的人間	S.モスコヴィッシ／古田幸男訳		336
132	方　法　1.自然の自然	E.モラン／大津真作訳	品切	658
133	石器時代の経済学	M.サーリンズ／山内昶訳		464
134	世の初めから隠されていること	R.ジラール／小池健男訳		760
135	群衆の時代	S.モスコヴィッシ／古田幸男訳	品切	664
136	シミュラークルとシミュレーション	J.ボードリヤール／竹原あき子訳		234
137	恐怖の権力〈アブジェクシオン〉試論	J.クリステヴァ／枝川昌雄訳		420
138	ボードレールとフロイト	L.ベルサーニ／山縣直子訳		240
139	悪しき造物主	E.M.シオラン／金井裕訳		228
140	終末論と弁証法〈マルクスの社会・政治思想〉	S.アヴィネリ／中村恒矩訳	品切	392
141	経済人類学の現在	F.プイヨン編／山内昶訳		236
142	視覚の瞬間	K.クラーク／北條文緒訳		304
143	罪と罰の彼岸	J.アメリー／池内紀訳		210
144	時間・空間・物質	B.K.ライドレー／中島龍二訳	品切	226
145	離脱の試み〈日常生活への抵抗〉	S.コーエン,N.テイラー／石黒毅訳		321
146	人間怪物論〈人間脱走の哲学の素描〉	U.ホルストマン／加藤二郎訳		206
147	カントの批判哲学	G.ドゥルーズ／中島盛夫訳		160
148	自然と社会のエコロジー	S.モスコヴィッシ／久米,原訳		440
149	壮大への渇仰	L.クローネンバーガー／岸,倉田訳		368
150	奇蹟論・迷信論・自殺論	D.ヒューム／福鎌,斎藤訳		200
151	クルティウス-ジッド往復書簡	ディークマン編／円子千代訳		376
152	離脱の寓話	M.セール／及川馥訳		178

				（頁）
153	エクスタシーの人類学	I.M.ルイス／平沼孝之訳		352
154	ヘンリー・ムア	J.ラッセル／福田真一訳		340
155	誘惑の戦略	J.ボードリヤール／宇波彰訳		260
156	ユダヤ神秘主義	G.ショーレム／山下，石丸，他訳		644
157	蜂の寓話〈私悪すなわち公益〉	B.マンデヴィル／泉谷治訳	品切	412
158	アーリア神話	L.ポリアコフ／アーリア主義研究会訳	品切	544
159	ロベスピエールの影	P.ガスカール／佐藤和生訳		440
160	元型の空間	E.ゾラ／丸小哲雄訳		336
161	神秘主義の探究〈方法論的考察〉	E.スタール／宮元啓一，他訳		362
162	放浪のユダヤ人〈ロート・エッセイ集〉	J.ロート／平田，吉田訳		344
163	ルフー，あるいは取壊し	J.アメリー／神崎巌訳		250
164	大世界劇場〈宮廷祝宴の時代〉	R.アレヴィン，K.ゼルツレ／円子修平訳	品切	200
165	情念の政治経済学	A.ハーシュマン／佐々木，旦訳		192
166	メモワール〈1940-44〉	レミ／築島謙三訳		520
167	ギリシア人は神話を信じたか	P.ヴェーヌ／大津真作訳	品切	340
168	ミメーシスの文学と人類学	R.ジラール／浅野敏夫訳	品切	410
169	カバラとその象徴的表現	G.ショーレム／岡部，小岸訳		340
170	身代りの山羊	R.ジラール／織田，富永訳	品切	384
171	人間〈その本性および世界における位置〉	A.ゲーレン／平野具男訳		608
172	コミュニケーション〈ヘルメスI〉	M.セール／豊田，青木訳		358
173	道　化〈つまずきの現象学〉	G.v.バルレーヴェン／片岡啓治訳	品切	260
174	いま，ここで〈アウシュヴィッツとヒロシマ以後の哲学的考察〉	G.ピヒト／斎藤，浅野，大野，河井訳		600
175 176 177	真理と方法〔全三冊〕	H.-G.ガダマー／轡田，麻生，三島，他訳		I・350 II・ III・
178	時間と他者	E.レヴィナス／原田佳彦訳		140
179	構成の詩学	B.ウスペンスキイ／川崎，大石訳	品切	282
180	サン=シモン主義の歴史	S.シャルレティ／沢崎，小杉訳		528
181	歴史と文芸批評	G.デルフォ，A.ロッシュ／川中子弘訳		472
182	ミケランジェロ	H.ヒバード／中山，小野訳	品切	578
183	観念と物質〈思考・経済・社会〉	M.ゴドリエ／山内昶訳		340
184	四つ裂きの刑	E.M.シオラン／金井裕訳		234
185	キッチュの心理学	A.モル／万沢正美訳		344
186	領野の漂流	J.ヴィヤール／山下俊一訳		226
187	イデオロギーと想像力	G.C.カバト／小箕俊介訳		300
188	国家の起源と伝承〈古代インド社会史論〉	R.=ターパル／山崎，成澤訳		322
189	ベルナール師匠の秘密	P.ガスカール／佐藤和生訳		374
190	神の存在論的証明	D.ヘンリッヒ／本間，須田，座小田，他訳		456
191	アンチ・エコノミクス	J.アタリ，M.ギヨーム／斎藤，安孫子訳		322
192	クローチェ政治哲学論集	B.クローチェ／上村忠男編訳		188
193	フィヒテの根源的洞察	D.ヘンリッヒ／座小田，小松訳		184
194	哲学の起源	オルテガ・イ・ガセット／佐々木孝訳	品切	224
195	ニュートン力学の形成	ベー・エム・ゲッセン／秋間実，他訳		312
196	遊びの遊び	J.デュビニョー／渡辺淳訳	品切	160
197	技術時代の魂の危機	A.ゲーレン／平野具男訳	品切	222
198	儀礼としての相互行為	E.ゴッフマン／浅野敏夫訳		376
199	他者の記号学〈アメリカ大陸の征服〉	T.トドロフ／及川，大谷，菊地訳		370
200	カント政治哲学の講義	H.アーレント著，R.ベイナー編／浜田監訳		302
201	人類学と文化記号論	M.サーリンズ／山内昶訳	品切	354
202	ロンドン散策	F.トリスタン／小杉，浜本訳		484

No.	書名	著者／訳者		(頁)
203	秩序と無秩序	J.-P.デュピュイ／古田幸男訳		324
204	象徴の理論	T.トドロフ／及川馥, 他訳	品切	536
205	資本とその分身	M.ギヨーム／斉藤日出治訳		240
206	干　渉〈ヘルメスII〉	M.セール／豊田彰訳		276
207	自らに手をくだし〈自死について〉	J.アメリー／大河内了義訳	品切	222
208	フランス人とイギリス人	R.フェイバー／北條, 大島訳		304
209	カーニバル〈その歴史的・文化的考察〉	J.カロ・バロッハ／佐々木孝訳	品切	622
210	フッサール現象学	A.F.アグィーレ／川島, 工藤, 林訳		232
211	文明の試練	J.M.カディヒィ／塚本, 秋山, 寺西, 島訳		538
212	内なる光景	J.ポミエ／角山, 池部訳		526
213	人間の原型と現代の文化	A.ゲーレン／池井望訳		422
214	ギリシアの光と神々	K.ケレーニイ／円子修平訳	品切	178
215	初めに愛があった〈精神分析と信仰〉	J.クリステヴァ／枝川昌雄訳		146
216	バロックとロココ	W.v.ニーベルシュッツ／竹内章訳		164
217	誰がモーセを殺したか	S.A.ハンデルマン／山形和美訳		514
218	メランコリーと社会	W.レペニース／岩田, 小竹訳		380
219	意味の論理学	G.ドゥルーズ／岡田, 宇波訳		460
220	新しい文化のために	P.ニザン／木内孝訳		352
221	現代心理論集	P.ブールジェ／平岡, 伊藤訳		362
222	パラジット〈寄食者の論理〉	M.セール／及川, 米山訳		466
223	虐殺された鳩〈暴力と国家〉	H.ラボリ／川中子弘訳		240
224	具象空間の認識論〈反・解釈学〉	F.ダゴニェ／金森修訳		300
225	正常と病理	G.カンギレム／滝沢武久訳		320
226	フランス革命論	J.G.フィヒテ／桝田啓三郎訳		396
227	クロード・レヴィ=ストロース	O.パス／鼓, 木村訳		160
228	バロックの生活	P.ラーンシュタイン／波田節夫訳	品切	520
229	うわさ〈もっとも古いメディア〉増補版	J.-N.カプフェレ／古田幸男訳		394
230	後期資本制社会システム	C.オッフェ／寿福真美編訳	品切	358
231	ガリレオ研究	A.コイレ／菅谷曉訳		482
232	アメリカ	J.ボードリヤール／田中正人訳	品切	220
233	意識ある科学	E.モラン／村上光彦訳		400
234	分子革命〈欲望社会のミクロ分析〉	F.ガタリ／杉村昌昭訳		340
235	火, そして霧の中の信号―ゾラ	M.セール／寺田光徳訳		568
236	煉獄の誕生	J.ル・ゴッフ／渡辺, 内田訳		698
237	サハラの夏	E.フロマンタン／川端康夫訳		336
238	パリの悪魔	P.ガスカール／佐藤和夫訳		256
239 240	自然の人間的歴史(上・下)	S.モスコヴィッシ／大津真作訳	品切	上・494 下・390
241	ドン・キホーテ頌	P.アザール／円子千代訳	品切	348
242	ユートピアへの勇気	G.ピヒト／河井徳治訳	品切	202
243	現代社会とストレス〔原書改訂版〕	H.セリエ／杉, 田多井, 藤井, 竹宮訳		482
244	知識人の終焉	J.-F.リオタール／原田佳彦, 他訳		140
245	オマージュの試み	E.M.シオラン／金井裕訳		154
246	科学の時代における理性	H.-G.ガダマー／本間, 座小田訳		158
247	イタリア人の太古の知恵	G.ヴィーコ／上村忠男訳		190
248	ヨーロッパを考える	E.モラン／林　勝一訳		238
249	労働の現象学	J.-L.プチ／今村, 松島訳		388
250	ポール・ニザン	Y.イシャグプール／川俣晃自訳		366
251	政治的判断力	R.ベイナー／浜田義文監訳	品切	310
252	知覚の本性〈初期論文集〉	メルロ=ポンティ／加賀野井秀一訳		158

叢書・ウニベルシタス

				(頁)
253	言語の牢獄	F.ジェームソン／川口喬一訳		292
254	失望と参画の現象学	A.O.ハーシュマン／佐々木, 杉田訳		204
255	はかない幸福—ルソー	T.トドロフ／及川馥訳	品切	162
256	大学制度の社会史	H.W.プラール／山本尤訳		408
257 258	ドイツ文学の社会史（上・下）	J.ベルク, 他／山本, 三島, 保坂, 鈴木訳		上・766 下・648
259	アランとルソー〈教育哲学試論〉	A.カルネック／安斎, 並木訳		304
260	都市・階級・権力	M.カステル／石川淳志監訳	品切	296
261	古代ギリシア人	M.I.フィンレー／山形和美訳	品切	296
262	象徴表現と解釈	T.トドロフ／小林, 及川訳		244
263	声の回復〈回想の試み〉	L.マラン／梶野吉郎訳		246
264	反射概念の形成	G.カンギレム／金森修訳		304
265	芸術の手相	G.ピコン／末永照和訳		294
266	エチュード〈初期認識論集〉	G.バシュラール／及川馥訳		166
267	邪な人々の昔の道	R.ジラール／小池健男訳		270
268	〈誠実〉と〈ほんもの〉	L.トリリング／野島秀勝訳	品切	264
269	文の抗争	J.-F.リオタール／陸井四郎, 他訳		410
270	フランス革命と芸術	J.スタロバンスキー／井上尭裕訳	品切	286
271	野生人とコンピューター	J.-M.ドムナック／古田幸男訳		228
272	人間と自然界	K.トマス／山内昶, 他訳		618
273	資本論をどう読むか	J.ビデ／今村仁司, 他訳		450
274	中世の旅	N.オーラー／藤代幸一訳		488
275	変化の言語〈治療コミュニケーションの原理〉	P.ワツラウィック／築島謙三訳		212
276	精神の売春としての政治	T.クンナス／木戸, 佐々木訳		258
277	スウィフト政治・宗教論集	J.スウィフト／中野, 海保訳		490
278	現実とその分身	C.ロセ／金井裕訳		168
279	中世の高利貸	J.ル・ゴッフ／渡辺香根夫訳		170
280	カルデロンの芸術	M.コメレル／岡部仁訳		270
281	他者の言語〈デリダの日本講演〉	J.デリダ／高橋允昭編訳		406
282	ショーペンハウアー	R.ザフランスキー／山本尤訳		646
283	フロイトと人間の魂	B.ベテルハイム／藤瀬恭子訳		174
284	熱　狂〈カントの歴史批判〉	J.-F.リオタール／中島盛夫訳		210
285	カール・カウツキー 1854-1938	G.P.スティーンソン／時永, 河野訳		496
286	形而上学と神の思想	W.パネンベルク／座小田, 諸岡訳	品切	186
287	ドイツ零年	E.モラン／古田幸男訳		364
288	物の地獄〈ルネ・ジラールと経済の論理〉	デュムシェル, デュピュイ／織田, 富永訳		320
289	ヴィーコ自叙伝	G.ヴィーコ／福鎌忠恕訳	品切	448
290	写真論〈その社会的効用〉	P.ブルデュー／山縣熙, 山縣直子訳		438
291	戦争と平和	S.ボク／大沢正道訳		224
292	意味と意味の発展	R.A.ウォルドロン／築島謙三訳		294
293	生態平和とアナーキー	U.リンゼ／内田, 杉村訳		270
294	小説の精神	M.クンデラ／金井, 浅野訳		208
295	フィヒテ-シェリング往復書簡	W.シュルツ解説／座小田, 後藤訳		220
296	出来事と危機の社会学	E.モラン／浜名, 福井訳		622
297	宮廷風恋愛の技術	A.カペルラヌス／野島秀勝訳	品切	334
298	野蛮〈科学主義の独裁と文化の危機〉	M.アンリ／山形, 望月訳		292
299	宿命の戦略	J.ボードリヤール／竹原あき子訳		260
300	ヨーロッパの日記	G.R.ホッケ／石丸, 柴田, 信岡訳		1330
301	記号と夢想〈演劇と祝祭についての考察〉	A.シモン／岩瀬孝監修. 佐藤, 伊藤, 他訳		388
302	手と精神	J.ブラン／中村文郎訳		284

				(頁)
303	平等原理と社会主義	L.シュタイン／石川, 石塚, 柴田訳		676
304	死にゆく者の孤独	N.エリアス／中居実訳		150
305	知識人の黄昏	W.シヴェルブシュ／初見基訳		240
306	トマス・ペイン〈社会思想家の生涯〉	A.J.エイヤー／大熊昭信訳		378
307	われらのヨーロッパ	F.ヘール／杉浦健之訳		614
308	機械状無意識〈スキゾ-分析〉	F.ガタリ／高岡幸一訳		426
309	聖なる真理の破壊	H.ブルーム／山形和美訳		400
310	諸科学の機能と人間の意義	E.パーチ／上村忠男監訳		552
311	翻　訳〈ヘルメスIII〉	M.セール／豊田, 輪田訳		404
312	分　布〈ヘルメスIV〉	M.セール／豊田彰訳		440
313	外国人	J.クリステヴァ／池田和子訳		284
314	マルクス	M.アンリ／杉山, 水野訳	品切	612
315	過去からの警告	E.シャルガフ／山本, 内藤訳		308
316	面・表面・界面〈一般表層論〉	F.ダゴニェ／金森, 今野訳		338
317	アメリカのサムライ	F.G.ノートヘルファー／飛鳥井雅道訳		512
318	社会主義か野蛮か	C.カストリアディス／江口幹訳		490
319	遍　歴〈法, 形式, 出来事〉	J.-F.リオタール／小野康男訳		200
320	世界としての夢	D.ウスラー／谷　徹訳		566
321	スピノザと表現の問題	G.ドゥルーズ／工藤, 小柴, 小谷訳		460
322	裸体とはじらいの文化史	H.P.デュル／藤代, 三谷訳		572
323	五　感〈混合体の哲学〉	M.セール／米山親能訳		582
324	惑星軌道論	G.W.F.ヘーゲル／村上恭一訳		250
325	ナチズムと私の生活〈仙台からの告発〉	K.レーヴィット／秋間実訳		334
326	ベンヤミン-ショーレム往復書簡	G.ショーレム編／山本尤訳		440
327	イマヌエル・カント	O.ヘッフェ／薮木栄夫訳		374
328	北西航路〈ヘルメスV〉	M.セール／青木研二訳		260
329	聖杯と剣	R.アイスラー／野島秀勝訳		486
330	ユダヤ人国家	Th.ヘルツル／佐藤康彦訳		206
331	十七世紀イギリスの宗教と政治	C.ヒル／小野功生訳		586
332	方　法　2. 生命の生命	E.モラン／大津真作訳		838
333	ヴォルテール	A.J.エイヤー／中川, 吉岡訳		268
334	哲学の自食症候群	J.ブーヴレス／大平具彦訳		266
335	人間学批判	レペニース, ノルテ／小竹澄栄訳		214
336	自伝のかたち	W.C.スペンジマン／船倉正憲訳		384
337	ポストモダニズムの政治学	L.ハッチオン／川口喬一訳		332
338	アインシュタインと科学革命	L.S.フォイヤー／村上, 成定, 大谷訳		474
339	ニーチェ	G.ピヒト／青木隆嘉訳		562
340	科学史・科学哲学研究	G.カンギレム／金森修監訳		674
341	貨幣の暴力	アグリエッタ, オルレアン／井上, 斉藤訳		506
342	象徴としての円	M.ルルカー／竹内章訳	品切	186
343	ベルリンからエルサレムへ	G.ショーレム／岡部仁訳		226
344	批評の批評	T.トドロフ／及川, 小林訳		298
345	ソシュール講義録注解	F.de　ソシュール／前田英樹・訳注		204
346	歴史とデカダンス	P.ショーニュー／大谷尚文訳		552
347	続・いま, ここで	G.ピヒト／斎藤, 大野, 福島, 浅野訳		580
348	バフチン以後	D.ロッジ／伊藤誓訳		410
349	再生の女神セドナ	H.P.デュル／原研二訳		622
350	宗教と魔術の衰退	K.トマス／荒木正純訳		1412
351	神の思想と人間の自由	W.パネンベルク／座小田, 諸岡訳		186

				(頁)
451	エコロジーの新秩序	L.フェリ／加藤宏幸訳		274
452	想念が社会を創る	C.カストリアディス／江口幹訳		392
453	ウィトゲンシュタイン評伝	B.マクギネス／藤本，今井，宇都宮，髙橋訳		612
454	読みの快楽	R.オールター／山形，中田，田中訳		346
455	理性・真理・歴史 〈内在的実在論の展開〉	H.パトナム／野本和幸，他訳		360
456	自然の諸時期	ビュフォン／菅谷暁訳		440
457	クロポトキン伝	ピルーモヴァ／左近毅訳		384
458	征服の修辞学	P.ヒューム／岩尾，正木，本橋訳		492
459	初期ギリシア科学	G.E.R.ロイド／山野，山口訳		246
460	政治と精神分析	G.ドゥルーズ，F.ガタリ／杉村昌昭訳		124
461	自然契約	M.セール／及川，米山訳		230
462	細分化された世界 〈迷宮の岐路III〉	C.カストリアディス／宇京頼三訳		332
463	ユートピア的なもの	L.マラン／梶野吉郎訳		420
464	恋愛礼讃	M.ヴァレンシー／沓掛，川端訳		496
465	転換期 〈ドイツ人とドイツ〉	H.マイヤー／宇京早苗訳		466
466	テクストのぶどう畑で	I.イリイチ／岡部佳世訳		258
467	フロイトを読む	P.ゲイ／坂口，大島訳		304
468	神々を作る機械	S.モスコヴィッシ／古田幸男訳		750
469	ロマン主義と表現主義	A.K.ウィードマン／大森淳史訳		378
470	宗教論	N.ルーマン／土方昭，土方透訳		138
471	人格の成層論	E.ロータッカー／北村監訳・大久保，他訳		278
472	神　罰	C.v.リンネ／小川さくえ訳		432
473	エデンの園の言語	M.オランデール／浜崎設夫訳		338
474	フランスの自伝 〈自伝文学の主題と構造〉	P.ルジュンヌ／小倉孝誠訳		342
475	ハイデガーとヘブライの遺産	M.ザラデル／合田正人訳		390
476	真の存在	G.スタイナー／工藤政司訳		266
477	言語芸術・言語記号・言語の時間	R.ヤコブソン／浅川順子訳		388
478	エクリール	C.ルフォール／宇京頼三訳		420
479	シェイクスピアにおける交渉	S.J.グリーンブラット／酒井正志訳		334
480	世界・テキスト・批評家	E.W.サイード／山形和美訳		584
481	絵画を見るディドロ	J.スタロバンスキー／小西嘉幸訳		148
482	ギボン 〈歴史を創る〉	R.ポーター／中野，海保，松原訳		272
483	欺瞞の書	E.M.シオラン／金井裕訳		252
484	マルティン・ハイデガー	H.エーベリング／青木隆嘉訳		252
485	カフカとカバラ	K.E.グレーツィンガー／清水健次訳		390
486	近代哲学の精神	H.ハイムゼート／座小田豊，他訳		448
487	ベアトリーチェの身体	R.P.ハリスン／船倉正憲訳		304
488	技術 〈クリティカル・セオリー〉	A.フィーンバーグ／藤本正文訳		510
489	認識論のメタクリティーク	Th.W.アドルノ／古賀，細見訳		370
490	地獄の歴史	A.K.ターナー／野﨑嘉信訳		456
491	昔話と伝説 〈物語文学の二つの基本形式〉	M.リューティ／高木昌史，万里子訳	品切	362
492	スポーツと文明化 〈興奮の探究〉	N.エリアス，E.ダニング／大平章訳		490
493 494	地獄のマキアヴェッリ (I・II)	S.de.グラツィア／田中治男訳		I・352 II・306
495	古代ローマの恋愛詩	P.ヴェーヌ／鎌田博夫訳		352
496	証人 〈言葉と科学についての省察〉	E.シャルガフ／山本，内藤訳		252
497	自由とはなにか	P.ショーニュ／西川，小田桐訳		472
498	現代世界を読む	M.マフェゾリ／菊地昌実訳		186
499	時間を読む	M.ピカール／寺田光徳訳		266
500	大いなる体系	N.フライ／伊藤誓訳		478

			(頁)
550	ハイデガーと実践哲学	O.ペゲラー他,編／竹市,下村監訳	584
551	彫　像	M.セール／米山親能訳	366
552	人間的なるものの庭	C.F.v.ヴァイツゼカー／山辺建訳	852
553	思考の図像学	A.フレッチャー／伊藤誓訳	472
554	反動のレトリック	A.O.ハーシュマン／岩崎稔訳	250
555	暴力と差異	A.J.マッケナ／夏目博明訳	354
556	ルイス・キャロル	J.ガッテニョ／鈴木晶訳	462
557	タオスのロレンゾー〈D.H.ロレンス回想〉	M.D.ルーハン／野島秀勝訳	490
558	エル・シッド〈中世スペインの英雄〉	R.フレッチャー／林邦夫訳	414
559	ロゴスとことば	S.プリケット／小野功生訳	486
560 561	盗まれた稲妻〈呪術の社会学〉(上・下)	D.L.オキーフ／谷林眞理子,他訳	上・490 下・656
562	リビドー経済	J.-F.リオタール／杉山,吉谷訳	458
563	ポスト・モダニティの社会学	S.ラッシュ／田中義久監訳	462
564	狂暴なる霊長類	J.A.リヴィングストン／大平章訳	310
565	世紀末社会主義	M.ジェイ／今村,大谷訳	334
566	両性平等論	F.P.de ラ・バール／佐藤和夫,他訳	330
567	暴虐と忘却	R.ボイヤーズ／田部井孝次・世志子訳	524
568	異端の思想	G.アンダース／青木隆嘉訳	518
569	秘密と公開	S.ボク／大沢正道訳	470
570 571	大航海時代の東南アジア (I・II)	A.リード／平野, 田中訳	I・430 II・598
572	批判理論の系譜学	N.ボルツ／山本,大貫訳	332
573	メルヘンへの誘い	M.リューティ／高木昌史訳	200
574	性と暴力の文化史	H.P.デュル／藤代,津山訳	768
575	歴史の不測	E.レヴィナス／合田,谷口訳	316
576	理論の意味作用	T.イーグルトン／山形和美訳	196
577	小集団の時代〈大衆社会における個人主義の衰退〉	M.マフェゾリ／古田幸男訳	334
578 579	愛の文化史 (上・下)	S.カーン／青木,斎藤訳	上・334 下・384
580	文化の擁護〈1935年パリ国際作家大会〉	ジッド他／相磯,五十嵐,石黒,高橋編訳	752
581	生きられる哲学〈生活世界の現象学と批判理論の思考形式〉	F.フェルマン／堀栄造訳	282
582	十七世紀イギリスの急進主義と文学	C.ヒル／小野, 圓月訳	444
583	このようなことが起こり始めたら…	R.ジラール／小池,住谷訳	226
584	記号学の基礎理論	J.ディーリー／大熊昭信訳	286
585	真理と美	S.チャンドラセカール／豊田彰訳	328
586	シオラン対談集	E.M.シオラン／金井裕訳	336
587	時間と社会理論	B.アダム／伊藤,磯山訳	338
588	懐疑的省察 ABC〈続・重大な疑問〉	E.シャルガフ／山本,伊藤訳	244
589	第三の知恵	M.セール／及川馥訳	250
590 591	絵画における真理 (上・下)	J.デリダ／高橋,阿部訳	上・322 下・390
592	ウィトゲンシュタインと宗教	N.マルカム／黒崎宏訳	256
593	シオラン〈あるいは最後の人間〉	S.ジョドー／金井裕訳	212
594	フランスの悲劇	T.トドロフ／大谷尚文訳	304
595	人間の生の遺産	E.シャルガフ／清水健次,他訳	392
596	聖なる快楽〈性, 神話, 身体の政治〉	R.アイスラー／浅野敏夫訳	876
597	原子と爆弾とエスキモーキス	C.G.セグレー／野島秀勝訳	408
598	海からの花嫁〈ギリシア神話研究の手引き〉	J.シャーウッドスミス／吉田,佐藤訳	234
599	神に代わる人間	L.フェリー／菊地,白井訳	220
600	パンと競技場〈ギリシア・ローマ時代の政治と都市の社会学的歴史〉	P.ヴェーヌ／鎌田博夫訳	1032

			（頁）
601	ギリシア文学概説	J.ド・ロミイ／細井，秋山訳	48[illegible]
602	パロールの奪取	M.セルトー／佐藤和生訳	20[illegible]
603	68年の思想	L.フェリー他／小野潮訳	34[illegible]
604	ロマン主義のレトリック	P.ド・マン／山形，岩坪訳	47[illegible]
605	探偵小説あるいはモデルニテ	J.デュボア／鈴木智之訳	38[illegible]
606 607 608	近代の正統性〔全三冊〕	H.ブルーメンベルク／斎藤，忽那 佐藤，村井訳	I・328 II・39[illegible] III・318
609	危険社会〈新しい近代への道〉	U.ベック／東，伊藤訳	502
610	エコロジーの道	E.ゴールドスミス／大熊昭信訳	654
611	人間の領域〈迷宮の岐路II〉	C.カストリアディス／米山親能訳	626
612	戸外で朝食を	H.P.デュル／藤代幸一訳	190
613	世界なき人間	G.アンダース／青木隆嘉訳	366
614	唯物論シェイクスピア	F.ジェイムソン／川口喬一訳	402
615	核時代のヘーゲル哲学	H.クロンバッハ／植木哲也訳	380
616	詩におけるルネ・シャール	P.ヴェーヌ／西永良成訳	832
617	近世の形而上学	H.ハイムゼート／北岡武司訳	506
618	フロベールのエジプト	G.フロベール／斎藤昌三訳	344
619	シンボル・技術・言語	E.カッシーラー／篠木，高野訳	352
620	十七世紀イギリスの民衆と思想	C.ヒル／小野，圓月，箭川訳	520
621	ドイツ政治哲学史	H.リュッベ／今井道夫訳	312
622	最終解決〈民族移動とヨーロッパのユダヤ人殺害〉	G.アリー／山本，三島訳	470
623	中世の人間	J.ル・ゴフ他／鎌田博夫訳	478
624	食べられる言葉	L.マラン／梶野吉郎訳	284
625	ヘーゲル伝〈哲学の英雄時代〉	H.アルトハウス／山本尤訳	690
626	E.モラン自伝	E.モラン／菊地，高砂訳	368
627	見えないものを見る	M.アンリ／青木研二訳	248
628	マーラー〈音楽観相学〉	Th.W.アドルノ／龍村あや子訳	286
629	共同生活	T.トドロフ／大谷尚文訳	236
630	エロイーズとアベラール	M.F.B.ブロッチェリ／白崎容子訳	304
631	意味を見失った時代〈迷宮の岐路IV〉	C.カストリアディス／江口幹訳	338
632	火と文明化	J.ハウツブロム／大平章訳	356
633	ダーウィン，マルクス，ヴァーグナー	J.バーザン／野島秀勝訳	526
634	地位と羞恥	S.ネッケル／岡原正幸訳	434
635	無垢の誘惑	P.ブリュックネール／小倉，下澤訳	350
636	ラカンの思想	M.ボルク=ヤコブセン／池田清訳	500
637	羨望の炎〈シェイクスピアと欲望の劇場〉	R.ジラール／小林，田口訳	698
638	暁のフクロウ〈続・精神の現象学〉	A.カトロッフェロ／寿福真美訳	354
639	アーレント＝マッカーシー往復書簡	C.ブライトマン編／佐藤佐智子訳	710
640	崇高とは何か	M.ドゥギー他／梅木達郎訳	416
641	世界という実験〈問い，取り出しの諸カテゴリー，実践〉	E.ブロッホ／小田智敏訳	400
642	悪　あるいは自由のドラマ	R.ザフランスキー／山本尤訳	322
643	世俗の聖典〈ロマンスの構造〉	N.フライ／中村，真野訳	252
644	歴史と記憶	J.ル・ゴフ／立川孝一訳	400
645	自我の記号論	N.ワイリー／船倉正憲訳	468
646	ニュー・ミメーシス〈シェイクスピアと現実描写〉	A.D.ナトール／山形，山下訳	430
647	歴史家の歩み〈アリエス　1943-1983〉	Ph.アリエス／成瀬，伊藤訳	428
648	啓蒙の民主制理論〈カントとのつながりで〉	I.マウス／浜田，牧野監訳	400
649	仮象小史〈古代からコンピューター時代まで〉	N.ボルツ／山本尤訳	200

叢書・ウニベルシタス

			(頁)
650	知の全体史	C.V.ドーレン／石塚浩司訳	766
651	法の力	J.デリダ／堅田研一訳	220
652 653	男たちの妄想 (I・II)	K.テーヴェライト／田村和彦訳	I・816 II
654	十七世紀イギリスの文書と革命	C.ヒル／小野,圓月,箭川訳	592
655	パウル・ツェラーンの場所	H.ベッティガー／鈴木美紀訳	176
656	絵画を破壊する	L.マラン／尾形,梶野訳	272
657	グーテンベルク銀河系の終焉	N.ボルツ／識名,足立訳	330
658	批評の地勢図	J.ヒリス・ミラー／森田孟訳	550
659	政治的なものの変貌	M.マフェゾリ／古田幸男訳	290
660	神話の真理	K.ヒュプナー／神野,中才,他訳	736
661	廃墟のなかの大学	B.リーディングズ／青木,斎藤訳	354
662	後期ギリシア科学	G.E.R.ロイド／山野,山口,金山訳	320
663	ベンヤミンの現在	N.ボルツ,W.レイイェン／岡部仁訳	180
664	異教入門〈中心なき周辺を求めて〉	J.-F.リオタール／山縣,小野,他訳	242
665	ル・ゴフ自伝〈歴史家の生活〉	J.ル・ゴフ／鎌田博夫訳	290
666	方　法　3. 認識の認識	E.モラン／大津真作訳	398
667	遊びとしての読書	M.ピカール／及川,内藤訳	478
668	身体の哲学と現象学	M.アンリ／中敬夫訳	404
669	ホモ・エステティクス	L.フェリー／小野康男,他訳	496
670	イスラームにおける女性とジェンダー	L.アハメド／林正雄,他訳	422
671	ロマン派の手紙	K.H.ボーラー／髙木葉子訳	382
672	精霊と芸術	M.マール／津山拓也訳	474
673	言葉への情熱	G.スタイナー／伊藤誓訳	612
674	贈与の謎	M.ゴドリエ／山内昶訳	362
675	諸個人の社会	N.エリアス／宇京早苗訳	308
676	労働社会の終焉	D.メーダ／若森章孝,他訳	394
677	概念・時間・言説	A.コジェーヴ／三宅,根田,安川訳	448
678	史的唯物論の再構成	U.ハーバーマス／清水多吉訳	438
679	カオスとシミュレーション	N.ボルツ／山本尤訳	218
680	実質的現象学	M.アンリ／中,野村,吉永訳	268
681	生殖と世代継承	R.フォックス／平野秀秋訳	408
682	反抗する文学	M.エドマンドソン／浅野敏夫訳	406
683	哲学を讃えて	M.セール／米山親能,他訳	312
684	人間・文化・社会	H.シャピロ編／塚本利明,他訳	
685	遍歴時代〈精神の自伝〉	J.アメリー／富重純子訳	206
686	ノーを言う難しさ〈宗教哲学的エッセイ〉	K.ハインリッヒ／小林敏明訳	200
687	シンボルのメッセージ	M.ルルカー／林捷,林田鶴子訳	590
688	神は狂信的か	J.ダニエル／菊地昌実訳	218
689	セルバンテス	J.カナヴァジオ／円子千代訳	502
690	マイスター・エックハルト	B.ヴェルテ／大津留直訳	320
691	マックス・プランクの生涯	J.L.ハイルブロン／村岡晋一訳	300
692	68年−86年　個人の道程	L.フェリー,A.ルノー／小野潮訳	168
693	イダルゴとサムライ	J.ヒル／平山篤子訳	704
694	〈教育〉の社会学理論	B.バーンスティン／久冨善之,他訳	420
695	ベルリンの文化戦争	W.シヴェルブシュ／福本義憲訳	380
696	知識と権力〈クーン,ハイデガー,フーコー〉	J.ラウズ／成定,網谷,阿曽沼訳	410
697	読むことの倫理	J.ヒリス・ミラー／伊藤,大島訳	230
698	ロンドン・スパイ	N.ウォード／渡辺孔二監訳	506
699	イタリア史〈1700−1860〉	S.ウールフ／鈴木邦夫訳	1000

			（頁）
49	王の肖像	L.マラン／渡辺香根夫訳	454
50	ヘルマン・ブロッホの生涯	P.M.リュツェラー／入野田真右訳	572
51	ラブレーの宗教	L.フェーヴル／高橋薫訳	942
52	有限責任会社	J.デリダ／高橋，増田，宮崎訳	352
53	ハイデッガーとデリダ	H.ラパポート／港道隆，他訳	388
54	未完の菜園	T.トドロフ／内藤雅文訳	414
55	小説の黄金時代	G.スカルペッタ／本多文彦訳	392
56	トリックスター	L.ハイド／伊藤誓訳	
757	ヨーロッパの形成	R.バルトレット／伊藤，磯山訳	720
758	幾何学の起源	M.セール／豊田彰訳	444
759	犠牲と羨望	J.-P.デュピュイ／米山，泉谷訳	518
760	歴史と精神分析	M.セルトー／内藤雅文訳	252
761 762 763	コペルニクス的宇宙の生成〔全三冊〕	H.ブルーメンベルク／後藤，小熊，座小田訳	I・412 II・ III・
764	自然・人間・科学	E.シャルガフ／山本，伊藤訳	230
765	歴史の天使	S.モーゼス／合田正人訳	306
766	近代の観察	N.ルーマン／馬場靖雄訳	234
767 768	社会の法（1・2）	N.ルーマン／馬場，上村，江口訳	1・430 2・446
769	場所を消費する	J.アーリ／吉原直樹，大澤善信監訳	450
770	承認をめぐる闘争	A.ホネット／山本，直江訳	302
771 772	哲学の余白（上・下）	J.デリダ／高橋，藤本訳	上・ 下・
773	空虚の時代	G.リポヴェツキー／大谷，佐藤訳	288
774	人間はどこまでグローバル化に耐えられるか	R.ザフランスキー／山本尤訳	134
775	人間の美的教育について	F.v.シラー／小栗孝則訳	196
776	政治的検閲〈19世紀ヨーロッパにおける〉	R.J.ゴールドスティーン／城戸，村山訳	356
777	シェイクスピアとカーニヴァル	R.ノウルズ／岩崎，加藤，小西訳	382
778	文化の場所	H.K.バーバ／本橋哲也，他訳	
779	貨幣の哲学	E.レヴィナス／合田，三浦訳	230
780	バンジャマン・コンスタン〈民主主義への情熱〉	T.トドロフ／小野潮訳	244
781	シェイクスピアとエデンの喪失	C.ベルシー／高桑陽子訳	310
782	十八世紀の恐怖	ベールシュトルド，ポレ編／飯野，田所，中島訳	456
783	ハイデガーと解釈学的哲学	O.ペゲラー／伊藤徹監訳	418
784	神話とメタファー	N.フライ／高柳俊一訳	578
785	合理性とシニシズム	J.ブーヴレス／岡部，本郷訳	284
786	生の嘆き〈ショーペンハウアー倫理学入門〉	M.ハウスケラー／峠尚武訳	182
787	フィレンツェのサッカー	H.ブレーデカンプ／原研二訳	222
788	方法としての自己破壊	A.O.ハーシュマン／田中秀夫訳	358
789	ペルー旅行記〈1833-1834〉	F.トリスタン／小杉隆芳訳	482
790	ポール・ド・マン	C.ノリス／時実早苗訳	370
791	シラーの生涯〈その生活と日常と創作〉	P.ラーンシュタイン／上西川原章訳	730
792	古典期アテナイ民衆の宗教	J.D.マイケルソン／箕浦恵了訳	266
793	正義の他者〈実践哲学論集〉	A.ホネット／日暮雅夫，加藤泰史，他訳	
794	虚構と想像力	W.イーザー／日中，木下，越谷，市川訳	
795	世界の尺度〈中世における空間の表象〉	P.ズムトール／鎌田博夫訳	
796	作用と反作用〈ある概念の生涯と冒険〉	J.スタロバンスキー／井田尚訳	460
797	巡礼の文化史	N.オーラー／井本，藤代訳	332
798	政治・哲学・恐怖	D.R.ヴィラ／伊藤，磯山訳	422
799	アレントとハイデガー	D.R.ヴィラ／青木隆嘉訳	558
800	社会の芸術	N.ルーマン／馬場靖雄訳	760